大陸「十七年文學」的城市表述

想像城市的方法

徐剛・著

——獻給女兒葦杭。

自 序

在《文學中的城市》（*The city in the Literature*）中，理查・利罕（Richard Lehan）將城市視為「都市生活加之於文學形式和文學形式加之於都市生活的持續不斷的雙重建構」[1]。這樣的概念用在十七年社會主義城市及其文學之上也是同樣有效的。作為不同於資本主義的城市類型，社會主義城市所體現的「另一種現代性」並不為人所熟知，但其文學（或文化）想像在與城市的互動過程中所體現的文化政治卻包含著更為複雜的內涵。而本論文通過解讀「社會主義文學」的「城市視角」，也意在揭示這種中國現代性的秘密。在此，張英進教授的名著《中國現代文學與電影中的城市》具有方法論的啟示意義。如其所言，「本書研究的不是『城市文學』本身（那是一種具體的文學），而是『文學中的城市』，即文學與電影文本中想像的城市。」[2]因此，其研究的重心不是城市文學，而是「文學中的城市」：不是城市如何影響了文學，而是文學如何通過對城市的「構形」成為現代中國一個重要的文化生產形式。在這個過程中，「作者有意繞開文學中的城市再現的真實性及其與現實城市的

1 【美】理查・利罕：《文學中的城市：知識與文化的歷史》，吳子楓譯，上海：上海人民出版社，2009年，第3頁。

2 張英進：《中國現代文學與電影中的城市：空間、時間與性別構形》，秦立彥譯，南京：江蘇人民出版社，2007年，第2頁。

關係這一難題，而是強調文學與電影作為一種話語方式如何象徵性地構築『真實的』或『想像性』的城市生活，如何使城市成了一個問題」[3]。在這本書中，「構形」成為解讀文學中城市的核心辭彙，它指文學藝術對城市書寫或敘事的結構方式——不僅包括作品中所呈現的城市形象，更指作者敘述城市時運用的感覺體驗和話語修辭「策略」。這毋寧說是一種「以城市為方法」的文學／文化研究方式。在此意義上，探討文本創作的意義便在於去追問「城市是如何通過想像性的描寫和敘述而被『製作』成為一部可讀的作品」[4]。張英進的研究在張鴻聲教授那裏得到了回應，張鴻聲也認為，傳統的城市文學研究，強調的是城市之於作家的經驗性，而忽視了文學的「文本性」。城市文學之於城市，絕非只有「反映」、「再現」一種單純的關係，而可能是一種超出經驗與「寫實」的複雜互動關聯[5]。因此，城市的歷史形態與城市文學文本之間構成了極其複雜的對應關係，這一切則以對城市的不同表述體現出來。而城市敘述也絕不以城市題材為限，它可以存在於各種題材之中。所以，鑑於城市文學研究自身逐漸以「城市性表述」涵蓋了「文學再現城市」，從概念上來說，「文學中的城市」要比「城市文學」能夠揭示更多城市對文學的作用與兩者的複雜關聯。而從方法論的角度來說，後者更接近文化研究[6]。因此就本文而言，論文也試圖以「文學中的城

---

[3] 陳曉蘭：《穿越時空、性別與城市——讀〈中國現代文學與電影中的城市〉》，載《中華新聞報》2007年9月26日。

[4] 【美】張英進：《都市的線條：三十年代中國現代派筆下的上海》，馮潔音譯，載《中國現代文學研究叢刊》1997年第3期。

[5] 張鴻聲：《「文學中的城市」與「城市想像」研究》，載《文學評論》2007年第1期。

[6] 參見劉宏志：《城市文學研究的新收穫》，載《文藝報》2008年10月21日。

市」為方法探討十七年文學與社會主義文化的複雜秘密。

本論文除導論和結語之外，將分五個章節來討論十七年文學中的城市表述，從而一窺「社會主義文化」及現代性的矛盾問題。

其中第一章通過討論「進城」及其文學表述的問題來呈現城鄉格局中的「社會主義城市」的意義。主要以小說《我們夫婦之間》及相關作品為線索，通過論述「墮落幹部」的進城故事展開「革命之後」的「進城」衝突與改造焦慮的問題。由此得以呈現「從鄉村到城市」這個中國革命的基本命題，以及社會主義革命遭遇城市「市民社會」的理論難題；另外，「農民進城」與城市想像一節則主要探討農村題材小說中的城市敘述問題，通過「進城的鄉下人」視野來呈現城市在社會主義文學中的意義。它通過鄉村倫理的堅守、浪漫主義的城市批判，及社會主義的意識形態選擇這三者之間的矛盾和衝突，在「驅魔」資本主義城市和建構社會主義城市的過程中「構形」城市的意義，並由此彰顯彼時的意識形態症候。

第二章「城市改造的文學敘述」主要通過中國共產黨進城和城市改造的文學表述，來討論解放及社會主義文化的積極意義。主要以「改造龍鬚溝」、「改造妓女」及建設「工人新村」等三個個案，分別闡釋中國共產黨的城市改造及其文學敘述的現代意義。如果說作為一部城市改造的「寓言」，「龍鬚溝」的故事將城市環境治理與一個國家萬世太平的隱喻聯繫在了一起，那麼「50年代的妓女改造」運動則更為鮮明地呈現出「城市文明病」的「療救」與「衛生現代性」的建構所蘊含的辯證關係，而「工人新村」的敘述則更為鮮明地突出了城市工人階級的解放議題。

第三章「消費城市的空間變革」則主要通過1950、1960年代《在懸崖上》、《霓虹燈下的哨兵》等幾部代表性作品，討論社會主義意識形態如何改造城市消費空間的問題。然而，無論是從「營業舞廳」到「機關舞會」，還是「街道」的美學變化，抑或是從「無軌電車」到「火車」的空間變革，城市消費空間在社會主義城市改造中始終陰魂不散，既成為後者貶抑的對象，又是其得以借重的寫作資源。

第四章「革命倫理與城市日常生活」主要討論意識形態的城市中日常生活的頑強記憶。這裏既涉及「消費城市」的遺跡，又關聯著市民日常生活。隨著戰爭的勝利，無產階級革命從農村來到城市。在此之中，意識形態的燭照固然使得昔日城市的資本主義繁華無處遁逃，但作為傳統藏汙納垢的所在，解放的城市在社會主義改造之後，並沒有一勞永逸地成為無產階級革命的聖地。相反，在革命宏大話語的裂隙中，城市「消費主義」的殘餘依然猖獗，它充滿誘惑的面孔「幽靈般」地呈現，給「革命之後」的城市日常生活帶來了莫大的焦慮。革命年代的「上海姑娘」形象，體現出意識形態表述與城市摩登記憶的複雜糾結，從而彰顯出摩登與革命的辯證關係。而在《上海的早晨》等社會主義改造的經典文本中，也出人意料地呈現著城市物質主義的敘述，這種無意識的「文本分裂」流露出的情感傾向引人關注。而作為「消費城市」的衍生物，《年青的一代》、《千萬不要忘記》等作品中城市日常生活的張揚和市民社會的消費記憶，也嚴重地干擾了意識形態的達成。

第五章則探討作為「消費城市」救贖方式的「生產城市」的文學建構過程。在此，「生產城市」的建構並非一句空洞的意識形態口號，而是實實在在的政治實踐，即它必須訴諸工業化的城市建設。作為曖昧城市的療救手段，從「消費的貶抑」到「機械的讚頌」，工業題材文學成為社會主義城市書寫的理想方式。在此之中，工業「風景」與工人階級的主體性得到了張揚。此外，儘管作為社會主義現代性的勞動本身突顯出極其非凡的意義，但「勞動的烏托邦」以其與資本主義共用的現代性（現代化），也出人意料地顯露出「異化勞動」的跡象。然而，在「生產的城市」的建構過程中，工業題材文學突顯出它的核心矛盾，即「激情」與「理性」的衝突，此處的「激情」作為一種社會主義意識形態的表達方式，成為療救資本主義科層制現代性的重要手段，當然，在「衝破規程」的背後，也隱藏著社會主義的意識形態爭辯和第三世界的現代性焦慮。

總之，論文通過考察「社會主義文學」與「城市」這個資本主義「場域」之間衝突、順應、分野的意識形態聚合過程，來探求一種「社會主義城市」的文學表達。儘管在這種表達背後，暗藏著「革命之後」社會主義意識形態的矛盾性和內在焦慮，但卻是從中分析中國社會主義遺產和教訓的絕佳視角。在這個意義上，解讀「社會主義文學」的「城市視角」，分析十七年文學中的城市表述，為分析1980年代中國社會轉型提供了解釋的依據。

需要指出的是，本論文的部分章節曾以單篇論文發表於《文藝爭鳴》、《當代電影》、《文藝理論與批評》、《河北師範大學學報》、《漢語言文學研究》等刊物，在此需向以上雜誌的王雙龍、徐輝、檀秋文、李雲雷、劉德興、武新軍等諸位老師表示由衷的感謝。本論文還有部分章節曾以會議論文在北京大學「眾聲喧嘩的中國文學——首屆兩岸三地博士生論壇」，北京師範大學「中國文學海外傳播」國際學術研討會博士生論壇，以及北方工業大學西山跨文化國際學術研討會宣讀，在此也一併感謝以上諸校的會議主辦方。作為一部學位論文，本書的寫作參考並吸收了該論題最新的研究成果，凡引用他人成果之處皆做了注釋，以此向諸位學術前輩致敬，或許有些遺漏的，還請各位見諒，當然，其中的責任自然是由我承擔。期待諸位學術同行的批評指正！

徐　剛

2012年8月18日

目　次

導　論

第一節　「城市文本」與「閱讀的困惑」

「如果城市是一個文本，我們該如何閱讀它？」[1]這是喬伊絲・卡羅爾・奧茲（Joyce Carol Oates）在《想像性的城市》（*Imaginary City*）中，對「城市文本」及其「閱讀困惑」的追問。然而，對於現代以來的中國「城市文本」而言，這種「閱讀的困惑」則似乎更為明顯。

關於「城市」一詞，從語義學的角度解釋，應該是先有城，然後有市。《說文》曰：「城以盛民也。」《釋言》也提到，「城，盛也，盛受國都也。」《墨子・七患》則對「城」有所闡釋：「城，所以守也。」至於市，在時間上要後起一些。《說文》：「市者，買賣之所也。」《孟子・公孫醜下》：「古之為市也，以其所有，易其所無者，有司者治之耳。」《易・繫辭》：「日中為市，致天下之民，聚天下之貨，交易而退，各得其所。」後者幾乎包含了現代意義上「市場」的意思。然而，相異於西方意義上的城邦，中國城市有著不

[1] Joyce Carol Oates：*Imaginary City*：*America, Literature and the Urban Experience,* Rutgers university press, 1981：11.

同的功能，所謂「築城以衛君，造郭以守民。」（《吳越春秋》）中國城市的主要功能乃「王室的居所」或有效的行政人口管治。在這個意義上，正如美國漢學家施堅雅（G. William Skinner）所言，雖然中華帝國城市發展的歷史並不短暫，但卻只是極不完滿的「東方型城市」和「前工業化城市」的「可憐的樣板」[2]。

在西方學者看來，城市是西歐自中世紀末發展出來的社會文化現象，而其他地區的城市並不能算是真正的城市。古印度、古中國的偉大城市，以及巴比倫等都缺乏一個能將其居民打造出一種特殊社會關係的顯著經濟和公民文化，使他們能變成真正的城市居民。在其潛意識中，城市文明往往與基督教道德觀、城市資本主義等西方現代化準則相勾連，而在緣起和性質上被認為是一個西方現象。造成這個現象的背後要素，是市民貿易和手工業需求等資本主義元素[3]。正是在這個意義上，有人直言不諱地指出，「在中國，從未出現過真正

---

[2] 參見【美】施堅雅主編：《中華帝國晚期的城市》，葉光庭等譯，北京：中華書局，2000年，第4頁。中國城市的歷史其實非常悠久，相當多的研究者都注意到中國古代「龍山聚落」與城市最初興起之間的密切關聯，而將「龍山城邦國」視為以農業為基礎的中國城邦的代表。因此，如果從龍山文化時期算起，早在西元前3000-2000年中國就產生了世界上最早的一批城市，時間相當於原始社會後期至夏朝末這一時期。（參見戴均良主編：《中國城市發展史》，哈爾濱：黑龍江人民出版社，1992年，第18、38頁。）縱觀中國城市的歷史，商代已建立封建特色的中國城市文明的根基；周代和戰國時代則開始由封建社會轉變成工商業城市，中國的城市結構開始定型；而在秦漢時期的行政型城市之後，唐代城市體現出成熟和完善的中國都城特點；宋代以後，隨著新市民社會的崛起，近似西方式的城市資本主義開始出現，城市與鄉村出現分離；而到了明清時期，新儒學的封建城市文明達到頂峰；直到晚清以來出現「半殖民地城市」。參見薛鳳旋：《中國城市及其文明的演變》，北京：世界圖書出版公司，2010年。

[3] 參見Anton C. Zijderveld：*A theory of urbanity：the economic and civic culture of cities,* New Brunswick： Transaction Publishers，1998.

的城市，因為城市存在的前提，即市民社會，從未在中國成形。」其理由在於：（1）政治上，中國的城市直屬於中央政府，並不存在城市自主；中國城市的主要功能乃「王室的居所」或有效的行政管治；（2）城市精英以集體行為和郊野的田園生活為其價值觀構建基礎，不利於真正市民階層的形成。這些觀點指出了新儒學的城市文明與西方學者如韋伯所標示的西方城市文明明顯不同[4]。

基於此，儘管中國城市有著極為悠久的歷史，但作為一個更為悠久的農業大國，城市及其城市文學在近代以來中國的尷尬處境不言而喻。就像李歐梵在談及中國現代小說時所說的：「城市從來沒有為中國現代作家提供像陀思妥耶夫斯基在彼得堡或喬依斯在都柏林所找到的哲學體系，從來沒有像支配西方現代派文學那樣支配中國文學的想像力。」[5]文學與城市的疏離令這位美籍華裔學者遺憾不已。同樣，對於更多的當代學者而言，「中國沒有真正的城市文學」似乎已成公論。在《城市像框》一書中，李潔非直言不諱地指出，「跟城市現實這只巨大像框本身相比，現有的城市文學創作其實遠談不上豐富，餘地很大，還有很多空白等待填補。」[6]而更為激進的觀點在於，「在中國，還沒有一個作家能夠像狄更斯那樣描述倫敦。」「無論是老舍筆下的北京，還是張愛玲所描述的上海，城市的輪廓並不清晰，張愛玲的上海與她所處時代的上海有很大差距，而老舍則依然是從鄉村的角度去描述北京，這使得北京更像一個大村鎮，而不是都市。」[7]這

4 轉引自薛鳳旋：《中國城市及其文明的演變》，北京：世界圖書出版公司，2010年，第237-238頁。

5 【美】李歐梵：《論中國現代小說》，鄧卓譯，載《中國現代文學研究叢刊》1985年第3期。

6 李潔非：《城市相框》，太原：山西教育出版社，1998年，第3頁。

7 李琴：《先鋒對話：中國沒有城市文學》，載《東方早報》2005年6月5日。

便正如陳曉明教授在《城市文學：無法現身的「他者」》一文的結尾處頗為無奈地說道，中國的「城市文學」本身「始終是一個幻象，它是一種不可能性的存在」，「我們歷數了那麼多的城市文學作品，事實上，它們不只是關於城市的，甚至不是關於城市的，它們只是涉及到城市，只是寫到城市裏的生活。」[8]這或許正是現代以來中國城市文學的現狀。

城市成為「一種不充分的他者化的存在」，「逃脫，缺席和不在場的一種蹤跡」，以及「他者的幽靈」和「我們需要的他者的幻影」，而「真正的城市文學」則隱匿不見。在此，所有的話語都指向了自現代以來傳統及「革命中國」[9]所造成的「城市文學」裹足不前的處境。溢於言表的沮喪與自卑背後，包含著對中國「脫離世界」三十年之久的深切痛楚，以及近三十年（改革開放）「融入世界」的急迫心緒。然而，何謂「真正意義上的城市文學」？無論是陳曉明教授所談到的「表現人物與城市的精神衝突的作品」，還是張清華先生所言及的「城市主體身份」與「城市經驗」[10]，這種抽象與詩意化的

---

8 陳曉明：《城市文學：無法現身的「他者」》，載《文藝研究》2006年第1期。

9 在此「革命中國」的概念取自蔡翔新著《革命／敘述：中國社會主義文學——文化想像（1949－1966）》，在這本書中，他用「革命中國」這一「比喻性」的說法，將之與「傳統中國」以及「現代中國」區分開來，「所謂『傳統中國』，我指的是古代帝國以及在這一帝國內部所生長出來的各種想像的方式和形態；所謂『現代中國』則主要指稱晚清以後，中國在被動地進入現代化過程中的時候，對西方經典現代性的追逐、模仿和想像，或者直白地說，就是一種資產階級現代性——當然，這也是兩種比喻性的說法——而『革命中國』毫無疑問的是指在中國共產黨人的領導之下，所展開的整個20世紀的共產主義的理論思考、社會革命和文化實踐。」（參見《革命／敘述：中國社會主義文學——文化想像（1949－1966）》，北京：北京大學出版社，2010年，第4頁。）

10 張清華：《比較劣勢與美學困境——關於當代文學中的城市經驗》，載

城市指標背後，都極為明顯地潛藏著「後冷戰」時代對資本全球化趨勢的浪漫想像。早在20世紀80、90年代，這種西方中心式的城市想像與研究，便借助「新啟蒙知識編碼」席捲而來。在「呼喚現代化」的歷史脈絡之中，資本主義式的現代城市成為自由與民主的標記而被寄予厚望，而「文明與愚昧的衝突」所造成的「鄉村」和「城市」的分野、對峙，則成為彼時城市文學的主要特徵。正如一位論者所談到的，「以現代西方城市文明為主要特徵的新文化全面進入中國大陸，與原有傳統的東方農業文化發生矛盾、衝突，以至互化和融合。當代中國的城市文化和城市文學，正是在這一過程中產生的。」[11]這種城市的「現代的魅力」，在「告別革命」的呼告聲中顯得恰逢其時，「人們仿佛突然間睜開了眼睛，他們不再生活於灰色的生產車間，而是生活於流動性很強、五光十色的城市之中了。這使得那生活於城市中的人們，開始有了真正的都市經驗的積累。」[12]然而不久，這種興奮的感覺便被過於沉重的「農業傳統」和「革命包袱」所「拖累」，「真正的城市」成為漸行漸遠的「烏托邦」。1990年代欲望化的城市景觀

《南方文壇》2008年第1期。

11 徐劍藝：《城市與人——當代中國城市小說的社會文化學考察》，昆明：雲南人民出版社，1989年，第2頁。80年代人鼓吹「城市的現代化，鄉村城市化是中國城市發展的唯一合理的趨勢」。正如徐劍藝所說，「雖然這種現代化是相對於中國城市自身而言的，但作為時代超前意識的體現者作家來說，把這種趨向文學化，是否可以說成是當代城市文學在其現實性上的藝術自覺？小說家首先在城市生活形態和生存方式上來強加現代城市感和現代城市模式……這個新的『花花世界』不再是單純的『牟利者之市』，而是人類明天的樂園；不再是以往所認為的資本主義的骯髒腐化之地，而是人類高度文明的天堂！」（《城市與人——當代中國城市小說的社會文化學考察》，雲南人民出版社1989年，第26頁。）

12 高秀芹：《文學的中國城鄉》，西安：陝西人民教育出版社，2002年，第3頁。

造成的「文本分裂」至今令人刻骨銘心，「這些人都穿梭於酒吧、高級商場、寫字樓之間，但這些也只能稱之為城市生活的表層，或者城市生活之一寓，還沒有寫出真正的內蘊著城市精神的宏大的城市生活來。」[13]這種「內蘊著城市精神的宏大的城市生活」，大概就是某種無法企及的「看不見的城市」，只能指向遙遠的未來或者歷史之中。

1990年代以後的城市文學研究主要集中於兩個方面：一是矚目於20世紀30年代以新感覺派小說為代表的海派都市文學之中；另外就是九十年代以來的當代城市文學研究。就前者而言，以「海派」和張愛玲為代表的城市文學，在1949年以前的中國所創造的「偉大的傳統」引人津津樂道，嚴家炎先生的新感覺派小說研究[14]，李歐梵在《上海摩登》中描述的「新都市文化」等為此類研究開了先河[15]，吳福輝、張英進等學者的相繼研究帶動了國內學術界的「跟進」[16]。而就後者來說，1990年代以來的城市（或都市）文學研究可謂蔚為大觀。仔細

---

[13] 傅汝新：《城市文學不是城市作家的文學》，載《鞍山日報》2007年2月3日。

[14] 參見嚴家炎：《中國現代小說流派史》，北京：人民文學出版社，1989年。

[15] 李歐梵：《上海摩登——一種新都市文化在中國1930—1945》，毛尖譯，北京大學出版社，2001年。有人認為：「李歐梵在《上海摩登》中重構了舊上海物質文化生活和消費主義的精神時尚地圖。……《上海摩登》重繪了一幅夜晚的地圖、消費的地圖、尋歡作樂的地圖，同時卻遮蔽了白天的地圖、生產勞動的地圖、貧困破產的地圖，從根本上來說，也就是用一幅資產階級的地圖遮蔽了無產階級的地圖，用資產階級的消費娛樂遮蔽了無產階級的勞動創造。」（參見曠新年：《另一種「上海摩登」》，載《中國現代文學研究叢刊》2004年1期。）

[16] 相關研究成果有吳福輝的《都市旋流中的海派小說》（長沙：湖南教育出版社，1995年）；李今的《海派小說與現代都市文化》（合肥：安徽教育出版社，2000年）；張英進的《中國現代文學與電影中的城市：空間、時間與性別構形》（秦立彥譯，南京：江蘇人民出版社，2007年）；孫紹誼的《想像的城市——文學、電影和視覺上海（1927—1937）》（上海：復旦大學出版社，2009年）等。

分析，以上兩者實際上是一個問題的兩個方面，都是在90年代「新的意識形態籠罩下」學術界的本能反應，就像李歐梵所說的，「上海終於在一個世紀的戰爭和革命的灰燼裏重生了。」九十年代對殖民地上海的「文化懷舊」，成為巨大的市場意識形態的經濟／文化符號。「上海摩登」則為這種現實與追憶之間的「借屍還魂」打開了一條通道，歷史不過是現實的一種「倒影」[17]。正如王宏圖在討論陳丹燕的小說《上海的風花雪月》時所指出的：

> 這本書在某種程度上可視為20世紀90年代瀰漫於上海大街小巷的懷舊夢的一次集中大展示，它用濃彩重墨加以渲染的是洋味十足的咖啡館、酒店，租界年代的西式公寓樓、洋房、街巷，歷史與現實在書中交疊在一起，夢幻與現實難分彼此。潛藏在文本娓娓動人的敘述文字背後的並不是中性化、中立、無動於衷的目光，它充溢了太多的力比多，投射到文本的每一個縫隙間、關節點上。它是對20世紀20至30年代短暫的繁華歲月的傾心思慕，對往昔遺跡的深情尋訪，對進行中的都市復興的謳歌讚美，同時還有對都市一度因革命而陷於衰敗沒落境地的惆悵與傷感。這一切編織成了嶄新的都市敘事，重新書寫了革命前後都市的歷史。財富、性、權力、榮耀一洗昔日背負著的道德

[17] 正如研究者所指出的，「在對30、40 年代上海與90 年代對上海以及其文化的研究當中，某些研究者倒是犯了一個與其研究對象（即這兩個時代的文學文本）同樣的錯誤。文學創作者基於中國全球化的想像構築了文學中的上海，而研究者同樣也如此，因為，只有30、40 年代海派文學與90 年代關於上海的文學，是充分意義上的全球化想像的產物。兩者構成互文關係，其實是不同時期對同一問題的表現而已。」（參見張鴻聲：《「文學中的城市」與「城市想像」研究》，載《文學評論》2007年第1期。）

上的污點，重新成為人們激情的聚焦點。正是在這一點上，當今的都市敘事和將革命、社會主義改造、解放等字眼作為中心語彙的意識形態話語體系劃出了鮮明的界線。[18]

在20世紀90年代的歷史語境中，這種「曖昧的懷舊」更是被旅美學者張旭東稱為「意識形態巨變的一個感傷的注腳」[19]，它通過「移情設計」的方式，將當下的情境「投射」到歷史年代中，達到一種對「歷史經驗的非歷史性的重組」，並「將革命和社會主義的震盪所造成的都市發展的斷裂從集體的記憶中抹去」[20]。在這個意義上，這種懷舊的姿態幾乎可以視為「後革命時代」的城市「招魂術」。

如前所述，現有的城市研究往往專注於「城市形象」和「城市意象」，或是從一種歐洲中心主義的「城市觀念」入手，來爭論當代中國是否存在「真正意義上的城市」，或是在小資產階級的豔羨口吻和詩意筆觸中，陶醉於城市的迷亂意象，再或是廉價地批判城市的物質主義和市儈哲學[21]。然而問題的關鍵在於，無論是1930、

18 王宏圖：《都市敘事與欲望書寫》，桂林：廣西師範大學出版社，2005年，第2頁。

19 張旭東：《上海懷舊——王安憶與現代性寓言》，載《批評的蹤跡：文化理論與文化批評1985－2002》，北京：三聯書店，2003年，第304頁。

20 王宏圖：《都市敘事與欲望書寫》，桂林：廣西師範大學出版社，2005年，第135頁。

21 在《城市季風》一書中，學者楊東平以極富詩意的筆調談論了城市這個概念：「城市是一個自然和地理單元；城市是人類的一種聚居方式；城市是一片經濟區域；城市是一種文化空間；城市是一部用石塊和鋼筋水泥建構的歷史；城市是一部打開的書，記載著一代又一代人的光榮和夢想、希冀和抱負；城市是一種生活方式；城市是一種群體人格；城市是一種氛圍；城市是一種特徵……城市正像文化一樣，是一種很難定義是什麼的現實。」（參見楊東平：《城市季風——北京和上海的文化精

40年代，還是1990年代，在這兩個時段之間，漫長的1950至1970年代文學因與「城市」的話題無緣而被打入另冊[22]。在這個「農民」「成了文學的事實上的唯一值得表現的對象」的時段裏，城市生活已然「消隱」，或是變得「微乎其微」，「從1949年到七十年代末止，在所有以現實為素材的小說創作中，所謂『農業題材』始終擁有絕對優勢。在此以外，只有極個別作品，因為要表現『工業戰線』和『工人階級』的作品，如《百煉成鋼》、《機電局長的一天》、《喬廠長上任記》，算是從故事背景上涉及了城市，至於真正意義上的城市文學，實際上一直厥如。」[23]同樣，在另一位論者那裏，「真正意義上的都市景觀」呈現出的只是「都市里的村莊」或高度政治化了的「單位」組織，「50年代至70年代，由於上層建築領域不斷開展革命和批判，中國都市現代化的進程被嚴重地耽誤了」，「描寫都市人日常生活形態，尤其是描寫工人和知識份子世俗生活的作品幾乎絕跡。出現了市民文學的斷裂和缺失，這不能不說是歷史和文學的遺憾。」[24]在研究者眼中，1950至1970年代這段社會主義時期「文學中的城市」，一直以來都和「空白」及遺憾相伴而生。

神》，北京：新星出版社，2006年，第2頁。）

22 在陳曉明教授看來，「社會主義文學在相當長的一段時期內是對城市（文學）採取他者化的策略，也就是驅魔的策略，城市總是在行使批判性的敘事意向時才作為背景存在，而本質上與城市相關的人物總是被驅除的對象，必然連同城市一道被驅除。」（《城市文學：無法現身的「他者」》，載《文藝研究》2006年第1期。）

23 李潔非：《城市相框》，太原：山西教育出版社，1998年，第10頁。

24 王曉文：《二十世紀中國市民小說論綱》，山東大學中文系2006年博士學位論文，第20頁。

第二節　想像城市的方法

這種意味深長的「空白」不得不歸咎於研究界對「城市」概念的理解。對於現代文明來說，城市的重要性不言而喻，德國學者斯賓格勒（Oswald Spengler）曾指出：「人類所有的偉大文化都是由城市產生的。……如果我們不認識到城市由於逐漸地脫離了鄉村並最後使得鄉村破產，成為高級歷史的進程與意義所一般地依從的決定性的形式，我們就根本不能理解政治與經濟的歷史。世界的歷史就是城市的歷史。」[25]城市在其概念上往往被概括為「既是一種景觀、一片經濟空間、一種人口密度；也是一種生活中心和活動中心；更具體一點說，也可能是一種氣氛、一種特徵、或者一個靈魂。」[26]而社會學家馬克斯・韋伯（Max Webber）則將城市稱為「相對而言封閉的聚落，而不僅僅是一些分散的住所的集合體」，而且「純粹從經濟角度來定義」，城市「就是一個其居民主要是依賴商業及手工業——而非農業——為生的聚落」，「在聚落內有一常規性——非偶然性——的交易貨物的情況存在，此種交易構成居民生計不可或缺的成分，並滿足他們的要求——換言之，一個市場」，「在政治性定義裏，城市的特徵就是一個特別的『市民』身份團體的出現。」[27]在韋伯的定義裏，他突出地

25 【德】斯賓格勒：《西方的沒落》，齊世榮等譯，北京：商務印書館，1991年，第206頁。

26 轉引自梅新林、趙光育主編：《現代文化學》，呼和浩特：內蒙古人民出版社，1995年，第199頁。

27 【德】馬克斯・韋伯：《城市的概念》，康樂等譯，參見薛毅主編：《西方都市文化研究讀本》（第一卷），桂林：廣西師範大學出版社，2008年，第253-254頁，第269頁。

強調了「市場」和「市民」的出現。同樣，K. J. 巴頓（K. J. Button）也認為城市是「人類經濟的集中地」：「城市是一個坐落在有限空間地區內的各種經濟市場——住房、勞動力、土地、運輸等等——相互交織在一起的網狀系統」[28]，而凱文・林奇（Kevin Lynch）則將城市「看作是一個故事，一個反映人群關係的圖示、一個整體和分散並存的空間、一個物質作用的領域、一個相關決策的系列或者一個充滿矛盾的領域」[29]。無論是韋伯將城市定義為一個政治上獨立自主的「市場」；還是齊美爾（Georg Simmel）用「精神生活」來定義「大都市」；抑或是路易士・沃斯（Louis Wirth）所認為的，城市是一種生活方式，同時也是一個社會的網路；再或是盧曼（Niklas Luhmann）所嘗試的，利用系統理論來理解和研究城市社會中不同層次的網路體系[30]，這些都意在強調資本主義生產關係對城市概念的塑造。這便正如韋伯所反覆強調的，只有資本主義國家，才能產生出現代意義的城市。

其實按照馬克思主義的理解，城市的建立是私有財產制度和階級社會形成的基礎，是精神勞動和體力勞動一次最大的分工。分工發展到不同的階段，產生了不同形式的所有制。而城市的建立，促使私有財產制度的形成，造就了城市和鄉村的對立。恩格斯給城市下的定義簡單明瞭：「只要它（鄉村）用壕溝和牆壁防守起來，鄉村制度也就變成了城市制度。」防守和城牆是使鄉村變為城市的兩個主要環節。由於衝突，才需要防守。當衝突發展為物理鬥爭，即戰爭時，就需要

28 【英】K. J. 巴頓：《城市經濟學——理論和政策》，上海社會科學院部門經濟研究所城市經濟研究室譯，北京：商務印書館，1984年，第14頁。

29 【美】凱文・林奇：《城市形態》，林慶怡、陳朝暉等譯，北京：華夏出版社，2001年，第27頁。

30 參見黃鳳祝：《城市與社會》，上海：同濟大學出版社，2009年，第5頁。

更為有效的防守，城牆就應運而生。簡單地說，城市起源於階級鬥爭，是階級鬥爭的產物[31]。在私有制和階級論的理論視野裏，城市的負面效應也漸次呈現。就像斯賓格勒在《城市的心靈》中所指出的，「城市不僅意味著才智，而且意味著金錢」，在此，「世界都會」（Cosmopolis），「就像巨大的石像，矗立在每一偉大文化的生命歷程的終點。文化人在精神上是由鄉土塑形的，他被自己的創造物即城市所掌握和擁有，而且變成了城市的動物，成了它的執行器官，最終成為它的犧牲品。這種石料的堆積就是絕對的城市、哥特式建築中那瀰漫著靈性的石頭，在歷經千百年的風格演化之後，已變成了這種惡魔性的石頭荒漠的毫無心靈的死物質。」最後，他不得不悲觀地指出，「如果說文化的早期階段的特點便是城市從鄉村中誕生出來，晚期階段的特點是城市與鄉村之間的鬥爭，那麼，文明時期的特點就是城市戰勝鄉村，由此而使自己擺脫土地的控制，但最後必要走向自身的毀滅。」[32]其對以城市為標誌的現代文明的絕望由此可見一斑。

城市既是現代的饋贈，又造成現代性的災難。作為現代性標誌的城市工業體制被認為是「產生了自我為中心、自我追求和追求物質的態度的危險」，而城市資本主義的發展所帶來的負面效應也依稀可辨，「城市之間的不斷移動的人口必然會遭受這些道德敗壞的影響，沒有人能夠用冷靜的眼光來看待這些……城鎮越大，道德的凝聚力越弱。」[33]現代資本主義的發展，既帶來了城市的繁榮，也直接導致了

---

[31] 轉引自黃鳳祝：《城市與社會》，上海：同濟大學出版社，2009年，第77頁。

[32] 【德】斯賓格勒：《城市的心靈》，吳瓊譯，參見薛毅主編：《西方都市文化研究讀本》（第一卷），桂林：廣西師範大學出版社，2008年，第452頁，第455頁，第465-466頁。

[33] 【美】布萊恩・貝利：《比較城市化——20世紀的不同道路》，顧朝

《聖經》之中的「天堂之城」向「地獄之城」（或「上帝之城」向「人之城」）的墮落，「天堂之城」和「地獄之城」的比喻也影響著文學對城市的想像。在浪漫主義以降的文學表述中，城市作為社會衰敗和道德罪惡的代表，不斷通過墮落城市的隱喻，來突顯拜金主義與精神危機的「反都市」主題。正如朱克英（Sharon Zukin）在《城市文化》一書中所談到的，「城市經常因其代表了人類社會最低級的本能而受到批評。城市是建築上的龐然大物與金錢崇拜的具體體現，是官僚機器的權力或者金錢的社會壓力的地圖。」[34]而城市文化研究學者路易斯·芒福德（（Lewis Mumford））也曾談到，「就資本主義對城市的關係來說，它從一開始就是反歷史的；隨著資本主義力量在過去4個世紀內日趨鞏固，它的破壞力也大大增加。人類在資本主義體系中沒有一個位子，或者毋寧說，資本主義承認的只是貪婪、貪心、驕傲以及對金錢和權力的迷戀。」[35]正是由於資本主義城市的概念及其負面效應的顯現，使得我們將期待的目光投向社會主義城市。

那麼有沒有一種社會主義城市呢？按照汪暉的理論，社會主義作為一種「反現代的現代性」[36]，理應包含著一種對現代資本主義弊端的

林、汪侠等譯，北京：商務印書館，2008年，第9頁。

34 【美】朱克英：《城市文化》，張廷佺、楊東霞等譯，上海：上海教育出版社，2006年，第1頁。

35 【美】路易斯·芒福德：《城市文化》，宋俊嶺、倪文彥譯，北京：中國建築工業出版社，2005年，第430頁。

36 在他看來，「毛澤東的社會主義一方面是一種現代化的意識形態，另一方面是對歐洲和美國資本主義現代化的批判；但是，這個批判不是對現代化本身的批判，恰恰相反，它是基於革命的意識形態和民族主義的立場而產生的對於現代化的資本主義形式或階段的批判，因此，從價值觀和歷史觀的層面來說，毛澤東的社會主義思想是一種反資本主義現代性的現代性理論。」（參見汪暉：《當代中國的思想狀況與現代性問題》，載《天涯》1997年第5期。）

克服與修正。那麼「社會主義城市」是否真像列寧所稱的是「人類聚居新模式」？然而，究竟何謂社會主義人民的城市？馬列主義的經典著作似乎已經指明了道路：「創造沒有社會分化和經濟分化的城市；有義務使得住房價值保持社會一體化和提供廣泛的社會服務設施；城市規劃要適應經濟規劃，而經濟規劃將決定工業區位元，並控制發達地區和主要城市的城市化速度。這樣城市規劃實質上就被界定為一種實體——工程——建築的基礎性職業，以被審批的形式進行高度開發。」[37]然而對於社會主義中國而言，城市及其文學的面貌又該如何敘述？

就中國1950至1970年代這段社會主義時期的城市及其文學而言，按照張鴻聲教授的理解，「這一時期的城市題材雖然不是嚴格意義上的城市文學，但仍屬於整體的20世紀『中國文學中的城市』的體現，它必然存在著對城市的某種想像與表述。」這一時期中國城市「雖然被消除了全球化、日常性、私性、消費性等內容，但國家意義上的公共性、組織社會與大工業邏輯等特性卻被極度突出。這是社會主義國家城市想像的基礎。它不僅與當時意識形態反對資本主義的現代性有關，也是近代以來民族國家建構的必然。因此，該時期的文學在城市溯源上大致採用斷裂論與血統論理解，即消除城市的文化傳統與口岸城市基礎，確立城市唯一的左翼國家革命起源，如《上海的早晨》、《春風化雨》、《霓虹燈下的哨兵》等。在價值立場上，大多消除個人私性、日常性與消費性，突出國家公共性，如《年青的一代》、《千萬不要忘記》、《萬紫千紅總是春》等。同時，國家政治保障下的工業生產特性得到空前強調。工業題材不僅被巨量生產，而且往往

[37] 【美】布萊恩・貝利：《比較城市化——20世紀的不同道路》，顧朝林、汪俠等譯，北京：商務印書館，2008年，第162-163頁。

伴隨著重大國家生活描寫，並以排除其他生活、文化形態為代價。如艾蕪、草明、蕭軍等老作家與胡萬春、唐克新、萬國儒、陸俊超等工人作家的作品，也包括『文革』時期大量的工業、車間文學。在文體上，也造成了特殊的形態，文學的個人性、地域性極弱，整體上屬於國家風格。」[38]其意在突出社會主義城市文學的某種複雜性，彰顯其基於不同的城市類型與資本主義文化的衝突、對抗，甚至妥協的歷史過程。而本文也意在通過「城市」這個文化研究的視角，解讀社會主義文學，從而揭示社會主義文化與資本主義文化在那段特殊歷史時期的衝突、順應的歷史過程。

第三節　社會主義城市類型學

在《非正當性的支配——城市的類型學》一書中，馬克斯・韋伯將城市分為若干類型，在他看來，城市就其居主導地位的不同經濟要素，可以劃分為「消費城市」、「生產城市」，以及「商人城市」等諸多類型。儘管「現實生生活中的城市幾乎是各種類型的混合」，但其鮮明的劃分方式依然給人許多啟發[39]。就1949年以後的中國而言，解放的歷史界碑意義所造成的城市類型的分野引人注目。從城市變遷的角度來看，其間毫無疑問涉及到不同城市類型的替代與轉化。在此社會主義城市的歷史建構過程中，城市類型學的變遷主要體現在以下幾個方面：

---

38 張鴻聲：《「文學中的城市」與「城市想像」研究》，載《文學評論》2007年第1期。

39 參見【德】馬克斯・韋伯：《非正當性的支配——城市的類型學》，康樂、簡惠美譯，桂林：廣西師範大學出版社，2005年，第6-7頁。

一、從「消費的城市」到「生產的城市」

眾所周知，當歷史的新的序幕隨著解放而帶來之際，毛澤東同志也莊嚴宣告了「黨的工作重點由鄉村轉移到了城市」。其實早在1949年的春天，《人民日報》便接連發文討論「變消費城市為生產城市」的問題，1949年3月17日發表社論《把消費城市變成生產城市》，1949年4月2日又發文《如何變消費城市為生產城市》。在主流意識形態看來，「消費的城市」意味著連接資本主義腐朽與墮落的舊有統治遺跡，而「生產的城市」才是基於勞動與建設之上的健康的烏托邦遠景。因此，將「消費城市」轉變為「生產城市」的邏輯在於，只有使中國從農業國變為工業國，才能鞏固人民革命政權，使中國人民徹底翻身。這種鮮明的意識形態分野清晰可辨：如果說解放以前的城市只是消費性的寄生／剝削城市，從而在「城市——資本主義——罪惡」的邏輯視野中被打入另冊，那麼解放以後的「社會主義城市」，則「與建立在對工人階級殘酷剝削基礎上的資本主義城市有著本質不同」，因為「在社會主義城市中，一切建設都是為勞動人民的利益服務的。保證勞動者物質文化生活水平的不斷提高，是社會主義城市的基本特徵。」[40]就拿上海這個「消費城市」的典範來說，全景式的社會主義改造之中，「新的領導階級集中在政治和經濟方面推動著整個城市的迅速工業化和實現社會主義綱領」，「上海」也以嶄新的形象出現在中國社會主義建設的蓬勃序列之中。「無論是一般由外國殖民勢力樞紐、金融中心變成人民政府所在地的外灘，或者由西僑、豪客

[40] 《貫徹重點建設城市的方針》，《人民日報》「社論」，1954年8月11日。

專屬購物街轉變為社會主義消費場所的南京路，或由殖民者的娛樂空間轉而成為群眾集會活動的文化廣場，這些舊有的上海城市地標不僅被新的規劃與設計也被新的活動所改造，空間的性質被重新的規定。」[41]這種歷史變革的偉大力量勢必將帶來文化想像的劇變。

就此基礎上的文學創作而言，「生產的城市」的建構使得解放之前的市民都市題材走向沒落，而「車間」成為城市小說中經常出現的正面意象。「車間文學」的勃興帶動著「生產的城市」的建構，一時間新的工業城市的作家類型橫空出世：草明的《火車頭》和杜鵬程的《在和平的日子裏》表現了鐵路工人開天闢地的勞動熱情；蕭軍的《五月的礦山》、周良思的《飛雪迎春》，李雲德的《沸騰的群山》則展示了礦山工人的壯志豪情；張天民的《創業》體現了石油工人的創業精神；周立波的《鐵水奔流》，艾蕪的《百煉成鋼》，草明的《乘風破浪》，胡萬春的《鋼鐵世家》，羅丹的《風雨的黎明》，冉淮舟的《建設者》，程樹榛的《鋼鐵巨人》等集中敘述了鋼鐵工人忘我的生產和鬥爭，這都是中國文學史上不曾有過的文學類型。

二、從「個人的城市」到「集體的城市」

正如《劍橋中華人民共和國史》中所談到的，「中國共產黨決心從根本上改變中國城市的特徵，而不單純是從資本主義向社會主義的轉變的問題。中國新的領導人想擺脫上述種種城市罪惡，重建新型的城市——穩定的、生產性的、平等的、斯巴達式的（艱苦樸素的）、具有高度組織性的、各行各業緊密結合的、經濟上可靠的地方；減少

41　李芸：《空間的改造、爭奪與生產——「文本」敘述與作為社會主義城市的上海想像》，華東師範大學中文系2008屆碩士學位論文，第9頁。

犯罪、腐敗、失業和其他城市頑疾。」[42]其中「高度組織性」的城市的建構無疑與新中國初期城市行政對社會的控制息息相關。按照當時國家領導人的願望，這種「集體主義」的社會控制，其目的在於「將全國絕大多數人組織在政治、軍事、經濟、文化及其他各種組織裏，克服舊中國散漫無組織的狀態，用偉大的人民群眾的集體力量，擁護人民政府和人民解放軍，建設獨立民主的、和平統一的、富強的新中國。」這裏就包含著一個從「個人的城市」向「集體的城市」轉變的問題。

1950年1月7日《東北日報》發表長篇社論《堅決改變城市政權的舊的組織形式與工作方法》，而後被《人民日報》大幅轉載。文章強調：「城市人民代表大會就是人民政府聯繫群眾最重要的橋樑，而各行各業按其生產與職業為單位所組織的團體，就是城市政權的基礎，就是它的耳目與手足。」政權工作要密切與人民群眾的聯繫，「加強各種產業行業與職業工會以及各種同業公會的工作，儘量把各種不同產業、行業、職業的職工，組織到各種工會中去，把各種不同的工商業者組織到各種同業公會中去，不屬於各行各業的居民，則分別組織在合作社、文化館中，婦女應分別組織到上述各種組織或婦女代表會中，這樣就將城市的人民群眾，按其不同的生產與生活需要分別組織起來了，市與區的機構就通過這些組織聯繫群眾。而過去通過街的一攬子的組織是無法聯繫這樣多方面的群眾的」。1954年，《城市街道辦事處組織條例》、《城市居民委員會組織條例》等相繼出臺。城市的組織政策開始逐步體現出湯瑪斯・海貝勒（Thomas Heberer）所總

[42] 【美】R. 麥克法誇爾、費正清編：《劍橋中華人民共和國史：中國革命內部的革命1966－1982年》，北京中國社會科學出版社，1998年，第713頁。

結的三重特徵：「（1）建立政治調控網路（通過街道辦事處和居委會）；（2）利用城市居民的經濟潛力（諸如通過建立街道企業和居民區企業）；（3）建立具有集體聯繫和集體意識的固定集體，類似於鄉村或者『單位』、企業部門。」[43]這種政治控制滲透進日常生活的方式，勢必引起研究者有關福柯主義「全景敞視」的遐想，但這種基於特定歷史條件下的充分的「社會動員」機制其實並不同於一元化的「集權主義」[44]，儘管它所激起的是有關「單位」和「政治化大工廠」的政治抱怨[45]。從文學方面來說，「集體主義」對「個人主義」弊端的克服（抑或壓制）所引起的城市文學批判，在1950年代達到一個高峰。劇本《萬紫千紅總是春》便是以文學的方式講述（想像）居委會作為調節「個人的城市」與「集體的城市」之間關係的權力（說服）工具的故事[46]。另外，從《我們夫婦之間》、《紅豆》、《在懸崖上》等小說對「資產階級情調」和「個人主義城市」的批判，到

---

43 【德】湯瑪斯・海貝勒、君特・舒耕德：《從群眾到公民——中國的政治參與》，張文紅譯，北京：中央編譯出版社，2009年，第44頁。

44 參見【美】詹姆斯・R・湯森、布蘭特利・沃馬克：《中國政治》，顧速、董方譯，南京：江蘇人民出版社，2007年，第15-16頁。

45 如研究者所言，「1949年後的中國城市，基本上可以描述為充分政治化的大工廠，人們隸屬於一個個『單位』，終其一生為『單位』服務，生老病死也幾乎全由『單位』保管。大家過的只是一種制度化、行政化、模式化甚至於軍營化的生活。」（參見李潔非：《城市相框》，太原：山西教育出版社，1998年，第29-30頁。）

46 研究者指出，「街道辦事處和居委會的任務不僅是在居民區貫徹中央決定的政策（如群眾鬥爭），而且還要關心社會問題和問題群眾（失業人員、退休人員、殘疾人、刑滿釋放人員）。它們成立了幼稚園、衛生保健機構和小企業；它們履行員警的救助職能，就像是戶籍管理處和民政局。在政治極端化時代，它們成為政治和意識形態的監督與控制機關。」（參見【德】湯瑪斯・海貝勒、君特・舒耕德：《從群眾到公民——中國的政治參與》，張文紅譯，北京：中央編譯出版社，2009年，第44頁。）

1958年大躍進時期的「城市公社」，以及1960年代「上山下鄉」等文化想像的方式，都是對「集體主義的城市」的建構和實施。

三、從「市民的城市」到「人民的城市」

在1949年第一次中華全國文學藝術工作者代表大會剛剛結束之際，剛復刊的上海《文匯報》上就爆發了一場關於「小資產階級可不可以作為作品主角」的爭論。這場爭論表面上看是文藝的表現對象問題，實際上卻蘊含著深刻的政治背景：即是以「小資產階級」（市民）為政治主導，還是以「工農兵群眾」（人民）為政治主導的關鍵問題。這也直接導致了政治規訓下，從「市民的城市」向「人民的城市」的轉型。眾所周知，建國初期曾有一段有關中國社會性質問題的共識，據此，「人民」的內涵中理應包括城市小資產階級與民族資產階級。然而，在此「可不可以寫小資產階級」的論爭之中，最後的結果是爭論的挑起者洗群被批判為「為保衛小資產階級的利益——特別是在文藝上的地位而戰」，是「對毛澤東文藝路線的一種含有階級性的抗拒」[47]。這就不可避免地透露出一種無產階級的文化焦慮：由於習慣上的「市民」階層，即小資產階級與民族資產階級主要生活在城市，如果他們成為文學作品的主角，那麼，他們生活的城市也應成為文學作品的表現對象，這勢必會蠶食傳統匱乏的「人民城市」的文學空間。意識形態的緊張所造成的最後結果是，隨著爭論的最後定性，傳統意義上的「市民的城市」從文學作品中消失了。

[47] 朱寨：《中國當代文學思潮史》，北京：人民文學出版社，1987年，第44頁。

然而，「人民的城市」中高度意識形態化的生活其實並不牢靠。它在壓倒「市民的城市」的過程中並沒有獲得一勞永逸的勝利，這也體現出社會主義文化的複雜面向。就像研究者所說的，「我們還是能以變相的形式看到一些中國早期城市的生活場景，那些與資產階級或小資產階級生活方式聯繫在一起的城市情調。例如，在《野火春風鬥古城》、《小城春秋》、《三家巷》甚至《青春之歌》等作品中，都會出現初具現代文明的中國城市，以及相關的一些生活場景。在這裏，城市及其某種生活情調附身於革命出場，革命要顛覆舊城市的統治者，要改造舊社會的城市，城市以其幽靈化的形式模仿死亡從而獲得新生。」甚至是像《上海的早晨》這樣聲稱反映民族資產階級改造和「人民的城市」建構的敘事文本，也出人意料地流露出對「市民的城市」的緬懷，「表現了色彩紛呈、千姿百態的現代大都市生活」。「透過這些，我們似乎看不到作者對資產階級生活也就是所謂城市生活的厭惡與批判，從小說的描寫中反而透露出作者對城市生活幾絲欣賞乃至羡慕的眼光。」[48]這種敘事的裂隙使人得以洞見「市民的城市」與「人民的城市」之間的矛盾與糾結。

[48] 陳曉明：《城市文學：無法現身的「他者」》，載《文藝研究》2006年第1期。

第一章　城市與鄉村的文化變奏

在《城市文化》一書中，路易斯・芒福德開篇即談到：「城市——誠如人們從歷史上所觀察到的那樣——就是人類社會權力和歷史文化所形成的一種最大限度的匯聚體」[1]。在其看來，作為現代性的標記，工商業文明基礎上建立起來的城市，當仁不讓地統領著國家的政權中心。然而對於中國革命來說，城市的攻佔固然是國家政權更迭的象徵，但革命的「鄉村起源」及其「農村包圍城市」的鬥爭策略，已然預設了鄉村和城市的倫理位置。革命成功，奪取城市，意味著政治生活重心由農村向城市的轉移。然而一方面，中國自古以來就是一個農業國家，頑強的農耕文化與作為現代性標記的城市形成了鮮明分野，這種傳統與現代的衝突，構成了鄉村的自卑與無力；但另一方面，革命的鄉村所帶來的社會主義期許，又是對墮落的資本主義城市的「新的現代性衝擊」，鄉村的自卑之中卻又包含著「社會主義」的自尊與自信。在這種「鄉村社會主義」與「城市資本主義」的現代性對峙之中，城市被革命話語逐漸建構成一個複雜含混而曖昧不明的所在。中國共產黨人通過對城市的佔領而宣告這場偉大革命的勝利，並最大程度實現了階級解放，這既是由鄉村向城市的現代性邁進，又是

1　【美】路易斯・芒福德：《城市文化》，宋俊嶺、李翔寧、周鳴潔譯，北京：中國建築工業出版社，2009年，第1頁。

一場新的革命空間的展開。然而，在此解放之中，社會主義的鄉村文化與資本主義的城市殘餘劈面相迎，與「進城」相伴而生的不僅是興奮與欣喜，更有警覺和猶疑。因此，在資本主義的「腐朽」城市面前，社會主義的鄉村起源既包含著無可比擬的道德優越感，但也潛藏著難以察覺的文化自卑性，這構成了革命之後的莫大焦慮。於是，爭取城市的「社會主義文化主導權」，便成為新的人民政權的迫切問題。

毫無疑問，對於進城而言，毛澤東對城市治理經驗的憂慮與對資本主義「糖衣炮彈」的恐懼，成為了建國初社會主義文化的最大焦慮。就像《進城：1949》一書中所談到的，「1949年以前中國共產黨多年在農村的工作獲得了前所未有的建立基層政權的經驗，但這套系統能否成功引入城市，革命的熱情能否轉化為嚴格有序的組織，並創建行之有效、富有活力的新秩序，在1949年初，仍是一個未知數。」[2]就此，毛澤東曾不無焦慮地說道：「我們熟習的東西有些快要閑起來了，我們不熟習的東西正在強迫我們去做。」[3]毛澤東是針對中國一場正在發生的深刻變化而說的。這時候，中國共產黨對瀋陽的接收已經接近尾聲，而對天津、北平、上海的城市接管工作剛剛開始。或許對於剛剛進城的中國共產黨而言，其治理城市的技術遠不如他們在農村工作時那麼得心應手。這便構成了城市與鄉村的潛在對立，而對立背後毋寧說恰恰昭示了中國現代性的複雜矛盾。對此，一位來自西方世界的中國問題專家有過精闢的論述，在其看來，中國共產黨的領袖們，「大多數是在農村的窮鄉僻壤生活和戰鬥了20多年，……對於那些農民幹部來說，城市是完全不熟悉的陌生地方，……伴

---

2 朱文軼：《進城：1949》，桂林：廣西師範大學出版社，2010年，序言第3頁。

3 同上，第3頁。

隨著不熟悉的是不信任。以集合農村革命力量去包圍並且壓倒不革命的城市這種做法為基礎的革命戰略，自然滋生並且增強了排斥城市的強烈感情。在1949年以前，那些革命家把城市看作保守主義的堡壘，是國民黨的要塞，是外國帝國主義勢力的中心，是滋生社會不平等、思想墮落和道德敗壞的地方。1949年，他們既是作為解放人員，又是作為佔領人員進入了城市，而對於那些對革命勝利貢獻很少的城市居民來說，同情和很大的疑慮是交織在一起的。這種把革命的農村和保守的城市一分為二的想法，是全部革命經歷產生出來的，這個想法在毛澤東主義者思想中已經成為根深蒂固的觀念。」[4]

儘管莫里斯・梅斯納（Maurice Meisner）對中國革命中的農民式的「狹隘」頗有微詞，但在他眼中，毛澤東對城市的「不信任」卻是其來有自。事實也證明，城市的現代性衝擊中所蘊含的政治風險確實觸目驚心。根據薄一波先生的回憶，我們可以看到，「華北最初接管城市，走了一些彎路，……如收復井陘、陽泉等工業區，曾經發生亂抓物資、亂搶機器的現象，使工業受到很大的破壞。收復張家口的時候，不少幹部隨便往城裏跑，亂抓亂買東西，有的甚至貪污腐化……攻克石家莊，接管工作雖有所改進，但仍有不少士兵拿取東西，他們還鼓勵貧民去拿。開始是搬取公物，後來就搶人財物……在城市管理上，不自覺地搬用農村的經驗，混淆了封建主義與資本主義的界限，損害了工商業的發展。」因此，在毛澤東眼中，城市不僅有消費主義殘餘留下的「糖衣炮彈」，也有農民式的「狹隘」和「反動的、落後的、倒退的、必須堅決反對」的「農業社會主義思想」，究其原因主

4 【美】莫里斯・梅斯納：《毛澤東的中國及其發展——中華人民共和國史》，張瑛譯，北京：社會科學文獻出版社，1992年，第96-97頁。

要在於，「我們黨誕生在城市，但後來長期生活、戰鬥在鄉村，許多同志不熟悉城市工作，還有一些同志難免用一種小生產者的觀點去看待城市」。[5]在這個意義上，「革命之後」的社會主義改造實際上面臨著雙重改造的問題，即一方面要改造原有的消費社會殘餘，實現資本主義城市向社會主義城市的轉型；另一方面還要將一個傳統的農業社會轉化成城市社會，某種程度上實現由「農民」向「市民」的身份轉型。

第一節　進城的衝突與改造的焦慮

如果說新中國的成立是中國城市與農村的一次重要會合，那麼「革命之後」的城市化問題所帶來的「合法化危機」，則廣泛觸及了中國現代性和當代社會主義轉型的諸多問題。正如論者所言，「城市」在某種意義上表徵著政權的合法性，因此，「進城」意味著一個新的「革命後」的時代的開始。然而，這一時代既是中國革命的產物，也「積澱著中國自晚清以來逐漸形成的『現代』夢想」。但與此相伴而生的是，「進城」也帶來了某種巨大的焦慮，這一焦慮正是產生在革命黨向執政黨轉化的歷史過程中。因為，「進城」「既是對革命黨執政能力的挑戰，也是對這一政黨的革命意志的考驗」，而且，「在逐漸展開的『革命後』的時代之中，身份的重新辨識開始成為一個極其重要的問題」[6]。在此，身份的「重新辨識」在於，「共產黨

5　薄一波：《若干重大決策與事件的回顧》（修訂本）上，北京：人民出版社，1993年，第6-7頁。

6　蔡翔：《「技術革新」與工人階級的主體性敘事》，《熱風學術》第二輯，上海：上海人民出版社，2009年，第128-129頁。

大批幹部從農村進入城市，引起社會生活明顯地變化。在這些人當中，一部分原來生活在城市，參加革命後到了農村，隨著革命勝利再回到城市；另一部分原本就是貧苦的農民，如今進入了他們既十分陌生、又感覺新奇的城市，它們以自己過去的生活方式影響著城市，而城市更以特定的文化氛圍改造著他們」[7]。正是這種雙重的改造，為和平年代的城鄉衝突平添了些許敏感的政治色調。《我們夫婦之間》這部作品，便「對建國後生活重心由農村轉向城市而引起的生活波瀾做了迅捷的反映」。作為「知識份子與工農相結合」的典範，無論在小說版本還是在電影版本之中[8]，都集中體現了解放以前李克與妻子張同志的和諧與融洽。然而隨著時間的推移，故事本身開始呈現出解放前夫妻之間的「艱辛」卻「和諧」，與解放後的「舒適」卻「爭吵」相對立的狀態，並進而極為明顯地表達了借家庭的倫理矛盾討論「革命之後」的現代性困境的問題意識。正如小說所言，矛盾就發生在「進城的第二天」，這無疑隱喻著丹尼爾·貝爾（Daniel Bell）所說的「革命的第二天」[9]的問題。然而，這裏不僅僅是革命本身的問題，更是空間的轉移，即從農村來到城市所帶來的問題。這種城市與鄉村的交彙所帶來的日常生活中不同生活習慣與觀念的碰撞，以及背後所隱藏的「改造」與「被改造」的政治交鋒，都廣泛觸及到「新的權力機構內部，農民與知識份子的衝突」，以及「不同家庭出身、社會階層和文化習俗的人在城市生活中的矛盾」。用評論者的話說，

[7] 董之林：《舊夢新知：「十七年」小說論稿》，桂林：廣西師範大學出版社，2004年，第40頁。

[8] 同名電影由著名導演鄭君裏執導，上海昆侖影片公司出品。

[9] 參見【美】丹尼爾·貝爾：《資本主義文化矛盾》，趙一凡等譯，北京：三聯書店，1989年，第75頁。

「這些矛盾過去多被緊張而艱苦的戰爭歲月掩蓋了，那麼在和平時期，隨著生活環境的變化，人們再也無法迴避它們，並進而思考與探求生活中新的精神支點」。[10]

小說還涉及當代中國城市化進程的問題，如論者所言，如果將社會主義政權由農村向城市的轉移視為一個現代城市化的過程，那麼這個「城市化的過程既是農村人口向城市遷移的過程，也是城市社會結構變遷的過程，更是一個從傳統社會向現化社會嬗變的過程，城市化進程中出現的許多社會問題，往往都是因為整個社會文化系統不能為社會整合提供足夠的合法性，以確保社會成員對社會的信任而導致的」[11]。也是在這個意義上，蕭也牧發表在《人民文學》上的這部作品被認為是「當代」最早觸及「城市生活」和「城市問題」的小說[12]。小說中「李克」與「我的妻」（「張同志」）的衝突，至少包含了三層意蘊：其一，隱藏著極為明顯的「城市倫理」與「鄉村倫理」的衝突，即將「村姑」及其「城市適應」問題化[13]；其二，由此種價值衝突所導向的「知識份子」與「工農群眾」

10 董之林：《舊夢新知：「十七年」小說論稿》，桂林：廣西師範大學出版社，2004年，第41頁。

11 張鴻雁：《「合法化危機」：中國城市化社會問題論》，載《探索與爭鳴》2006年第1期。

12 王彬彬：《「城市文學」的消亡與再生——從〈我們夫婦之間〉到〈美食家〉》，載《小說評論》2003年第3期。

13 黃善明認為，「發生在這對『革命伴侶』之間的種種家庭衝突，無非是因『村姑進城』引發的新一輪城鄉衝突，它在本質上標明了『新中國』社會『鄉下人』（進城後）與『城裏人』之間的族群性對抗」，「其真正意義所在，不僅指向普泛意義上的城鄉衝突，更指向『革命』（政權更迭）所催生的全新『進城』方式」。參見黃善明：《無可逃避的對抗——論小說〈我們夫婦之間〉的元故事形式》，載《揚州大學學報》（人文社會科學版）2007年第5期。

（或農民）的衝突；其三、最為關鍵的是由此折射出「小資產階級」與「無產階級」的文化領導權的衝突。因此總的來說，小說通過一對夫妻的日常生活場景，其間所包含的生活衝突和倫理矛盾，折射出了「知識份子／小資產階級／城市」與「農民／無產階級／鄉村」的價值分野問題。

從小說來看，對於李克來說，城市是他的故鄉，這裏有他熱愛的生活方式：遊園、遊戲、逛街、跳舞……。於他而言，伴隨著革命成功所帶來的欣喜，「返城」意味著盡情享受來之不易的幸福生活。儘管北京對他來說也是第一次到來，「但那些高樓大廈，那些絲織的窗簾，有花的地毯，那些沙發，那些街景的街道，霓虹燈，那些從跳舞廳裏傳出來的爵士樂」，卻是他所熟悉的城市消費元素。這些「熟悉」、「調和」的城市元素所散發的「強烈的誘惑」，讓他「覺得分外輕鬆」，一種「好像回到了故鄉一樣」的感覺油然而生。「雖然我離開大城市已經有十二年的歲月，雖然我身上還是披著滿是塵土的粗布棉衣……可是我暗暗地想：新的生活開始了！」李克對「革命之後」的「新的生活」充滿了「憧憬」。在李克心中，十二年前（1937年左右）知識份子離開城市，奔赴延安，走向革命聖地的壯舉，只為換來今天重新開始的「新的生活」。儘管他也曾在革命和戰火中磨礪，但他相信，革命所允諾的終極福祉隨著革命的成功而一併到來，並迫不及待地在他熟悉的「消費城市」中兌現這種承諾。

然而在妻子的眼中，城市的控制權雖然已經收入黨和人民的手中，但在社會主義改造完成之前，還遠未呈現出「解放」的面貌，這裏依舊殘留著舊城市的景觀。也就是說，城市並沒有隨著革命的成功而帶來新的「歷史改觀」，在其眼中依然是極待改造的「剝削之地」。這裏還存在著「剝削」和「不平」，比如「十三四歲」，「瘦的像只猴子」的「蹬三輪的小孩」，卻拖著一個「氣兒吹起來似的大胖子」，「西服筆挺」，「像個紳士」的胖子毆打一個十三四歲的孩子，西單商場皮鞋鋪老闆辱罵學徒，甚至還有「擦粉抹口紅」，腦袋像「草雞窩」的「女工」。面對城市景觀的不同態度，夫妻之間的倫理矛盾恰恰在於「進城」與「返城」之間的不同價值選擇。對於李克而言，城市是他的「故鄉」，「返城」意味著將自然化的城市景觀重新「內在化」，儘管這種「內在化」的城市之中依然包含著舊有的習慣，但他並不為所動，面對城市的「壓迫」與「不平」，他的淡漠溢於言表，這樣的事「城市裏多得很」，「這是社會問題」，從小說到電影，將其鮮明刻畫為一個貪圖享樂、忘恩負義而又冷漠無情的「市民」形象。而作為工農群眾的「進城」，妻子張同志則基於鄉村倫理和社會主義精神立場，處處表現出與「城市的一切生活習慣不合拍」的面貌，不妥協、不遷就「城市所遺留的舊習慣」，立志要改造城市，作為性格中的兩個極端，她的「粗言穢語」和對無產階級「尊嚴政治」的執著，都給人留下了深刻印象。

正是基於「進城」與「返城」之間的不同價值選擇，李克和張同志夫妻之間的感情「開始有了裂痕」，發現彼此的「感情、愛好、趣味」，「差別是這樣的大」。在李克眼中，妻子就是一個「農村觀點」十足的「土豹子」，隨著城市日常生活的展開，她的狹隘、保守、固執，越來越明顯。而至為重要的是，「妻子」在「丈夫」眼中逐漸喪失了「美感」：「別的人穿上灰布『列寧裝』，灑脫而自然」，而她還是「像她早先爬上下坡的樣子，兩腿內裏微彎，邁著八字步，一搖一擺，土氣十足」。而在妻子眼中，「李克」則忘掉了革命年代艱苦樸素的個性，開始迷戀於買皮鞋、抽紙煙、看電影、吃「冰其林」和跳舞，他「進了城就忘了廣大農民」，開始對城市生活盲目崇拜，一言以蔽之，他的心「大大的變了」。

當然，作為建國初「社會問題劇」的慣常結尾模式，小說不可避免地為這對「歡喜冤家」設置了夫妻和解的結局，以此表明「知識份子與工農結合」的城市改造主旨。儘管李克「自省」式的「和解」多少顯得有些突兀，但依然顯示了小資產階級知識份子的誠摯，他感動於妻子在「小娟偷表」事件的妥善解決中對無產階級「尊嚴政治」的維護，進而從「她」身上「發現了不少新的東西」，而這正是「我所沒有的」，也正是「我所感覺她表現狹隘、保守、固執的地方」。也就是從這裏開始，他重新認識妻子的「狹隘、保守、固執」，及其他與城市格格不入的特性。而對於妻子張同志來說，她也開始逐漸拆除與城市的緊張關係，認同城市的價值觀，實現由「農民」向「市民」的「蛻變」。小說中寫到，她對「擦粉抹口紅」，腦袋像「草雞窩」的「女工」，「開始變得很親近」，面對丈夫的調侃，她的反駁是，「她們在舊社會被壓迫，迫切需要解放」，並反斥其為「狹隘保守」。於是，這裏的「解放」便具有了意味深長的涵義。在城市生活的「薰陶」中，她買了舊皮鞋，服裝也變得整潔，粗言穢語開始減少，並「學會了禮貌」，在「要代表大國家的精神」的名義下，她實際上已經在無形中「被城市改造」。通過這種「雙重改造」的呈現，作者蕭也牧力求不偏不倚地實現「知識份子與工農群眾」的「雙重批判」：「我」的思想感情裏面，依然還保留著一部分「小資產階級脫離現實生活的成分」；而妻子有著「堅強的階級仇恨心和同情心」，卻「有急躁的情緒」。而小說最後也設置一個典型的小資產階級式的結尾：「夕陽照到她的臉上，映出一片紅霞。微風撫著她那蓬鬆的頭髮……我忽然發現她怎麼變得那樣美麗了呵。我不自覺地俯下臉去，吻著她的臉。仿佛回到初戀的『幸福時光』。」[14]

在建國初期「書寫規範」尚不明朗，作家們大多仍然在無意識中依據四十年代城市市民生活的書寫慣性寫作的情形下，以略帶喜劇化的方式饒有興味地呈現城市市民生活本無可厚非。更何況蕭也牧業已服膺於毛澤東《講話》中「文藝為政治服務，文藝為工農兵服務」的政治要求，正如評論者所言，《我們夫婦之間》從意義系統上來看，其出發點仍屬對左翼文學傳統的延續，即「通過日常事件的敘述，將日常性提升至超驗層面，表述『知識份子與工農相結合』的解放區文學命題」[15]。但即便如此，小說典型的「小資產階級」「敘事腔調」，在經歷了「可不可以寫小資產階級」[16]的風波之後的1950年代文壇，依然遭致批評界的非難。因此，蕭也牧的小說在贏得一片短暫的讚譽之後，不久便引來一陣批判的聲音[17]。陳湧就毫不客氣地指

[14] 蕭也牧：《我們夫婦之間》，載於《人民文學》1950年第1期，第45頁。

[15] 張鴻聲：《〈我們夫婦之間〉及其批判在當代城市文學中的意義》，載《鄭州大學學報》（哲學社會科學版），2005年第4期。

[16] 指1949年8月至11月，上海《文匯報》「磁力」副刊進行的「可不可以寫小資產階級」的討論。這次爭論是由陳白塵參見第一次文代會回到上海後的講話，以及冼群對陳白塵的批評引起。參與討論的主要有冼群、張畢來、黎嘉、何其芳、喬桑等人，論爭中最後以主張「可以寫小資產階級」的代表人物冼群發表「自我反省」文章《文藝整風粉碎了我的盲目自滿——從反省我提出「可不可以寫小資產階級」的問題談起》（《文匯報》1952年2月1日）為告終結。

[17] 蕭也牧的小說發表之後曾贏得一片讚譽之聲。肖楓在《談談〈我們夫婦之間〉》一文中指出：「這是一個比較有感染力的短篇」（1950年7月12日《光明日報》）。白村也在《談「生活平淡」與追求「轟轟烈烈」的故事的創作態度》中推崇說：「小說中寫出了兩種思想態度的鬥爭和真摯的愛情，有一定的社會意義」（1951年4月7日《光明日報》）。同時，多家報紙進行了轉載，《光明日報》更是刊專文大加推崇。連後來的批評者丁玲也不得不承認，這篇小說「很獲得一些稱讚」，不僅是

出，小說表現了「依據小資產階級的觀點、趣味來觀察生活、表現生活」的「不健康傾向」[18]。對於陳湧、丁玲和馮雪峰等當時批評家來說，蕭也牧的「政治冒犯」無疑是不可原諒的「錯誤」。

然而就小說而言，需要指出的是，文本並沒有表現出敘事者對主人公李克這位「原形畢露的洋場少年」及其價值傾向做出明顯的「認同式」的書寫，毋寧說小說本身包含著某種程度的「反諷」或「張力」，即在敘述者與主人公之間刻意保持著價值猶疑和「間離」的距離，或用研究者的話說，「小說的創作中基本上遵循的是話語懺悔立場」[19]。這種「話語懺悔立場」至關重要的作用是在敘事人和主人公的不同價值立場之間劃出一道「分界線」，從而有限度地表現出「小資產階級」自我批判的鮮明意識。也就是說，「李克」作為一個「返城」的「小資產階級」知識份子，是作為小說作者蕭也牧觀察生活之後，提出來的一個「社會問題」的「表徵」，而他通過小說的敘事展開，也是希望藉此療救「革命之後」由「農村」向「城市」的轉移中出現的「現實危機」。然而小說的敘事手法卻極大地干擾了這種文學療救的願望達成。

「專家」，而且「很多青年人都喜歡」。然而隨後不久便引來一陣批判，從1951年6月起，批判的文章開始在《人民日報》、《文藝報》等刊物上發表，作者包括李定中（馮雪峰）、葉秀夫、陳湧、丁玲、力揚、康濯等作家和批評家。為此，《中國青年》編輯部甚至還專門召開座談會，《新華日報》也對這場批判發表了綜合稿。批判的結果就是，1951年10月時蕭也牧不得不在《文藝報》上發表檢討文章《我一定要切實地改正錯誤》，為這場批判畫上了句號。

18 陳湧：《蕭也牧創作的一些傾向》，載《人民日報》1951年6月10日。

19 李遇春：《權力・主體・話語——20世紀40—70年代中國文學研究》，武漢：華中師範大學出版社，2007年，第370頁。

相當多的研究者都注意到這篇小說的「敘事手法」給作者帶來的「政治危機」，即《我們夫婦之間》中的第一人稱敘事。作者以需要改造的小資產階級知識份子「李克」作為主角，以其作為第一人稱的眼光展開敘事，將工農群眾「妻子張同志」置於被審視的位置，這使得知識份子有了一種敘述優勢，而有著「堅定的政治立場」和與「舊的生活習慣不可調和」的張同志卻成了一個被「他者化」的「被改造者」。小說之中，「我」的思想轉變顯得意味深長。如評論者所說的，「從敘述的主題來看，《我們夫婦之間》是不會受到批評的，但是從敘述的角度來看，情況就會發生變化」[20]。然而小說被批判的原因，在很大程度上應被歸咎為「我」作為一個「不可靠的敘述者」，其實被當作了作者蕭也牧的化身。這種由「角色」向「敘述者」的偏移，使得文學的虛構特質遭到了極大的漠視。也是在這個意義上，丁玲對這篇小說有著如下批評：「李克實際上是個很討厭的知識份子。他最討厭的地方，倒不是他有一些知識份子愛吃點好的，好抽煙，或喜歡聽爵士音樂的壞習氣，或是其他一般知識份子的缺點。最使人討厭的是：他高高在上地欣賞他老婆的優點哪，缺點哪，或者假裝出來的什麼誠懇的流淚了哪，感動了啦，或者硬著脖子，吊著嗓門向老婆歌頌幾句在政治上我是遠不如你哪，或者就又像一個高貴的人兒一樣，在諷刺完了以後，又俯下頭去，吻著她的臉啦，……李克最使人討厭的地方，就是他裝出高明的樣子，嬉皮笑臉地玩弄他的老婆——一個工農出身的革命幹部。」於是「李克」的「討厭」，就變成了「作品」和「作家」的「討厭」，他（它）「嘲弄了工農兵」，「騙

---

[20] 周新民：《由「角色」向「敘述者」的偏移——十七年第一人稱敘事小說論》，載《華中科技大學學報》（社會科學版）2001年第3期。

過了一些年輕的單純的知識份子」，「應和了一群小市民的低級趣味」[21]。而馮雪峰更是極為尖銳地將「李克」的「思想傾向」歸結為蕭也牧的「政治態度」，「假如作者蕭也牧同志真的也是一個小資產階級分子，那麼，他還是一個最壞的小資產階級分子！」作品是「對人民沒有愛和熱情的玩世主義」，如果任由這種傾向發展下去，「就會達到政治問題，所以現在就須警惕」[22]。於是，政治批判的矛頭就這樣輕而易舉地從「李克」轉移到了蕭也牧身上。

然而在批判的背後，重新去發掘蕭也牧通過小說的敘述所提出的問題則顯得意義非凡。現在看來，蕭也牧所提出的問題在於，共產黨「進城」之後如何防微杜漸，杜絕城市的消費環境帶給人的精神腐蝕的問題，這裏也涉及社會主義革命及其城市化進程中，知識份子和工農群眾的雙重改造如何可能的問題。儘管小說之中，李克最後對自己的思想有所反省，對妻子也做出了某些妥協，但他改變的主要是自己對妻子的「思想認識」，在「具體行動」上並沒有多大改觀。因此無論如何，小說中李克的「轉變」是廉價而輕率的，這位「原形畢露的洋場少年」身上還殘留著「病入膏肓」的「小資產階級劣根性」；而妻子張同志的轉變則較之前者更具堅實的質地，對於李克來說，城市生活已經使得妻子的「急躁冒進」和「簡單作風」，連同她的「保守」、「狹隘」、「固執」等特性都得到了極大的「改觀」。她從極端敵視、警惕城市生活到逐漸「開竅」，不再那麼「偏激」，對女工塗口紅、燙髮也能看得慣了，穿起了舊皮鞋，也開始講究起服裝和儀

21 丁玲：《作為一種傾向來看——給蕭也牧同志的一封信》，載《文藝報》4卷8期（1951年8月10日）。

22 李定中（馮雪峰）：《反對玩弄人民的態度，反對新的低級趣味》，載《文藝報》4卷5期（1951年6月25日）。

態來。也就是說，她是「的的確確被城市改造」，開始「向都市投降了」。因此，從張同志身上，可以明顯地看到「精神現象學」式的無產階級「城市化」歷程。面對城市消費主義殘餘勢力與革命理想的矛盾，張同志的震驚、抗拒、自我保護，及最後有限度的退守，反映到精神現象學上就是自我意識形成的「正」、「反」、「合」三題。對於剛剛進城的張同志來說，剛開始是基於「斯多葛主義」的普遍價值立場，幻想著用無產階級的普遍價值來改造城市。然而在現實面前，她很快發現這種雄心壯志中的強大自我是如此的虛無縹緲，現實城市消費景觀帶來的「震驚」感受讓其陷入某種「懷疑主義」的立場，丈夫在物質欲望面前的「變心」，「喪失革命立場」更是讓他跌入「苦惱意識」的邊緣，於是，她不得不做出有限度的調整，在拆除「震驚」的「擋板」中，包容客體，與城市融合，最後走向一種真正的「自我意識」[23]，即與他者相遇之後的「真正自我」，一種包容「他者」的自我。

這就是蕭也牧為張同志所代表的「進城」的工農群眾設置的「精神現象」歷程，其間「真正自我」的實現所包含的工農群眾「被城市改造」的意味極其明顯，也是在這個意義上，小說被批判的原因在於，一方面第一人稱敘事中包含的輕率感與價值傾向問題。但其實質在於，不能容忍無產階級「被改造」的故事，不能容忍工農幹部向城市認同，向小資產階級生活認同這一完全與「解放區傳統」相悖謬的態勢。也就是說，在資本主義城市的「豐富」面前，工農群眾的「潰退」與「認同」，這種現實的「可怕」在於，它似乎讓人得以洞悉無

[23] 參見【德】黑格爾：《精神現象學》上卷，賀麟、王玖興譯，北京：商務印書館，1979年，第132-153頁。

產階級文化的某種「匱乏」，進而指陳無產階級理想的「空洞」。正如小說所言，「不能要求城市完全和農村一樣」，這種論斷本無可厚非，但對其非階級化、非倫理化的評斷，小說中對「抹口紅、燙頭髮、爵士樂、高樓大廈」等城市「資產階級生活符碼」的寬容，並藉此表明「城市日常性所包含的合理性」[24]姿態，又似乎直指無產階級的文化自卑感的「痛處」。而敏感於城市文化對「解放區傳統」的消弭作用，通過批評的方式，小說及其批評事件也宣告了「知識份子與工農群眾」，在建國初城市化進程中「雙重改造」的不可能性。

第二節　「墮落幹部」的進城故事

如果說蕭也牧的《我們夫婦之間》通過一對革命夫婦的家庭悲喜劇，來突顯「革命之後」無產階級與城市的內在矛盾，以及由此而衍生的「社會主義危機」，那麼俞林的《我和我的妻子》則同樣將「進城」的社會矛盾焦點聚集在「家庭」和「夫婦之間」。

「在一個婚禮上，有位來賓向大家講了以下的故事。」在俞林筆下，這個「夫婦之間」感情聚合的故事以這樣的方式展開。在此，作者顯然吸取了《我們夫婦之間》所包含的批判教訓，轉而通過「講故事」的方式獲得一種「間離效果」，以此逃避第一人稱敘述所承擔的意識形態風險。以類似的方式減輕敘事者對故事本身的沉迷，從而獲得一種置身事外的安全感，在同時期其他作品中並不鮮見[25]。

24　張鴻聲：《當代文學中日常性敘事的消亡——重讀蕭也牧〈我們夫婦之間〉》，載《中國現代文學研究叢刊》2005年第5期。

25　與此類似的有《在懸崖上》的開頭，「悶熱的夏天」，「大家輪流談自己的戀愛生活」。既要講述一個溫情脈脈的情感故事，又要逃避某種可

> 這個城市剛一解放我們就進來了。這時候，我擔任了一個機關的領導工作，比以前更忙了。我的妻子呢？經過了這幾年「家庭」生活，原來的那股熱情沒有了，她既沒有學會專門知識，也沒有取得從事組織工作的政治鍛煉，只能在機關裏做一些輕便的工作。[26]

在這個「進城」的故事中，「我的妻子」是一位「剛從城市裏來的女學生」，有著十足的小資產階級情調，革命對她的吸引在於「很有意思」，然而她畢竟在革命的年代經受了鍛煉。當「我們」一同從革命年代走過之後，在我的「官僚主義」和「私心」的照顧下，她終於「丟掉做醫生的前途」，開始進入平庸的城市日常生活。於是，家庭生活與革命熱情之間的矛盾開始突顯，平庸生活的苦悶開始蔓延。為了消除這種苦悶，「她要在業餘時間向機關裏的一個幹部學彈吉他」，由此而走向腐敗墮落的境地。

從表面上看，「我的妻子」與《我們夫婦之間》中的「李克」比較相似，都是「返城」的知識份子革命者，而且故事本身也是在反省「我」的「官僚主義」和「妻子」進城以後的「變質」，然而此處問題的關鍵卻在於「告別革命」所造成的日常生活的「瓦解」。我的官僚主義在於「不關心自己的妻子」，「不從政治上幫助她」，使「她越來越不像一個從老區來的幹部」，而「她」則遭受著資產階級文化——「彈吉他」的致命吸引。這裏不僅僅是一個「革命者」進城之後

能的政治苛責。

[26] 俞林：《我和我的妻子》，載《新觀察》1956年第11期，第13頁。

的「日常生活」的焦慮，以及「娜拉走後怎樣」的女性主體性建構的問題，更是一個無產階級文化的「匱乏狀態」和資產階級文化「致命吸引」的問題。這也許才是故事本身所暗示出的城市秘密所在。

面對「妻子」的墮落，「我」深情地回想起「那些曾一度在她身上閃耀過的光芒，體會到她那些曾有過的幻想和希望」，這無疑是革命年代的人性閃光。然而，如「我」所思索的，「為什麼這些火花沒有燃燒成火焰就熄滅了呢？」果真如小說所闡述的，「是我把妻子當作自己的附屬品，把她放在身邊，不叫她學習，也不叫她工作。藉口『照顧』她，其實卻是為了自己有一個所謂『溫暖』的家，讓妻子成為照顧這個家的主婦」嗎？或者，「正是我這種可恥的思想窒熄了她發出的火花，阻擋了她前進的道路」嗎？換句話說，是「政治生活」的缺位所引起的「學習」匱乏造成的後果嗎？事實恐怕並沒有那麼簡單。就像小說所揭示的，「妻子」墮落的根源，即那位「彈吉他的幹部」不出所料地「與私商勾結，貪污公款」，這是作者俞林為城市資產階級趣味所設置的「合理結局」。結合「三反」之中的鬥爭背景，這種「政治無意識」的流露恰如其分地體現了意識形態的焦慮所在。小說最後，「我妻子後來到紡紗廠做工會工作，一開始很困難，但是她沒有退縮，她又恢復了從前的樣子，積極、熱情，很快就入了黨」。儘管這種與《我們夫婦之間》一樣的大團圓結局符合觀眾們善良的閱讀期待，也體現了作者試圖彌合「意識形態創傷」的努力，但社會主義城市在「資產階級趣味」的內在干擾中所呈現的分裂狀態卻是無法挽回的困局。

與《我們夫婦之間》及《我和我的妻子》比較相似，「山藥蛋派」小說家孫謙的作品《奇異的離婚故事》也描寫了一個革命幹部「進城」之後的墮落故事。小說主人公於樹德在「革命之後」的城市的所作所為，非常符合毛澤東在七屆二中全會上所警惕的對象。進城之後，他不自覺地受到資產階級思想「毒素」的影響，「生活」上開始蛻化變質，不僅變得「愛穿戴，也愛玩兒，還愛跳舞」，而且追求一種「有『無產階級的思想』，又有『小資產階級的風度』」[27]的價值取向。他熱衷於物質享受，沙發，小汽車，毛料子制服，喜歡到著名的工商業城市出差，有著十足的官僚主義做派，他的「反省丸」和「自我檢查丹」蒙蔽了許多人。他愛上了「梳著兩條長辮兒的大學生陳佐琴」，每天「坐著小汽車逛公園」，開始嫌棄自己鄉下的「黃臉婆」，並醞釀著與她離婚。

小說的中心情節就是圍繞於樹德「拋棄妻子」的故事展開的，而在孫謙這位農民小說家道德化的書寫之中，於樹德毫無意外地被塑造為十足的道德敗壞者，共產黨幹部中的蛻變者，一個「當代陳世美」的形象。與此相反，他眼中的「黃臉婆」妻子，那位曾經「臉兒紅紅的，一對大眼睛像是兩顆晶亮的星星」的「救命恩人」，則被塑造為任勞任怨，具有傳統美德的中國婦女。因此在很大程度上，這位「良心讓狗吃了」的負面道德型幹部形象，是通過被敘述為倫理的敵人，從而被認定為階級敵人的。在此，於樹德這個「官僚主義者」是被依附在「拋棄妻子」的民間倫理的「冒犯者」之上的[28]。就這樣，於樹德這位腐敗墮落，貪圖享受的官僚主

---

[27] 孫謙：《奇異的離婚故事》，載《長江文藝》1956年第1期，第44頁。

[28] 這不由得使人想起孟悅在《〈白毛女〉演變的啟示》一文中對「延安文藝歷史多質性」的精彩分析，在她看來，「民間倫理秩序的穩定是政治話語合法性的前提。只有作為民間倫理秩序的敵人，黃世仁才能進而成為政治的敵人」。也就是說，「政治力量最初不過是民間倫理邏輯的一個功能。民間倫理邏輯乃是政治主題合法化的基礎、批准者和權威。只有這個民間秩序所宣判的惡才是政治上的惡，只有這個秩序的破壞者才

義者，拋棄「糟糠之妻」的傳統倫理的「入侵者」，毫無意外地被塑造為階級的敵人，等待著被起訴和查辦的命運。

正像研究者所分析的，「這篇小說是以一種傳統的鄉村文化性質的審美價值觀來對當時城市中工農幹部在生活上蛻化變質的現實進行藝術表現的。這必然帶上某種文化的偏向。最明顯的是小說中對於於樹德的『缺德』描寫有很大程度的誇張和漫畫化，而對她妻子楊玉梅的『美德』則是相應的理想化」[29]。這其實也透露出彼時意識形態對城市腐蝕作用的警惕。在此值得一提的是，於樹德雖然是一位革命者，從戰爭年代走過，但他是「在城市裏讀過中學，又在他父親的店鋪學過買賣——有一些城市經驗」，由此而被調到城市去工作的。因此，他與《我們夫婦之間》中的「李克」非常相似，都是作為「返城者」重回城市的。而他本人進城當官後的墮落，也鮮明地體現出「城市經驗」作為一種負面所指的意義。「生活中確實有這種荒誕的事情！」《奇異的離婚故事》的結尾意味深長，也毫無疑問地包含著某種現實主義的批判意味[30]。儘管它順應了「雙百」時期「反官僚主

可能同時是政治上的敵人，只有維護這個秩序的力量才是政治上以及敘事上的合法性」。因此在某種程度上，「民間秩序塑造了政治話語的性質」。（參見唐小兵編：《再解讀：大眾文藝與意識形態》（增訂版），北京：北京大學出版社，2007年，第57-58頁。）

29 徐劍藝：《城市與人——當代中國城市小說的社會文化學考察》，昆明：雲南人民出版社，1989年，第40頁。

30 《奇異的離婚故事》在小說發表之初贏得了批評界的好評（參見薄鳴：《像火一樣燒毀思想中的資產階級毒素——〈奇異的離婚故事〉讀後感》，載於《長江文藝》1956年第3期。），但在1960年代的批判氛圍中卻被指責為對新社會的「攻擊和誣衊」（參見紅筆：《矛頭指向哪里？——評孫謙的〈奇異的離婚故事〉》，載於《山西日報》1960年1月5日；李東為、馬烽等：《危險的道路——評孫謙小說的思想傾向》，載於《文藝報》1960年第3期（1960年2月11日））。

義」的歷史潮流，但至關重要的卻是揭示了城市對於「革命之後」的社會主義政治空間的腐蝕作用。

在「進城者」的眼中，「革命之後」的社會主義城市是一片「解放」的天堂，而社會主義清教徒式的文化匱乏狀態卻終究難敵幽靈般殘存的資本主義文化，這也是解放所呼喚出的「個人」的病症所在。鄧友梅的《在懸崖上》也是討論「革命之後」城市夫妻關係問題。這篇小說的主人公不再是昔日的革命者和進城幹部，而是一位暗示出負面形象的工地技術員、小資產階級青年。於是在他這裏，這種「個人主義」與資產階級趣味更加肆無忌憚，因此也極為曖昧地揭示出了城市的「美」、「自由」、「消費主義」和「物質主義」等資產階級因素對「社會主義城市」的「誘惑」。小說之中，「我」在妻子（「革命伴侶」）與情人，即藝術學院畢業的雕塑師加利亞（資產階級女青年）之間的情感抉擇，被暗示為實用大方與華麗外表兩種不同美學風範的對峙。當然最終的結局無疑是社會主義理想的勝利，但在此意識形態的教益之中，「情感」與「詩意」的吸引終究令人心醉。《在懸崖上》有一段經典的段落，講述「星期六的機關舞會」，「我」和愛人，以及加麗亞相逢在舞場：「我真後悔，不該把她帶到這裏來現眼。」「糟糠之妻」令他自慚形穢，這無疑象徵著社會主義美學在資產階級面前的自卑形態。緊接著小說描述了「我」和加麗亞酣暢淋漓的舞蹈：「音樂一響，我倆就旋風似的轉過了整個大廳，人們那讚賞的眼光緊追著我倆閃來閃去。加麗亞得意地說：『我好久沒這麼高興過了，跳舞本身是愉快的，被人欣賞也是愉快的』。」[31]這種「個人」陶醉於資本主義文化的欣快感，以及城市的「詩意」與「趣

[31] 鄧友梅：《在懸崖上》，載《文學月刊》1956年第9期，第10-11頁。

味」，終究是追求道德精神的社會主義所無法提供的，於是「墮落」便顯得不可避免。

在此頗有意味的是，從《我們夫婦之間》到《在懸崖上》，小說都不約而同地寫到了「機關舞會」。作為一種社會主義城市的大眾娛樂方式，「機關舞會」被認為是對1930年代營業性舞廳的「重塑」。從四十年代的「延安交誼舞」到建國初期的「機關舞會」，「舞蹈」尤其是「交誼舞」，作為一種資產階級城市娛樂方式，出人意料地被社會主義文化所吸收和改進。這體現了社會主義文化在一種節制的原則中對「身體解放」的認同和對欲望放縱的警惕。然而，就是「機關舞會」這種意識形態規訓下某種「潔淨」的大眾娛樂方式，也在建國初的城市題材小說中釀成了苦果。無論是《我們夫婦之間》中的「李克」，還是《在懸崖上》中的「我」，更別說《上海的早晨》中那位迷戀「機關舞會」的「張科長」，都是在物質欲望的沉迷中沖決了身體解放的適度原則，從而演變為精神墮落的骯髒後果。這種情節設置的原則，已然體現出「機關舞會」這一社會主義城市文化形式的破產跡象。

這其實也體現出「進城」的無產階級政權，不斷面臨一種文化抗爭的命運。這就像《霓虹燈下的哨兵》中的「遊園會」，以及「革命劇《白毛女》」與「好萊塢電影《出水芙蓉》」之間的爭鬥。如果從「進城」的歷史脈絡來看《霓虹燈下的哨兵》，則主人公排長陳喜或多或少呈現出於樹德的影子[32]。在此，故事的主體變成了解放

32 據悉，該劇的創作是在將生活藝術化的基礎上，依據領導意圖、形勢需要不斷修改、錘煉的過程（這也是十七年時期文學創作中一個普遍的情形，尤其是對於那些經典作品）。最初的劇情主要是反映人民內部矛盾，表現「腐蝕與反腐蝕」的主題，其中圍繞排長陳喜的主要情節是：

軍戰士，更顯出「階級鬥爭」的緊張局勢。在反動派「紅的進來，不出三個月趴在南京路上完蛋」的叫囂中，排長陳喜果然陷入城市的「物質主義」迷戀。他開始鍾情「花襪子」，而嫌棄「老布襪子」，開始忘卻象徵著「部隊的老傳統」、「解放區人民的心意」的「針線包」。城市的「香風毒霧」已然讓他「思想深處發黴」，「出現腐爛的斑點」。他鼓勵童阿男和林媛媛的約會，認為「你是個解放軍，大方些，別叫上海人笑話！」另外，對趙大大的「黑臉」也極盡揶揄之辭，「黑不溜球的，靠邊站站吧！」這都體現出對無產階級「土」的厭惡。在他眼中，上海繁華的城市空間，使得鮮明的無產階級特徵恰恰成為城市的嘲諷對象。在此至關重要的是，妻子春妮兒連同她那「破舊」的「支前扁擔」、「紅布包袱」，都激起了陳喜「致命」的自卑感。因此，儘管文本之中「老布襪子」的象徵意義在於，「結實、耐穿，穿著它，腳底板硬，站得穩，過去穿著它能推翻三座大山，今天穿著它照樣能改造南京路！」但陳喜對春妮兒的「無意識」的「摒棄」，連同上海這一花花世界的背景，便具有了意味深長的內涵。

城市給家庭帶來的變故，感情危機背後蘊含的意識形態危機，這些都顯示出無產階級文化的匱乏狀態，它似乎難以抵擋資產階級文化的吸引，而資產階級文化的載體便是「革命之後」的城市。《乘風破浪》中的「進城工人」李少祥，面臨著在鄉下姑娘小蘭和上海姑娘

他進城後被上海的「香風」所迷惑，看上了進步學生趙霞，看不起自己的農村妻子春妮，想離婚再娶，偏偏春妮又被評為勞動模範，成了趙霞學習的榜樣。劇本寫成後，這樣的情節被批評為不符合「生活本質的真實」，一個進步的女學生怎麼會腐蝕幹部呢？在重新修改的劇本中，趙霞便換成了女特務曲曼麗。於是，一個解放初期常見的婚變矛盾，被改寫成更重大迫切的國內階級鬥爭問題。（參見沈西蒙：《〈霓虹燈下的哨兵〉創作回顧》，載《戲劇藝術》1979年第2期。）

小劉之間的情感抉擇。儘管最後，小說在一種無產階級勞動美學的價值評判中選擇了小蘭，但李少祥的「延宕」本身無意間透露出「小劉」這一有文化又有著「摩登」意味的資產階級女子對他的吸引。而在《霓虹燈下的哨兵中》，儘管排長陳喜最後在指導員的教育下幡然悔悟，但他對「春妮兒」的堅守，毋寧說只是對解放區人民的道德承諾，而社會主義文化在很大程度上就是依賴這種道德的「超我」結構得以維繫的。

在「進城」的故事中，面對城市的誘惑，道德蛻變者往往與政治蛻變者有著驚人的同構關係，這也是城市官僚主義的由來。他們的形象在王蒙的《組織部來了個年輕人》，劉賓雁的《在橋樑工地上》、《本報內部消息》，以及杜鵬程的《在和平的日子裏》中有著清晰的呈現。如果說草明《火車頭》中劉國梁的「官僚主義」被認為是照搬農村經驗到城市來的「保守」與「狹隘」，那麼劉世吾、羅立正和梁建等人則是「革命之後」安享「和平日子」的落伍者和墮落者。儘管劉世吾這位革命年代的英雄，從戰場和農村來到城市和組織部，作為「經驗豐富」，「心地單純」的「布爾什維克」，並不能簡單地被看成一個官僚主義者，但他的「世故」、「冷漠」，以及安於現狀的「逃避哲學」，卻終究體現出官僚體制中策略性的自我保護，這無疑是與革命理想背道而馳的。而《在和平的日子裏》中的梁建作為一個坐享和平的建設者，他絲毫沒有意識到「和平日子」蘊含的嚴峻危機。他的問題在於將過去「忘光」，忘卻了自己作為一位革命者從失敗走向勝利的艱辛，他「要能把經過的一切事情都忘光，好像那些事情根本沒有發生過一樣。要不，人就永遠不能安然地過日子！」「安然」一詞讓人想到了張愛玲對人生「安穩」的追求，這種日常生活的邏輯幾乎就是城市的秘密，卻是革命的大敵，也是革命者從鄉村走向城市的危機所在。小說中通過對梁建革命史的回顧，從而引出了一個「革命之後」的「蛻變」的問題，正如韋珍所說，「一個人只有在自己沒有飯吃、沒有出路、活不下去的時候，才有奮不顧身的革命勁頭？等到他不愁吃穿了，生活環境安逸了，他聽不見生活在怎樣呼喚社會主義？他的生命就失去動力？這樣的人，能算真正的革命者？」[33]在此，城市一方面作為現代文明對於傳統農耕文化具有消解作用，另一方面，城市作為資本主義產物對於革命所建構的無產階級政權卻具有腐蝕作用。

第三節　「農民進城」與城市想像

正是基於作為資本主義產物的城市文化所具有的腐蝕作用，無產階級文化對城市想像充滿了敵意。於是跳出城市之外，在略顯保守的鄉村及其倫理背景上，梳理1950至1970年代農村題材小說中「農民進城」與城市想像的脈絡，便會更為尖銳地呈現出社會主義城鄉文化及其想像的複雜關係。

作為一個起源於鄉村的革命政權，中國共產黨及其人民政府多少帶有一些道德理想主義情愫。在此之中，城市因其裹挾著資本主義因素，而被建國後主流文化所警惕，真正意義上的城市文學也由此消亡。對此有研究者曾指出，毛澤東是在「農村包圍城市」的指導下取得全國勝利的，建國後，他很快就把一種「毛主義」的城市規則運用到政治生活之中，「在毛澤東看來，城市不過是外國統治的舞

[33] 杜鵬程：《在和平的日子裏》，北京：人民文學出版社，1958年，第110頁。

臺，而不像馬克思確信的那樣，是現代革命的舞臺。正是毛澤東的這種觀念導致了他強烈的反城市偏見，並相應地導致了他那種強烈的農民傾向：城市等同於外來影響，而農村才是本民族的。這種觀念還使毛澤東對城市產生一種更普遍的懷疑態度，即認為城市是資產階級思想、道德和社會腐敗現象的根源。即使1949年以後，外國人早已離開了中國的城市，他的這種懷疑仍未消除。」[34]因此，從一開始，城市就連同「舊中國歷史中的病態骯髒」一道，被打上了擺脫不掉的「原罪」烙印。正是在這個意義上，如論者所言，「中國的城市文學始終是生不逢時，它遭遇鄉土中國永不衰竭的歷史力量，儘管它也具有強大的歷史活力，但它只能是遭遇主導歷史排斥的『他者』，一個『大他者』。」[35]這個排斥的主導便是借助主流意識形態力量迅速成長的「農村題材文學」[36]，革命在城市的「驅魔」中造就了「鄉土的勝利」，使得「鄉土」和「農村」幾乎囊括了新中國文學的全部歷史。

在《中國新文學大系・小說二集》導言中，魯迅曾這樣概括「鄉土文學」：「凡是在北京用筆寫出他的胸臆來的人們，無論他自稱為用主觀或客觀，其實往往是鄉土文學，從北京這方面來說，則是僑寓文學的作者」[37]。在此經典的定義中，「鄉土」不過是城

---

[34] 【美】莫里斯・邁斯納：《毛澤東主義中的烏托邦社會主義論題：城鄉關係》，收入《馬克思主義、毛澤東主義與烏托邦主義》，張寧、陳銘康譯，北京：中國人民大學出版社，2005年，第58頁。

[35] 陳曉明：《城市文學：無法現身的「他者」》，載於《文藝研究》2006年第1期。

[36] 關於當代文學中的「農村題材小說」與現代文學中的「鄉土小說」的不同特徵和意義，參見王又平文章《從「鄉土」到「農村」——對中國當代文學主導題材形成的一個發生學考察》，載於《華中師範大學學報》（人文社科版）2003年第3期。

[37] 魯迅：《中國新文學大系・小說二集：序》，《魯迅全集》（第6卷），北京：人民文學出版社，1982年，第247頁。

市知識份子的想像之物，因此也應屬於廣義上的城市文學。對此，王德威也認為：「沒有城市，何來鄉土？鄉土意象的浮現離不開都會的對應存在」，它們是一種「相生相剋的關係」[38]。然而頗為有趣的是，在「十七年」的農村題材小說中，這種「相生相剋的關係」出現了一個異乎尋常的「顛倒」，即此時的小說在單調的農村生活之外，若隱若現地透露出了「城市的資訊」。當真正的城市文學已經被「工業小說」所取代時，農村題材小說中的城市敘述便成了「窺探」城市的絕佳路徑。這種意外的呈現猶如意識形態的「傷口」，恰如其分地傳達了此時主流文化有關城市想像和敘述的「徵兆」[39]。在農村題材小說中，敘述的重點在於此時此地的政治運動和鄉村生活，比如「合作化」或「人民公社化」運動等，然而在此之中，作為「他者」的城市卻從側面「幽靈般」顯現。在這個意義上，城市（或「都市」）成為了「社會主義文化缺席的在場者」[40]。這種側面的呈現並非毫無意義，它通過鄉村倫理的堅守、浪漫主義的城市批判，及社會主義的意識形態選擇這三者之間的矛

---

38 王德威：《想像中國的方法：歷史・小說・敘事》，北京：三聯書店，1998年，第364頁。

39 此處的「徵兆」（*symptom*）來自齊澤克（Slavoj Zizek）的觀點。齊澤克在《意識形態的崇高客體》（*The sublime object of ideology*）中用拉康的精神分析學，對馬克思的商品、佛洛德的夢這種「形式」進行了追問。在他看來，通過分析要揭穿的「秘密」不是被形式（商品或夢的形式）隱藏起來的內容，而是這種形式自身的「秘密」。他進而指出，「馬克思發明了徵兆」的意義在於，馬克思主義「意識形態批判」的基本程式是「徵兆性的」，它探究的是「意識形態領域的崩潰點」。此處的城市敘述也可作如是觀，重要的不是想像和敘述背後隱藏的內容，而是這種想像和敘述的形式本身。

40 戴錦華：《猶在鏡中：戴錦華訪談錄》，北京：知識出版社，1999年，第67頁。

盾和衝突，來「形構」城市的意義，並由此彰顯彼時的意識形態症候和現代性秘密。

一、城市的文化想像

美國城市文化學者路易斯・芒福德在其名著《城市文化》中曾這樣談到，「人類文化生活是在城市環境裏才達到了它的頂峰，實現了其濃縮的極致的。」他也曾借用中世紀歐洲的一句諺語來談論城市的意義：「城市空氣能使人獲得自由」。然而在芒福德看來，儘管人們「之所以聚居在城市裏，是為了美好的生活」，但「對於中世紀城市內部的社會生活而言」，「資本主義制度本身」作為「一種破壞性力量」是不言而喻的[41]。而關於資本主義的興起對城市文化的衝擊，理查・利罕在《文學中的城市》一書中亦有著清晰的說明。他以「文學中的城市」為線索，在城市與文本的互文式閱讀中，著重考察了歐美城市不同發展階段文學的表現方式，並從中發現了資本主義與城市文學的秘密，「隨著城市變得越來越趨向於物質主義，文學想像中開始出現針對它的敵意，這一敵意與對啟蒙價值的不信任攜手而至。」[42]有人曾這樣概括其描述的城市的表現模式與過程：「現代主義的這些主題基本上對城市持否定的態度，這裏也表現出作者的立場：城市從早期的神聖城市到啟蒙時期的城市，最後到現代大都市，基本上處在一個不斷『墮落』的過程中。與此相對應的是，城市中的人從較早時候（如巴爾扎克筆下）的活躍的、積極的參與性的力量逐漸退化

41 【美】路易斯・芒福德：《城市文化》，宋俊嶺、李翔寧等譯，北京：中國建築工業出版社，2009年，第68頁，第517頁。

42 【美】理查・利罕：《文學中的城市：知識與文化的歷史》，吳子楓譯，上海人民出版社，2009年，第6頁。

為受城市控制、對城市無能為力而退縮到內心領域中的漫遊者和旁觀者。」[43]現代資本主義的發展，既帶來了城市的繁榮，也直接導致了《聖經》之中的「天堂之城」向「地獄之城」（或「上帝之城」向「人之城」）的墮落。這樣的城市象徵符號不斷迴響在後世的文學中，「天堂之城」和「地獄之城」的比喻也影響著文學對城市的想像。這種聖城與罪惡之城的對立兩極，「表現了物質和現實城市體驗與精神的理想城市幻想之間的複雜關係，表達了人類對於自己最壯觀最可見的創造物以及最複雜的組織形式——城市——既自豪自負、既愛又恨的複雜情感。」[44]在浪漫主義已降的文學表述中，城市作為社會衰敗和道德罪惡的代表，不斷通過墮落城市的隱喻，來突顯拜金主義與精神危機的「反都市」主題。由此而生，在對城市的文學表現中，矛盾和愛恨交織的情況也由來已久。如派克（Pike）所說，「衝突與矛盾：這也許是城市（無論是真實的還是想像的）最迷人的地方，那就是它體現了人對自己創造的文明、自己所屬的文化的矛盾情感——驕傲、愛、焦慮、仇恨」。[45]從巴爾扎克筆下的外省青年，到狄更斯小說中的「工業廢墟」，再到波德賴爾的巴黎「惡之花」，西方悠久的現代文學傳統，大體貫穿了一個「愛恨交織」的城市情感脈絡。而自晚清以來的中國文學，也在鄉村宗法社會的破解中延續了這一主題。從丁玲、茅盾等人的左翼小說，到老舍筆下的「駱駝祥子」等，都通過「鄉下人」失敗的城市經驗，表

---

43 季劍青：《體例與方法——讀〈文學中的城市〉》，載於《現代中國》（第五輯），武漢：湖北教育出版社，2004年，第227頁。

44 陳曉蘭：《城市意象：英國文學中的城市》，桂林：廣西師範大學出版社，2006年，第230頁。

45 張英進：《中國現代文學與電影中的城市：空間、時間與性別構形》，秦立彥譯，南京：江蘇人民出版社，2007年，第114頁。

達出都市控訴的反現代主題，並由此彰顯鄉村與城市之間一目了然的情感傾向。

如理查・利罕所言，「每一次『革命』都是對城市的一次『重新表述』（re-presentation）」[46]，建國後農村題材小說雖包含了鄉村文化的保守狹隘和社會主義的意識形態規訓，但其「重新表述」之中仍依稀連接著此前西方現代文學的反都市傳統。它們大多通過「鄉下人進城」中城市景觀的呈現，來「形構」城市的意義和意識形態症候。在這些進城的「鄉下人」眼中，城市往往是陌生而充滿欺騙的所在。如在王杏元的《綠竹村風雲》（第一部）中，有一段縣裏稅務局同志向主人公王天來介紹的城市印象，小說這樣寫道：

> 在「三反」運動前，有些奸商市儈，企圖走私漏稅。他們天天和你混在一起，稱兄道弟，用金錢美女向你進攻，如果你說沒愛人，他們馬上會給你介紹一個漂亮的姑娘。他們邀你上酒樓，見你喝醉了，會扶你進房睡覺，把你舊鞋拿掉，換上新的皮鞋。你手上是舊手錶，醒來時，會變成一個頂好的手錶在你眼前閃光。要是你失去警惕，就會被他們拉下陷阱去。[47]

這裏明顯表達出一種對城市的恐懼（抗拒）心態，在其眼中，社會主義改造之前的城市是充滿陷阱和欺騙的地方，能夠引起人的墮落和沉淪。這種對資本主義「糖衣炮彈」的恐懼，毋寧說是中國革命「農

---

46 【美】理查・利罕《文學中的城市：知識與文化的歷史》，吳子楓譯，上海：上海人民出版社，2009年，第21頁。

47 王杏元：《綠竹村風雲》（第一部），上海：人民文學出版社上海分社，1965年，第144頁。

村包圍城市」的原初焦慮和寓言寫照。城市的欺瞞與墮落，城市的商業和物質文明，作為資本主義殘餘的表徵，不僅是現代性本身的「病灶」，更是對社會主義革命聖潔性的威脅。

在此，「左翼文學」由來已久的城市資本主義批判被發揚光大，然而在這種「反現代的現代性」[48]追求中，「制度化」的農村題材文學畢竟包含著更為嚴峻的意識形態焦慮。這些小說中描繪的走資本主義道路的代表，一般都是把城市看作「個人發家」的地方[49]，比如秦兆陽的《在田野上，前進！》中的村支部宣傳委員徐翠蓮，趙樹理的《三裏灣》中的范登高都是這種類型。趙樹理筆下的村長范登高，土改後「走資本主義道路」做起了小買賣生意，還雇傭人幫他趕驢子，城市是他們進貨的主要地方；小說中描寫小俊來到范登高家，「見范登高家的桌子上、床上放著好多新東西——手電筒、雨鞋、撲克牌、水果糖、棉絨衣、棉絨毯子、小孩帽子、女人帽子、頭卡……還有些沒有拆開的紙包。」[50]這些城市商品的呈現，並不在於渲染社會主義物質產品的豐富，而是在一種馬克思主義的商品拜物教闡釋中，對資

[48] 對此問題，李楊的《抗爭宿命之路》（時代文藝出版社1993年）和汪暉的《去政治化的政治》（三聯書店2008年）等著作多有論述。

[49] 關於「自發的資本主義」，根據林蘊輝等在《凱歌行進的時期：1949—1989年的中國》（河南人民出版社1989年）中的考察，1952年8月—9月，中共中央委託中央政策研究室召開全國第二次互助合作會議，對《關於農業生產互助合作決議》（草案）進行修改，並檢查如何辦好農業生產合作社的問題。時任中共中央政策研究室副主任的廖魯言在會上講話說，中央關於農業生產合作社決議草案下達後，下面幹部與自發的資本主義傾向做鬥爭的信心提高了，有了明確的發展方面。在談到目前合作運動發展中的幾個問題時，他首先強調了「與自發的資本主義傾向的鬥爭，仍須加強」。（詳見《中國農業合作史資料》1987年第4期）由此可見，「土改」之後農村「自發資本主義」的傾向非常嚴重。

[50] 趙樹理：《三裏灣》，北京：作家出版社，1963年，第20頁。

本主義的投機倒把和發家道路的意識形態批判。在這種「兩條道路的鬥爭」中，意識形態的緊張使得一切商業活動都具有了欺騙的罪惡本質。這一點或許可以從《創業史》（第一部，柳青）中對農村鄉鎮糧食市場的描寫得到答案：

> 看吧！黃堡橋頭這約莫五十步長的糧食市場上，現在，到處在議價了。……總之，熙熙攘攘，市聲沖天。但所有這一切都是必要的嗎？這裏的一切活動都是欺騙和罪惡啊！損人利己、損公利私的行為，在這裏都被商業術語，改裝成「高尚的」事業了。[51]

就是在這個「罪惡」的糧食市場，郭世富以次充好，欺騙了一個糧客。在主流意識形態看來，正是萬惡的自由市場和商品交易使得一切罪惡得以滋生，人們的欲望也得到極大地膨脹。因此，也正是這種對市場，對資本主義生產關係的恐懼，在某種意義上導致了對城市的終極恐懼。這可能就是王德威所稱的，大陸文學批評傳統中，「城市——小資產——資本主義——頹廢——墮落」的「奇怪邏輯」[52]。對於國家意識形態來說，城市的資本主義性質是亟待驅魔的對象，而對於老實巴交的農民來說，商業和資本更是傳統鄉村倫理的「腐蝕劑」，因而也被視為可怕的洪水猛獸，「莊稼人最駭怕吃虧了。不管是什麼時候，他們對商人始終保持著高度警惕。」[53]

---

[51] 柳青：《創業史》（第一部），北京：中國青年出版社，1977年，第471頁。

[52] 王德威：《想像中國的方法：歷史．小說．敘事》，北京：三聯書店，1998年，第364頁。

[53] 柳青：《創業史》（第一部），北京：中國青年出版社，1977年，第570頁。

如果說《創業史》中對城市資本主義的偏執想像，還包含著「重農抑商」的悠久傳統中「莊稼人」由來已久的保守和狹隘，那麼浩然的《豔陽天》中的敏感與警惕則與特定年代緊張的意識形態衝突密切相關。小說《豔陽天》「講述話語的年代」正值「文化革命」前夕（1964年9月，1966年3月、5月《豔陽天》第一卷、第二卷和第三卷分別出版），用小說中的話說，「一場社會主義大辯論就要深入展開，一個社會主義建設的新高潮就要到來」。在此情境之中，作者浩然將小說「話語講述的年代」鎖定在1956至1957年間，則無疑包含著極為鮮明的激進政治訴求，即將農村的「合作化運動」與城市的「反右派鬥爭」結合起來，從而彰顯特定年代的「兩條路線鬥爭」。於是這部農村題材小說在單純的鄉村生活之外，出人意料地呈現出「城鄉互動」的「整體歷史」格局。在此之中，城市作為「隱匿」的「他者」，卻時時「在場」，影響著鄉村的政治生態。小說中的「東山塢」，匍匐在城市「大鳴大放」的陰影下，承受著來自城市的「負面」消息。馬之悅、「繞繞彎」等人，正是通過在北京城裏讀書的子輩以及躲在城市裏的反動分子（如范占山）那裏獲得資訊，而對社會主義農業社進行攻擊和破壞的。如小說中瘸老五從北京的來信，馬立本與范占山的通信，直接聯繫著「東山塢」富裕中農的土地分紅歪風。而地主馬小辮的兒子馬志新的來信，則直接指向了城市政治運動與鄉村「兩條路線鬥爭」的關聯：「整風、大鳴大放，機關、學校，到處是戰場，鬥爭如火如荼，萬分激烈。美國自由世界的風尚，將來到北京。學校老教授，很希望在農村出現一些敢於鬧事請願的人，跟城市的勇士們呼應起來，再通過輿論在全國、全世界傳播開來。」[54]於是，在城市和鄉村，北京

[54] 浩然：《豔陽天》（第二卷），北京：人民文學出版社，1966年，第710頁。

和「東山塢」，鳴放會與合作化運動之間，便出現了極為微妙的「鏡像」關係。北京的「新思潮」和「毒種子」，醞釀著城鄉勾結的「變天」陰謀，「城市是這樣，不能不影響到農村，農村有地、富，有反革命，有投機分子，這也是毒種子，也會發芽抬頭。」[55]這樣的意識形態敘述，無疑是特定年代階級鬥爭的寫照，更是城鄉關係的激進化想像。

二、農村還是城市？這是一個問題

毫無疑問，城市的資本主義面目使其成為主流意識形態的批判對象。於是在小說的敘述之中，靜謐的鄉村生活也不得不遭受危機四伏的城市的侵擾。小說《風雷》（陳登科，北京：中國青年出版社，1964年）中，反動特務胡永貴被描述為在西安的一個工廠做小工，《豔陽天》中的范占山也被寫成躲到城裏伺機破壞社會主義的反動分子。《香飄四季》（陳殘雲，北京：作家出版社，1963年）中富裕中農許三財以及書中描寫的偷盜農業社的行為都與廣州城裏的奸商有著密切關聯。這種敘事策略清楚地表明：城市是物質豐裕的享樂空間，又是藏汙納垢的骯髒所在，是階級鬥爭的嚴峻空間。由此，面對城市的誘惑，鄉村群眾的價值選擇便顯得極為重要。農村還是城市？這是一個生死攸關的問題。

小說《水滴石穿》（康濯，1957年）講述的是城市的失敗者重新回到農村的故事，以此而證明鄉村倫理的最後勝利。小說中的農村姑娘張小柳迷戀城市生活，然而在一段並不成功的「城市冒險」之後，她無奈地回到了農村。當被問及原來的對象（農村建設的積極者）能否與她和好時，小說中女主人公申玉枝這樣反問：「你如

55 同上，第355頁。

果考上學校，進了工廠，找了稱心的工作，或是你那個好同學一直跟你好下去，你還會想起他？你還會回來？」小柳的回答代表了敘述者的態度：「我是要回農村，要勞動，要建設社會主義，要挽回我過去扔了的前途！」[56]然而，此時的張小柳果真「挽回了」自己過去「扔了的前途」嗎？就像小柳所說的，「我沒臉，我實在不想白天進村啊！」失敗的城市經驗令她羞愧難當，這種「羞愧」之中有著複雜的深意：這既是對自己過往棄絕鄉村行為的羞愧，更包含著一種被城市拒絕而不得不重返鄉村的羞愧。因此，小說的最後雖說農村最終戰勝了城市，但這種勝利很難說是鄉村倫理的真正勝利，而毋寧說只是一種「虛妄的勝利」[57]。因為在此之中，在其離開的那一刻便已註定了對鄉村的棄絕與不貞，鄉村的無奈堅守者[58]，及其農村社會主義建設的光榮最後居然是被城市的拒絕反襯出來的。這可能也是作者的敘述策略中無意間流露出來的價值指向。

這樣的價值指向在很多長篇小說中體現得極為明顯，《香飄四季》中的許細嬌、《水滴石穿》中的小柳，以及《在田野上，前進！》中的周梅仙等等，這些人不願意在農村勞動和受苦，往往就把自己的婚姻幸福作為實現這種「理想」的途徑，而紛紛與此前的農村對象分手。小說對這些人物的設置意在表明，城市不過是資本主義式

[56] 康濯：《水滴石穿》，北京：人民文學出版社，1981年，第250頁。

[57] 路遙1982年的小說《人生》也塑造了一個從鄉土到城市，又返回鄉土的農村青年形象。同樣在高加林這裏，「離去—歸來」的個人奮鬥模式也是以被城市的拒絕而告終的。因此小說最後，主人公「撲倒在黃土地上」毋寧說也是一種鄉村的「虛妄勝利」。

[58] 當時流傳一句諺語，「走了的都是英雄好漢，留下的都是稀鬆懶蛋」，新中國建立之初，政府希望農民紮根農村，但嚴酷的事實卻讓部分農民腳踏田裏，眼望城市，形成一股進城風潮。參見李巧寧：《1950：「翻身農民」想進城》，載《時代教育》2008年第8期。

的享樂和好吃懶做的地方，是那些不安心社會主義建設的農村女子逃避勞動的避風港。因此，她們的城市經歷未能如願也就不足為奇了。對於特定年代的政治氛圍來說，城市與鄉村之間的價值選擇，具有生死攸關的意識形態意義。這是因為，革命之後的社會主義城市，已然成為階級鬥爭和符號爭奪的關鍵領域。在秦兆陽的《在田野上，前進！》中，當張駿問道：「你們為什麼不想到城市裏去呢？」小妮子的回答是：

> 我沒想慣到過城市地方，可我聽見人們說過，那兒連個長草兒的地方也沒有，連個透氣兒的地方也沒有，儘是房子擠房子車挨車，連走道兒都不敢放心大膽地走，哪如俺們鄉下暢快！

接著小說這樣描寫道：

> 她瞪著那水靈靈的大眼睛，大概是在幻想著大城市裏的情形。一會兒，又扭頭向四外看了看，用更加快活的聲調說：「俺們這兒多好！春天夏天，到處是青枝綠葉；秋天冬天，一眼看去每個擋頭；又守著一條河……說實話，我就是愛在河堤上走道兒，我愛那景致，愛悄悄兒跑過去嚇唬水鳥兒。還有，你們想：熱天夜裏，在瓜棚裏一躺，在大寬場上一躺，風兒颼颼的，蛤蟆咕咕咕，那有多好！活兒累？生活苦？咱又不是資產階級，要是沒價活兒幹，我還不痛快呢！還悶得慌呢！」[59]

[59] 秦兆陽：《在田野上，前進！》，北京：作家出版社，1956年，第190頁。

這裏無疑是以審美的眼光對農村和城市之間關係的重新審視，從而在一種對宗法制鄉村「原初激情」式的浪漫主義想像中，達成了對城市物質文明的抽象拒斥。這種拒斥所包含的鄉村堅守意味，順理成章地與主流意識形態有關城市與鄉村的價值選擇形成了「合謀」。於是，意識形態的「說教」，在一種對鄉村倫理的「原初激情」式的迷戀中得到呈現。正像論者所言的，「這種帶有一定浪漫主義色彩的城市想像——城市作為自然（農村）的對立面，是在自然（農村）成為逃避現代文明的棲息地的意義之上的——到後來還是被加上了階級的尾巴，農村的『烏托邦』想像最終還是成了階級鬥爭思維的一種延伸」[60]。於是，鄉村倫理的堅守、浪漫主義的城市批判，以及社會主義的意識形態選擇這三者之間的矛盾和衝突，幾乎構成了十七年農村小說中特有的城市宿命。

如前所言，在農村題材小說中，城市的「負面」幾乎隨處可見。西戎的小說《姑娘的秘密》，描寫在縣城裏當收購員的李桂生回農村看望玉花姑娘的場景，他「穿著皮鞋，戴著呢子帽，嘴裏還鑲了兩顆金牙」[61]，卻並沒得到玉花的好感；而在康濯的小說《春種秋收》中，百貨公司的幹部「頭髮梳的透亮，穿著新皮鞋和細腿的褲子」[62]，也沒得到農村女青年劉玉翠的認同。城市人的一些時髦裝扮，往往成為農民批評的對象。然而，城市畢竟對於農民有著巨大的吸引力。尤其是當「城市」與「工人」、「工業化」相結合所體現出正面情緒時，城市的腐朽與墮落便「煙消雲散」。馬烽小說《韓梅

60　徐勇：《農村題材小說中的城市想像》，載於《重慶社會科學》2009年第7期。

61　西戎：《姑娘的秘密》，北京：人民文學出版社，1959年，第108頁。

62　康濯：《春種秋收》，北京：作家出版社，1955年，第24-29頁。

梅》中的張偉在省城當了工人，他媽媽感到無比驕傲和榮耀，見人便說兒子當工人了，她知道「當工人是最吃香的」[63]。而在另一篇小說《一架彈花機》中，張老大和張寶寶因為購買彈花機而進過城，所以他倆回來後，全村男女老少聚攏到合作社院裏，村民圍著他倆，聽他倆談論城裏的見聞。「合作社院裏真像唱戲趕會一樣熱鬧，全村男女老少進進出出，都來看省城辦回來的貨物。有的問洋火多少錢一盒；有的問顏料多少錢一錢；還有的問省城裏怎個熱鬧，火車汽車是個甚樣子」[64]。在此，「進城」成為「見過大世面」的標誌，而得到村民的尊重，這也反映出農民對城市生活的好奇與仰慕。宋小娥就因為張寶寶從城裏給她捎回了「一個紅紅的化學梳子、一個圓圓的小鏡子，還有一本藍色的硬皮日記本」，所以「每天總要把這些東西拿出來偷偷看三遍，心裏經常是熱乎乎的，說不來是怎股勁」[65]。這既是對戀愛中男女相互傾心愛慕的寫照，又反映出小娥這個農村青年對來自城市的物品愛不釋手，以及對城市生活的渴望。正是這種「渴望」造就了《創業史》中所描寫的當時城市招工報考的場景：「當西安國棉三廠招女工的通知到了下堡鄉。鄉政府的大院子，擁擠著滿院的閨女們。」「分配給渭原縣的名額只有二百八十個女工，報名的突破三千了。光城關區就有一千多報名的。」[66]許多像徐改霞一樣的女青年期盼著能考進工廠，實現進城當工人的夢想，她們都是希望「奔向新生活的青年」。

---

63 馬烽：《韓梅梅》，上海：少年兒童出版社，1955年，第19頁。

64 馬烽：《一架彈花機》，見《村仇》，北京：人民文學出版社，1958年，第6-7頁。

65 同上，第10頁

66 柳青：《創業史》（第一部），北京：中國青年出版社，1977年，第440頁。

基於城市既有的「負面」形象和農村的倫理位置，鄉村與城市之間涇渭分明的意識形態選擇，卻因為「工業化」城市的橫空出世而出現意識形態選擇上的延宕和糾結，對城市物質主義的「原始欲望」也被召喚出來。這極為突出地表現在小說《創業史》中徐改霞的職業選擇之上。在自己所愛慕的梁生寶和嚮往的城市生活之間，徐改霞的「延宕」顯得意味深長。當她糾結於要不要去報考「國棉三廠」，進入城市時，小說中這樣寫道：

> 她的心沉重得很。她感動難受，覺得彆扭。她問她自己：你是不情願離開這美麗的蛤蟆灘，到大城市裏去參加國家工業化嗎？她心裏想去呀！對於一個嚮往著社會主義的青年團員，沒有比參加工業化更理想的了。聽說許多軍隊幹部和地方幹部，都轉向工業。參加工業已經變成一種時尚了。工人階級的光榮也吸引著改霞。一九五一年和一九五二年，西安的工廠到縣裏來招人，願去的還少，需要動員。但是一九五三年不同了，「社會主義」已經代替「土地改革」，變成湯河流域談論的新名詞。下堡小學多少年齡大的女生，都打主意去考工廠了。她們有一部分人，談論著前兩年住了工廠的女同學所介紹的城市生活：吃的什麼、穿的什麼、住的什麼、用的什麼、看的什麼……團支部委員改霞從旁聽見，扁扁嘴，聳著鼻子，鄙棄這種富裕中農的姑娘。她們要多俗氣有多俗氣，盡想著「樓上樓下、電燈電話」！改霞考工廠不是為了這些。她打聽到國家要先工業化，農村才能集體化以後，郭振山叫進工廠的話，對她才有了影響。[67]

[67] 同上，第244-245頁。

小說無意間觸及到當時城鄉之間的敏感問題，即「國家工業化」與「農村集體化」到底孰先孰後？當時，國家工業化建設已經逐漸展開，城市開始向農村吸收勞力。小說之中，郭振山的三弟郭振江，就是「在城市向農村第一次要人的時候」，西安電廠當了徒工。而蛤蟆灘「有名的俊女子」改霞也在猶豫，要不要「奔赴祖國工業化的戰線」。儘管對於蛤蟆灘的人而言，進城參工意味著現代化事業給他們的生活帶來的一種新的可能，意味著對古老人生模式的一次突破，具有十足的現代性意義，但對於農業合作化這項偉大的社會主義實踐來說，二者又具有明顯的衝突。這毋寧說是現代性本身的衝突。對此，小說的主人公梁生寶表達了自己的憂慮，「1950年抗美援朝，把土改中鍛煉出來的一批好青年團員參軍走了。今年這回紗廠招人，短不了又要把一批沒家庭拖累的優秀女團員拉走。這農村工作，要是來個大運動，可怎辦呢？」因此，作者柳青儘管通過小說這種形式，以一種略帶保守的鄉村本位立場表達了對城市的偏見，但其內在的目的卻是服務於社會主義實踐，即另一種「現代性的追求」。而且，作為一種現實政治，這對於當時城鄉發展的政策也有一種政治辯論的意圖，其背後也包含著對當時「國家工業化」的幌子之下，「農村青年盲目流入城市」[68]問題的回應。

[68] 建國初農民外流的情況相當普遍，他們主要流向城市或工礦。當時，中國政府下發了一系列制止農民「盲目外流」的檔，如1954年3月12日的《繼續貫徹〈勸止農民盲目流入城市的指示〉》、1956年12月30日的《國務院關於防止農村人口盲目外流的指示》、1957年3月2日的《國務院關於防止農村人口盲目外流的補充指示》、1957年5月13日的《國務院批轉內務部關於災區農民盲目外流情況和處理意見的報告的通知》、1957年12月18日的《中國共產黨中央委員會、國務院關於制止農村人口

儘管「國家工業化」確實是「更要緊」的事情，但不可否認的是，在徐改霞報考國棉三廠這一獻身國家工業化的「崇高思想」中，依然夾雜著對城市物質文化的迷戀。「工業建設需要人，是個事實，青年們積極參加經濟建設，也是個事實。不過看起來，大多數閨女家不安心農村，不願嫁給農村青年。」對於徐改霞來說，她所面臨的無疑是一個人生的選擇，城市抑或鄉村，這是一個問題。「離開柿樹院，住進工廠和工人宿舍裏」，去享受「工人階級的光榮」和「工業化理想」。然而在這崇高的理想之中，卻又包裹著對城市舒適生活的莫名焦慮。改霞的心裏活動已然暴露了這一點：「她似乎是追求工資奉養寡母的鄉村閨女，她似乎是很希望嫁給一個在城市生活的小夥子。結婚對她，似乎只不過是每月幾十塊人民幣，一雙紅皮鞋和一條時髦的燈芯絨窄腿褲子的集中表現而已！」[69]因此，儘管改霞和生寶之間有著純潔而深厚的情誼，但改霞的隱晦選擇和曖昧態度，還是讓梁生寶這位紮根農村的「社會主義新人」心痛不已，因為對於他來說，改霞已經「和莊稼人不是一條心」了。這種道德的抉擇，便是對他們之間愛情關係的終結性宣判。正如梁生寶對馮有萬所說的，「人家想進工廠哩。你思量，既有這意思，咱何必惹那個麻煩？咱泥腿子、黑脊背，本本色色，不攀高親。咱要鬧互助合作，又要鬧豐產，咱哪里有閒工夫和她纏？你往後再甭提這層事了。」[70]儘管這種農民的自卑之中，夾雜對城市生活的狹隘厭惡，但是城市與鄉村的選擇，

盲目外流的指示》等（參見國務院法制局、中華人民共和國法規彙編編輯委員會編輯：《中華人民共和國法規彙編》，法律出版社1956年，1957年），並採取了相應的限制農民外流的措施。國家反覆下發禁止「盲流」的檔，可見「盲流」現象在當時非常嚴重。

[69] 柳青：《創業史》（第一部），北京：中國青年出版社，1977年，第447頁。

[70] 同上，第260頁。

與紮根農村，投身合作化運動的意識形態運作，卻是極為複雜地糾結在一起的，這是一個生死攸關的問題。

三、「工業化」與社會主義「城市景觀」

有研究者指出，「對於有著強烈的農民文化記憶的中國的社會主義者來說，對城市的看法一開始就是十分複雜的。對城市的佔領是革命取得最後勝利的象徵，但對城市的警覺排斥和耿耿於懷又是揮之不去的。」於是，「革命之後」的世界就被一分為二地劃分為「革命的農村和保守的城市」[71]。再加之這些農村題材小說作家大都來自農村，保守的鄉村倫理使得他們形成一種對城市和農村的複雜認識。而這種建國初農村題材小說基於意識形態立場對城市的「妖魔化」敘述，已然深刻體現了中國現代性的複雜所在。正像莫里斯・梅斯納所考察的，這種「前工業」的「落後地區的革命馬克思主義意識形態」，實際上來自於「毛澤東主義」的「烏托邦社會主義」實踐。在他看來，毛澤東摒棄（或超越）了馬克思主義「以現代化城市為中心」的革命進程，而在一種「唯意志論」的理想主義中，相信「由經濟落後地區構成的『革命農村』將戰勝歐美發達國家構成的『城市』」。儘管這種類似於農民本位的「偏執」，其目標「既不是使城市『農村化』，也不是使鄉村『城市化』，而是要使農村現代化，使城市逐步融於現代化的和共產主義的農村環境」，最終「消除城鄉差別」，但在其客觀效果上，「對農村生活美德的頌揚和對『墮落的』城市生活方式的抨擊，強化了公社化運動的反城市傾向。」這種「反

[71] 孟繁華：《傳媒與文化領導權：當代中國的文化生產與文化認同》，濟南：山東教育出版社，2003年，第76-77頁。

現代」的傾向包含的「本土色彩」如此濃厚，以至於有論者將其看作孔子已降「中國傳統的對大自然的傾慕之情」。於是，傳統與現代的面目在此幾乎模糊不清。然而，邁斯納還是一針見血地指出了其中的根源，「無論傳統社會中農民對寄生的以行政為基礎的城市如何憎惡，孔夫子的弟子們對鄉村美德的稱頌有怎樣的影響，毫無疑問，在現在反城市觀念的形成中，最重要的因素乃是現代帝國主義的入侵，正是這種入侵使中國城市成為外國的領地，成為外國統治的象徵」[72]。因此，在這「墮落」城市的背後，既有社會主義與資本主義的意識形態爭辯，也有第三世界國家「脫殖民化」，走向獨立的民族主義「創傷」。

於是，農村題材小說在一種浪漫主義的「去城市化」中，回到了「前資本主義」時期反對資本主義制度的思潮，在此，新的城市建構中的社會主義工業化便具有意識形態療救的重要意義。在毛澤東那裏，「烏托邦社會主義」必然包含著民族自強的現代性訴求，而「大規模的工業化為一個嶄新社會的誕生創造著經濟基礎」。對新的人民政權而言，作為資本主義代名詞的「城市」本身，在社會主義的文學視野中被批判性審視的同時，卻終歸需要有一種真正的社會主義城市形象得到正面呈現。儘管如大衛・哈威（David Harvey）在《巴黎城記》（*Paris, The Capital of Modernity*）中所說的，革命的現代性的開啟總是與「創造性的破壞」（creative destruction）有關，「在於它採取與過去一刀兩斷的態度」[73]，但在他那裏，奧斯曼的巴黎重建之中，卻

[72] 【美】莫里斯・邁斯納：《馬克思主義、毛澤東主義與烏托邦主義》，張寧、陳銘康譯，北京：中國人民大學出版社，2005年，第66頁，第59頁。

[73] 【美】大衛・哈威：《巴黎城記：現代性之都的誕生》，黃煜文譯，桂林：廣西師範大學出版社，2010年，第1頁。

蘊含著資本主義城市及其現代性的起源神話。而對於毛澤東來說，新的城市形象則迫切需要通過社會主義改造來建構，這種「社會主義現代性」的訴求在於將顛倒的世界重新顛倒回來的，正如他所說的「我們不但善於破壞一個舊世界，我們還將善於建設一個新世界」[74]。

那麼，如何將顛倒的世界重新顛倒回來？毛澤東卻依然動用的是「工業化」這一資本主義現代性的資源。在他看來，將「消費城市」變成「生產城市」[75]便可使城市的原罪在社會主義工業化的建設中得到蕩滌，這其實也頗為無奈地反映了中國這個第三世界國家在社會主義進程中體現出的現代性尷尬。在此意識形態的燭照下，「生產的城市」則不可避免地成為此一時段文學中靚麗的「景觀」。

作為一部合作化題材的農村小說，柳青的《創業史》站在鄉村倫理的立場上，對梁生寶為代表的社會主義新農村歷史實踐給予了極高的禮贊。然而另一方面，對於國家的工業化，柳青也極為矛盾地表達出崇高的敬意和正面的歷史敘述。小說展現了1953年我國進入第一個五年計劃時期西安這座城市熱火朝天的建設場景：「西安市郊到處是新建築的工地，被鐵絲網或板籬笆圈了起來，競賽紅旗在工地上迎風飄揚。衰老的古都，在一九五三年的春天，要開始恢復青春。馬路在加寬。同時興建地下水道和鋪混凝土路面。城裏城外，拉鋼筋、

[74] 毛澤東：《在中國共產黨第七屆中央委員會第二次全體會議上的報告》（1949年3月5日），《毛澤東選集》（第四卷），北京：人民出版社，1991年，第1439頁。

[75] 《人民日報》於1949年3月17日發表社論《把消費城市變成生產城市》，1949年4月2日又發文《如何變消費城市為生產城市》。變消費城市為生產城市的邏輯是，只有使中國從農業國變為工業國，才能鞏固人民革命政權，使中國人民徹底翻身。而以前的城市只是消費性的寄生／剝削城市，造成了城鄉之間的矛盾。參見《把消費城市變成生產城市》，《人民日報》，1949年3月17日。

洋灰、木料、沙子和碎石的各種類型的車輛，堵塞了通灞橋的、通咸陽古渡的和通樊川的一切長安古道。」小說最後，在與農村合作化幾乎平行的歷史線索中，作者也暢想了國家工業化建設的遠景：「一九五三年春天，是祖國社會主義經濟建設第一個五年計劃的第一個春天。大地解凍以後，有多少基本建設工地破工了呢？有多少鐵路工程進入施工階段了呢？有多少地質勘探隊出發了呢？有多少軍隊幹部和地方幹部握別了多年一塊同甘共苦的同志，到籌建工廠的工地和新認識的同志握手交歡呢？有多少城鄉勞動者放下三輪車、鐵鍬和钁頭，胸前戴上黃布工人證，來到鐵路工地和基建工地呢？」[76]這無疑也印證了柳青關於城鄉之間互動聯繫的思考。1955年他在寫給陝西省委書記《建議改變陝北的土地經營方針》的信中就曾建議：「陝北應當結合自然和氣候條件，改變土地經營方針，可以種植蘋果，利用黃河水利條件興建水電站，經過土地經營方針和經濟結構的調整，必然導致現代工業城市的興起，延安、綏德、榆林三地將成為工業城市。」[77]確實，只有「工業化」作為一種「健康」的城市背景，才能得到社會主義文學的推崇和禮讚。這就像王汶石筆下的黑鳳（《黑鳳》）設想著將來會有無數排列成行的高原的鐵塔，電線，拖拉機，康拜因，渠道，流水，像小城一樣佈滿樓房的新式村莊。《豔陽天》裏的蕭長春心裏則有一幅「全縣、全北京郊區、全中國都是一個樣兒」的東山塢的未來發展圖。同樣，《三裏灣》裏的「民間畫家」老梁描繪出一幅「社會主義時期的三裏灣」的未來美景。這些都無一例外地指向了「工業化」的社會主義新農村遠景。

---

[76] 柳青：《創業史》（第一部），北京：中國青年出版社，1977年，第438頁。

[77] 孟廣來、牛運清編：《中國當代文學研究資料——柳青專集》，福州：福建人民出版社，1982年，第45頁。

「工業化」的意識形態燭照和城市的社會主義改造，使得新的社會主義城市景觀在腐朽墮落的「舊城市」之外「浮出歷史地表」。在浩然的《金光大道》中，有一段來自芳草地的農民暢遊「新北京」的描寫，小說也藉此呈現出一派新的完全不同的城市敘述：

過去，像這樣的胡同，到處都是垃圾、糞便，還有連莊稼人見了都捂鼻子的臭水溝；如今都變成了平展展的道路，不要說什麼髒東西，連一片紙、一個石頭子兒都沒有。過去，這類的胡同裏擁擠著許多用厚紙片或楊鐵葉子搭成的小窩棚，東倒西歪，破破爛爛；如今這些拆走了，變成了一排簡易的新房。原初是高聳雲霄的腳手架，不久高樓大廈要在那兒落成。過去，這類的胡同裏，活動著要飯的、叫街的、算命的、打架的、耍酒瘋的，亂亂哄哄，吵死人，煩死人；如今，這裏安靜極啦，除了遠處的汽車喇叭，近處院子裏傳出的收音機唱歌，一點響動沒有。偶爾過往的挎籃子買東西的婦女、背書包的小孩子，也是穿戴整潔，滿臉笑容。[78]

在他們的視野中，城市並沒有《我們夫婦之間》（蕭也牧，1950年）中的「我的妻」所感到的陌生與異樣，相反，城市卻如鄉村般安靜祥和：

[78] 浩然：《金光大道》（第一部），北京：人民出版社，1972年，第149-150頁。

> 新修起來的百貨公司，粉刷一新的鋪家門面，一個挨一個，櫥窗裏擺著五光十色的貨物，從玻璃門進進出出，都是買東西的人。人群內裏有男有女，有老有少，有工人打扮，也有農民裝束，還摻著一些穿著長袍、包著頭巾的少數民族，以及膚色白的，或是黑的外國人。他們隨意觀看，自由行走，一個個都是從從容容的。買東西的人表現著放心、信任，售貨員流露著熱情、誠懇。[79]

小說的主人公高大泉將其歸咎為「人們思想的變化」。確實，「三反五反」之後的城市，經歷了社會主義改造，開始呈現出一派新的城市景觀。當然，這種有關「解放」和「新時代」締造的堂皇敘事中所包裹的意識形態烙印也是清晰可辨的。在蕩滌了舊時代的污垢之後，這裏沒有霓虹燈，沒有歌舞廳和爵士樂，沒有目迷五色的都市景觀，更沒有奇裝異服的城市人群，「城市—資本主義—墮落」的邏輯也開始漸次消解。儘管在保守的鄉村倫理看來，它依然「不如咱們鄉下出來進去方便」，但鮮明的階級歸屬感卻油然而生，正如小說中呂春江所言：「天下是咱們的了，大城市也是咱們的了。」劉祥也感慨道:「過去一提大城市，我就又怕又噁心。這回一邁進城門，就覺著到了家一樣。」此處，作者並沒有一味「延宕」他們的「城市穿行」經驗，而將高大泉他們迅速引入火熱的城市工業生產勞動之中。在去火車站的路上，他們驚奇地打量著新出現的現代化、機械化的紡織廠和麵粉廠，參觀了工人們「動人的勞動場面」。在這新的勞動場地上，呈現在他們眼前的是具有強烈現代色彩的城市景觀：

[79] 同上，第151頁。

> 鐵軌像一個壯漢身上的筋骨錯綜交叉，不知伸展到山南海北什麼地方去；信號燈在天空變幻著顏色，列車噴著雲彩一樣的濃煙，響著悠揚的汽笛聲，來來往往、轟轟隆隆，連老遠的樹枝和牆壁都隨著顫動；人和機械發出的聲響，彙成最動聽的音樂；裝卸工人來往奔忙，各種卡車、三輪車、排子車，出出進進，一天到晚喧鬧不止。[80]

正是新的主人翁意識及其階級歸屬感的思維燭照，使得這些工業景觀的描寫並沒有展現出浪漫主義作家們所聲討的現代工業文明與人的對立與壓抑跡象。面對這充滿現代工業文明色彩的城市景觀，高大泉這「鑽慣了高粱地的莊稼人」雖然也感到「好奇」和「驚愕」，但卻同樣感到這些景觀是「光輝燦爛的」，「任何機械發出的聲響」都成了「最動聽的音樂」，甚至，「他那活潑的思緒」也「像長了翅膀」一樣，「騰空展開，飛向四面八方那些想像中的美妙境界。」

實際上像這樣的工業景觀的描寫，在同時期的工業題材小說中並不鮮見。艾蕪在《百煉成鋼》中，便將「沖天的高爐、龐大的瓦斯庫、高聳的水塔、架在空中的煤氣管、無數林立的煙囪」所構成的工業場景，稱為「一個童話的國度」[81]。而草明的《乘風破浪》更是不斷渲染煉鋼廠雄偉屹立的高爐和煙囪。這種「未來主義」式的城市工業膜拜，實際上是主流意識形態對待現代化的矛盾心態的投射。有學者曾這樣闡述毛澤東對待現代化問題的矛盾心態：「他知道他的國家

[80] 同上，第159頁。

[81] 艾蕪：《百煉成鋼》，北京：作家出版社，1958年，第3頁。

需要現代化，但又擔心現代化徹底改變這個國家的『顏色』，後者是他所不喜歡的。他願意中國擁有和發達國家同樣的生產力和科技水平（超英趕美），卻同時希望將現代生產方式、現代科技的附帶的社會後果——經濟、金融和政治體制、生活方式、倫理道德、文化及審美意識形態等一一拒之門外。」這表現在他對城市的認識上則是，「必須抑制和防範資本主義（後來還有『修正主義』）因素對社會的侵蝕，新中國的城市發展只能有利於生產力水平的提高，超出這個目的之外的一切都是不必要的，都可能成為資本主義的溫床」，「當局的城市觀是要把城市完全限制在單純的工業化的概念之中」，「實際上，工業化與城市文明形成了一種矛盾；對毛澤東來說最理想的情形是既能夠得到前者，而又抑制住後者，但實際上這是一個無法解決的矛盾」[82]。在毛澤東那裏，只有「生產的城市」才是健康的城市，這一方面來自於中國這個一窮二白的農業國在「追英趕美」的意識形態爭辯中所承受的「落後的焦慮」，另一方面也來自於馬克思有關勞動價值理論的敘述，勞動的神聖締造了生產的純潔。毫無疑問，浩然所構建的「北京」是完全按照主流意識形態的理想追求所「想像」出的被「規訓」了的城市，在他筆下，新政權以政治權力為依託強力推行這樣一種具有烏托邦色彩的城市規劃，然而這種規劃毋寧說是中國這個承受「落後焦慮」的第三世界國家的現代化宿命。

[82] 李潔非：《現代性城市與文學的現代性轉型》，陳曉明主編：《現代性與中國當代文學轉型》，昆明：雲南人民出版社，2003年，第42-43頁。

第二章　城市改造的文學表述

建國後，伴隨著政權的更迭，中國共產黨執政黨地位的確立，其政策也由此前的「農村包圍城市」，轉移到「由城市領導鄉村」[1]的城市工作重心上來。其實早在1949年3月召開的七屆二中全會上，毛澤東便對「進城」之後（建立政權）黨的基本政策作了闡釋。他在宣稱將黨的工作重心由鄉村轉移到城市的同時，提醒並告誡廣大幹部要謹防資產階級「糖衣炮彈」侵蝕，戒驕戒躁，保持優良的革命傳統，「從現在起，開始了由城市到鄉村並由城市領導鄉村的時期。黨的工作重心由鄉村轉移到了城市。……必須用極大的努力學會管理城市和建設城市。」他的講話不僅強調工作重心轉移的必然性，同時又把這個問題上升到能否鞏固政權的政治高度：「必須學會在城市中向帝國主義者、國民黨、資產階級作政治鬥爭、經濟鬥爭和文化鬥爭，……並在鬥爭中取得勝利，我們就不能維持政權，我們會站不住腳。」[2]這意味著對於進城之後的中國共產黨人而言，通過「城市的改造」來奠定其合法性地位，成為勢在必行的政治實踐。

1 胡繩：《中國共產黨的七十年》，北京：中共黨史出版社，1991年，第365頁。

2 毛澤東：《在中國共產黨第七屆中央委員會第二次全體會議上的報告》（1949年3月5日），《毛澤東選集》（第四卷），北京：人民出版社，1991年，第1427頁。

在《劍橋中華人民共和國史》中，美國歷史學家馬丁・金・懷特曾饒有興味地描述了「人民共和國的城市生活」。在他看來，解放初期「中國共產黨人並不滿足於舊城市來管理城市。雖然多年來有過幾次重要起伏，但城市某些總的方向和政策仍清晰可辨。中國的城市看上去具有許多消極的特徵：它們建立在資本主義的財產關係和市場交換基礎之上；刺眼的不平等、驚人的消費、貧困、乞丐、失業以及貧民窟惡劣的居住條件；極易爆發無法控制的通貨膨脹；富裕家庭的孩子在受教育和其他方面享受種種特權；外國勢力和文化影響高度集中；城市官僚專橫腐敗，對平民的需要麻木不仁；犯罪、賣淫、吸毒以及黑社會敲詐勒索猖獗；城市不關心農村的需求；到處充斥著實利主義、玩世不恭和異化了的人們。」面對此舊城市的「爛攤子」，「中國共產黨決心從根本上改變中國城市的特徵，而不單純是從資本主義向社會主義的轉變的問題。中國新的領導人想擺脫上述種種城市罪惡，重建新型的城市——穩定的、生產性的、平等的、斯巴達式的（艱苦樸素的）、具有高度組織性的、各行各業緊密結合的、經紀上可靠的地方；減少犯罪、腐敗、失業和其他城市頑疾。」[3]由此，共產黨的城市改造便隨著進城的步伐而展開。

在本章中，筆者選取三個個案來討論社會主義時期城市改造的文學表述和階級解放的敘事關係問題。話劇《龍鬚溝》通過「龍鬚溝」及其改造而突顯「舊中國」的形象，由此而引出的是一個建國初城市改造的話題，進而將城市的環境治理與底層的解放敘事聯繫起來，突出地表現了城市景觀和「物質災難」背後的政治隱喻和意

3 【美】R.麥克法誇爾、費正清編：《劍橋中華人民共和國史：中國革命內部的革命1966-1982年》，北京：中國社會科學出版社1998年，第713頁。

識形態背景。而「50年代的妓女改造」敘事則在城市改造的敘述中更為鮮明地呈現出「城市文明病」的「療救」與「衛生現代性」的建構所蘊含的辯證關係，並由此突顯出階級解放與被侮辱者的尊嚴政治的問題。同樣，「工人新村」及其敘述也生動體現了城市的政治變革，以及在此商品和服務型行業佔據主導的「消費城市」向以產業工人占重要地位的「生產城市」轉變過程中，工人階級在「恢復生產、群眾動員、社會主義改造以及城市工業化」等諸多方面發揮的重要作用。此三個個案鮮明呈現了社會主義城市改造與無產階級解放敘事之間的緊密聯繫。

第一節　治理「龍鬚溝」與北京城市改造

在建國初的城市題材文學中，《龍鬚溝》是一個頗為奇特的文本。相對於被經典化的《茶館》，《龍鬚溝》經常被貶抑為沒有價值的宣傳品。實際上，就像研究者所說的，「這部話劇在主題和形式方面都有開拓性的成就。它屬於第一批描繪新中國城市的文學和電影作品，並奠定了關於城市發展和更新的戲劇對話的基礎。」[4]具體而言，它不僅具有「虛構文學形象」的意義表徵功能，而且還具有「具體城市景觀」的現實塑造意義，除此之外，作為一種「社會象徵行為的敘事」，「龍鬚溝」還具有「政治無意識」的潛在內涵。從老舍的話劇劇本，到焦菊隱的話劇「演出本」，最後到電影版的影像傳遞，這個文本在文學讀者、話劇觀眾，以及電影的觀影者多重目光的交

[4] 柏右銘：《城市景觀與歷史記憶——關於龍鬚溝》，陳平原、王德威主編：《北京：都市想像與文化記憶》，北京：北京大學出版社，2005年，第411頁。

錯中，逐漸成長為一個頗具轟動效應的公共性話題。在此之中，「龍鬚溝」及其城市景觀成了「都市生活加之於文學形式和文學形式加之於都市生活的持續不斷的雙重建構」[5]。在這個互動的文學接受模式中，公眾通過閱讀《龍鬚溝》而得以瞭解現實中「龍鬚溝」舊貌換新顏的偉大歷史變遷，而在閱讀之後，通過走訪真實的「龍鬚溝」，又可以印證《龍鬚溝》的文學想像絕非妄言。於是，現實與想像的相互支撐、印證，使得作為公共性話題的「龍鬚溝」實際已在「同義反覆的遊戲」中深深紮根於公眾之心。正是在這個意義上，有論者指出，「能將一條溝的治理與一個時代聯繫起來的，唯有龍鬚溝。」[6]

一、「龍鬚溝」：城市景觀與舊中國的形象

作為一種城市景觀，「龍鬚溝」在老舍的話劇劇本，焦菊隱的話劇演出，以及冼群編導的電影中所呈現的是一派「舊中國」、「舊社會」的殘破形象。正如老舍在《龍鬚溝》的開頭以近乎白描的語言敘述的那個令人震驚的場景：

> 龍鬚溝。……，溝裏全是紅紅綠綠的稠泥漿，夾雜著垃圾、破布、死老鼠、死貓、死狗和偶爾發現的孩子。附近硝皮作坊、染坊所排出的臭水，和久不清洗的糞便，都聚在這裏一齊發黴。不但溝水的顏色變成紅紅綠綠，而且氣味也教人從老遠聞見就要作嘔，所以這一帶才俗稱為「臭溝沿」。……他們

5 【美】理查・利罕：《文學中的城市：知識與文化的歷史》，吳子楓譯，第3頁，上海人民出版社2009年。

6 瞿宛林：《觀察新中國的一個視角——試析龍鬚溝治理與新中國形象》，載《當代中國史研究》2007年第2期。

終日終年乃至終生，都掙扎在那骯髒腥臭的空氣裏。他們的房屋隨時有倒塌的危險，院中大多數沒有廁所，更談不上廚房；沒有自來水，只能喝又苦又鹹又發土腥味的井水；到處是成群的跳蚤，打成團的蚊子，和數不過來臭蟲，黑壓壓成片的蒼蠅，傳染著疾病。

每逢下雨，不但街道整個的變成泥塘，而且臭溝的水就漾出槽來，帶著糞便和大尾巴蛆，流進居民們比街道還低的院內、屋裏，淹濕了一切的東西。遇到六月下連陰雨的時候，臭水甚至帶著死貓、死狗、死孩子沖到土炕上面，大蛆在滿屋裏蠕動著，人就彷佛是其中的一個蛆蟲，也淒慘地蠕動著。[7]

隨後，這個驚悚、噁心的場景在電影中通過鏡頭語言得到了更為具體地呈現，也使觀眾獲得了更為直接的「震驚體驗」。無疑，這種邊緣之地的「災難性場景」因之與「舊社會」的反動與沒落緊密聯繫，而使得這種「社會象徵行為的敘事」具有了相當的政治意義。這不由得使人想起聞一多筆下的《死水》，在他那裏，那溝「清風吹不起半點漪淪」的「絕望的死水」，所表徵的是一個需要被摧毀的世界，一個令人絕望的「老舊中國」形象。最後詩人的憤怒也直接指向一種明顯的「政治怨恨」：「這是一溝絕望的死水，這裏斷不是美的所在，不如讓給醜惡來開墾，看它造出個什麼世界」。從「死水」到「龍鬚溝」，可以看出同樣的寓言結構，即物質景觀的背後深藏著某種政治隱喻。

[7] 老舍：《龍鬚溝》，張庚主編：《中國新文藝大系（1949－1966）》戲劇集上，北京：中國文聯出版公司，1991年，第85頁。

在這個意義上，我們來看劇中的幾個人物，就不難明白他們為什麼會如此刻意地強調自己對「臭溝」的厭惡。其實就整個「感時憂國」的現代文學來看，在任何時候，物質的惡劣都遠遠不及精神的困頓帶給人們的痛苦。然而，在《龍鬚溝》第一幕中，老舍卻借助幾個劇中人物，極為誇張地表現了他們與「臭溝」之間的「刻骨仇恨」。比如，被「臭溝熏得不愛動」的「瘋子」就不停地抱怨：「臭鞋、臭襪、臭溝、臭水、臭人、臭地熏得我七竅冒煙！」「二春」也說：「這兒是這麼髒，把人熏也熏瘋了！」而因為街上全是泥而無法擺攤子的「娘子」，也在埋怨這種「物質的貧困」：「這個鬼地方，一陰天，我心裏就堵上個大疙瘩！趕明兒六月連陰天，就得瞪著眼挨餓！」就連拉車的「丁四」，這個「駱駝祥子」式的人物，在下雨不敢回家的時候，也無奈地感歎：「有這臭溝，誰也甭打算好好的活著」，「蹬上車我可以躲躲這條臭溝！」更別說可憐的「妞子」，在狂風大雨之中，被「精濕爛滑」的「臭溝」奪去了生命。在此之中，每個人悲慘多舛的命運都似乎與「臭溝」息息相關，「小妞子」的死更是使人直接將其與「吃人的舊社會」相聯繫。甚至作者直接將「臭溝」斥為「頂厲害的惡霸」，「臭溝，就是要命鬼。」顯然，這種激憤之辭多少有些誇大「物質性災難」的嫌疑。這種誇張之詞，其實是為了揭示城市景觀和物質災難背後的政治隱喻和意識形態背景。正如劇中「大媽」對「沒事兒就往姐姐那兒跑」的「二春」所批評的：「說什麼龍鬚溝髒，龍鬚溝臭！她也不想想，這是她生身之地；剛離開這兒幾個月，就不肯再回來，……真遭罪呀！」進而這位略顯保守的人物坦率地說出了不應離開「龍鬚溝」的真正原因，「這兒是寶地！要不是寶地，怎麼越來人越多？」在此，被稱為「寶地」的「臭溝」無疑所表徵的是讓人不離不棄，又愛又恨的「國族」形象。因其是家園，讓人憐愛；唯其骯髒，又惹人怨恨，這就是「龍鬚溝」與「舊中國」帶給人們的心理感受，也是亟待改造的「舊北京」讓作家老舍悠然滋生的愛與恨。在老舍先生心目中，北京就是不折不扣的「寶地」，在《寶地》一文中，他這樣談到，「在我們的院後，有一個大坑。附近的人家與鋪戶，每天都把垃圾與污水倒在那裏。冬夏常青，我們的院中總是臭氣襲人。那個大坑承收著死貓腐鼠，同時大量地滋生蚊蠅。」影影綽綽，這個污水坑似乎就是當年的「龍鬚溝」。然而，「這是什麼寶地呢？」老舍先生隨後發問，一個「骯髒的寶地」意味著什麼呢？在老舍先生的記憶裏，直到解放，「垃圾與污水」才變成了「樓宇與鮮花」。作為一位從「舊社會」走來的知名作家，老舍見證了新生人民政權建立的偉大歷史時刻，分享著屬於這個國家的無上榮光，也不自覺地在內心裏將新舊兩個時代做出對比。「北京的確是寶地了！在這塊寶地上，我記憶中的那些污穢的東西與壞風氣永不會再回來。是啊，我不是憑著回憶而熱愛北京，我熱愛今天的與明天的北京啊！」除舊佈新，「只有人民當了家，到處才都會變成寶地。這是一條真理」[8]。

老舍先生的這種熱愛和憤怒，其實都體現在了《龍鬚溝》裏。如前所言，在「寶地」、「龍鬚溝」這一城市景觀的背後，蘊藏著一個急待摧毀的「舊中國形象」。在這個意義上，我們來看戲劇中老舍借「程瘋子」說出的那句讖語般的預言，「溝不臭，水又清，國泰民安享太平」，大致可以明白其中的寓意。將城市的環境治理與一個國家萬世太平的隱喻，以及由此而衍生的人民政權合法性建構的問題聯繫起來，《龍鬚溝》可以說是開了先例。

8 老舍：《寶地》，載《北京日報》1959年9月20日。

二、城市改造及其敘述

通過「龍鬚溝」而突顯「舊中國」的形象，由此而引出的是一個建國初城市改造的話題。如前所述，《龍鬚溝》的意義恰恰在於，將北京的城市環境治理與國家形象的隱喻，及新生人民政權的合法性建構聯繫起來。正如研究者所指出的，「龍鬚溝」工程使得舊社會幾乎被人遺忘的角落在新社會肇始之時成為黨和政府關注的焦點。於是，「治理龍鬚溝所產生的巨大的政治和社會影響以及凸顯的中共執政理念成了值得關注和深思的問題」[9]。

1949年1月，人民解放軍和平解放北平，古老的北京城獲得新生。然而，國民黨政權留給中國共產黨的不僅是一個民不聊生的爛攤子，而且還是一座殘敗失修、髒亂不堪的城市。早在中國共產黨剛剛進城接管北京之時，國內外敵對勢力都在散佈反動言論，「共產黨只會打仗，不會管理大城市」。因此，能否恢復和發展生產，能否管理好經濟，是中國共產黨進城後，尤其是治理首都北京成敗的關鍵。為此，1949年4月16日，中共北平市委在《關於北平市目前中心工作的決定》中明確指出：「恢復改造與發展生產乃是北平黨政軍目前的中心任務，其他一切工作都應該圍繞這一中心任務來進行，並服從於這一任務。」[10]全國解放後，在新中國百廢待興之時，新成立的北京市人民政府就把市政建設擺到了議事日程上後來。1950年，北京根據市委書記彭真的指示，確定了「人民政府為人民」的市政建設方針，關

[9] 瞿宛林：《觀察新中國的一個視角——試析龍鬚溝治理與新中國形象》，載《當代中國史研究》2007年第2期。

[10] 中共北京市委黨史研究室：《見證北京：1919—2004》，北京：北京燕山出版社，2004年，第130頁。

注的重點問題之一就是儘快解決貧苦老百姓聚居區的環境衛生問題。北京市人民政府一份關於1950年的工作計畫指出：經過去年的調查，這是個很嚴重的問題，不能不想辦法，即或財政再困難，也要解決這個問題。1950年2月，北京市第二屆第二次各界人民代表會議決議，首先整治外城最大的污水溝——「龍鬚溝」[11]。

據瞭解，解放前北京環境衛生很差，胡同裏到處都是垃圾、糞便和髒水。「龍鬚溝」是位於北京天橋東邊的一條有名的臭溝。根據研究者的描述，「這裏曾是解放前北京最髒最臭的地方，沿溝兩岸密密麻麻地住滿了賣力氣、耍手藝等各色窮苦勞動人民，他們終日終年乃至終生都掙扎在使人噁心的臭氣之中，飽受疾病、瘟疫的侵害以及地痞、流氓的欺淩。歷來反動統治者非但從不過問，還要無休止地收捐徵稅，榨取他們的血汗。」[12]顯然，這種「由於老朽、過密以及上下水道尤其是排水設施不完善，在物質上不衛生、不健康的城市環境」恰恰是日本學者蘆原義信在《街道的美學》中所定義的「物質性貧民窟」[13]，這種邊緣之地的城市景觀既

[11] 在治理龍鬚溝決議發佈前不久，時任市委書記的彭真在一次黨的會議上指出：「我們的政權是人民的勤務，首長、各局局長、各區區長都是人民的勤務，要使人民進到我們的辦公室來感到親切，做到這個地步的政權人員才夠格」。他要求各級領導幹部要以「人民的勤務」五個字來要求和檢驗我們新生的政權。彭真還很形象地指出人民政府和歷史上其他政府的區別，他說：「在像龍鬚溝那樣惡劣的衛生環境下，歷史上的統治者是用一塊手絹把口鼻一捂的辦法來解決問題，而人民政府不是靠小小的手絹和口罩，人民政府要普遍改善人民的衛生環境」。這些話並不是說說而已，很快就落實為具體的行動——龍鬚溝治理彰顯了新中國成立初期黨的執政取向！（參見劉光生：《龍鬚溝的變遷》，載《中國作家》2009年第12期。）

[12] 參見朱安平：《〈龍鬚溝〉——從生活到藝術》，載於《文史精華》2009年第1期。

[13] 【日】蘆原義信：《街道的美學》，尹培桐譯，天津：百花文藝出版

是一種貧困和不潔的表徵，又包含著無產階級、底層民眾被壓迫，被欺淩的政治現實。因此在此之處，對「物質性貧民窟」的治理和改造，對以「龍鬚溝」為代表的垃圾、糞便、髒水和臭水溝的處理就不僅僅是城市衛生問題，更是一個政治議題。正如有學者在研究東歐社會主義城市如布拉格和布達佩斯等之後指出，「社會主義城市的營造不僅是一場城市改造運動，同時也是一場意識形態改造運動」。[14]

實踐證明，在北京解放後一年內，市政府本著為人民服務的原則，克服財政緊張的困難，花大力氣來整治城市的衛生環境，取得顯著的成效[15]。正如葉劍英市長所說：「假如清潔運動能夠獲得成績，那麼經過這一運動之後，群眾會認識到人民政府真正是人民自己的政權，而且也能發現各街各閭中的進步積極分子，從而聯繫到以後區街政權的建立更容易鞏固。」確實如此，通過清潔衛生運動，人民群眾切實感受到人民政權為人民服務的本質，與舊政權形成了鮮明的對比。當時在東皇城根的老住戶說：「我們的破房子被埋在垃圾裏不知有多少年了，北平解放，我們的破房子才有了出頭之日，這只有真正的人民政府才能做得到。」[16]

社，2006年，第40頁。

14 羅崗：《想像城市的方式》，南京：江蘇人民出版社，2006年，第92頁。

15 據統計，這一年內全市共清除垃圾33.9萬噸；取締城內的糞坑、糞箱、糞廠890個，把所積存的大糞61萬噸清運到城外；掏挖各式明溝、暗溝及乾路主要雨水口的淤泥13770立方，新建缸管溝2577公尺、水泥管溝95.5公尺、探井123座、雨水口115座。另外，新建頤和園至香山、三裏河至東柳樹井、廣安門大街、宣外大街及朝陽大街等幹線高級路面108123平方公尺，而國民黨在抗戰後統治北平的3年多時間裏才修建了90620平方公尺。（參見王蕾、李自華：《迎接新中國成立的北平城市衛生治理運動》，載《北京檔案》2009年第9期。）

16 參見王蕾、李自華：《迎接新中國成立的北平城市衛生治理運動》，具體到老舍的《龍鬚溝》，我們也可以看出圍繞治理「臭溝」，話劇所展開的不僅是一個城市建設的話題，也是人民群眾的意識形態教育問題。起初，作品中的「大媽」和「丁四」這兩個「中間人物」，對於人民政府的修溝傳聞並不相信，甚至在政府已經開工時，依然持懷疑態度：「不言不語的就來修溝？沒有那麼便宜的事！」有些「無賴勁兒」的「丁四」則對「趙老」說：「反正多咱修溝，我就起勁兒幹活兒。您老說，這個政府是人民的，我倒要看看，給人民辦事不辦！這條溝淹死了小妞，我跟它有仇！」當然，戲劇最後以「懷疑者」的「臣服」，「大媽」、「丁四」等積極參與修溝而告終[17]。由此，新生的人民政權通過城市建設達成了意識形態的教育。清潔衛生運動，使共產黨和新政權迅速贏得了民心。人民群眾由衷地擁護共產黨，擁護新生的人民政權。

三、「藝術冒險」、歷史檔案與政治寓言

如前所見，「龍鬚溝」改造確實是當時北京城市建設的一項核心工程。在實施這一工程時，「政府充分考慮了它對於城市結構、國家經濟和新中國的政治形象等各方面可能造成的影響」。因此，從「龍鬚溝」工程到《龍鬚溝》劇本，其意識形態意義是極為明顯的。具體到戲劇的作者老舍先生，作為一位以「諷刺」式的悲劇著稱的現代作家，從「暴露」轉向「歌頌」就更顯其難能可貴了。

《北京檔案》2009年第9期。

17 《人民日報》1952年9月7日發文《愛國衛生運動中的龍鬚溝》，寫道龍鬚溝的人民積極贊同政府，說「人民政府關懷我們的清潔衛生，修龍鬚溝，修建金魚池，我們自己再不起來做好清潔衛生工作，對得住政府嗎？」這其實就是意識形態教育成功達成的明證。

正如老舍先生在《我愛新北京》一文中所說的，「最使我感動的是：這個為人民服務的政府並不只為通衢大道修溝。而是也首先顧到一向被反動政府所忽視的偏僻地方。在以前，反動政府是吸去人民的血，而把污水和垃圾倒在窮人的門外，教他們『享受』豬狗的生活。現在，政府是看哪里最髒，疾病最多，便先從那裏動手修整；新政府的眼是看貧窮人民的。」[18]在多年以後的一篇文章中，老舍先生再次表達了這種對新政權的由衷「臣服」：

> 我必須說，我的政治思想水平並不怎麼高。但是，只要我睜著眼，我就不能不看到新社會的一切建設，深深地受到感動。這樣，多看到一點就多受一點感動，也就不可能不使政治熱情日漸增高。眼見為實，事實勝於雄辯，用不著別人說服我，我沒法不自動地熱愛這個新社會。新社會的人民是自由的，日子過得好，新社會的街道乾淨，有秩序；新社會的進展日新月異，一日千里；新社會的……。這些，都是我親眼所見，我就沒法不興奮，不快活，不熱愛新人新事。除非我承認自己沒有眼，沒有心，我就不能不說新社會好，真好，比舊社會勝強十倍百倍。我怎能承認我沒有眼，沒有心呢？我能甘心作個自欺欺人的騙子麼？這就說明了，我的政治熱情是真的。那麼，就寫吧！誰能把好事關在心裏，不說出來呢？[19]

---

[18] 中共北京市委黨史研究室：《見證北京：1919—2004》，北京：北京燕山出版社，2004年，第148頁。

[19] 老舍：《生活，學習，工作》，選自《福星集》，北京：北京出版社，1958年，第251頁。

新的社會給了這位作家「應得的尊重」，使這位帶著「原罪」從舊社會走來的著名作家，甘願為了新生的人民政權，做出一番「藝術的冒險」[20]。恰如周揚所指出的，在這種「冒險」的背後，「老舍先生是以高度的政治熱情來擁護人民政府的，正是這種熱情，給了他一種不可克制的創作衝動」[21]。儘管老舍之女舒濟也一再聲稱，「我父親聽說此事後確實很感動。他親自去龍鬚溝,看望了這條臭溝兩邊住的窮苦百姓……」[22]，其意在言明「治理龍鬚溝」這一事件對老舍的創作動力，即「高度的政治熱情」，有著重要的激發作用。但也很難否認，一種新舊時代變遷的政治表態在其間所起的微妙作用。「新社會就是一座大學校，我願在這個學校裏作個肯用心學習的學生」[23]，毫無疑問，這是為自己的歷史而深感不安的老舍先生在1951年寫下的「政治宣言」。而戲劇《龍鬚溝》則是這個「宣言」的一部分。

[20] 老舍深知「劇本不容易寫」，「一個有修養的劇作家也許要用一年、二年，或者三年的時間，方能寫成一部完整的劇作」。《龍鬚溝》從立意到脫稿前後不到兩個月，幾乎與實際整修同步展開，溝還未全面竣工，劇就已寫了出來，所反映的又是整個變遷，老舍因患腿疾只實地到過現場一次，未能「滿膛滿餡」地瞭解龍鬚溝。所有這些都為它的創作帶來了莫大的難度，讓一向溫厚、沉穩的老舍確實「冒了一次前所未有的大險」。當時就有一些同行表示反對，斷定《龍鬚溝》是不會有出息的。但他卻不但做到了寫得新、寫得快，而且寫得好，歸根結底還是老舍自己所說：「冒險有時候是由熱忱激發出來的行動，不顧成敗而勇往直前。我的冒險寫《龍鬚溝》就是如此。」（參見朱安平：《〈龍鬚溝〉——從生活到藝術》，載《文史精華》2009年第1期。）

[21] 周揚：《從龍鬚溝學習什麼》，載於《人民日報》1951年3月4日。

[22] 中共北京市委黨史研究室編：《彭真在北京》，北京：中央文獻出版社，2002年，第106頁。

[23] 老舍：《新社會就是一座大學校》，載《人民文學》第4卷第6期（1951年10月1日），第20頁。

儘管大多數經歷過新舊兩個時代的作家，在面對新社會時，內心大多包含著一種「落後的焦慮」，進而迫不及待地以「歌頌」這樣一種「冒險」（對藝術的冒犯）的形式表達對新政權的政治認同。但對於老舍來說，他以《龍鬚溝》來療救自己的「落後的焦慮」，卻不單單是一種政治表態，或是一種由衷的政治認同，更是一以貫之地表達自己對北京的摯愛。就老舍先生的創作而言，他對北京的迷戀是顯而易見的。從《駱駝祥子》到《四世同堂》，再到《龍鬚溝》，從諷刺到歌頌，他都一如既往地寫北京，寫尋常的百姓生活。對於這位中國現代文學史上寫作城市題材文學的重要作家來說，老舍在《龍鬚溝》裏的「藝術冒險」，在表達自己「對政府的感激與欽佩」之餘，延續了自己一貫的藝術主張，即對北京的熱愛。「我愛北京的新工廠、新建築、新道路、新學校、新市場，我更愛北京的新風氣，新風氣是由黨與毛主席的深入人心的教育豎立起來的，北京的確是寶地了！」[24]

正是這樣一種「由衷的臣服」、「落後的焦慮」以及對北京及其市民文化的摯愛，使得建國後老舍毫不猶豫地選擇了「龍鬚溝改造」這一頗具現實意義的城市文學話題，並藉此榮膺「人民藝術家」的稱號。然而在此，一個意味深長的細節在於，老舍的《龍鬚溝》其實在「龍鬚溝」工程完工之前就創作完畢，因此劇中人物對「龍鬚溝」改造的想像必然包含著一種烏托邦的色彩，如二春所說的，「臭味沒了，惡霸沒了，這兒變成東安市場」。這其實也表現出老舍對建國後社會主義城市建設的一種浪漫想像。在這個意義上，我們反觀整部《龍鬚溝》戲劇，它與「龍鬚溝工程」之間的關係就顯得更為複雜了，或許戲劇「本身就是紀錄和宣傳龍鬚溝工程重要性的一個主要手

[24] 老舍：《寶地》，載《北京日報》1959年9月20日。

段」[25]。由此，我們就不難理解人藝院長李伯釗所說的：「對於少有機會去瞭解和熟悉北京頂貧窮的一群勞動人民的人，老舍先生的戲是一本好課本。」[26]這個意味深長的「好課本」，其實借助話劇和電影的「可觀的」形式，不僅為「龍鬚溝」工程改造事件提供了一份難得的歷史檔案，甚至其本身比單純的事實輯錄要生動得多，更易為人所接受和銘記。正如研究者所說的，「都市更新工程總是難以紀錄的，不光是因為物質證據必然被破壞，也是因為不可見的社團聯繫和記憶會喪失。」然而，《龍鬚溝》一劇「填補了這一空白」。就這樣，通過一個虛構的文本，《龍鬚溝》表現了歷史事件，並且成為這一事件得以銘記的幾乎唯一的方式，時至今日，「關於共和國城市規劃的著作總是把50年代早期的下水道工程與這出虛構的戲劇相提並論。」[27]

坦率而言，《龍鬚溝》不僅具有「虛構」的歷史檔案的重要意義，它更是「一則抽象的寓言」。話劇本身把「龍鬚溝工程」提升到了「現代化北京藍圖與城市改建的高度」，由此，「借新的都市景觀完成了一個歷史轉折，開創了觀看與想像社會主義城市的新方式」，「豎立起了社會主義北京的形象」[28]。這種新形象的豎立並不僅僅只是由戲劇本身圍繞「龍鬚溝」展開的「解放前」／「解放後」這一二元對立模式所概括的，這種「廉價」的光明其實也包含著複雜的歷史內涵。作為一部「解放」的文本，伴隨著「龍鬚溝」的改造，舊城的底層社區，其實開始進入了現代化的城市區域。就

---

[25] 陳平原、王德威主編：《北京：都市想像與文化記憶》，北京：北京大學出版社，2005年，第422頁。

[26] 李伯釗：《看〈龍鬚溝〉》，載《人民日報》1951年2月4日。

[27] 陳平原、王德威主編：《北京：都市想像與文化記憶》，北京：北京大學出版社，2005年，第422-423頁。

[28] 同上，第428-429頁。

拿戲劇中的關鍵人物「程瘋子」來說，「解放」對於他來說，不僅意味著「臭溝」的消失，身體的變化（從「瘋」到「不瘋」），更意味著表演空間的變化，即從市井的天橋到遊藝場和工地。這種由「工地」、「工廠」、「工人合作社」為表徵的新的城市空間，其實就是社會主義現代性城市的「公共」區域。在這個意義上，正像研究者指出的，「《龍鬚溝》完成了由『老北京』傳統社區到社會主義『新北京』公共性城市空間的轉換」[29]，這是頗富見地的論斷。

第二節　改造「妓院」與「城市文明病」的療救

如果說作為一部城市改造的「寓言」，「龍鬚溝」的故事將城市環境治理與一個國家萬世太平的隱喻聯繫在了一起，那麼「50年代的妓女改造」運動則更為鮮明地呈現出「城市文明病」的「療救」與「衛生現代性」的建構所蘊含的辯證關係。

關於娼妓問題與現代性的關係，美國學者賀蕭（Gail B. Hershatter）曾指出：「娼妓業不僅是婦女在其中討生活的、不斷變遷的場所，它也是一個隱喻，是表達思想感情的媒介」[30]。也正是在這個意義上，如論者所言，「如果注意到『妓女』、『娼妓業』不僅僅是一種實體性的存在，而且還具備作為隱喻的種種複雜意蘊的話；那麼，我們大概能夠體會，新中國在50年代對於『妓女』、『娼妓業』的轟轟烈烈的改造，就不僅僅是一種簡單的職業或行業調整，同時它

[29] 張鴻聲：《傳統城市性的延續與現代性的建立——老舍話劇中的「新北京」》，載《福建論壇・人文社會科學版》2009年第7期。

[30] 【美】賀蕭：《危險的愉悅：20世紀上海的娼妓問題和現代性》，韓敏中、盛寧譯，南京：江蘇人民出版社，2003年，第4頁。

也應該包含著對隱喻的重新構造：意識形態的介入，情感倫理的嬗變，新的社會結構對於人的重新想像與塑造，等等」[31]。

作為人類社會最古老的職業，妓女是「將與己性交的權利出售給男人們以便為這種行動本身獲取金錢報償的婦女。」[32]或如研究者所言，「任何為收費或其他任何錢財方面的原因而習慣地或偶然發生視若平常的性關係者，都是妓女」[33]。無論在什麼文化中，「妓女」都算不上一個光彩的行業。這些「通過性去交換物質的生存條件」[34]的女性，或是蟄伏在燈紅酒綠的青樓與旅館，或是遊走在城市的街頭，在夜色的掩護下，從事著骯髒和不道德的交易。然而，她們畢竟「是一群被社會倫理道德所放逐的人，是一群活在社會為女性所制定的道德規範之外的人」[35]。按照在家／國秩序中的位置，她們無疑是一群「邊緣人」，屬於葛蘭西（Antonio Gramsci）所定義的「屬下」（subaltern）。因此，圍繞其間所展開的話語及其敘述，勢必具有極其複雜而又重要的文化意味。

在追問妓女及其文化的起源時，相當多的研究者都將原因歸結為「城市經濟的崛起與發展」，「城市娛樂業、休閒業的繁榮」，由此形成的「巨大的消費市場」，以及城市化進程所加速的「人口遷移」

---

31 董麗敏：《身體、歷史與想像的政治——作為文學事件的「50年代妓女改造」》，載《文學評論》2010年第1期。

32 【美】傑克・D・道格拉斯等：《越軌社會學概論》，張寧、朱欣民譯，石家莊：河北人民出版社，1987年，第205頁。

33 【法】勞爾・阿德勒：《巴黎青樓》，施康強譯，北京：文化藝術出版社，2003年，第7頁。

34 荒林、王光明：《兩性對話》，北京：中國文聯出版社，2001年，第9頁。

35 參見劉傳霞：《論現代文學敘述中妓女形象譜系與話語模式》，載於《婦女研究論叢》2008第1期。

等等[36]。概而言之，這或可視為不折不扣的資本主義發展的後果，也是地地道道的城市文明的病症。作為舊城市繁華與罪惡的一部分，妓女及其文化在中國近代以來的文學中多有表現，然而無論是通過新感覺派小說家之筆所突顯的城市浮華與頹靡，或是在老舍、曹禺等新文學作家那裏呈現出的城市底層的悲劇境況，妓女的形象及其故事都指向了現代城市資本主義的畸形面貌。

一、取締「妓院」與社會主義城市改造

作為人民共和國成立，北京城市改造的標誌性成果，舊京城的煙花青樓之所，也無疑隨著城市畸形繁華的滌蕩而被進城之際的人民政府列為取締目標。對此，一篇回顧北京妓女改造的紀實文章曾記錄了這段轟轟烈烈的歷史過程：「1949年11月21日晚6時，來自北京市公安、民政、婦聯、衛生等部門的2400多名幹部分頭同時行動，執行剛剛通過的北京市人民代表大會關於封閉妓院的決定。一夜之間，全市224家妓院全部封閉，經過清理審查總共收容了在冊妓女1286名，被分成8個教養所集中進行教養改造。」[37]由於準備工作充分，執行時舉措得當，封閉妓院的工作比較順利。經過一夜緊張而有序的工作，

---

36 參見邵雍：《中國近代妓女史》，上海：上海人民出版社，2005年，第1頁。

37 梁可：《1949，北京改造妓女紀實》，載《中國社會導刊》1999年第10期，另見譚曉霞：《北京改造妓女紀實》，載《檔案時空》2004年第11期。據後來公佈的資料，那天晚上8點，隨著北京市市長聶榮臻的一聲令下，2400余名幹部、民警立即行動，分成27個行動小組，奔赴全市各家妓院。整個行動由公安部部長兼北京公安局局長羅瑞卿統一領導。一夜之間，將全市224家妓院封閉，逮捕454名老鴇，1286名妓女脫離苦海，開始新的人生。北京城成為當時世界上沒有一家妓院的城市。到1952年，取締娼妓制度的工作在全國範圍內完成，全國約有32萬名妓女得到新生。沿襲數千年的娼妓制度第一次得到徹底清除。

在12小時內封閉妓院224家，收容妓女1289名，集中老闆和領家共424名，完成了封閉妓院工作的保證[38]。據悉，這是北京市第二屆各界人民代表會議通過了《關於封閉妓院的決議》[39]後所展開的行動結果。而這次行動的結果則以1316名妓女被送到了「婦女生產教養院」接受學習改造而告終，就此，北京天橋下舉世聞名的「八大胡同」[40]在一夜之間消失殆盡。就此妓女改造的題材故事，1950年北影廠的唐漠編導了新聞紀錄片《煙花女兒翻身記》；1951年，上海文華電影製片廠由陳西禾導演了電影《姊姊妹妹站起來》；除此之外，還有馬少波、辛大明的戲劇作品《千年冰河開了凍》。當然，最為著名的則屬陸文夫的小說《小巷深處》中蘇州妓女徐文霞的故事。

儘管有關妓女所連接的「身體」體驗，不可避免地包含著誘惑、愉悅，以及欲望的放縱等諸多元素，但在此特定年代妓女解放的敘述中，「屈辱」的身體已然取代了「誘惑」的身體而作為故事講述的起點。這無疑是對傳統文學中青樓妓女與文人恩客的風情故事的改寫，也是對近代文學中「上海妓女」[41]的都市現代性特徵的「重述」。概

38 北京市民政局：《北京市處理妓女工作總結》（1949年12月30日），北京：北京市檔案館，1949年。

39 1949年11月21日，北京市第二屆各界人民代表會議作出了《關於封閉妓院的決議》，明確規定:「茲特根據全市人民之意志，決定立即封閉一切妓院，沒收妓院財產，集中所有妓院老闆、領家、鴇兒等加以審訊和處理，並集中妓女加以訓練，改造其思想，醫治其性病，有家者送其回家，有結婚對象者助其結婚，無家可歸、無偶可配者組織學藝，從事生產。」（參見北京市檔案館編《北平和平解放前後》，北京：北京出版社，1988年，第406頁。）

40 「八大胡同」，即王廣福斜街、陝西巷、韓家潭、皮條營、石頭胡同、胭脂胡同、百順胡同、紗帽胡同的總稱，分佈在北京前門外一帶，解放前因妓院均集中於此而享有「盛名」。

41 參見葉凱蒂：《妓女與城市文學》，載《中國現代文學研究叢刊》2001年第2期。在她看來，「上海妓女小說的誕生，可以說是城市小說的開

而言之，這些解放和城市改造背景中的妓女形象都成為了不折不扣的「被侮辱和被損害者」。

正如《關於封閉妓院的決議》中所指出的，「妓院乃舊統治者和剝削者摧殘婦女精神與肉體，侮辱婦女人格的獸性的野蠻制度的殘餘，傳染梅毒淋病，危害國民健康極大。」[42]這無疑是一種對婦女的摧殘和政治壓迫形式。因此，妓女、賣淫不再是解放前類維多利亞時代的一種看法，即「把它看成是人類本性的產物——尤其是男人性欲的產物。他們的分歧大多只是在控制人性的可能性和可行性上」，而是將其視為舊的社會制度的產物，是一種壓迫和剝削的職業和場所，解放前「政治和社會勢力體系是一個毒瘤，中國人民要想有一條活路，就必須將它切除。娼妓制度是這個毒瘤上一個小小的、卻又是不可分割的一部分；對它的取締，是純潔中國的社會制度必須做的一件事。」[43]也正是在這個意義上，那部反映妓女翻身解放的話劇《千年冰河開了凍》在其開頭便莊嚴寫道：

> 萬惡的娼妓制度在新中國的首都首先廢除，這是中國婦女解放運動中的一件大事，這是文明與野蠻的分野，只有在毛主席和人民政府領導下才可能有這樣的成就。這是一個革命行動，也是一個正義的號召！而且，毫無疑問，這是全國各地在娼妓制度壓迫下過著非人生活的姐妹們徹底解放的開端！為了紀念這

始，圍繞著城市娛樂生活或經濟人文生活，出現了一批專門與城市有關係的小說，這些小說中第一次出現了現代大都市的城市人物，即上海妓女形象，這是中國近代文學中的第一批現代都市的人物形象。」

42 張潔珣：《1949：向北京妓院開刀》，載《縱橫》1998年第10期。

43 【美】賀蕭：《危險的愉悅：20世紀上海的娼妓問題與現代性》，韓敏中、盛寧譯，南京：江蘇人民出版社，2003年，第335頁。

一歷史性的創舉，也為了推動將來條件具備時在全國各地根據實際情況，以適當方式爭取這一罪惡制度在全國範圍逐漸消除，那麼把這件事通過戲劇形式記錄下來，有其重要意義。[44]

正如論者所言，「妓院和娼妓文化作為城市文化的一部分，具有幾幅面孔：或是一個享樂的場所、或是一種商業經營、或是一種罪惡淵藪、或是一種文人的文化空間。而妓院在新中國，在這些影片中只是一個地獄般的一維世界，它和墮落、疾病、死亡這幅城市面孔聯繫在一起。而作為一個地理空間，妓院也具有了時間政治性，它成為一個舊社會的標識。」[45]因此，以文學／電影等敘事形式來敘述妓女改造這一「革命之後」的城市變遷，既具有歷史記錄的重要作用，又具有意識形態的統合意義。

二、「城市文明病」的「療救」

如果說作為紀錄片的《煙花女兒翻身記》，以歷史實錄的手法記錄了從取締妓院的那刻到學員們離開教養院，走向社會的這段時空的事件。那麼作為一部故事片的《姊姊妹妹站起來》，則用「情節劇」的形式來展現妓女的悲慘生活、妓院的罪惡和新的社會「解放」所帶給她們的新的生活。在這個故事中，主人公大香和母親在父親死後從農村投奔北京的親戚，愛上了鄰居幼林，不料卻被親戚賣到妓院，在妓院過著非人的生活，隨後妓院被關閉，大香被送到生產教養院學

44　馬少波、辛大明：《千年冰河開了凍》，新華書店華東總分店發行，1950年，前記第1頁。

45　史靜：《主體的生成機制——十七年電影內外的身體話語》，北京大學中文系2009屆博士畢業論文，第27頁。

習、治病，最後得以和幼林再次相見，並且加入國家衛生防疫隊到蘇北去工作，成為國家需要的健康身體。戲劇《千年冰河開了凍》則以類似「活報劇」的風格，再現了妓女解放的歷史現實；而《小巷深處》則敘述了改造後的妓女重獲尊嚴，重獲愛情的故事。

正如國民政府也曾嘗試治理「龍鬚溝」一樣，在解放之前的民國時代，官方也曾試圖治理日益嚴重的「娼妓問題」。據研究者考察，20世紀上半葉中國曾經開展了至少三次大規模的禁娼運動，分別由1920年代的上海公共租界當局，1928年的國民黨南京當局，以及1945年左右國民黨上海市政當局組織的禁娼運動。「禁娼」的動機都是基於民族國家的「健康肌體」考慮，而對「性病」等「疾病」的警惕。正如羅芙芸（Ruth Rogaski）所指出的，「疾病」在後發現代性的被殖民國家語境中往往並不僅僅以其本來面目出現，「衛生和疾病在帝國主義的情境之下，既呈現為中國積弱積貧的集中體現，又成為通過特定的任務『喚醒』中華民族、種族以及身體，實現身體的現代性的中心議題」[46]。置身於後發現代性的被殖民國家語境中，妓女的「病體」難免與國家的「病體」形成同構關係，而遭致意識形態化的命運，因此也不可避免地要與「改造」、「禁絕」等國家行為聯繫在一起。安克強（Christian Henriot）在總結國民政府禁娼原因時指出：「中國號稱『東亞病夫』，但『病』並不是指身體之『病』，而是指思想精神之『病』。基於這樣的觀點，他們認為娼妓是影響中國尊嚴的一個污點。這個污點不僅有損於中國在世界上的形象，更有損於他們正在努力建設中的一個現代化的、穩固的政權形象。」[47]

[46] 【美】羅芙芸：《衛生的現代性——中國通商口岸衛生與疾病的含義》，向磊譯，南京：江蘇人民出版社，2007年，第3頁。

[47] 【法】安克強：《上海妓女——19-20世紀中國的賣淫與性》，袁燮銘、

然而這些改造畢竟只是出於宗主國對殖民地世界的健康要求，根本上還是將妓女理解為「一個常態社會的令人難堪卻又有利可圖的痼疾」，因此並沒有如新中國那樣引入「勞動教養院」等從根本上轉變的措施。作為一種城市文明的病症，娼妓制度與現代資本主義的關係昭然若揭，新中國成立伊始，如何對待因歷次禁娼失敗而導致的數量空前龐大、性病蔓延嚴重的妓女群落，事實上也成為當務之急。在將妓女視為一種病症特別是社會病症上，新政府與國民政府有著相似之處，只是雙方的差異在於，新中國將妓女「全部改造成了自食其力的新人」，而成為「全世界沒有先例」的「值得大書特書的歷史事件」[48]。這就像電影《姊姊妹妹站起來》中幼林眼中的大香形象，在他面前，次第出現了三個不同的影像：穿著棉襖；留著辮子，羞羞怯怯，一幅可憐相的大香。——穿紅掛綠，塗脂抹粉，然而精神頹唐悒鬱的大香。——剪短髮，穿制服，樸實而飽含朝氣的大香。這三種不同的「影像」，分別象徵了「原初之像」、「異化之像」和「救贖之像」的不同面貌。而其中，只有「救贖之像」呈現出的是改造之後令人震驚的「新氣象」。

在回答「50年代妓女改造」取得前所未有成功的原因時，賀蕭認為，首先在於中華人民共和國是一個「穩定的實體」，可以「成功地把它的國家管轄能力伸向以往市政當局失敗的領域」，這些領域包括「勞動力市場、法律、員警、報刊、妓院甚至婚姻家庭」等[49]。

夏俊霞譯，上海：上海古籍出版社，2004年，第363頁。

[48] 曹漫之：《上海妓女改造史話·序》，參見楊潔曾、賀宛男編著：《上海娼妓改造史話》，上海三聯書店，1988年，第1頁。

[49] 【美】賀蕭：《危險的愉悅：20世紀上海的娼妓問題與現代性》，韓敏中、盛寧譯，南京：江蘇人民出版社，2003年，第271頁，第304-305頁。

正如陳毅在改造上海妓女時所指出的，「對她們這些人，我們有幾條，一是治病，二是治好了給職業，三是參加工作以後各單位要照顧她們的婚姻問題。」[50]因此，這並不僅僅是一個城市文明病的治理問題，還包括解放及其勞動權利的賦予和尊嚴的維護。據悉，當時上海娼妓占人口比例之高，令人驚訝。大約20名上海女子中就有一名是妓女，而圍繞妓院的「娛樂產業」的從業者約有30萬人。因此，上海解放後改造娼妓的成功，引起了全世界的矚目。波蘭一家報紙說，「解放的上海再也不是世界的排水溝了」，印度一家有影響的報紙的主編漫步街頭與上海市民廣泛接觸，證實了上海妓女改造的成功事實，回去寫出了專稿《上海的奇跡》，他讚歎道：「新的人民政府管理下的上海，是東方的驕傲。」法中友協代表團團長說法國的妓女問題很嚴重，幾十年沒有解決，第二次世界大戰後一些城市就關閉了妓院，但由於沒有替她們找到出路，這些妓女仍在馬路旁做著暗娼。他認為上海改造妓女的做法不僅對法國，對整個歐洲都有借鑑作用。[51]這其實正是新中國治理妓女問題的意義所在。

---

[50] 吳躍農：《陳毅改造上海妓女》，載《黨史縱覽》2003年第2期。

[51] 參見吳躍農：《陳毅改造上海妓女》，載《黨史縱覽》2003年第2期。據悉，自1843年上海開埠以後，以它優越的地理位置，逐步成為帝國主義在東方的一個國際市場。商業、工業的日益繁榮，使上海成為全國的經濟中心。有「十里洋場」之稱的租界是中國土地上的「國中之國」，娼妓業便「依洋人為護符」，並且迅速發展起來。早在1917年，英國社會學家甘博耳，曾對世界八個大都市的公娼人數和城市總人口的比率作了一個調查。調查結果是上海娼妓在世界八大城市中，娼妓人數為最高。其公娼與城市總人口的比例為1：137。據他當時的調查，上海的公娼和私娼相加約在6萬到10萬之間，而當時上海全市人口約在360 萬人，其中女性約150萬人左右，也就是說,每20名左右女性中，就有一個是娼妓。參見鮑祖寶：《娼妓問題》，上海：上海女子書店，1935年，第20頁，第38頁。據1947年國民黨上海市政府的統計，「上海以賣笑為生者不下10萬人，間接賴生者且數倍之」。那時，人稱上海為「人肉市場」。參

三、乾淨的隱喻與解放的敘事

妓院所裹挾的舊社會的污穢，在很大程度上是通過有關性的「疾病」體現出來的。在這個意義上，新的人民政府對妓院的取締，對「性病」的治療背後，無疑體現著「乾淨的隱喻」的道德含義。據悉，進入北京城，在對娼妓制度的危害性有了一定的瞭解後，毛澤東曾指示羅瑞卿：「新中國絕不允許娼妓遍地，黑道橫行，我們要把房子打掃乾淨。」羅瑞卿的回答信心百倍，擲地有聲：「主席，我馬上考慮把北京的妓院全部關掉。」[52]正是在這種「城市改造」的「乾淨」追求中，妓院的取締和「性病」的治理與社會主義政權的建構聯繫在了一起。

據材料所載，「生產教養院」的妓女大多都有性病，而性病總是和「不潔」聯繫在一起，是一種極具道德色彩的疾病。蘇珊・桑塔格（Susan Sontag）說：「最令人恐懼的疾病就是那些被認為不僅有性命之虞、而且有失人格的疾病。」性病作為性行為引起的流行性疾病，和身體因腐爛而死的恐怖景象聯繫在一起。桑塔格就認為某種潰爛（如梅毒的情形）是一種最可怕的改變，這是「持續不斷的病變、潰爛的標記；是類似有機物的東西」，「在疾病被賦予的某些道德判斷之下，潛藏著有關美與醜、潔與不潔、熟悉與陌生或怪異的審美判斷。比這些形變更重要的是，它們反映了一種潛在的、持續不斷的變化，即患者身體的分解潰爛。」[53]而作為一種可傳染的流行性疾

見白雲濤：《滌蕩舊社會的污泥濁水——建國初北京、上海、天津的禁娼運動》，載《黨史天地》2001年第4期。

52 參見穆玉敏：《1949：北京全面禁娼》，載《人民公安》2003年第3期。

53 【美】蘇珊・桑塔格：《疾病的隱喻》，程巍譯，上海：上海譯文出版

病，這會危及到整個國民的健康。如果整個國民作為一個有機體的隱喻，那麼腐爛的可怕景象就會使這個有機體逐漸腐爛而至消亡。在隱喻的世界，性病是社會腐敗、道德墮落的表徵，也是城市文明的病症。因此，在新的社會中，「進城」的共產黨在締造一個「社會主義城市」時，勢必將妓院歸為舊社會的遺留物而予以封閉。而且對於性病危害國民健康從而妨礙生產的極大恐懼，也使得對性病的治療成為必然之舉。

性病是將娼妓文化作為舊社會腐敗、墮落、醜惡的一個表徵物而設置的。正如《煙花女兒翻身記》中的畫外音所說：「大夫，向你們致謝，你們不僅是向疾病宣戰，也是向罪惡的制度宣戰，舊社會給她們疾病，新社會要給他們健康」。而在現實的改造過程中，妓女的「臣服」隨處可見，「你們說的全都是好話，由今天起我們就是一個乾淨人了。」[54]舊社會被認為是一個有病的有機體，而新社會則指向一個健康的有機體。在舊社會的妓院裏，妓女得了性病，老鴇會用剪刀、烙鐵燙這些毒瘡。這是一種訴諸暴力的肉體懲罰從而對身體實施管治，這種不文明的治療手段成為殘忍壓迫和暴力的證據。《千年冰河開了凍》、《姊姊妹妹站起來》等作品就體現了這種殘忍性和非人道性。前者中的「二姐玉英」由於病重不能接客，而遭了鴇母「黑牡丹」的毒打，最後，在「毒病得毒治」的折騰中送了命，「可憐二姐悲慘死，大糞車子拉上了坡」。同樣，在後者中也有類似的段落：領家「胭脂虎」對待得了性病的「紅唱手」月仙，也是以「毒病得毒治」的原則，用烙鐵燙，剪刀剪，還未斷氣就將她釘進了棺材之中。

社，2003年，第113頁，第115-116頁。

[54] 《北京訊：千餘妓女開始新生活，正組織學習改造思想，妓院老闆領家等已集中審查處理》，載於《人民日報》1949年11月23日。

而與之相反，在新社會的「教養院」裏，疾病的治療則是通過打針、吃藥等科學的醫治方法進行的，因此並不訴諸肉體的暴力和侵犯。這無疑是從身體的管理方面劃分出的一道鮮明鴻溝。

在50年代妓女改造的文學表述中，妓女是被當做舊時代政治壓迫的標誌予以表現的。「妓女的悲慘遭遇在中國舊社會體現的淋漓盡致，凡是淪為娼妓的婦女，如入深淵，墮入火坑，掉進地獄，任人玩弄，毫無人身自主權，不僅要受到龜鴇的剝削和壓迫，還要遭到嫖客對妓女的摧殘蹂躪以及社會惡勢力對她們的欺壓。而且反動統治階級把她們作為縱欲的工具，還要從妓女身上榨取大量的捐稅。這些妓女在當時所處的環境是極為難熬的，她們被當作牲口或奴隸來對待，往往被任意強迫勞動。妓院主對妓女的剝奪和榨取，可以說充滿著妓女的血和淚。」《上海娼妓改造史話》一書曾記述了妓女們悲慘的「血淚史」，墮胎、梅毒、毆打、跪碎玻璃，吸白粉提神等，這是鴇母領班所慣用的摧殘手段。這本書曾記載，有一個叫小梅的妓女，得了肺結核，重病纏身，老闆戴去卿說：「不能賺錢，沒有用了。」決定把她處置掉。她還沒有氣絕，就被裝進了薄皮棺材，蓋上棺材還聽得見她微弱的呻吟聲。滅絕人性的戴去卿，竟叫人把長長的棺材釘，對著她胸部所在位置，狠狠地敲下去[55]。這是在這種悲慘的敘述中，取締妓院便具有了十足的「解放」意義，它意味著一種舊世界的埋葬和「新生活」的開啟。這種喜悅之情在當年的《北京市處理妓女工作總結》中得到了鮮明呈現：

[55] 參見楊潔曾、賀宛男：《上海娼妓改造史話》，上海：上海三聯書店，1988年，第68-69頁。

> 學員們的創造力是很豐富的，她們自己也很快學會了演話劇，同時採用多種多樣的形式編歌編劇來表達自己感情。《苦盡甘來》《跳出火坑》和《再生》等劇本，許多快板、雙簧、小調和集體舞蹈，鮮明地刻畫出妓院中暗無天日的生活與老闆領家的獸性摧殘，游勇傷兵和地痞流氓的無恥暴行；同時，她們也表達出在人民政府的教養下，如何努力地改造了自己。特別值得一提的是，在文委和洪深等先生的指導下，演出了《千年冰河開了凍》，觀眾達兩萬人，使廣大社會人士瞭解了妓院的內幕，博得觀眾熱烈的同情，慶祝她們的解放，使她們感到今天是被人重視了，大大鼓舞了她們擺脫黑暗的奴隸生活、走向勞動生產的新生活的信心和勇氣。[56]

自從妓院被封閉，這些城市的煙花之地便斷了往日的熱鬧。中小妓院被封了門，大的妓院被用作集中教養妓女的場所，門上掛起了「北京市婦女生產教養院」的牌子，荷槍實彈的公安戰士嚴肅地在門口站崗，穿著列寧服的女幹部進進出出。北京的老百姓不由地感歎：世道真是變了[57]。北京市採取這一行動，得到了廣大市民的理解和支持，許多市民都感覺痛快。這正像一位普通百姓所說的，「自古以來就有妓女，現在一下取消了。人民政府辦法真妙，不許當妓女『嫖窯子』，是叫人學好。」[58]

---

[56] 參見北京市民政局：《北京市處理妓女工作總結》（1949年12月30日），北京：北京市檔案館，1949年。

[57] 梁可：《1949，北京改造妓女紀實》，載《中國社會導刊》1999年第10期，另見譚曉霞：《北京改造妓女紀實》，載《檔案時空》2004年第11期。

[58] 《北京訊：千餘妓女開始新生活，正組織學習改造思想，妓院老闆領家等已集中審查處理》，載於《人民日報》1949年11月23日。

妓院取締，妓女改造不僅意味著一種「解放的敘事」，其對「城市文明病」的「療救」所包含的對「乾淨隱喻」的追求，也是新的人民政權合法性建構的重要手段。然而除此之外，妓女作為一個被壓迫的人群，其「尊嚴政治」的贏取，則更意味著被壓迫階級和性別的解放。《小巷深處》裏的徐文霞，這位曾經的雛妓「阿四妹」，在取締妓院的「解放敘事」之後，成為了一位「紗廠工人」，一位自食其力的勞動者。在新的社會中，勞動作為生產性社會必不可少的再生產手段，成為了社會主義的「超級意識形態」，它表徵著「美」、「健康」與「光榮」，其對「疾病」身體的「療救」和「治癒」之後，意味著「尊嚴政治」的獲得。

坦率而言，張俊與徐文霞的愛情故事，不僅僅是一個「妓女改造」，或是「妓女從良」的「故事」，而是更為內在地包含著對屈辱和創傷的克服，和對夢魘般的回憶的穿越，最終贏得「尊嚴政治」的「敘事」。解放固然給她帶來了做人的尊嚴，但歷史的污點卻使她背上了屈辱的包袱，「把工作讓給我，把愛情讓給別人吧！」這種刻骨的自卑感，幾乎使她喪失了享受愛情的權利，煩惱也隨之而來，「這些日子，心中常常湧起少女特有的煩惱，每當這種煩惱泛起時，便帶來了恐懼和怨恨，那一段使她羞恥、屈辱和流淚的回憶就在眼前升起。」

「一九五二年，政府把所有的妓女都收進了婦女生產教養院。徐文霞度過了終身難忘的一年，治病、訴苦、學習生產技能。她記不清母親是什麼樣子，也不知道母愛的滋味，人間的幸福就莫過如此吧，最大的幸福就是在陽光下抬著頭做個正直的人！」畢竟解放之後，「生活在徐文霞面前放出綺麗的光彩。尊敬、榮譽、愛撫的眼光，一齊向她投過來。她什麼時候體驗過做人的尊嚴呢！」[59]在此之處，正如研究者所分析的，「在陽光下抬著頭做個正直的人」成為徐文霞「幸福感」的主要內容，這也包含著一系列的資訊：「首先，這一幸福感建立在妓女群落與常態世界之間隔閡的打破基礎上，當『陽光』可以普照在曾經的妓女頭上的時候，意味著改造後的妓女終於走出了使她沉淪於幽靈世界的黑夜，成功地重返常態世界；其次，這一幸福感還在於，改造後的妓女重返常態世界並不是低眉俯首的，而是昂首挺胸的。之所以如此，我們可以在小說中看到，是基於一份可以自食其力的工作，是建立在包括單位領導、同事、丈夫等在內的社會方方面面對重新站立起來的『姐姐妹妹』的基於階級認同基礎上的平等接納上的。因此，『抬著頭』這一姿態明顯是將改造後的妓女與傳統的從良妓女區分了開來，是『中國人民從此站起來了』的經典新中國表述一種具體體現，從中我們可以看到一個有尊嚴的『人』的形象。」[60]「敷滿白粉」的「鬼魅」一樣的妓女「阿四妹」終於翻身成為了紗廠工人徐文霞，她也理應獲得愛情的權利，在此，張俊的釋然便顯得意義非凡：「不能怪她呀，在那個黑暗的時代裏，一個軟弱的孤兒，能作得了什麼主呢！」這表達了新社會對這個特殊人群的接納態度，這也不啻於是「舊社會把人變成鬼，新社會把鬼變成人」的政治隱喻。與此相似，在《千年冰河開了凍》的結局之處，迎接改造之後的妓女們的，也是「今後真正抬起頭來作人，愉快的毫無顧慮的勞動和進步」。正所謂，「千年的冰河開了凍，萬年的枯樹發了青，姐妹們今天站起來，挺起了胸膛向前進！」這與《姊姊妹妹

59 陸文夫：《小巷深處》，載於《萌芽》1956年第10期，第2頁。

60 董麗敏：《身體、歷史與想像的政治——作為文學事件的「50年代妓女改造」》，載《文學評論》2010年第1期。

站起來》最後，唱著勞動之歌，走向蘇北為人民服務的「新社會的新婦女」有著同樣的精神面貌。

第三節　工人新村與社會主義城市的建構

如前所述，在1950至1970年代文學之中，「解放」所帶來的全景式的社會主義城市改造往往成為必涉之筆。在此，無論是「龍鬚溝」等城市貧民窟的重建所包含的歷史敘事本質，還是「妓女改造」的故事之中所表徵的意識形態內涵，都生動地體現了社會主義城市及其文化建構的政治訴求所在。然而除此之外，作為一個新興的無產階級國家，城市的新主人——產業工人們的日常生活的敘事也勢必提到臺面，連同新的「人民的城市」一道煥發光彩。在1950年代的文學敘述中，「工人新村」是一個極為普遍而又重要的意象。作為產業工人日常生活敘事的重要表徵，「工人新村」及其敘述生動體現了城市的政治變革，以及在此商品和服務型行業佔據主導的「消費城市」向以產業工人占重要地位的「生產城市」轉變過程中，工人階級在「恢復生產、群眾動員、社會主義改造以及城市工業化」等諸多方面發揮的重要作用。

在小說《百煉成鋼》中，艾蕪曾藉工人張福全之眼穿插了一段對建設中的「工人新村」的描寫：

> 由男工獨身宿舍到家屬宿舍的路上，正在從事大規模的建築，好多地方全是聳立著龐大複雜的足手架，有無數的人站在架上工作，馬路上不斷有載重汽車、馬拉大車，把鋼筋條子、沙石

磚瓦運到工地上去。這種熱鬧情景，正和工廠區域那邊在建立新的工廠一模一樣。張福全早已知道了，哪些地方修的是學校，哪些地方修的是宿舍。而且也曉得哪一座大樓，修成之後，是分配給煉鋼廠工人的。他曾打聽過，裏面的屋子，全要按上暖氣管，冬天用不著燒煤爐。廚房裏有煤氣，燒飯時，只消扭開管子，點上火就成，這種設備，算是最新式的，就是現在住著人的家屬宿舍，也還是冬天燒火牆取暖，燒煤球煮飯哩。他每次聽見人家講到行將修成的新宿舍，或是走過這龐大複雜的足手架側邊，都不禁生起歡喜的感覺：「好極了！」他走到這裏一定要望望，到底修的怎麼樣了？今天更加看得仔細。磚牆業已砌好了，井已蓋上了瓦，就是窗子還是空空的，還沒有按上玻璃，他吃驚地想：「真是快哪，幾天不見，又變了樣子。」他又對那一座要分給煉鋼工人的大建築，下細望了好一會。那是一座四層大樓，紅色的磚砌的。[61]

在此，「問題工人」張福全之眼顯得極富意味。對於這位元有著明顯「落後特徵」的工人階級一員來說，其充滿豔羨的目光對「工人新村」的審視，以及沉迷於此的物質主義欲望，都恰如其分地「合法呈現」了「工人新村」光彩照人的面貌。「建設中」的「工人新村」，無疑能夠激發人們對未來社會主義城市的「想像」。這種「現實的」與「烏托邦的」辯證思考，在某種程度上與史達林有關「腳手架後面的真實」有著相似之處。在史達林那裏，「社會主義現實主義」所強調的是，「藝術描寫的真實性和歷史具體性必須與社會主義

[61] 艾蕪：《百煉成鋼》，北京：作家出版社，1958年，第170-171頁。

精神從思想上改造和教育勞動人民的任務結合起來。」[62]無論如何，「足手架」後面的「工人新村」所包含的期許與希冀，都出人意料地呈現了社會主義「真實」的意識形態力量。然而，此處「革命浪漫主義」的「想像」卻絕非虛無縹緲的幻想。因為很快，「足手架」後面的「工人新村」便成為了現實。

在胡萬春的電影劇本《鋼鐵世家》中，「工人新村的環境非常美麗，到處是碧綠蒼翠的樹木，以及鮮豔的花草，住宅周圍，有小河、木橋，以及修剪得很好的花園，無數幢兩層、三層、四層的樓房，都是紅瓦黃牆，玻璃簾子閃閃發光……」[63]，這無疑是一處詩意盎然的境地。而在周而復的《上海的早晨》中，「工人新村」光彩照人的面目同樣清晰可辨：

> 只見一輪落日照紅了半個天空，把房屋後邊的一排柳樹也映得發紫了。和他們房屋平行的，是一排排兩層樓的新房，中間是一條廣闊的走道，對面玻璃窗前也和他們房屋一樣，種著一排柳樹。[64]

小說著重描繪了巧珠奶奶在張學海和湯阿英的攙扶下，參觀漕楊新村小學的場景：

[62] 參見《蘇聯文學藝術問題》，北京：人民文學出版社，1959年，第25頁。

[63] 胡萬春：《鋼鐵世家》，上海：上海文藝出版社，1959年，第34頁。

[64] 周而復：《上海的早晨》（第三部），《周而復文集》6，北京：文化藝術出版社，2004年，第147頁。

> 巧珠奶奶遠遠望見一座大建築物，紅牆黑瓦，矮牆後面有一根旗杆矗立在晚霞裏，五星紅旗在空中呼啦啦飄揚。紅旗下面是一片操場，綠色的秋千架和滑梯，觸目地呈現在人們的眼前。操場後面是一排整整齊齊的平房，紅色的油漆門，雪亮的玻璃窗，閃閃發著落日的反光。[65]

作為工人新村建設的重要配套內容，以五星紅旗為標誌的「社會主義學校」，承擔著培養社會主義新人的重任，其「嶄新」的面貌無疑具有重要的意識形態內涵。緊隨其後，從空中的「落日」開始，到「房屋後邊的一排柳樹」、「一排排兩層樓的新房」，再到「一條寬闊的走道」依次展開，人物的「城市行走」逐漸顯現出溫情的氛圍：

> 這個新村，只有合作社那裏的電燈光亮最強，也只有那裏的人聲最高。從那裏，播送出丁是娥唱的滬劇，愉快的音樂飄蕩在天空，激動人們的心扉。一眨眼的工夫，新村的路燈亮了。外邊開進來一輛又一輛的公共汽車，把勞動了一天的工人們從工廠送到他們的新居來。[66]

正如研究者所分析的，工人新村的建立是一個龐大的系統工程，在建造工人住宅的同時，一系列配套公共設施也同時興建。在這裏，不僅有學校、影劇院和圖書館等基本的群眾生活設施，也有商場、菜

[65] 同上，第148頁。
[66] 同上，第150頁。

市場、公共浴室、消費合作社、診療所和大禮堂等重要公共設施。同時，為了適應以後的發展，還預留了銀行、郵局、托兒所、公園與文化館等建築基地。於是，「工人新村不僅以『新工房』塑造了工人生活的空間形態，而且以一系列的配套公共設施，改寫了他們的生活習慣和生活方式」，「這樣的新居正是一個自願、自助和自我管理的空間，所有生活便利將由生產財富的工人階級全體公平分享」。[67]

毫無疑問，在此時期的文學敘事中，「工人新村」是作為社會主義城市改造的突出成就與無產階級解放的外在標誌而予以呈現的。在此，「工人新村」從理想變為現實，無疑是一個意義非凡的「事件」，這不僅表徵著「樓上樓下，電燈電話」的市民階級「生活夢想」的實現，更是無產階級社會主義理想的實現。

眾所周知，在解放之前的上海，城市底層產業工人的居住條件十分惡劣，大部分人都住在用竹竿、葦席搭建而成的被稱為「滾地龍」的「棚戶區」中。正如民謠所傳遞的，「棚戶區，害人坑，天下雨，積水深，腳下踩，陷半身。」另據《申報》報導，「自民國37年5月至38年4月，一年之內棚戶區發生火災37起，受災戶7300戶」[68]。這些「棚戶區」的惡劣生存條件象徵著無產階級在「舊社會」所遭受的壓迫與苦難。這一點在夏衍的《包身工》等左翼文學作品中體現得極為明顯。然而如同老舍的《龍鬚溝》一樣，「解放」所帶來的變化無疑是空前的。電影《不夜城》（編劇柯靈，導演湯曉丹，江南電影廠1957年）中便表現了當時工人階級居住環境的變化。根據柯靈的描

[67] 羅崗：《十七年文藝中的上海「工人新村」》，載《藝術評論》2010年第6期。

[68] 參見《上海住宅建設誌》，上海：上海社會科學出版社，1998年，第27-28頁。

寫，工人老瞿的家解放前是，「一件破爛的草棚子。正漏著雨，桌子上、床上、地上，到處用面盆、鉛桶和盆盆罐罐一類傢伙接著漏。」而解放以後則是全新的景象，「一幢工人新村一類的宿舍的底層，屋子的特色是簡單而潔淨。一些極普通的傢俱，壁上正中是毛主席像，旁邊掛著瞿海生和沈銀弟的並肩合影，再過去些，是銀弟當選為勞動模範的錦旗。」而在《上海的早晨》中，解放後翻身做主的湯阿英一家人在搬入「曹楊新村」時，其激動之情溢於言表：「不是共產黨毛主席，我們還不是住一輩子草棚，誰會給我們蓋這樣的好房子？連電燈都裝好的，想得真周到。」小說由此將入住「工人新村」和工人階級的當家做主聯繫起來：「新中國建立了，工人當家做主了，才蓋這些工人新村來，要不解放，我們工人還不是住一輩子草棚棚嗎？」

確實如文學作品所敘述的，城市住宅的改造作為社會主義建設的重要部分，在「革命之後」的新中國得到了極大的重視。就拿上海為例，這種作為「社會主義實踐的城市更新」，在上海的城市改造中有著鮮明體現。據研究者的考察，1949年後的上海，人民政府一直面臨著改善下層居民居住狀況的巨大壓力。據統計，1949年5月上海剛剛解放時，全市200戶以上的棚戶區有322處，其中「2000戶以上的4處，1000戶以上的39處，500戶以上的36處，300戶以上的150處，200戶以上的93處」。棚戶區占地面積1109萬平方米，棚戶簡屋197500間，建築面積32218平方米，共居住著115萬人。此外，還有大量的「旱船」、「草棚」、「水上閣樓」等，星羅棋佈地分散在各個角落。這些居住地的環境和條件都極其惡劣。「對於新政權來說，棚戶區的清除和改造，不僅是城市治理的燃眉之急，更是建立社會新秩序、彰顯制度優越性的必要舉措。在這種情況下，我們看到，甫從戰場來到城市的城市管理者採取了一系列特殊而行之有效的措施（這些措施有的後來進入了國家的新法規，成了常規性制度）。與舊上海租界當局和特別市政府相比，新政府的棚戶區清理工程，借助了種種『社會主義』的制度條件，包括優先確保城市秩序的國策、城市土地國有政策，以及遣送流民返鄉、限制流動等明顯具有反城市化性質的制度及措施，收到了特殊的功效。」[69]為此，上海市政府確定了一個以建造工人宿舍為重點的改善勞動人民居住條件的方案。從1951年8月起便開始著手建房的前期工作，共徵用土地225畝，9月正式開工興建「工人新村」。到第二年5月，首期工程完工。共建成樓房48幢，計167個單元，建築面積達32366平方米。因這個建房基地靠近曹楊路，故定名為「曹楊新村」，首期完工的住宅，稱為「曹楊一村」。又根據當時的住宅分配標準，新建住宅總共可安排1002戶居民，所以也稱「1002戶工程」[70]。這便是小說《上海的早晨》中「漕楊新村」的原型。

曹楊新村是新中國第一個「工人新村」。這裏「水電設施齊全，每戶有獨立的衛生間，3家合用一間廚房，小區有小學、診所、合作社等配套設施」。「新村」建成以後，「毛澤東得知後發出號召：今後數年內，要解決大城市工人住宅問題。」[71]事實證明，從曹楊新村開始，上海乃至全國均展開一場大規模的工人新村建造活動，「新村」作為一種代表新的社會體制和居住形式在全國各大城市相繼出現。作為中國工人階級翻身當家作主的標誌，1952年底，曹楊

69 陳映芳：《作為社會主義實踐的城市更新：棚戶區改造》，載於《現代城市更新與社會空間變遷》，上海：上海古籍出版社，2007年。

70 參見羅崗：《空間的生產與空間的轉移——上海工人新村與社會主義城市經驗》，載《華東師範大學學報》2007年第6期。

71 范希春主編：《解放：新中國城市經濟社會生活的變遷》，長沙：嶽麓書社，2009年，第236-237頁。

新村開始接待外賓，波蘭、德國、古巴、巴基斯坦，各國友好代表團都來參觀訪問，這裏一度成為上海的「涉外旅遊點」，也被戲稱為「工人階級客廳」。但總而言之，通過曹楊新村，中國人「向世界展示社會主義國家人民的樣板生活」[72]。作為新時代社會理想的模型，「新村」的出現象徵了昔日社會底層的無產階級對未來美好生活的憧憬。正如一位棚戶子弟所回憶的，「有一天，我們搬進一個巨大的新村。我看見無數高樓林立，嶄新的學校，嶄新的商店，我們在嶄新的馬路上發瘋似的追逐。在那一刻，在我的少年時代，我們真誠地唱著：社會主義好。」[73]「如果從高空俯瞰曹楊新村的總體佈局的形態，整個新村組成了一個巨大的紅五角星」。這一精心設計的建築構架，將新村住宅納入到宏大的政治敘事當中，成為那個時代最典型的建築符號。為此，工人作家唐克新在《曹陽新村的人們》一文中熱情歡呼：「我要向大家介紹曹陽新村，要大家到這裏看看，並不僅僅是為了讓你知道這個新村如何漂亮……，是的，它不但是上海第一個規模最大的工人新村，也是新中國最早、最大的工人新村之一，……因為要瞭解解放後的上海工人，瞭解上海工人的生活，就得親自來看看。」[74]

從蘇聯引入的「工人新村」理念，構築了社會主義國家的建築藍圖，不僅解決了大量產業工人的住房困難，更是成為無產階級翻身當家的偉大標誌。相當多的研究者在追溯「工人新村」的來由時，

---

[72] 參見付晨：《上海工人新村文化人類學思考》，載於《山西建築》2005年第14期。

[73] 范希春主編：《解放：新中國城市經濟社會生活的變遷》，長沙：嶽麓書社，2009年，第237頁。

[74] 唐克新：《曹陽新村的人們》，載《上海解放十年》，上海：上海文藝出版社，1960年，第570頁。

都提到了五四時期紅極一時的「新村主義」理論。「新村」一詞屬舶來品，20世紀20年代，中國許多知識份子，包括後來的共產主義者都受到比馬克思主義傳入中國更早的無政府主義思潮和「新村主義」的影響。日本學者小路實篤曾立倡「新村主義」， 他在1918年創辦《新村》雜誌，倡導建設互助互愛、共同勞動的模範新村。青年時代的毛澤東受此影響，草擬過一份新村計畫書，暢想未來的公共主義的城市[75]。儘管後來的「新村主義」被認為是「將克魯泡特金的互助主義、托爾斯泰的泛勞動主義、北美的工讀主義燴於一鍋的小資產階級空想社會主義」，但其所暢想的社會主義烏托邦城市在半個世紀之後逐漸浮出水面，確實是極具革命內涵的事件。霍華德（Ebenezer Howard）在《明日的田園城市》（*Garden Cities of To-morrow*）中描述了一個沒有貧民窟、沒有煙塵的城市[76]，而「工人新村」則吹響了這種「人民城市」的號角。

就像研究者所指出的，「工人新村的建造過程，首先有助於我們透過歷史來理解社會主義城市的空間生產邏輯：新村不僅是一種居住模式，在廣義上更是一種制度，一種根植於中國近現代社會發展史，與意識形態、經濟政策、政治運動和技術發展等諸多因素相互作用的一種居住制度。」[77]這種「居住制度」無疑在解放之初的社會主義城市具有非凡的政治內涵。在《論住宅問題》一文中，恩格斯曾討論了

---

75 青年時代的毛澤東受此影響，草擬過一份新村計畫書，其中的城市設有公共育兒院，公共學校，公共圖書館，公共銀行，公共農場，公共工作廠，公共消費社，公共劇院，公共病院，公園，博物館，自治會等。

76 【英】霍華德：《明日的田園城市》，金經元譯，北京：商務印書館，2010年。

77 楊辰：《日常生活空間的制度化——20世紀50年代上海工人新村的空間分析框架》，《同濟大學學報》2009年第6期。

「大工業化」進程與「住宅」問題的聯繫。在他看來，工業化的發展，城市產業工人的急劇增加，勢必造成「住宅短缺」的問題。「一方面，大批農村工人突然被吸引到發展為工業中心的大城市裏來；另一方面，這些舊城市的佈局已經不適合新的大工業的條件和與此相應的交通。」在許多城市，「住宅缺乏現象曾經具有急性病的形式，而且大部分像慢性病那樣繼續存在著。」[78]針對這種由高速工業化帶來的住宅問題，恩格斯提出了「革命性」的解決方案，即「消滅資產階級，建立無產階級專政，由社會主義國家把房產分配到工人的手中」。但他沒有預料到隨著20世紀城市人口劇增，即使革命成功，把原有的住房平均分配也不足以解決「單個家庭的獨立住宅」問題。因此，20世紀建築業在工業化的高度壓力下，一個核心的問題就是如何設計出標準化、低成本、預製構件的「平民住宅」，從而在有限的空間之內，合理地容納更多的人口，並使他們過上有尊嚴的生活。而「工人新村」恰恰實現了這種「平民住宅」，從而解決了無產階級的尊嚴政治問題。因此在這個意義上，如論者所言，「平民住宅設計模式的產生與現代設計的先驅們對於平民、大眾、社會主義、革命等問題的思考是密不可分的」[79]。

彼得・羅（Peter Rowe）在分析我國1949—1978年住宅建築時認為：「從1949年中華人民共和國成立到1978年，一種旨在完成向共產主義過渡的革命性的社會意識形態占主導地位。大多數的——如果不是全部的——舊的社會政治以及經濟構架，不是全部中斷，就是被完全廢除；這種尋求更寬容的、同時對許多人來說也更理想的生活方式

[78] 【德】恩格斯：《〈論住宅問題〉第二版序言》，載《馬克思恩格斯選集》（第二卷），北京：人民出版社，1972年，第459-460頁。

[79] 周博：《設計為人民服務》，載《讀書》2007年第4期。

的努力，往往會帶來非常重大的後果」[80]。而這個「重大的後果」便是，「隨著共產黨領導權威和各級人民政府的建立，自上而下的制度和宏偉敘事的階級話語逐漸統領了工人階級從公共領域到個人生活的全部內容，影響著他們的共同體文化的自我建構。」[81]而在此之中，「工人新村」作為一個時代的理想圖景，當仁不讓地成為了「那個時代『幸福生活』的代名詞，是工人階級的『幸福生活』的歷史見證」。在這個「新村主義」的「社會主義天國」裏，人人勞動，「國家變成一個大新村」，「不但沒有階級的界限，連政治的界限也漸漸的化除了。」[82]

正如列斐伏爾（Henri Lefebvre）所言，「一場革命，如果沒有產生出新的空間，那麼，它就沒有釋放其全部的潛能；如果只是改變意識形態結構和政治體制，而沒有改變生活的話，它也是失敗的。真正的社會變革，必定會在日常生活、語言和空間中體現出它具有創造力的影響。」[83]而「工人新村」的意義不僅在於其實際的居住功用，更重要的是表徵了一種工人階級空間性的登臨，製造了新的社會想像的空間。50年代中國的社會主義建設也是一場革命，「一場從上而下，從思想到生活的革命，這場社會變革在居民的日常生活空間中也留下了痕跡」。而「工人新村」作為當時「社會主義城市的理想居

---

80 呂俊華、彼得・羅等編著《中國現代城市住宅1840-2000》，北京：清華大學出版社，2003年，第227頁。

81 楊辰：《日常生活空間的制度化——20世紀50年代上海工人新村的空間分析框架》，載《同濟大學學報》2009年第6期。

82 丁桂節：《工人新村：「永遠的幸福生活」——解讀上海20世紀50、60年代的工人新村》，同濟大學建築系2007屆博士論文，第14頁，第23-24頁。

83 Lefebvre，Henri：the production of space, *Oxford* ：Blackwell，1991：54.

住空間」，它「體現著新政權的政治抱負」[84]。它通過空間的「導向作用」詢喚出一種階級的「主體性」，並進而被製作為「工人階級翻身做主人」的意識形態標記而得到複製和推廣。新的領導階級將「自己的形象」投射在這座「新的人民城市」之上，從而煥發出強烈的象徵意義。在這個意義上，工人新村「與其說是一種公共建設，倒不如說是一種文化的自我投射」[85]。通過城市住宅空間的重新構建，工人階級對於他們能夠成功改變自身地位並擁有相應的權力而感到由衷自豪。

在《上海的早晨》中，曹楊新村工人住宅造好之後，滬江紗廠也攤到四戶，當時全廠到處張貼的標語為「一人住新村，全廠都光榮」。這是因為「工人新村」既是當時社會的政治經濟制度的一個組成部分，它自身也是一個包容著基層政治組織、經濟政策和階級文化習得等多方面的制度建構。其中最為關鍵的是，這種制度塑造了一個特殊的人群，即「住新村的工人」，他們的身份認同和日常行為規範的「獨特性」，導向一種社會主義的城市規劃，及其與資本主義的文化斷裂。在這種社會主義城市想像和實踐中，城市的空間便成為了一種物質性力量和意識形態空間化的場所。而正如論者所言的，在此過程之中，上海這座半殖民城市奇跡般地完成了自己「城市更新」的使命：「抹去舊上海『冒險家樂園』的形象，通過對大批資本家的改造，迅速轉型成為社會主義國家的重要工業陣地，使之從金融和消費中心轉型成為紅色中國的生產車間」[86]。在此「生產」與「生活」高

84 楊辰：《日常生活空間的制度化——20世紀50年代上海工人新村的空間分析框架》，載《同濟大學學報》2009年第6期。

85 【美】卡爾·休克斯：《世紀末的維也納》，李鋒譯，南京：江蘇人民出版社，2007年，第79頁。

86 羅崗：《十七年文藝中的上海「工人新村」》，載《藝術評論》2010年第6期。

度同構的1950年代，「工人新村」及其城市改造具有社會主義城市意識形態建構的重要作用[87]。

[87] 然而時過境遷，「後革命氛圍」籠罩下的20世紀90年代，「工人新村」的意識形態勝利已經成為城市的遙遠絕響，舊有的「市民城市」的地標「石庫門」開始在全球資本主義的掩護下重新復活。就像一位評論家頗為得意地論述的，「石庫門對工人新村的勝利，意味著傳統意義上的工人階級經過1950年到1976年的『主宰期』，已經從城市的意識形態中心退出，成為上海的邊緣階層，取而代之的是更為龐雜而有活力的市民階層。人們驚異地發現，『新天地』敘事修復了業已崩潰的市民記憶，令後者在石庫門的還原影像中找回了昔日的夢想。沒有任何人能夠阻止這場建築文化學的政變。」（參見朱大可：《石庫門VS工人新村》，載《南風窗》2003年第12期。）在此意識形態的更迭之中，既有的社會主義成就已然煙消雲散。

第三章　「消費城市」的空間變革

中國的社會主義革命，不僅意味著階級的解放和政權的爭奪，更意味著生產一種新的城市空間。而如前所述，在新的「人民城市」中，這種「空間的生產」不僅包含著如改造「龍鬚溝」，取締「妓院」等既有城市面貌和場域的更新，更意味著在不折不扣的政治實踐中創造新的權力場所，以滿足新社會在除舊佈新的城市轉換中獲得意識形態支撐。因此，「空間」的轉換不同於純粹地點變化的意義在於，它包含著政治性和意識形態色彩。也正是在這個意義上，法國理論家福柯一針見血地指出：「空間是任何權力運作的基礎」[1]。在此基礎之上，當代馬克思主義學者亨利・列斐伏爾進一步指出：「空間裏瀰散著社會關係；它不僅被社會關係支持；也生產社會關係和被社會關係所生產。」換言之，「空間在其本身也許是原始賜予的，但空間的組織和意義卻是社會變化、社會轉型和社會經驗的產物。」即「空間從來就不是空洞的；它往往蘊含著某種意義。」[2]

一直以來，空間的概念為西方理論家們所津津樂道。海德格爾的空間（大地）就是人與周圍世界相互關聯形成的結果，福柯的空間則

[1] 【美】愛德華・W・蘇賈：《後現代地理學——重申批判社會理論中的空間》，王文斌譯，北京：商務印書館，2004年，第350頁。

[2] Lefebvre, Henri：*the production of space, Oxford*：Blackwell, 1991, p.154.

側重於權力、知識結合的特點，而在列斐伏爾那裏，則強調空間作為社會關係的再生產以及社會秩序建構過程的產物。[3]在這位《空間的生產》（*the production of space*）的作者看來，空間從來就不是空洞的，而是蘊含著某種政治、社會意義的空間。他說：「空間並不是某種與意識形態和政治保持著遙遠距離的科學對象。相反，它永遠是政治性的和策略性的。……空間一向是被各種歷史的自然的元素模塑鑄造，但這個過程是一個政治過程。空間是政治的、意識形態的。……空間，看起來好似均質的，看起來其純粹形式好像全是客觀的，然而一旦我們探知它，它其實是一個社會產物。」[4]在此，列斐伏爾的成功之處在於將「空間」這一概念推到了思想領域、知識領域的前沿，並「使它成為富有理論構建性以及思想活力的術語」，這在很大程度上改變了以往「空間」的內涵和使用狀況。借用研究者的話說：「從某種意義上說，他將關於城市的分析和討論，從地點的概念引向空間的概念」，「將動態的城市生活同哲學家更普遍的關注聯繫起來。」[5]

對於列斐伏爾來說，生活的改變必將意味著空間的改變。「社會關係的轉型，必須打破舊的空間，使新的社會關係有可能生產出一個全新的、自由的空間。一個社會革命，如果無法建立一個新的空間，這個革命將是一個失敗的革命。蘇聯的社會革命，就是一個先例。十月革命後，新的空間無法建立，新的經濟政策難以推行，資本主義的生產方式因此也無法剷除，革命最後以失敗而告終。」因此，「一

3 參見童強：《空間哲學》，北京：北京大學出版社，2011年，第33頁。

4 轉引自包亞明：《現代性與空間的生產》，上海：上海教育出版社，2003年，第62頁。

5 【美】安東尼·奧羅姆：《城市的世界——對地點的比較分析和歷史分析》，曾茂娟、任遠譯，上海：上海人民出版社，2005年，第38頁。

個革命如果沒有產生新的空間，它的潛力就無法展示和發揮出來。革命失敗的原因，往往在於只是想改變社會的意識形態，即社會的上層建築或政治機器，而不是人的日常生活。一個社會的轉型，必須具有真正革命的性質，對於日常生活、語言、空間都必須給予創新的力量。」[6]如其所言的，「一個正在將自己轉向社會主義的社會（即使是在轉換期中），不能接受資本主義所生產的空間。若這樣做，便形同接受既有的政治與社會結構；這只會引向死路。」[7]因此，對於社會主義與城市空間變革而言，必須生產出一種「對抗著的空間」，去嘗試感知、理解一種新型空間的產生，才可能為社會主義「生產出未來的空間」。

每一種社會，每一種生產模式，每一種特定的生產關係都會生產出自身獨特的空間。或按福柯的話來說，「當新的權力登臨於城市之上，必然會以一種全新的空間形式向城市滲透。」因此，「城市始終是（社會的）空間、知識和權利的交彙之地，是社會調控方式的中心。」[8]而這便是社會主義城市空間生產的意義所在。如研究者所指出的，「五六十年代的中國，經歷了全景式的社會主義改造，新的領導階級集中在政治和經濟方面推動整個城市的迅速工業化和實現社會主義綱領。這樣巨大的社會主義變動在城市空間上帶來了史無前例的改變。就拿上海來說，對舊有城市地標的全新改造使得『上海』以嶄新的形象出現在中國社會主義建設的蓬勃序列之中。無論是一般

[6] 參見黃鳳祝：《城市與社會》，上海：同濟大學出版社，2009年，第197頁。

[7] 【法】亨利・列斐伏爾：《空間：社會產物與使用價值》，王志弘譯，夏鑄九、王志弘編：《空間的文化形式與社會理論讀本》，臺北：明文書局，1994年，第27頁。

[8] 【美】愛德華・W・蘇賈：《後現代地理學——重申批判社會理論中的空間》，王文斌譯，北京：商務印書館，2004年，第350頁。

由外國殖民勢力樞紐、金融中心變成人民政府所在地的外灘，或者由西僑、豪客專屬購物街轉變為社會主義消費場所的南京路，或由殖民者的娛樂空間轉而成為群眾集會活動的文化廣場，這些舊有的上海城市地標不僅被新的規劃與設計也被新的活動所改造，空間的性質被重新的規定。」[9]然而，在這種城市轉變的背後，社會主義城市空間的塑造固然贏得了諸多可喜的勝利，歷史轉折的偉大意義也在此彰顯，但在此空間轉換的具體過程中，舊城市消費空間依然陰魂不散的面貌卻給人留下了深刻的印象。因此，如果說治理「龍鬚溝」、改造「妓院」，以及建設「工人新村」，體現的是社會主義城市改造的偉大勝利，那麼，從「營業舞廳」到「機關舞會」，從「無軌電車」到「火車」，以及「街道」的美學變遷，則似乎在此意識形態勝利的敘述中暗含著某種不可抗拒的挫折。這種出人意料的「遭遇」恰恰呈現出社會主義文化自我建構的困境所在。

第一節　從「營業舞廳」到「機關舞會」

法國理論家羅蘭‧巴爾特（Roland Barthes）在回顧訪問中國的印象時曾這樣說道，「在中國，我絕對沒有發現任何愛欲的、感官的、色情的旨趣和投資的可能。這可能是因為特殊的原因，也可能是因為結構上的原因：我特指的是那兒的體制道德主義」[10]。然而令人頗感意外的是，這種「清教徒」式的禁欲主義並非社會主義城市的題中之義。作為一個曖昧的城市文學意象，在解放後50年代的社會主義文

[9] 李芸：《空間的改造、爭奪與生產——「文本」敘述與作為社會主義城市的上海想像》，華東師範大學中文系2008屆碩士學位論文，第9頁。

[10] 《羅蘭‧巴特談中國之行》，汪民安譯，載《中華讀書報》2000年3月29日。

學／文化中，「舞廳」這個消費主義的產物並未因「體制上的道德主義」而迅速消失。相反，它所具有的身體解放等現代性元素，卻被左翼政權奇跡般地吸納，被體制化、單位化為健康的「機關舞會」這種城市交際文化。在這個意義上，如果說對於左翼文化而言，20世紀30年代「上海的狐步舞」理所當然地裹挾著城市資本主義的頹靡與腐朽，那麼50年代的「機關舞會」則延續了30、40年代之交延安窯洞門前的「禮堂舞會」所煥發的身體解放意味。然而，對於社會主義文化而言，即便是這種健康的文化形式也在文學敘事中被習慣性地想像為「頹靡的消費」，而被打上負面的烙印。這也足見城市消費空間的轉化中，社會主義意識形態所包含的緊張關係。

一、「舞廳」的「摩登」與「現代」

對於20世紀中國而言，「舞廳」及其文化的歷史並不久遠。據研究者考察，交際舞隨著19世紀西方人的到來首先傳入上海等商埠城市。1897年11月4日，上海道台蔡鈞為慶祝慈禧太后壽辰，曾在靜安寺路洋務局行轅舉行盛大跳舞會，「以西例敬禮西人」，招待各國在滬顯要，結果獲得讚譽[11]。這次「萬壽慶典」也被認為是「中國官方的第一次舞會」[12]。民國以後，交際舞成為城市中尤其是租界中華人社會流行的娛樂活動，很受追求時髦生活方式的市民階層的歡迎。20世紀20年代，跳舞在上海和天津等城市風靡一時。1927年，上海第一家營業性舞廳——永安公司的大東舞廳開設，交際舞作為一種新式娛樂迅速流行。「近年來上海的跳舞，可算得風行一時。凡是年輕的

[11] 參見《上海道署跳舞會》，載《申報》1946年12月30日。

[12] 劉海岩、郝克路：《城市娛樂：歌舞廳、卡拉OK與電影院》，載《城市》2007年第7期。

男子和女子，非學會跳舞不能算出風頭。」[13]交際舞和舞廳在中國各大都市的突然蔓延，對一般國人的心理、文化和生活秩序造成巨大衝擊。這種現代性的「震驚」，也產生出對待「舞廳」（或「跳舞」）這種物質／欲望空間的兩種態度。

一方面，跳舞所包含的身體解放意義，有著巨大的反封建的功能，其蘊藏的自由民主的細節，不啻對保守道學的沉重打擊。此外，作為一種新式娛樂活動，跳舞也突破了男女社交的界限，包含著社交公開、男女平等的新理念。因此，它與彼時「開女學」、「廢纏足」等五四新思潮推動下的其他諸多活動一道，被視為婦女解放、個性自由的象徵。如評論者所言的，「舞場作為都市里的公共空間完全是一個被『移植』的『現代性建構』，與傳統中國的青樓、茶館等有著大異其趣的特徵，它為現代中國的市民提供了一個想像現代性的視窗。」[14]也是在這個意義上，跳舞逐漸從租界西人的交際圈，擴展到都市平民的娛樂圈，並日益成為都市民眾的一種新式娛樂方式，其過程本身或可視為中國現代性路徑的展開。然而另一方面，作為一種充滿情欲色彩的娛樂空間，舞場自然與消費資本主義有著密切關聯，跳舞對都市民眾充滿了誘惑和吸引，背後所體現的不僅是上海從一個通商口岸城市向現代消費／休閒社會轉變的過程，更是一個國家和民族更深刻地捲入全球資本主義，或「半殖民地化」的過程。因此，舞廳文化所包含的現代性，又分明透露出某種充滿殖民地色彩的糜爛、頹廢氣息，而舞廳中聲色犬馬的「摩登性」，又勢必從民族主義的角度激發起人們的道德義憤和焦慮。就此，安克強在其著作中分析了「舞

---

13 獨鶴：《中國人的跳舞》，載《新聞報》1927年5月8日。

14 唐小兵：《象牙塔與百樂門——民國上海大學生「禁舞」事件考述》，載《開放時代》2007年第3期。

廳」與「性」的密切關係：

> 舞廳現象似乎也反映了與性有關的情感方面的深刻變化。儘管兩性之間的關係是以某種程度的禮節和相當嚴格的隔離為標誌的，但舞廳為與一個女子進行特殊的接觸提供了機會。在這些場所的氛圍中無疑存在著大量的肉欲成分。走出這個環境，由跳舞所導致的這種接觸是完全被禁止的和難以想像的。此外，它還提供了一種直接的、瞬間的滿足。個人由此可以抱有幻想並使自己遠離現實，而與此同時又不必到賣淫場所去從事性的活動。[15]

因此，在他看來，「舞廳是一種中間場所，介於交誼性娛樂和賣淫之間。它們與社會生活的轉變相對應，尤其是與中產階級的出現有關，並以休閒活動的日益商業化為標誌。舞廳提供了一個仲介的空間，在那裏，人們可以表達一種以肉欲為主而並非是純粹性欲的情感，並從中得到滿足。」[16]

這種複雜的雙重想像，以及保守勢力的介入，令舞廳意象成為現代中國一個極其曖昧的城市空間。為此，曾出現過多次耐人尋味的「禁舞風波」。20年代，天津發生過一場有關跳舞的爭論。在短短的兩個多月中，《大公報》先後發表數十篇討論文章，反對者批評跳舞重女輕男，男女偎抱，毀壞名節，傷風敗俗；贊成者則認為交際

---

15 【法】安克強：《上海妓女——19—20世紀中國的賣淫與性》，袁燮銘、夏俊霞譯，上海：上海古籍出版社，2004年，第123頁。

16 同上，第123頁。

舞是一種具有藝術情調的娛樂[17]。1928年7月，上海市政府也曾頒佈禁舞令，開了官府禁舞之先河。然而，如果說1927年天津「禁舞」是保守主義勢力逆潮流而動的歷史鬧劇，那麼1928年國民政府的「禁舞」則包含著更加複雜的歷史內涵，「其禁舞動機，顯然是出於政治需要，是為了豎立政府廉潔開明而奮進的姿態」[18]。另外在30年代，蔣介石曾提倡「新生活運動」，在此期間也曾發起過聲勢浩大的「大學生禁舞」運動，認定大學生跳舞絕對不是一個可以聽之任之的生活小節，而是「荒廢學業」，「有損德性」，關係到「國家前途命脈」的大問題[19]。因此，「禁舞就從一個民國上海的社會事件，蛻變為一個拯救國家的宏大敘事和歷史神話」[20]。1947年，南京政府以「妨害風化，提倡節約」為名，下令限期關閉舞廳，實行全國禁舞，並由此引發上海舞女的集體抗議活動，就是此「神話」的延伸[21]。用研究者的話說，這次「上海舞潮案」，將「種的存亡被與西方交際舞聯繫起來」，「不僅折射了近代以來國人對身體的期許與憂心，且透露了現實的統治危機」[22]。由此可見，在對舞場的迷戀和恐懼的背後，所深藏的不僅是中國傳統文化中「玩物喪志」的道德焦慮，更包含著近現

[17] 參見左玉河：《跳舞與禮教：1927 年天津禁舞風波》，載《河北學刊》2005年第5期。

[18] 左玉河：《跳舞與禮教：1927年天津禁舞風波》，《河北學刊》2005年第5期。

[19] 參見時評文章文裏：《大學生跳舞》，載《申報》1934年2月23日；季：《禁止學生跳舞》，載《申報》1934 年12月23日。

[20] 唐小兵：《象牙塔與百樂門——民國上海大學生「禁舞」事件考述》，載《開放時代》2007年第3期。

[21] 相關論述參見馬軍：《1948年：上海舞潮案——對一起民國女性集體暴力抗議事件的研究》，上海：上海古籍出版社，2005年。

[22] 陳惠芬：《都市芭蕾、「社會學的想像力」及身體政治》，載《讀書》2007年第7期。

代以來中國「半殖民地化」的民族主義危機，這種第三世界國家的「落後焦慮」，註定生發出對待物質主義的複雜情感，和對待身體的政治化想像[23]。現代性的震驚，對物質主義的豔羨，及對身體的恐懼，這多重欲望和創傷交織在一起，沉迷中的怨恨與批判便呼之欲出。也正是在這個意義上，「舞潮案」的熱潮之中，《中央日報》署名「沛人」的文章將上海「營業性的舞廳」視為「上海罪惡的淵藪之一」，「其對社會道德、風俗、秩序、經濟各方面的影響比鴉片更甚」。由此，「西方交際舞是否合乎中國國情」的討論，也被提升到民族存亡的高度[24]。

二、從「營業性舞廳」到「機關舞會」

由此背景重回30、40年代城市文化的想像之中，「跳舞」及「舞廳」的雙重形象便清晰可見：一方面，它是最時髦的城市娛樂，是城市夜生活的主要內容，具有重要的文化形塑功能；而另一方面，它又是墮落與奢靡的象徵，裹挾著城市的不潔和物質主義的污穢。就前者而言，李歐梵在其關於「摩登上海」的研究中，敏銳地注意到了舞廳在形塑和表達上海文化中的功能：「當咖啡館主要還是上等華人、外國人和作家藝術家光顧的場所時，舞廳卻已經進入各個階層，成了流

23 黃金麟的著作《歷史、身體、國家：近代中國的身體形成（1895—1937》（北京：新星出版社，2006年）系統考察了近代以來的中國身體所經歷的非常政治化的過程。

24 作者從相關材料中「鉤沉」出蔣介石之對禁舞不依不饒的心理動因：「據說與宋美齡一度沉溺跳舞，令其惱火有關。」而從伴隨著禁令之出而再度引發的西方交際舞是否適合中國國情的大討論來看，禁舞令的出臺，恐怕和統治層對「身體」的恐懼有更大關聯。參見馬軍：《1948年：上海舞潮案——對一起民國女性集體暴力抗議事件的研究》，上海：上海古籍出版社，2005年。

行的固定想像，這可以在無數的報導、文章、卡通畫、日報的照片和流行雜誌上看出來。事實上，上海的藝術名家，像葉淺予、張樂平都曾用舞廳和舞女來作他們的卡通題材。」[25]而對後者來說，在三十年代新感覺派小說家那裏體現得較為明顯。劉吶歐在《都市風景線》中曾這樣描寫舞廳的情景：「一切都在一種旋律的動搖中——男女的肢體，五彩的燈光和光亮的酒杯，紅綠的液體以及纖細的指頭，石榴色的嘴唇，發焰的眼光。中央一片光滑的地板反映著四周的桌椅和人們錯雜的光景，使人覺得，好像入了魔宮一樣，心神都在一種魔力的勢力下。」舞廳的「魔力」讓人沉迷，更讓人驚恐萬分，目迷五色的場景令人焦慮不安。同樣是面對舞廳，穆時英的《上海的狐步舞》（一個斷片）開頭便是那句決斷性的「咒語」：「上海。造在地獄上面的天堂！」這無疑讓那些「光滑的地板上」「飄動的裙子」、「飄動的袍角」和「精緻的鞋跟」都失去了光彩，也給那些「男子的襯衫的白領和女子的笑臉」打上了頹廢的印記。而施蟄存的《薄暮的舞女》更是以精神分析的方式剖析了豔俗的舞女與激情燃燒的舞客之中洋溢著的「尖叫的情欲」。也是在這個意義上，畢克偉（Pickowicz）描述了30年代中國的文化想像中舞廳的重要性：「這些藏汙納垢之所，有腐朽社會的一切特徵；無恥放蕩的女人，抽著香煙，穿著優雅而暴露的衣服；縱欲的男子，喝醉了酒四處亂撞。總有雜亂的舞步，怪模怪樣的舞會帽子，誘惑人的音樂，異國風格的髮型，閃閃發光的汽車，長久的道德擔當是不可能的，誰也不能信任」。[26]新感覺派作家廉價的

---

[25] 李歐梵：《上海摩登——一種新都市文化在中國（1930—1945）》，毛尖譯，北京：北京大學出版社，2001年，第32頁。

[26] 畢克偉：《三十年代中國電影中的心靈污染主題》，轉引自張英進：《中國現代文學與電影中的城市：空間、時間與性別構形》，秦立彥

城市批判實則是情欲的張揚，而在此之中，「舞廳」無疑具有著重要的敘事功能。

然而，即便是這樣一種具有資產階級腐朽性質的負面形象，「舞場」和「跳舞」這種文化形式也被奇跡般地「移植」到了革命根據地延安。根據朱鴻召的考察，1937至1942年，延安每逢週末和節假日晚會上，「革命隊伍裏時興交際舞」[27]。延安的交際舞風潮持續到1942年整風運動全面展開。此後，交際舞被群眾性大秧歌舞所取代。偶爾的中央機關交際舞會，只是被用來招待駐延安的美軍觀察組成員。到了解放之後，1930年代的「營業性舞廳」逐漸為革命之後的「機關舞會」所取代。人民政府作為左翼政權體制化的產物，在建國初期對待「舞廳」這個城市空間時，並未採取斷然拒絕的態度，而是審慎並有節制地徵調這一娛樂資源的積極因素，為政權所用[28]。因此，解放以

譯，南京：江蘇人民出版社，2007年，第201頁。

27 朱鴻召：《延安日常生活中的歷史（1937-1947）》，桂林：廣西師範大學出版社，2007年，第259頁。根據研究，延安早期的交際舞，主要是在高級幹部聚會的娛樂性晚會上作表演性節目。範圍不大，半掩蔽半公開。但這種帶有異域色彩，具有強烈心理刺激作用的表演節目卻非常具有示範性。慢慢地，交際舞逐漸出現在公開舉行的晚會上。延安交際舞時興不久，很快就引起了革命隊伍裏女將們的強烈反對。就此，毛澤東曾經風趣地回憶說，「在延安我們也經常舉辦舞會，我也算是舞場中的常客了。那時候，不僅我喜歡跳舞，恩來、弼時也都喜歡跳呀，連朱老總也去下幾盤操（形容朱德的舞步像出操的步伐一樣）。但是我那貴夫人賀子珍就對跳舞不喜歡，她尤其對我跳舞這件事很討厭……。」（參見尹緯斌、左招祥：《賀子珍和她的兄妹》，北京：中國廣播電視出版社，1998年，第178頁。）一時間延安因為交際舞而鬧得沸沸揚揚。最大的一次風波便是「吳光偉事件」。事件的結果是，吳光偉1937年7月悄然離開延安後，賀子珍於8月間離開延安，在毛澤東的斷然命令下，史沫特萊與斯諾夫人也一道，「素然寡味地告別了延安」。

28 這一點可以追溯到延安時期的交際舞。根據朱鴻召的考察，1937-1942年，延安每逢週末和節假日晚會上，革命隊伍裏時興交際舞。參見《延

後，舞女和營業性舞廳作為城市腐朽文化的象徵被清除殆盡，但交際舞仍然是城市的一種娛樂活動，只是被賦予更為衛生和健康的形式——「交誼舞」。尤其是50年代初倡導學習蘇聯，更使得交誼舞在城市的幹部和知識階層中大行其道。只是隨著社會活動的「單位化」，跳舞大都成為由工作單位、工會或共青團組織的業餘活動。於是，「機關舞會」開始取代「營業性舞廳」，成為社會主義文化形式的合法性表達方式。然而，「機關舞會」適可而止的欲望達成與「營業性舞場」頑強的消費主義記憶之間，也存在著極為複雜的纏繞和糾結。

這種消費主義的「幽靈」在長篇小說《上海的早晨》中表現得極為明顯。周而復在《上海的早晨》（第一卷）中，曾寫到制販假藥的奸商朱延年誘騙和腐蝕國家幹部的場景。小說饒有興味地描寫了解放區老幹部、蘇北行署衛生處的張科長初到上海，遭遇他從未得見的消費空間，並落入朱延年的「幹部思想改造所」的故事。在這個有關腐蝕和墮落的故事中，舞廳扮演了重要的角色。

當小說寫到張科長不由自主地跟隨夏世富到達「七重天」之時，「張科長感到自己到了天空似的，有點飄飄欲仙。」而舞廳的場景也讓張科長深陷迷亂和焦慮：

> 音樂臺上正奏著圓舞曲，一對對舞伴像旋風似地朝著左邊轉去。燈光很暗，隨著音樂旋律的快慢，燈光一會是紅色的，一會是藍色的，一會又是紫色的。在各色的燈光下，張科長留神地望著第一個舞女，有的穿著喬其絲絨的花旗袍，有的穿著紫

安交際舞始末》，朱鴻召：《延安日常生活中的歷史（1937-1947）》，桂林：廣西師範大學出版社，2007年，第259-276頁。

絲絨的旗袍，有的穿著黑緞子的旗袍，腳上是銀色的高跟鞋，跳起舞來，閃閃發著亮光。他拘謹而又貪婪地看了一陣，又想看，又怕人發現自己在看，不安地坐了一陣子，想走開又不想走開，半吞半吐地對夏世富說：

「我們走……走吧？」[29]

其間，最富意味的是張科長在「焦慮」和「誘惑」之間的搖擺過程：

他望見舞池裏擠滿了人，在暗幽幽的藍色的燈光下，一對對舞伴跳著輕盈的慢狐步舞。舞池附近的臺子全空空的，只有他和徐愛卿坐在那裏沒跳。他是會跳舞的，並且也是很喜歡跳舞的，一進了七重天，他的腳就有點癢了，但覺得在舞池裏和舞女不好。如果這兒是機關內部，他早跳得渾身大汗了。[30]

在張科長心中，「機關舞會」才是可以放肆沉迷的娛樂場所，是社會主義時代合法的縱欲形式，而與此相近的「營業性舞廳」卻是滋生物質主義焦慮的所在，也是通向「誘惑」和「墮落」的通道。小說也證明，張科長終究沒能逃脫城市消費空間的「捕獲」，這位「打了多年遊擊的老幹部」，「國家功臣」，在「全國解放」，「革命成功」之際，終究落入了「營業性舞廳」所編織的「享樂主義陷阱」。

[29] 周而復：《上海的早晨》（第一部），《周而復文集》4，北京：文化藝術出版社，2004年，第187頁。

[30] 同上，第190頁。

儘管在此，「墮落」的罪魁禍首是「七重天」這個「營業性舞廳」，但小說依然從側面透露出「機關舞會」的可疑面貌。因為，正是後者的合法形式召喚出個人心中業已塵封的消費主義欲望。

三、社會主義城市與消費主義「幽靈」

儘管是社會主義文化所積極吸收的健康形式，但「機關舞會」在十七年文學中並沒有被賦予正面的形象，這毋寧說透露出社會主義文化的焦慮所在。在蕭也牧的《我們夫婦之間》中，「我」作為一位來自城市的知識份子，在解放後回到了闊別已久的城市，「那些高樓大廈，那些絲織的窗簾，有花的地毯，那些沙發，那些潔淨的街道，霓虹燈，那些從跳舞廳裏傳出來的爵士樂，……對我是那樣的熟悉，……好像回到了故鄉一樣。這一切對我發出了強烈的誘惑，連走路也覺得分外輕鬆……」。然而，對於小說而言，「我」在革命之後的「蛻變」恰恰體現在對那些闊別已久的「消費社會」的嚮往之上。其間小說寫到一處細節：「週六晚上，機關內部組織了一個音樂晚會，會跳舞的同志就自動的跳起舞來，這正好解悶，我就去參加了」[31]。

「我」對「跳舞」的沉醉無疑連接著舊時代的情感記憶。直到「我的妻」抱著孩子「氣衝衝」跑來，「我」依然留戀不捨，「跳完這一場就回去！」這種「致命的吸引」，成為改造城市之中殘餘消費空間的「徵兆」，從而引出一個與「我的妻」爭論的「改造城市，還是被城市改造」的核心問題。小說對於「舞廳」的情感基調通過另一處細節得到了更為鮮明地顯現，那便是長安街上的「七星舞廳」。在

[31] 蕭也牧：《我們夫婦之間》，載於《人民文學》1950年第1期，第39-40頁。

此，「舞廳」這個城市娛樂空間幾乎再現了民國時代「風月場所」的特徵。「西服筆挺，像個紳士的胖子」守門人對那個向客人要錢的「十三四歲的小孩」的「壓迫」，引起了「我的妻」的憤慨。儘管他一再辯解：「我這個舞廳，是在人民政府裏登記了的，是正當的營業，是高尚的娛樂！拿捐，拿稅……」，但小說將「舞廳」與「乞討」、「壓迫」等舊社會遺跡相聯繫的想像方式，卻已然暴露了作者的情感基調。

同樣，作為另一部被批評家們指責為「小資產階級趣味」而受到批判的作品，鄧友梅的《在懸崖上》也寫到了「星期六的機關舞會」。然而，此時的機關舞會也已成為極為曖昧的情欲空間。在此之中，我那「丟人現眼」的「愛人」，與追求自由、摩登的小資產階級女性加麗亞之間形成了鮮明對比。「我」以貌似懺悔的回憶口吻極為「放肆」地表達了「墮落」時「我」的跳舞感受，「音樂一響，我倆就旋風似的轉過了整個大廳，人們那讚賞的眼光緊追著我倆閃來閃去」。新時代的「舞女」加麗亞得意忘形的「愉悅」，「我好久沒這麼高興過了，跳舞本身是愉快的，被人欣賞也是愉快的」[32]。這種「跳舞」中所生成的「個人性」對「集體的城市」的消弭由此可見一斑。

由以上小說文本的分析，我們大致可以看到「跳舞」這種消費形式所包含的「個人性」，對於「機關舞會」這種社會主義城市娛樂形式所構成的「消解」意味。對於社會主義城市而言，儘管集體主義的意識形態抑制著個人的欲望，但消費主義的形式卻又在時時生產著這種欲望。機關舞會的曖昧性，恰在於它既是生產的，也是消費的，既生產出集體，又生產出個人，正如蔡翔所言，我們不能因為中國的

[32] 鄧友梅：《在懸崖上》，載於《文學月刊》1956年第9期，第10-11頁。

社會主義強調集體而認為個人在這一時代已經消失，情況可能相反，社會主義在生產集體的時候，同時也在生產個人[33]。因此，對於「舞廳」及其城市空間的改造而言，也許正是在社會主義對消費城市空間的抑制中，生產出了新的消費空間。社會主義原本希望借助既有的資本主義文化形式發展屬於自己的文化，生產自己的城市空間，但既有的文化形式卻又召喚出消費主義的「幽靈」，威脅著新的文化的生成。從延安時期就曾屢屢釀出風波的「禮堂舞會」，到解放後依舊不能令人放心的「機關舞會」，新的社會主義的城市娛樂形式並沒能蕩滌既有的消費主義「幽靈」。

如果說在《我們夫婦之間》與《在懸崖上》等小說作品中，原本潔淨的「機關舞會」，卻也出人意料地生出「骯髒的後果」，那麼在《英雄虎膽》、《寂靜的山林》等反特題材電影中，以具象的方式呈現出來的「舞廳」及「跳舞女郎」，則以其散發出的頹靡氣息而被打上不折不扣的負面形象。《英雄虎膽》裏與曾泰共舞倫巴的王曉棠（阿蘭的扮演者）處處體現出風情萬種、豔壓群芳的「年輕美人」形象，而在《寂靜的山林》中，電影鏡頭更是跟隨「反特人員」的腳步抵達當時的香港、日本等地，讓觀眾一睹內地難得一見的「豔舞」表演，這也幾乎成了「禁欲時代的情色」。

羅蘭・巴爾特說：「革命在它想要摧毀的東西之內獲得它想具有的東西的形象。」[34]但中國革命的左翼文化並未在資產階級的文化形式中獲得形式。作為城市資產階級與市民生活的重要娛樂項目，舞

33 參見蔡翔：《革命／敘述：中國社會主義文學——文化想像（1949－1966）》，北京：北京大學出版社，2010年，第13頁。

34 【法】羅蘭・巴爾特：《寫作的零度》，李幼蒸譯，北京：中國人民大學出版社，2008年，第55頁。

廳及其跳舞者儘管在解放後的社會主義城市被迅速剝離其所攜帶的情欲元素，但從「營業舞廳」到「機關舞會」的意識形態轉軌依然沒能救贖出社會主義城市的娛樂形式。60年代以後，隨著對資產階級意識形態的批判，跳交際舞也被指斥為資產階級腐朽生活方式而在城市中銷聲匿跡。隨著文化革命激進化的展開，「機關舞會」的破產不足為奇。然而無產階級的先進性如何表明，即無產階級文化如何塑造，卻是一個巨大的問題。如果說「京劇」還是一種民間的藝術形式，那麼樣板戲裏的「芭蕾舞」則是十足的西方之物。「機關舞會」之後，「集體舞」的勃興使得十年「文革」期間，發源於西方貴族宮廷的「芭蕾舞」這種藝術形式，以前所未有的速度在中華大地上傳播和普及[35]。儘管它也承受著諸如「大腿滿台跑，工農兵受不了」的道德主義指責，但在《白毛女》、《紅色娘子軍》等經典劇目中，來源於歐洲古典藝術的「芭蕾」，終究成為了「社會主義現實主義」象徵話語的重要藝術形式[36]。緊隨其後的「造反舞」、「忠字舞」[37]等大眾舞蹈

---

[35] 根據研究者的考察，「早在1957年北京舞蹈學院就開設了芭蕾舞專業，中國的芭蕾舞教育從開始就接受了俄羅斯學派的影響，不少前蘇聯專家曾多次來華傳授芭蕾舞藝術。在他們的幫助下排演了世界古典名劇《天鵝湖》、《關不住的女兒》、《吉賽爾》等，從而奠定了芭蕾舞在中國的基礎。隨著時代的發展，人們對芭蕾舞藝術有了新的要求，芭蕾舞要有中國自己的劇目的呼聲日益強烈。1964至1965年間，兩部表現中國人民革命鬥爭的芭蕾舞劇《紅色娘子軍》、《白毛女》誕生了。這是中國舞蹈史上第一次用西方芭蕾藝術形式來講述中國軍民鬥爭生活故事的藝術作品。《紅》、《白》兩劇使中國解決了芭蕾舞民族化的問題，使芭蕾舞這一西方藝術具有了『中國特色』。」（參見馬盛德：《二十世紀中國舞蹈的回顧》，載《文藝理論與批評》2001年第3期。）

[36] 參見李揚：《抗爭宿命之路——「社會主義現實主義」（1942－1976）研究》，長春：時代文藝出版社，1993年，第296頁。

[37] 忠字舞是「文革」特有的舞蹈形式。根據研究者的考察，它「在一定程度上可視作表演唱的極端形式」。「舞蹈動作粗放、簡單、稚拙，其機

的革命標識，更是將此象徵的形式推向了無以復加的地步，但都無一例外地成為了飽受詬病的文化形式。

第二節　「街道」的美學與政治學

相較於建國以後繁榮無比的農村小說，解放後的都市生活幾乎成為文學的邊緣題材。蕭也牧的《我們夫婦之間》和王蒙的《組織部來了個年輕人》等作品雖依稀可見城市生活的影子，但卻早已成為批判的對象，而《上海的早晨》更是完整地呈現了城市生活被改造的過程。在此之中，「城市成為工業題材中含混不清的一個場景，『車間』成為城市小說中經常出現的正面意象。」[38]然而，無論是工業城市的出現，還是「車間文學」的勃興，社會主義文學固然創造了新的敘事空間，但正如羅蘭・巴爾特所說的，革命終究要「在它想要

械式的身體移動，近乎健身體操。大多採取象形表意、圖解化的表現手法。基本動作有：挺胸架拳提筋式、托塔頂天立地式、揚臂揮手前進式、弓步前跨衝鋒式、跺腳踢腿蹬踹式。這八個基本動作，後來被稱之為『八大件』。跳舞時手裏通常以《毛主席語錄》（紅寶書）或紅綢巾作為道具。舞蹈者全身心充溢著朝聖的莊嚴感，情緒激盪。遊行時的忠字舞方針動輒成百上千人，前後相連可達上萬人，隊伍逶迤數里，同時載歌載舞前進，有時竟持續十多里路、好幾個小時，其場面之龐大，氣勢之磅礴，史無前例。主要曲目有《大海航行靠舵手》、《造反有理》、《革命造反歌》、《敬愛的毛主席，我們心中的紅太陽》、《貧下中農熱愛毛主席》等。忠字舞動作簡單、規範、整齊劃一，無需特別舞蹈基本功和專門訓練，易學易會，男女老沙都可以完成，而且必須參加（牛鬼蛇神、黑五類除外）。」（參見張閎：《烏托邦文學狂歡》，張炯主編：《共和國文學60年・第2卷》（1966－1976），廣州：廣東教育出版社，2009年，第41頁。）

[38] 焦雨虹：《消費文化與都市表達——當代都市小說研究》，上海：學林出版社，2010年，第23-24頁。

摧毀的東西內獲得它想具有的東西的形象」，這就不可避免地要與既有的文學空間劈面相迎，以求在對其改造中獲得非同尋常的意識形態內涵，儘管在這種劃時代的意識形態「決裂」背後，都或多或少彰顯出了空間延續的曖昧意味。這不僅是新舊政權的政治爭奪，更是兩個文化集團之間的「領導權」（或曰「文化霸權」）之爭，其中，「街道」的美學及其政治學的轉向便是實例之一。

一、街道的「面孔」

在既有的文化格局中，街道是城市最喧囂、流動性最大的部分，它是消遣、展示和買賣的綜合場所，街道的景觀也是文化的重要載體和視窗。關於街道，丹尼爾・貝爾曾經滿懷深情地說道，「一個城市不僅僅是一塊地方，而且是一種心理狀態，一種主要屬性為多樣化和興奮的獨特生活方式的象徵；一個城市也表現出一種使想囊括它的意義的任何努力相形見絀的規模感。要認識一個城市，人們必須在它的街道上行走。」[39]在貝爾看來，只有在「街道上行走」，才能觸摸一個城市的脈搏，進而去體會資本主義社會及其文化的矛盾所在。同樣，「街道上的行走」也激起了法國理論家蜜雪兒・德・塞托（Michel de Certeau）的興趣，德・塞托認為，「城市平凡生活的實踐者生活在『下面』，生活在被條條門檻擋住了視野的『下面』。這種生活的基本形式在於，他們是步行者，他們的身體依循著城市『文章』的粗細筆劃而行走，他們寫下了這篇文章，自己卻不能閱讀。」[40]在他看來，「行走」作為體驗城市生活的基本形式，就是要

39 【美】丹尼爾・貝爾：《資本主義文化矛盾》，趙一凡等譯，北京：三聯書店，1989年，第154頁。

40 【法】蜜雪兒・德・塞托：《日常生活實踐 1.實踐的藝術》，方琳琳、

取締身處高層的權力幻想——不要俯瞰城市的芸芸眾生，每一個人都必須去親身經歷城市，走在城市的街道上。城市中的「行走」太過普通平常，所以並不為人所見，但是借助於「行走」，人們得以在城市之中交叉移動，將城市中靜止不動的各種場所串聯成為一個網路，並藉此網路透露出城市生活的軌跡。這樣的方式也許過於零碎化、斷片化，但是保持了城市實踐的本色——「日常性和不確定性」[41]。

在德・塞托那裏，街道、城市與日常生活極為緊密地聯繫在了一起。而對於資本主義城市而言，正是這種日常生活本身恰如其分地展示了城市消費主義和商品的歷史。「一部街道的發生史也是一部商品的變遷史，商品的展示史。街道的歷史是被商品逐漸包裹和粉飾的歷史。」[42]就此而言，街道既是人群集合的場所，也是商品、物的集合場所。在這個意義上，街道成為了「人與物之間的仲介——街道是交換、商品買賣的主要場所，價值的變遷也產生於這裏。在街道上，主體和客體，觀看櫥窗者和娼妓、精神空虛者和匆匆過路人、夢想與需求、自我克制與自我標榜在不斷交替」[43]。遍佈街道的人群，以豔羨的目光打量著城市櫥窗中琳琅滿目的商品，而街道兩旁的風景亦成為都市社會的重要景觀。除此之外，大大小小的商鋪、佈置華美的櫥窗、各色炫目的廣告招牌與繁華的街道相映成趣，它們毫不掩飾

黄春柳譯，南京：南京大學出版社，2009年，第169頁。

41 參見練玉春：《城市實踐：俯瞰還是行走》，孫遜、楊劍龍主編：《都市空間與文化想像》，上海三聯書店，2008年，第77-78頁。

42 汪民安：《街道的面孔》，孫遜主編：《都市文化史：回顧與展望》，上海三聯書店，2005年，第89頁。

43 【英】奈傑爾・科茨：《街道的形象》，羅崗主編：《視覺文化讀本》，桂林：廣西師範大學出版社，2003年，第191-192頁。

地散發著商品的魅惑氣息。法國自然主義小說家左拉在《婦女樂園》中曾對巴黎街道上百貨公司的櫥窗有過細緻的描寫，其作品堪稱資本主義物欲時代的生動寫照。其間，「街道」的風景所蘊含的物質主義震撼令人心醉。而在本雅明筆下，巴黎的浪蕩子和「拾荒者」所遊走的「街道」本身，更是發達資本主義時代抒情的詩意所在。由此可見，街道的面孔其實蘊含著資本主義的秘密：商品展示和物質主義的欲望。正源於此，汪民安這樣概括了「街道」的特性：「街道，正是城市的寄生物，它寄寓在城市的腹中，但也養育和啟動了城市。沒有街道，就沒有城市。巨大的城市機器，正是因為街道而變成了一個有機體，……城市在街道上既表達它清晰的世俗生活，也表達它曖昧的時尚生活。街道還承受了城市的噪音和形象，承受了商品和未來，承受了匆忙的商人、漫步的詩人，無聊的閒逛者以及無家可歸的流浪漢，最後，它承受的是時代的氣質和生活的風格。街道，是一個沒有寂靜黑夜的城市劇場，永不落幕。」[44]這大抵概括了消費時代的城市及其街道的本質。

在此消費社會的文化格局中，「街道」本身無疑蘊含著商品的美感、詩意的格調，又裹挾著幾分資本主義的罪惡。然而，對於十七年文學而言，它究竟如何與社會主義政權及其文化格局相適應，這成為了一個饒有興味的問題。

[44] 汪民安：《街道的面孔》，孫遜主編：《都市文化史：回顧與展望》，上海三聯書店，2005年，第80-81頁。

二、《霓虹燈下的哨兵》與「城市行走」

創作於1960年代的話劇作品《霓虹燈下的哨兵》[45]，亦是一幕講述「街道行走」的城市故事，只不過從中體味的是解放後社會主義的文化矛盾和危機。作為一部反映「南京路上的好八連」的作品，《霓虹燈下的哨兵》描寫了城市的進入者在城市所面對的吸引與誘惑，並著力呈現了新城市的主人——解放軍，在面對昔日資本主義的繁華所在——南京路時，所展開的意識形態爭鬥與搖擺的過程。正如彼時其他城市題材作品一樣，《霓虹燈》中的城市生活也以妖魔化的身份，在批判性話語之中展現出來。如作品中所言，剛進上海的城市接管者就被警告：「我們解放軍除西藏之外，全國都到過，可是說不定到上海就被人打倒在地上。……在上海你隨便進入人家，就可能會被人弄死。所以，我們進城後越小心越好。……在城市我們可能要上當，要謹慎才好。」正是面對城市資產階級「糖衣炮彈」的警惕和焦慮，使得八連戰士們在南京路上的「行走」具有了非凡的象徵意義。

在這部話劇（而後改編成電影）之中，解放初期作為舊上海城市消費主義象徵的南京路，明顯體現出「資產階級」對社會主義的「對抗」。然而正如研究者所指出的，由於資產階級本身處於整體的消亡

---

45 《霓虹燈下的哨兵》這部作品始創於1959年，取材於生活在南京路上的一支部隊的真實生活。1959年7月23日的《解放日報》刊登了《南京路上好八連》一文，從拾金不昧、精打細算、克己奉公、精神世界和思想工作五部分入手展示八連官兵繼承革命傳統，永保革命本色的精神風采。當年，沈西蒙受命創作以此為基礎的話劇劇本，劇本寫成後曾取名《南京路進行曲》、《霓虹燈下的遭遇戰》、《霓虹燈下的奇兵》，1962年公演之時才定下了現在的名稱。（參見沈西蒙：《霓虹燈下的哨兵創作回顧》，載《戲劇藝術》1979年第2期。）

狀態，這種「對抗」的形式不得不採取一種「侵入」的不明顯狀態，悄悄地在街頭進行。這種侵入並非以「暴力」、「衝突」等行為，而是以帶有與資產階級身體有關的氣味、聲音等中間性「介質」來體現[46]。劇中，魯大成、路華與陳喜有這樣一段對話：

> 魯大成　你這兒有什麼情況？
> 陳　喜　情況？沒啥，一切都很正常。
> 魯大成　照你看，南京路太平無事嘍？
> 陳　喜　就是，連風都有點香。
> 魯大成　（驚訝）什麼，什麼？你說什麼？
> 陳　喜　（嘟噥）風就是有點香味！（走去。）
> 魯大成　你！你……
> 路　華　（自語）連風都有點香……
> 魯大成　不像話！
> 路　華　是啊！南京路上老開固然可恨，但是，更可惱的倒是這股薰人的香風！
> 魯大成　這種思想要不整一整，南京路這地方——不能待！[47]

「爵士樂聲蕩漾，霓虹燈耀眼欲花」，這便是南京路及其資產階級「香風」的意義所在。在此，「香風」成了資產階級文化的指代，所以洪滿堂、魯大成對陳喜進行指斥：「一陣香風差一點把你腦

46 參見張鴻聲：《城市空間與「革命史」的政治意義——「十七年」影、劇中的外灘與南京路》，載《當代電影》2009年第6期。
47 沈西蒙、漠雁等：《霓虹燈下的哨兵》，北京：中國戲劇出版社，1964年，第34頁。

袋瓜吹歪了。」作為一種資產階級文化「侵入」的方式，「香風」對於社會主義文化具有無法意料和不可控制的後果。劇中，路華的一段話就表明了這一點：「帝國主義的陰魂還不散，他們乘著香風，駕著煙霧，時刻出現在我們周圍，形形色色，從各個方面向我們攻來。」對於這種不可控制的資產階級「香風」和「煙霧」，斯塔列布拉斯和懷特曾有所論述，在19世紀中葉，「城市……作為氣味仍然繼續侵犯資產階級的私有身體和家庭。主要是嗅覺激怒了社會改革家們，因為嗅覺同觸覺一樣，代表厭惡，它瀰漫四處，無形地存在，很難被管制」[48]。而對於「站馬路」，「爭奪上海陣地」的中國共產黨而言，城市街道上瀰漫四處的資產階級「香風」更是侵擾無產階級革命意志的罪魁禍首。

《霓虹燈下的哨兵》裏的「香風」作為紙醉金迷的資產階級生活的指代，它與爵士樂一樣，隨風流轉，讓人無法防備地「侵入」無產階級的營地，與「左翼」的革命政治發生衝突。事實證明，行走在南京路上的解放軍果然陷入了資產階級「香風」和「毒霧」的糾纏。在反動派「紅的進來，不出三個月趴在南京路上完蛋」的叫囂中，排長陳喜開始迷戀城市的「物質主義」。他開始鍾情「花襪子」，而嫌棄「老布襪子」，並忘卻象徵著「部隊的老傳統」，「解放區人民的心意」的「針線包」。城市的「香風毒霧」讓他「思想深處發黴」，「出現腐爛的斑點」。他鼓勵童阿男和林媛媛的約會，認為「你是個解放軍，大方些，別叫上海人笑話！」另外，對趙大大的「黑臉」也極盡揶揄之辭，「黑不溜球的，靠邊站站吧！」這都體現出對無產階

48 【美】約翰・厄里：《城市生活與感官》，蘇蘴譯，汪民安等主編：《城市文化讀本》，北京：北京大學出版社，2008年，第160頁。

級「土」的厭惡和自卑。在他眼中，上海繁華的城市空間，使得鮮明的無產階級特徵恰恰成為城市的嘲諷對象。在此至關重要的是，妻子春妮兒連同她那「破舊」的「支前扁擔」、「紅布包袱」，都激起了陳喜「致命」的自卑感。因此，儘管文本之中「老布襪子」的象徵意義在於，「結實、耐穿，穿著它，腳底板硬，站得穩，過去穿著它能推翻三座大山，今天穿著它照樣能改造南京路！」但陳喜對春妮兒的「無意識」的「摒棄」，連同上海這一花花世界的背景，便具有了意味深長的內涵。故事最後，儘管排長陳喜最後在指導員的教育下幡然悔悟，從而突顯出「拒腐蝕」的時代主題與國家意識形態話語，但他對「春妮兒」的堅守，毋寧說只是對解放區人民的道德承諾，而社會主義文化在很大程度上就是依賴這種「超我」結構維繫著的。

三、街道的美學與政治學

導演黃佐臨在談到電影主題時曾這樣說道，「經過十多次瞄準和射擊」，最後選定了「衝鋒壓倒香風」作為全劇的主題思想：「我們感到像『保衛大上海』、『保衛遊園會』、『站馬路』、『爭奪上海陣地』等等，都太小，太實，太具體，太片面，但是這是很必然的過程，因為我們初讀劇本，必定經過一個感性的認識階段，只看到劇本中的情節、事件。」[49]因此，作品本身也極為貼切地契合了抵禦資產階級的「糖衣炮彈」，拒絕腐蝕，防止和平演變的時代主題。為了成功表達革命的意識形態主題，《霓虹燈下的哨兵》竭力營造了舊上海的消費城市景觀，「全劇用一個襯景，全部是高樓大廈，好像在外

[49] 黃佐臨：《談談我的導演經驗》，參見《導演的話》，上海：上海文藝出版社，1979年，第202-203頁。

灘，又像在日升樓一帶」[50]。電影版《霓虹燈下的哨兵》對城市場景有豐富的表現。影片在實地拍攝過程中刻意地復原了1949年南京路上的街景：「行人的穿著是西裝、旗袍，報童叫賣的是美國Life畫報，連長背後的櫥窗裏擺著『Max Factor』（蜜斯佛陀）的化妝品，劇院放映的是好萊塢電影，軍營窗外是喊喳作響的爵士樂，臨街房間裏飄出來的是憂鬱的鋼琴奏鳴曲，頭頂的霓虹燈是『派克』金筆廣告，小商店擺著花花綠綠的糖果，就連街頭的公共汽車上也畫著『無敵牙膏』和『美麗牌』香煙的招貼，閃爍的霓虹燈在電影中更是被反覆給以特寫的處理。」[51]這些消費符號和電影場景中出現的《出水芙蓉》廣告、爵士樂一起，共同構成了舊上海的資產階級色彩。而且就電影和話劇而言，街道中所呈現的城市物質生產和消費的高度發達，也直觀地象徵著資本主義腐朽的生活方式，影片對這些物質現代性表現得越豐富越生動，就越能夠說明革命現代性「反城市化」立場與意識形態絕緣的成功，越能夠深化「拒腐蝕，永不沾」的改造主題。

在此，作品中「革命劇《白毛女》」與「好萊塢電影《出水芙蓉》」之間的爭鬥，無疑具有極其重要的意義。面對資產階級消費城市的誘惑，處於文化匱乏狀態的無產階級終究難以抵擋。這種致命的吸引構成了「革命之後」社會主義城市的焦慮所在。這也從另一方面體現出「進城」的無產階級政權，不斷面臨一種文化抗爭的命運。然而「遊園會」與爵士樂，《白毛女》與《出水芙蓉》之間的爭鬥，背後蘊含著無產階級與資產階級爭奪文化領導權的宏大主

[50] 白文：《談話劇〈霓虹燈下的哨兵〉》，參見《談〈霓虹燈下的哨兵〉》，上海：上海文化出版社，1964年，第56頁。

[51] 聶偉：《〈霓虹燈下的哨兵〉：戰爭意識形態籠罩下的城市感性》，載《當代電影》2005年第6期。

題。面對敵特分子的叫囂，「叫他趴在南京路上，發黴、變黑、爛掉！」無產階級戰士必須「站馬路，站崗放哨，守衛大上海」。在此之中，除了自覺抵制資產階級的誘惑之外，還必須創造出自己的文化空間和產品。在這個意義上，燈紅酒綠的南京路便成了這場沒有硝煙的戰爭的前線，而這場戰爭的殘酷性較之剛剛過去的那場戰爭更為嚴峻。就這樣，「街道的行走」連同街道的美學與政治學一道具有了生死攸關的意義。

在此，南京路這個頗具舊上海消費社會特色的資產階級美學空間，成為了社會主義意識形態爭奪的對象。在此爭奪之中，城市街道便頗有幾分列斐伏爾有關「空間的生產」的意義。「空間在其本身也許是原始賜予的，但空間的組織和意義卻是社會變化、社會轉型和社會經驗的產物。」在列斐伏爾看來，空間既是資本主義生產方式的產物，同時也對資本主義生產關係進行再生產；空間同時具有交換價值和使用價值；圍繞空間進行的政治鬥爭是社會問題的核心，空間成為社會行動的內在要素；社會中已有的社會關係會阻滯空間形式的變換，要變化就需要打破舊的生產關係。對於新興的無產階級來說，要打破既有的資產階級消費主義對城市空間的壟斷，不僅要拒斥舊的空間生產方式對人的控制，更要創造出新的屬於自己的文化形式。反映到《霓虹燈下的哨兵》中，不僅要突出「拒腐蝕」，抵制資產階級「香風」的思想主題，還要創造出諸如「群眾秧歌」和「遊園會」等街道文化活動，來對抗好萊塢電影和爵士樂。於是，在歌劇《白毛女》對抗美國電影《出水芙蓉》的背後，街道的美學和政治學意味被突出地表現了出來。同樣是面對街道櫥窗，在電影的開始，排長陳喜為陳列於其中的一雙「花襪子」所誘惑，然而通過教育，在影片結尾的「智捉特務」一節中，重拾革命警惕性的陳喜則通過街道櫥窗的反光偵查到了女特務曲曼麗的罪惡勾當，此時的他對櫥窗中琳琅的商品已經視若無睹了。而同樣是街道的霓虹燈，當群眾歡送志願軍出發時，遠景處的霓虹燈適時地閃爍起「毛主席萬歲」的政治口號，證明這個曾經被認為是「墮落的象徵」的物質現代性標誌已然經過成功改造，完全服務於新的革命現代性的精神需要了[52]。儘管在這種「虛張的正義」背後，有關「洗腦筋」和政治宣傳的指責不絕於耳，但它畢竟是無產階級對城市文化領導權艱難爭奪的開始。

第三節　從「無軌電車」到「火車」

作為城市陌生人群匯聚的場所，「火車」為人與人之間的相遇提供了空間，敘事也由此而生。然而在十七年文學中，「火車」卻是一個極富意味的文學空間。不同於張愛玲筆下「無軌電車」式的情欲寫作，當代文學中的「火車」顯得乾淨而節制。無論是豐村《美麗》中玉潔與姑母相遇的火車，還是艾蕪《雨》中賓士在城鄉之間的「環市火車」，抑或是80年代王蒙《春之聲》中的「悶罐車」，「火車」都在竭力營造人群相遇中的正面情愫，這毋寧說是社會主義文學的本質所在。但令人頗感意外的是，在此之中，城市消費空間依然陰魂不散，既成為前者貶抑的對象，又是其得以借重的寫作資源。在此意義上重新解讀著名作家艾蕪的小說《雨》，便會有更多的理論發現。

[52] 參見黃道友：《現代性與反現代性的悖論——論十七年文學中的城市想像》，貴州師範大學中文系2007年碩士學位論文，第39-40頁。

關於現代作家艾蕪，他的那些描寫流浪生活和邊地風光的小說曾為人們所津津樂道。然而解放後，在「以革命事業為主」[53]這一主流意識形態的導引下，艾蕪毅然選擇了北上鞍鋼「熟悉」新生活。比起現代文學經典《南行記》來說，他在1958年相繼出版的長篇小說《百煉成鋼》與短篇集《夜歸》、《新的家》等「題材趨時求新的收穫」，儘管也是「富有生活氣息、富有表現力的細節」的作品，但終究被後世之人打入另冊。新的歷史時代，使得艾蕪為「可以在作品中稱心如意地為勞動人民講話」而感到「空前未有的幸福」[54]。然而，他煞費苦心的「體驗生活」，卻在歷史轉折的新時期時常被認為是對藝術的干擾。這便正如文學史家所指出的，「長篇小說《百煉成鋼》和短篇集《夜歸》」等，「於細微之處來表現新生活中的情緒，顯示了作者的靈動敏感的匠心」。但從整體而論，「連同長篇《百煉成鋼》，都表明了在題材、藝術觀念和方法『轉向』後的挫折。對於艾蕪，讀者記憶最深的恐怕不是《山野》和《故鄉》，而是30年代的《南行記》。」[55]《南行記》的經典地位，讓艾蕪建國後的作品相形見絀，那些「煞費苦心地捕捉新生活的脈動但徒剩支離破碎的『細節的真實』，卻失落了那流貫全書、生氣淋漓的創作主體」[56]的作品，並沒有得到文學界的應有重視。因此，像許多其他步入共和國的現代作家一樣，艾蕪也不可避免地落入了因「趨時」而「沉寂」，因「進

[53] 艾蕪：《略談學習、鍛煉和創作——重慶文藝工作者學習鍛煉和創作情形》，載《文藝報》4卷11、12期（1951年10月1日）。

[54] 艾蕪：《夜歸．後記》，北京：作家出版社，1958年。

[55] 洪子誠：《中國當代文學史》，北京：北京大學出版社，1999年，第80頁。

[56] 張直心：《「原鄉小說」的裂變與重續——〈南行記續篇〉的意義》，載《文學評論》2009年第1期。

步」而「落後」的困境之中。然而，在當代工業題材和城市文學的脈絡之中，重新閱讀他的短篇小說《雨》，便可發現社會主義工業城市及其文學所隱藏的欲望與焦慮。

一、「邂逅型男女」與「城市的性本質」

《雨》以女性主人公的視角，講述了一個火車售票員對男性乘客的朦朧愛戀故事，故事的情節非常簡單，但它包含的心理活動卻意味深長。而且，就小說的時代背景而言，故事本身也極具症候意味。它以女性的視角，在「城市的性本質」之外，極為罕見地呈現了社會主義工業城市的欲望與焦慮。

小說開頭便驚人地呈現出女主人公的「病症」：雷雨中淋濕的徐桂青回到家時，「只是呆呆地站著，一直望著窗外，彷彿外面有什麼東西，非常吸引她一樣。」這種「自我本身的消沉與空虛」，在某種程度上類似於佛洛德意義上「憂鬱症」的氣質。小說接下來的情節展開，也契合於佛洛德有關「因不完美之愛的搖擺不定而引起」的「憂鬱症」的判斷，而《雨》所呈現的恰恰是徐桂青「為情所困」的故事。

令人頗感奇怪的是，讓這位環市火車上的查票員「魂不守舍」的居然是一位素不相識的陌生男子，而這位在柳村站下車的年輕工人，已然隱隱微微地在徐桂青心中「生長了一絲煩惱」。這種朦朧的愛戀關係在「無愛少欲」的「十七年文學」中，絕對算是一個「異類」。

> 有一位年輕工人，一上車就靠近車窗，專心地看書，有時又摸出一本小冊子，拿鉛筆算算術。夏天的夕陽，掠過種著高粱的田野，斜斜地射進車來，照在她的臉上，他也不從書上移動他

的眼睛。冬天的時候，天黑的快，他一上車，就趕快找著挨近電燈的座位，有時要是燈光黯淡一點，他就會站了起來，靠著座椅，設法挨近燈光。[57]

這就是小說通過徐桂青所展示的男性形象，儘管這段外貌描寫中包含著對知識學習者的敬佩，但作為女性目光的呈現，它絲毫不能削弱其間隱藏的「凝視快感」。這種潛意識的流露，連同《雨》中淅瀝的雨水和轟隆的雷聲，大抵表徵了女主人公內心激蕩不安的欲望潛流。

一位是端莊美麗的售票員，一位是愛好學習的年輕工人，他們在封閉的車廂中上演了一場朦朧的愛戀故事。儘管作者竭力通過一個學習空間的營造，來沖淡小說瀰漫的情欲色彩，並藉此訴說城市女青年的「成長故事」，她對城市的期盼與敬畏，對知識男性的由衷臣服，但也依然頑強地表達了人群中擦身而過的陌生男子帶給她莫名的心靈悸動，而後者無疑是不折不扣的現代城市體驗。

從中西方現代文學的歷史脈絡來看，城市體驗或城市情感的題中之義在於，知識份子氣質的男性主人公渴望一次豔遇，這大抵代表了中產階級和城市市民階層的價值趣味。本雅明在其名著《發達資本主義時代的抒情詩人》中，曾完整引用波德賴爾的十四行詩《致一位交臂而過的婦女》，以此而表達裹挾在人群之中的「陌生女子」，在「電光一閃」的「黑夜」中帶給人的「一見鍾情」的「震驚」：「從她那孕育著風暴的鉛色天空一樣的眼中，我像狂妄者渾身顫動，暢飲銷魂的歡樂和那迷人的優美」。在本雅明看來，「正是這個大眾給城

57 艾蕪：《雨》，載《人民文學》1957年第4期，第11-12頁。

市居民帶來了具有強烈吸引力的形象」。如其所言，「城市居民的快感不在於一見鍾情，而在於最後一見而鍾情」，「這是在著迷的一瞬間契合於詩中的永遠的告別，因而十四行詩提供了一種真正悲劇性的震驚的形象。」本雅明進而藉波德賴爾之口說道，「使他的身體在顫抖中縮緊的，並不是那種每一根神經都漲滿了愛的神魂顛倒；相反，它像那種能侵襲纏繞一個孤獨者的性的震驚。如蒂博代指出，『這些東西只能在大城市裏寫出來。』這一事實並不很富有意味。他們揭示了大都市的生活使愛蒙受的恥辱。」[58]本雅明的理論大抵揭示出了某種「城市體驗的性本質」。在他那裏，正是十九世紀巴黎街頭的「遊蕩者」，在川流不息的人群中洞悉了現代城市的秘密。這種城市的秘密，及其揭示的擦肩而過的陌生人所深藏的欲望表情，成為此後城市理論的主題。正如夏樸（William Chapman Sharpe）所言，「路過者，不論男女，都是情感和象徵的核心，在這一意象中濃縮了產生城市文本的性力量、語言力量。路過的陌生人，成了城市詩歌關心的其他問題匯聚在一起的地方，這些問題包括：非現實的感覺，欲望的流動性，城市體驗的性本質與城市的文本性之間的互動。」[59]就此，流動的城市人群，與流動的欲望一道，構成了城市豐富駁雜的表情。

在中國現代文學中，這種極富現代意味的都市特徵也極為明顯。戴望舒的《雨巷》呈現了一位「像丁香一樣結著愁怨的姑娘」，這與波德賴爾筆下那位「身穿重孝、顯出嚴峻的哀怨瘦長苗條的婦女」，有著異曲同工之妙。而同樣在此之中，女性與城市一道，成為了「想

---

[58] 【德】本雅明：《發達資本主義時代的抒情詩人》（修訂譯本），張旭東、魏文生譯，北京：三聯書店，2007年，第145頁。

[59] William Chapman Sharpe, *Unreal Cities*：*Urban Figuration in Wordsworth, Baudelaire, Whitman, Eliot, and Williams,* The Johns Hopkins University Press,1990：xiii.

像之中情感與語言的中心」，圍繞著她，「男詩人在流動的城市／鄉村意象與性／文本之間遊走」。就城市體驗的呈現而言，這首詩極為明顯地體現了「性力量」與「文本力量」的結合。《雨巷》之中，「性力量，體現在詩人把自己的性幻想投射到丁香／女人身上。而文本的力量，則體現在『丁香』一詞在法文以及傳統中國典故中的多重含義上」。確如研究者所言，戴望舒的這首詩「可以認為是他的性幻想，更準確地說，又是他關於詩歌的宣言。也就是說，雨巷象徵著詩的想像、詩的過程，通過這些想像和過程，詩人創造了一種迷離、夢幻般的美」。簡而言之，《雨巷》本身「體現了不可控制的男性欲望，它必須在一個陌生女子身上得到物化」[60]。而與此相似的是，施蟄存的《梅雨之夕》則以更豐富的心理細節，「表現了男子在與一個路過的女子不期而遇時體驗的城市欲望」[61]。

正如美國城市理論家路易斯·芒福德所言：「城市——誠如人們從歷史上所觀察到的那樣——就是人類社會權力和歷史文化所形成的一種最大限度的匯聚體」[62]。然而，他忘了補充一句：在現代的都市體驗中，這種城市人口的匯聚似乎與欲望緊密相連。而艾蕪的《雨》

60 儘管在李歐梵看來，將戴望舒的《雨巷》與波德賴爾的《致一位交臂而過的婦女》的相互比較，從而發現「男性詩人的注視有多少色情的成分」，「是有點牽強的」，因此，他並不覺得這首詩歌暴露了「城市經驗的性本質」。反之，「在這首詩裏，城市病不是邂逅的背景，城市經驗也完全被雨巷所引起的田園回憶所替代」。（參見李歐梵：《上海摩登——一種新都市文化在中國1930－1945》，毛尖譯，北京：北京大學出版社，2001年，第51頁。）然而，這種古典主義式的情感辯護，在現代主義的城市空間中終結孱弱無力。

61 張英進：《中國現代文學與電影中的城市：空間、時間與性別構形》，秦立彥譯，南京：江蘇人民出版社，2007年，第180-181頁。

62 【美】路易斯·芒福德：《城市文化》，宋俊嶺、李翔寧等譯，北京：中國建築工業出版社，2009年，第1頁。

不僅延續了這種包含強烈「性暗示」的「城市邂逅」的母題，而且，從「雨」的曖昧意象入手，更是直接呈現了「邂逅型男女」及其城市體驗的故事。「海派文學」專家吳福輝先生的研究表明，這種所謂的「邂逅型男女」，實際上是「海派文學提出的新的兩性關係模式」，「這象徵著現代社會簡明、輕便的性愛自由度」。正如他所言，「人們將攀附在男女關係之上的恩怨藤蔓少許剪除，男女主人們對性的罪惡感也略加淡化，都市性愛的空氣就變得舒展些了。從這個立場看去，『邂逅』未必不是性覺醒的進一步標誌呢。」然而就此類型的文學傳統而言，艾蕪的這篇小說既不同於葉靈鳳小說中以「邂逅」始，以「邂逅」終的「都市臨時型的男女交往」，又區別於劉吶鷗的小說中「愉快地相愛，愉快地分別」，「鄉間野合，翌日又各奔前程」的「情欲模式」[63]，《雨》中的情感表達含蓄而節制，給人清新雋永之感。這無疑既包含著作者自《南行記》以來所確立的美學風格，又體現了新時代社會主義城市文學的「衛生現代性」特徵。

二、欲望的贖回與空間的轉換

在小說《雨》中，「環市火車」構成了男女主人公朦朧愛戀的發生空間。火車這個現代性的交通工具，在工業城市的脈搏中具有驚人的能動作用。對此，有論者指出，「要想理解火車與現代性的關係，意味著我們無法將鐵軌看作是單純的運輸工具：它的高速流動性是現代社會日益加快的生活節拍的符號和助燃劑；它的出現徹底擊潰了以往的時間和空間經驗，並引導旅行者的感官中樞做出相應的反

[63] 吳福輝：《都市漩渦中的海派小說》，上海：復旦大學出版社，2009年，第133-135頁。

饋」[64]。城市的火車不僅是「力」與「美」的象徵、現代化的表徵，更是奇妙地承擔著重要的敘事功能：它游走於鋼鐵公司與鄉野之間，踏著晨曦與斜陽在鐵軌上呼嘯，並將川流不息的人群匯聚一處，也連接著城鄉之間的陌生男女和俗世愛情。在此，「環市火車」這個奇異的空間構造，作為社會主義工業景觀，卻體現出十足的資產階級美學意味，這不由得讓人想起張愛玲的名作《封鎖》，這篇小說記述了上海街道的「無軌電車」這一更具詩意筆調的城市空間。在張愛玲的筆下，防空警報打亂了正常的時空秩序，停駛的「無軌電車」在戰亂的陰影中醞成了一段時間停頓的生活插曲，而在此之中卻出人意料地造就了邂逅式男女主人公的一次調情。於是，「上海的這種最常見的交通工具已被改造成了室內空間中最為私密的部分——一個沒有空襲則無所謂浪漫狂想的背景」[65]。只是故事的結局卻稍顯意外：警報一過，電車又開了，「電車裏點上了燈，她一睜眼望見他遙遙坐在他原來的位子上。它震了一震——原來他並沒有下車去！她明白他的意思了：封鎖期間的一切，等於沒有發生。整個的上海打了個盹，做了個不近情理的夢」。（《封鎖》，收入《傳奇》）插曲已逝，生活繼續，令人頓感惆悵。從「無軌電車」到「環市火車」，從張愛玲的《封鎖》到艾蕪的《雨》，「車廂」這個城市空間的相似性恰恰在於通過「邂逅型男女」的情感軌跡，在流動的人群中把握稍縱即逝的異性面孔，從而呈現出城市體驗的「性本質」特徵。然而，無論是前者「海派文學」濃郁的情欲色彩，還是後者社會主義城市文學乾淨的情

64 唐淩潔：《火車與現代性：寫在2010中國實現鐵路全國覆蓋之前》，載《上海文化》2010年第5期。

65 李歐梵：《上海摩登——一種新都市文化在中國1930－1945》，毛尖譯，北京：北京大學出版社，2001年，第304頁。

感節制，兩者一脈相承的情感體驗依舊清晰可辨。

將熙來攘往的街道及人流匯聚的車廂敘述為邂逅男女的情欲空間，這既是現代主義以來西方文學的母題，亦是「新感覺派」等中國現代文學中「海派傳統」常寫常新的「俗套」。然而當代文學的轉型，似乎在不經意間消弭著這種情欲的張揚和城市性本質的呈現。儘管「百花時代」的輕鬆氛圍給了艾蕪相對自由的創作空間，但「社會主義現實主義」的文學規範依舊讓這位元老作家承受羈絆。像許多步入新中國的現代作家一樣，艾蕪的創作開始洗去《南行記》的浪漫與狂野，而努力呈現出與新時代氛圍相協調的精神面貌。儘管對他而言，書寫「新的偉大的時代」並不是一個難以完成的任務，《百煉成鋼》中的「歷史變革」便是明證。在他筆下，「工人階級的生活和鬥爭」，「社會主義空前未有的速度」得到了淋漓盡致的呈現，並受到批評家的好評[66]。但是無論如何，「煉鋼的故事」在美學表現力上都遠遜於他早期小說中的「流浪生活」和「邊地風光」。正如文學史家所指出的，「以寫出《南行記》的作家的藝術水準來衡量，《百煉成鋼》敘述語言的枯燥、生澀，很難相信是出自同一人之手。」[67]然而，這畢竟是一個作家對自己「罪孽深重」的過去的「懺悔」，和對新生活的由衷歌頌，其間的焦慮與緊張，坦誠與世故交織呈現，無不引人側目。

在此，如果借用佛洛德理論中有關「被壓抑物的歷史回歸」的論述，那麼我們在《百煉成鋼》和《雨》之間，便可看清其間隱藏的有關欲望的「壓抑」和「回歸」的徵兆。或者換言之，小說《雨》或可

---

66 參見西彥：《試論〈百煉成鋼〉》，載於《文學評論》1959年第4期。

67 洪子誠：《中國當代文學史》，北京：北京大學出版社，1999年，第131頁。

看作艾蕪在承受意識形態的壓抑之外，對「無意識的記憶痕跡中存在著一種對過去的印象」的追憶。儘管這些「追憶」業已改頭換面，但它畢竟是那些「與被壓抑物極其相似因而能喚起被壓抑物」的經驗與事件[68]。就這樣，一個清新的工人階級的故事，喚起了作者（抑或讀者）對過往的文學記憶，於是，一種不屈服的文學性從程式化的意識形態編排中噴薄而出。這就像馬爾庫塞所進一步指出的，「即使不特別加強依附於被壓抑物的本能，在人們日常所見的、其本性是既繁衍統治又產生推翻統治的衝動的機構和意識形態中，人們還是會以社會的規模遇到那些能喚醒被壓抑物的事件和經驗。」[69]也就是說，恰恰是社會生活本身喚起了作者過往的文學記憶。然而無論如何，十七年文學都不可能如「海派文學」那樣肆無忌憚地展示情欲空間，因此，欲望的隱晦表達便成了小說本身的當然選擇。

如果說從《雨巷》到《梅雨之夕》中，「雨」的呈現延續了中國古代文化傳統中「雲雨」意象的性愛主題，那麼在艾蕪這裏，「雨」這個經典隱喻便更顯出內斂含蓄的風範。同樣，《封鎖》之中，城市「車廂」和「人群」所包含的情欲特徵，也被《雨》所竭力改造為一個學習的空間。儘管小說本身的欲望表達依舊明顯，但作者刻意的掩飾，以求將欲望贖回的意圖也極為清晰。從某種程度上看，《雨》是對經典愛情故事的改寫。這集中表現在女主人公徐桂青的愛戀對象，那個年輕工人身上。作者的高明之處在於，小說並沒有一味地表現徐

68 【奧】佛洛德：《摩西與一神教》，轉引自【美】赫伯特・馬爾庫塞：《愛欲與文明——對佛洛德思想的哲學探討》，黃勇、薛民譯，上海：上海譯文出版社，1987年，第50頁。

69 【美】赫伯特・馬爾庫塞：《愛欲與文明——對佛洛德思想的哲學探討》，黃勇、薛民譯，上海：上海譯文出版社，1987年，第51頁。

桂青對「男性他者」的迷戀，而是將這種欲望「壓抑／昇華」並投射到這位男青年所讀之書上。

正是這個「一上車就靠近窗戶，專心地看書」，並且「經常不斷地看」，「算算術」的年輕工人，出人意料地激起了徐桂青學習的欲望。然而，在書本／知識與男性形象之間，女性的欲望又發生著奇異的交織，欲望在性與書本之間遊走：

> 晚上在燈下看書的時候，眼皮倦得睜不開了，打一會盹兒，忽然一下驚醒了，就立刻振作自己。同時那個為陽光或燈光照著的，專心、熱忱、年輕而又有著光輝的顏面，也驀地現了出來，這對她的鼓勵是很大的。[70]

儘管在此，作者所執意想澄清的是徐桂青由於家庭生活所迫，沒能升入中學學習的境況，並藉此表達她對知識和進步的渴求。然而小說頗具症候性的地方在於：一方面，情欲空間中的男女邂逅被「學習」這個極具合法性的活動所掩蓋；另一方面，一個女性學習的「勵志」故事卻又披上了「車廂」中朦朧愛戀的「外衣」，這都使得這個「力比多」的文本夾雜著諸多「進步」的訊息，而呈現出複雜的歷史面貌。正如前文所言，在「車廂」這個情欲的空間中，異性的身體已不再是欲望投射的焦點，而書本及其所象徵的知識成了德里達意義上的「替代之物」，以此掩蓋著女主人公內心奔騰的情欲。在此值得一提的是，這位男性工人所讀之物也不再是經典愛情故事中知識青年所慣用的詩集、書簡之類「小資」物品，而是極

[70] 艾蕪：《雨》，載於《人民文學》1957年第4期，第12頁。

為突兀而枯燥的「算術題」，這無疑象徵著新時代的工人階級與傳統酸腐文人的「區隔」所在。

三、文學轉型與文本策略

這種「學習空間」的營造無疑是一個具有生產性的文本策略。它成功地將女性情欲昇華為對知識的渴求，從而以社會主義新時代的進步故事來掩蓋小說的情欲內核。「她站在車廂門口，望了出去，心裏發生一些幻想，覺得能有機會，在那條路上走走，一定是很幸福。」對於故事的女主人公而言，這既是一條通向男性之路，也是一條通往知識之路[71]。在此之中，女性的自卑感，以及由此而來的感情上的「怯懦」，完全出自於知識的匱乏。「有時她也覺得好笑，心裏暗暗嘲笑自己：『白操這些心幹什麼？人家半眼都不瞧你哩。』」就像郁達夫的《沉淪》中男性主人公將感情上的「憂鬱」歸咎為國家的落後，《雨》中的女主人公則將此「憂鬱」怪罪於知識的匱乏，於是二者同樣將故事的結局指向了一個國家富強、追求進步的敘事遠景。

因此，小說在情欲的內斂，「力比多」的昇華之余，成為一篇不折不扣的歌頌新生活、新社會的小說。就像那個年代他的大多數同行一樣，艾蕪先生也藉此積極和這個社會的主流價值靠攏。然而，他所攜帶的歷史記憶和文學遺產卻在不經意間顯露了出來，極具症候但又無傷大雅。就像王蒙先生在紀念艾蕪的文章中所說的，「其實艾蕪

---

71 「欲望之路」往往經由「知識／生產之路」實現，這種敘事／修辭方式在十七年工業小說中運用得非常普遍。如果說女性往往通過獲得知識以求贏得男性的青睞，那麼同時期的工業小說之中，男性則依靠促進生產最終俘獲女性的芳心，比如《乘風破浪》中的李少祥，《百煉成鋼》中的秦德貴等都是如此。

老師也是由衷地歌頌新生活的，我讀過他的《雨》，寫得清新而又精緻，是真正的藝術品。他不會寫那些咋咋呼呼和鋒芒畢露的『積極表現』的文字，即使歌頌，他也仍然是優雅、抒情而且有一種謙遜的分寸。」[72]這樣的評價之中當然包含著對一位現代文學作家的溢美之辭，但問題的關鍵還是艾蕪先生那部《南行記》帶給人們先入之見的情感記憶，以至於人們不斷地將其建國後南行系列作品與此相提並論，「南行作品與《南行記》一樣優美，一樣充滿憂鬱的浪漫抒情，一樣會帶給我們讀《南行記》那般心靈的感動和精神的震撼。」在此，諸如《百煉成鋼》等艾蕪其他作品被漠視的現實可見一斑。

正像研究者所指出的，「艾蕪解放後在工業城市鞍山體驗生活，發表的短篇《新的家》、《夜歸》，充滿對新生活的喜悅，尤其《夜歸》描寫青年工人的戀情亦不乏羅曼蒂克情調，立刻使人聯想到蘇聯一位作家安東諾夫的某些作品，艾蕪因此曾有『中國的安東諾夫』的美稱」[73]。在此值得一提的是《夜歸》這個短篇小說，其實《夜歸》將《雨》中男女邂逅的性別角色顛倒了過來，通過一位男性工人的心理活動，寫出男女邂逅所引發的「進步」與「情欲」的故事。下班回村子的工人康少明，由於誤了火車，而不得不獨自行走在城鄉小路上，於是便有了夜晚的馬車、趕車的年輕姑娘和想搭一節車的男性主人公的故事。在此，「馬車」這個空間同樣承載了欲望與知識的文本交織關係。他們談論著「上夜校」、「賣餘糧」、「煉鋼競賽」

[72] 王蒙：《純潔的文學魂·2004年艾蕪百年誕辰》，載於《四川日報》，2005年1月14日。

[73] 涂光群：《五十年文壇親歷記1949—1999》（下），瀋陽：遼寧教育出版社，2005年，第344頁。

與「特等勞模」的故事，與此同時，女性的魅力也不斷在男性主人公那裏得到回應。康少明眼中，「趕車的姑娘那個鮮嫩的臉蛋，凍的通紅，像一隻蘋果，發出美麗的光彩。一個少女會有這樣的漂亮，他好像從來沒有見過，不禁看呆了。」[74]然而，小說最後也同樣是一個欲望得到節制的結局：少女的眼中只有「特等勞動模範」，這不禁讓略顯「落後」的康少明倍感沮喪，於是他立志要將競賽紅旗奪回來，並以此使其欲望得到昇華。

這樣的敘事模式無疑是一種安全的表意策略，既體現了作者一以貫之的文學記憶和獨特的文學風格，即如論者所評價的，「艾蕪那些寫得最好的短篇的確不乏浪漫色彩、浪漫情調，形成艾蕪獨特的創作風格」[75]；同時，也表現了作者對主流意識形態的積極認同，正像他所積極實踐的「革命現實主義」，就是「把工人階級中從事革命的人們，概括起來，寫成典型，成為作品中主要的人物，要他們去同革命事業中的困難鬥爭，藉此還反映社會現實的發展，是朝革命的方向前進，同時也把工人階級革命的思想表現出來。」儘管艾蕪先生所強調的「革命浪漫主義」指的是，「根據業已在革命事業中，突出地表現出來的具有共產主義思想感情道德品質萌芽的少數人物，加以引用描寫使其成為典型。」[76]但對他來說，「革命」的「浪漫主義」讓人更多聯想到的是他過往小說中一以貫之的「浪漫色彩」和「浪漫情調」。在這個意義上，《雨》和《夜歸》這兩篇小說之中欲望與知識

74 艾蕪：《夜歸》，載《人民文學》1954年第3期，第41頁。

75 涂光群：《五十年文壇親歷記1949—1999》（下），瀋陽：遼寧教育出版社，2005年，第344頁。

76 艾蕪：《就作品中的人物來談革命現實主義與革命浪漫主義相結合的問題》，載《人民文學》1959年第1期，第45頁。

崇拜的交織，又何嘗不是革命浪漫主義與革命現實主義的結合呢？這也許可以看作一位現代作家面對當代文學轉型的文學適應。

第四章　革命倫理與城市日常生活

隨著戰爭的勝利，無產階級革命從農村來到城市。在此之中，意識形態的燭照固然使得昔日城市的資本主義繁華無處遁逃，但作為傳統藏汙納垢的所在，解放的城市在社會主義改造之後，並沒有一勞永逸地成為無產階級革命的聖地。相反，在革命宏大話語的裂隙中，城市「消費主義」的殘餘依然猖獗，它充滿誘惑的面孔「幽靈般」地呈現，給「革命之後」的城市日常生活帶來了莫大的焦慮。

在《現代性的後果》（*The Consequences of Modernity*）一書中，英國社會學家安東尼・吉登斯（Anthony Giddens）談到了現代社會的政治轉型，即從「解放政治」轉移到「生活政治」。藉此理論研討中國革命向「革命之後」的轉軌似乎有所啟悟。在吉登斯那裏，「解放的政治」指的是某種「從不平等和奴役狀態下解放出來的過程」，業已牢固建立起來的公正與平等是其理念的基本特徵。這無疑應和了「無產階級革命」所提供的「解放」敘事脈絡。然而由於緊接而來的革命成功，因此在秉持「民主社會主義」和「第三條道路」的吉登斯看來，「歷史並不服從於奴隸主——奴隸的辯證法，或者說，能夠發現只在某些領域和某些情景下才是如此，那麼我們就可以承認，解放的政治不可能是事情的唯一的一面。」[1]在他的論述中，以自由和民主為主

[1] 【英】安東尼・吉登斯：《現代性的後果》，田禾譯，南京：譯林出版

要特徵的「解放政治」是「一個值得反思的對象」，以「烏托邦現實主義」為旨歸，他一方面分析了解放政治所必然導致的「現代性危機」，另一方面又試圖在綜合考慮現代性後果的基礎上，探索出一種全新的方式以實現解放政治的目的。這種全新的方式就是「生活政治」。

「生活的政治」，或稱為「自我實現的政治」，指的是「進一步尋求完備和令人滿意的生活可能性的過程」，「個人的倫理」是生活政治的基本特徵。在《超越左與右》（*Beyond Left and Right: The Future of Radical Politics*）中，吉登斯對「生活的政治」有一定程度的論述。他認為，「生活政治」不是（或不僅僅是）個人生活的政治；它涉及的要素遍及社會生活的許多方面，包括的領域非常寬泛，它是認同政治、選擇政治。「生活政治以及與之有關的爭論和鬥爭，是關於我們如何在一個一切都曾經是自然的（或傳統的）而現在在某種意義上要被選擇或決定的世界上生活的問題。」或者換句話說，「生活政治」是「生活方式的政治」，它牽涉到我們既作為個人又作為集體應如何生活於這樣一個世界中的問題：在這一世界中「過去通過自然或傳統來加以確定的事情現在則取決於人們將如何作決定」。[2]

在此，借用吉登斯從「解放政治」到「生活政治」的轉軌，大體描述出從現代中國從「革命」到「革命之後」的政治生活變遷的輪廓。儘管這種「中間偏右」的政治路線，讓人遙遠地想起列寧、盧卡奇所激烈批判的「第二國際」面貌，但也終究反映了全球資本主義時代「激進政治」的困境所在。坦率而言，「生活的政治」的勃興在某

社，2000年，第137頁。

2 【英】安東尼·吉登斯：《超越左與右——激進政治的未來》，李惠斌、楊雪冬譯，社會科學文獻出版，2003年，第94-95頁。

種程度上意味著「市民社會」或「消費城市」價值觀的重新崛起，同時也意味著對革命政治倫理的忘卻和否定，它所指向的「烏托邦現實主義」的遠景本無可厚非，但對於當代中國而言，這種「生活政治」的意念卻極為危險地意味著某種「僭越」與「反動」。其間包含的焦慮和緊張，有關革命倫理所展開的背叛與忠誠的故事，無不指引著驚心動魄的階級鬥爭動向。

本章借助「生活政治」的理論背景，來考察社會主義革命理念遭遇城市日常生活的境況。「消費城市」的遺跡，關聯著市民日常生活，於是「革命倫理與城市日常生活」便構成了現實與記憶的深刻矛盾。革命年代的「上海姑娘」形象，體現出意識形態表述與城市摩登記憶的複雜糾結，從而彰顯出摩登與革命的辯證關係。而在《上海的早晨》等社會主義改造的經典文本中，也出人意料地呈現著城市物質主義的敘述，這種無意識的「文本分裂」流露出的情感傾向引人關注。而作為「消費城市」的衍生物，《年青的一代》、《千萬不要忘記》等作品中城市日常生活的張揚和市民社會的消費記憶，也嚴重地干擾了意識形態的達成。

第一節　「上海姑娘」：摩登與革命的辯證法

草明的長篇小說《乘風破浪》中有一段鮮有人提及的敘事細節，談到了圍繞「進城」的煉鋼工人李少祥所展開的「三角戀愛」關係。儘管在1950年代末期「大煉鋼鐵」的宏大敘事背景中，這段「兒女情長」的「插曲」最終以李少祥選擇「青梅竹馬」的鄉下姑娘小蘭而告終，但「第三方」，即那位「有文化又時髦」的「上海姑娘」小劉的存在，以及她在李少祥心中所造成的心理波動與延宕，卻在不經意間暴露了社會主義文學想像的「症候」。李少祥的選擇無疑是革命倫理本身的選擇，但在「這個漂亮姑娘很多而男人們又容易忘記舊情的城市」裏，無產階級的道德承擔註定經受考驗，良心上的負債所帶來的理智與情感的爭鬥，以及摻雜其間的無產階級的自卑感，都將這個「感性」與「革命」的問題推向極致。就這樣，《乘風破浪》的隱秘細節以及所提供的想像「症候」，將十七年文學／文化中幽靈般遊走各處的「上海姑娘」提到了問題的臺面。張弦的小說《甲方代表》（改編成電影《上海姑娘》）中的白玫，艾明之《浮沉》（改編成《護士日記》）中的簡素華，以及電影《不夜城》裏的張文琤，甚至是話劇《霓虹燈下的哨兵》裏的林媛媛，這些新時代的「上海姑娘」都服膺於社會主義的倫理法則，卻又散發著小資產階級的迷人氣息，她們給無產階級文化增添光彩，卻又為社會主義文學帶來了巨大的道德焦慮。她們所連接的過往歷史與摩登記憶，連同現實面對的革命訴求與未來期許，出人意料地呈現出社會主義城市中「摩登」與「革命」的辯證糾葛。

一、「摩登上海」、女性與空間轉換

「上海或許是現代中國民族國家危機和現代性癡迷奇異交彙的最重要場所，幾乎所有關於中國重要生活面向的嚴肅分析最終都必須面對上海，面對上海在中國的特殊地位。」[3]在《想像的城市》中，孫紹誼曾這樣概括上海在現代中國歷史中的形象。在此，他所談論的無疑是1930年代的上海，即那個被稱為中國資本主義黃金時

[3] 參見孫紹誼：《想像的城市——文學、電影和視覺上海（1927—1937）》，上海：復旦大學出版社，2009年，引言第3-4頁。

代的「摩登上海」。然而，從1930年代的「摩登上海」到1950至1970年代的「革命上海」，「夢魘」與「夢想」的雙重糾纏所帶來的「摩登」與「革命」的辯證問題，卻也使得「革命之後」的上海城市空間同樣成為「國家危機與現代性癡迷」的交彙場所。對於1949年偉大歷史轉折之後的「社會主義城市」來說，「改造」或城市空間的「重構」固然成為革命宏大敘事的主體部分，但上海的「摩登」歷史連同其消費主義的「蹤跡」卻依然頑強地顯現出來，成為「革命城市」的「致命夢魘」。在此城市空間的歷史變遷語境之中，「進城」及其社會主義實踐所締造的「新的人民的城市」，以及解放巨變所指向的革命烏托邦遠景，使得社會主義文學中的城市不得不在「摩登」與「革命」雙重目光的交錯中，承受歷史記憶與未來期許的辯證壓力。

對於這個有著「魔都」之稱的現代城市，「開埠和西方租借的設立幾乎顛覆了原有傳統的都市格局和社會秩序，將上海的發展帶向另一個方面，由一個傳統市鎮向近代化大都市迅速轉型。」[4]誠然，殖民主義的「病症」所開啟的畸形繁華，不出所料地為這個資本主義都市平添了些許引以為傲的「世界主義」特徵。一時間，「東方的巴黎」，「西方的紐約」，以及「世界第六大城市」等眾多閃亮的光環都被加諸「摩登上海」的頭上。銀行、洋行、郵局、港口、大自鳴鐘的出現，一點一點改變著上海的城市空間，再加上黃浦江沿岸迅速發展起的社會秩序和城市景觀，使上海最終成為「萬國建築博覽會」，形成了日益西化的「世界主義」的城市面貌。「她又是中國最大的港

[4] 張曉春：《文化適應與中心轉移——近現代上海空間變遷的都市人類學研究》，南京：東南大學出版社，2006年，第15頁。

口和通商口岸，一個國際傳奇，號稱『東方巴黎』，一個與傳統中國其他地區截然不同的充滿現代魅力的世界。」[5]

然而眾所周知的是，在有關1930年代上海的歷史形象中，「摩登」卻是一套極為曖昧的話語系統，「摩登上海」不僅暗含著某種頑強的現代性本質，同時也連接著墮落城市的資本主義特徵。對此，歷史學家熊月之曾這樣概括上海城市的「分裂」形象：「世界上沒有哪一個城市，像上海這樣同時擁有那麼多的美名與惡名：繁華都市，東方巴黎，富人的天堂，窮人的地獄，文明的視窗，罪惡的淵藪，經濟中心，黑色染缸，冒險家的樂園，帝國主義侵略中國的橋頭堡，中國工人階級的大本營」，即上海既是罪惡的源頭，也是文明的源泉，既是大染缸，又是學習西方知識的視窗[6]。這也就是張英進所說的，上海既是「光明之城」，因為其「啟蒙、知識、自由、民主、科學、技術、民族國家，以及從西方新引進的所有觀念」；與此同時，又是「黑暗之城」，因為它是「腐朽與墮落之源，是淫亂、道德淪喪之地」[7]。這種辯證的評價幾乎與馬克思在《共產黨宣言》中對資本主義的論述如出一轍。然而「辯證」之中包含的「複雜」與「曖昧」卻帶給人們某種情感的分裂，「這，都會的刺激，代替了一切努力於正當事業的熱情，……這，便是都市刺激所引出的惡果，資本主義社會的文明。」因此，「如其說中國有個巴黎第二，我們不知該慶倖還是悲痛。」[8]而這便是「消費城

[5] 【美】李歐梵：《上海摩登——一種新都市文化在中國1930－1945》，毛尖譯，北京：北京大學出版社，2001年，第4頁。

[6] 熊月之：《歷史上的上海形象散論》，載《史林》1996年第3期。

[7] 張英進：《中國現代文學與電影中的城市：空間、時間與性別構型》，秦立彥譯，江蘇人民出版社，2007年，第10-12頁。

[8] 【美】李歐梵：《上海摩登——一種新都市文化在中國1930－1945》，

市」的「饋贈」。也正是在這個意義上，史書美（Shu-mei Shih）曾直言不諱地指出，「消費文化的邊界清晰地標誌出上海特定的文化氛圍，突出了上海作為典型的半殖民地城市的性質。上海現代主義中突出的商品崇拜現象反映出：這個半殖民城市是色情和頹廢的遊樂場，本身只具有消費性而並不具有生產性」[9]。這大體標定了上海這座半殖民城市的負面形象。

在羅蘭・巴爾特的「現代神話學」中，城市被認為是「一種語言」，「一套話語」，因為現實城市總是人類體驗、敘述和評議的對象。一方面，城市被認為是一種神話，是因為它總是「被裝飾的，適應於某種形式的消費，充滿了文學的自我沉迷、憎厭、意象；簡而言之，它是一種在單純存在之上附加了社會使用的現象」；另一方面，城市之所以是一種話語，是因為「它只存在於言說、書寫和表述的語式中，包括文學、哲學、影像、報導、展示以及各種形式的宣傳等」[10]。因此，通過文學或者電影來講述上海作為「消費城市」的話語，則無疑是解開城市秘密的有效途徑。而且令人頗感意外的是，在上海這個殖民主義的頹廢空間中，城市的展開往往是通過女性形象的建構而得以顯現的。這種「看待現代城市的女性視角」（張英進語），其起源可以追溯到卡爾維諾（ltalo Calvino）的《看不見的城市》。在這部小說中，「卓貝地城」這個「夢境中的城市」，來自男人們對女性和城市的想像。它表徵了現代城市起源的寓言，也揭示了「作為女性的城市」的秘密，即「儘管城市不時被男性化（被建構和

毛尖譯，北京：北京大學出版社，2001年，第13頁。

9 【美】史書美：《現代的誘惑：書寫半殖民地中國的現代主義（1917-1937）》，何恬譯，南京：江蘇人民出版社，2007年，第304頁。

10 Barthes, Roland: *A Barthes reader,* New York: Hill and Wang, 1982, p.94.

馴化的空間），但它不過是男性無法找到（佔有）女性的替代品。從這一意義上說，城市即是女人」[11]。

然而，「城市即是女人」，毋寧說城市是通過女人的形象得以顯現，這一點對於上海及其「摩登女性」的歷史來說尤為明顯。如論者所言，文學中的上海、新女性，構成了「文化想像中的一個場所」，「一個無限的想像空間」。而新女性「構成了現代中國社會有創造力的、但在很多方面又有很多破壞力的新力量」，她們「總是與為她們提供機會的現代城市聯繫在一起，她們既是現代知識的新對象，也是可以引發社會變革的新主體」。因此在對「城市性別構形」的研究中，「把城市設想為傲慢、自大、污染、腐蝕、死亡、毀滅，這些總是通過女性形象來表達的，或是刻寫在女性形象中。而女人實際上是對現代城市進行表現、文本創造、敘述構造的基礎」[12]。

如果說，解放前1930年代的上海是「將都市與女體聯繫在一起，或者更正確地說，是將都市想像成一個浪蕩性感或邪惡的女人，不僅意味著對上海都市的社會批判，而且暗含了對以摩登女性為表徵的女性性向的否定性評判」[13]。那麼解放以後，城市的「去消費化」則在某種程度上意味著女性形象的「重構」。當1949年中國共產黨最終奪取城市政權之時，作為「遠東第一大都市」的上海首當其衝地成為社會主義文化改造的對象。正如研究者指出的，「十七年社會主義改造的歷史在城市空間上留下了深刻的『烙印』：上海代表了社會主義中

---

[11] 孫紹誼：《想像的城市——文學、電影和視覺上海（1927—1937）》，上海：復旦大學出版社，2009年，第120頁。

[12] 張英進：《中國現代文學與電影中的城市：空間、時間與性別構型》，秦立彥譯，江蘇人民出版社，2007年，第241頁，第196-197頁，第267頁。

[13] 孫紹誼：《想像的城市——文學、電影和視覺上海（1927—1937）》，上海：復旦大學出版社，2009年，第122頁。

國的一種鮮活的改造資本主義都市結構、營造社會主義城市空間的全面努力；更加提供了一種新的理解和體驗都市日常生活的『話語』，重新規範了我們對日常生活的理解和實踐」[14]。在上海由腐朽墮落的殖民消費城市，逐漸向勞動生產型的工業化城市轉變的過程中，1930年代名噪一時的「摩登女郎」，也開始作為資產階級文化的典型標識予以清除。然而，儘管一方面中國共產黨以工人階級文化為導向重新編織上海城市空間，從勞動生產的角度賦予婦女新的主體地位，事實也證明，「這一時期流行的婦女形象是和男性同樣能夠承擔艱苦勞動的『鐵姑娘』。『鐵姑娘』不再強調女性性徵，而是強調婦女同樣有鋼鐵般的體力（外觀）和意志（內裏）」[15]；但是殘存的「消費城市」印記依然頑強地綻放出「摩登上海」的舊有風采，干擾著意識形態敘事的效果達成，由此而頗為奇妙地形成「摩登」與「革命」的辯證特徵。

二、「上海姑娘」、美學與意識形態

在對建國十七年文學和電影的政治美學研究中，「革命」與「情愛」的壓抑／辯證關係是最為引人注目的問題。在《性別表像與民族神話》一文中，孟悅從女性主義的角度提出了「革命文化」中「政治話語」對「情愛」的壓抑模式。在她看來，「政府的政治話語通過女人將自身轉譯成欲望、愛情、婚姻、離婚、家庭關係等等的私人語境，它通過限定和壓抑性本質、自我以及所有的個人情感，將女

14 李芸：《空間的改造、爭奪與生產——「文本」敘述與作為社會主義城市的上海想像》，華東師範大學中文系2008屆碩士學位論文，第3頁。

15 張屏瑾：《摩登女郎—上海姑娘—上海寶貝——女性形象與城市空間變遷》，載《藝術廣角》2009年第2期。

人變成了一個政治化的欲望、愛情和家庭關係的代理人。」[16]因此，女性作為「黨的女兒」，不可避免地成為階級鬥爭或社會主義神話的承載者。然而與此相反，王斑在他有關政治和性的崇高美學分析中，提出了「革命的愛情」，即「政治化的性本質」所具有的「生產」和「昇華」功能，即「真正的問題不是犧牲情欲，而是如何表現出來，在多大程度上表現出來。……共產主義文化儘管從表面看來像清教徒似的，但是它以自己的方式與情欲有著千絲萬縷的聯繫。儘管共產主義文化採取抑制政策，但是，它做不到，在事實上也不可能做到將情欲一筆勾銷。相反，它與之妥協，迎合它，並將它吸收進自己的框架內。共產主義文化之所以具有吸引力，在某種程度上恰恰是因為它包含了情欲。」[17]因此，與孟悅強調支配性權力的壓抑力不同，王斑強調的是有關個體的性愛和力比多暗示在政治化的權力轉變方面非常積極且浪漫的一面。然而，在劉劍梅看來，王斑「忽視了性別更複雜的一面，尤其是當性別承載著權威性的官方話語時所顯示的複雜性」，因此而主張「應該進一步考慮革命的理想年代中性與性別的曖昧性」，「理解當性別與政治糾纏時產生的複雜隱喻」[18]。這種有關「革命」與「情愛」研究的「正、反、合」的線索，大抵表徵了某種辯證思考的浮現方式，這也為本文清理「上海姑娘」的形象及其敘事線索提供了邏輯參照。

---

[16] 孟悅：《性別表像與民族神話》，轉引自【美】劉劍梅：《革命與情愛：二十世紀中國小說史中的女性身體與主題重述》，郭冰茹譯，上海三聯書店，2009年，第196頁。

[17] 【美】王斑：《歷史的崇高形象：二十世紀中國的美學與政治》，孟祥春譯，上海三聯書店，2008年，第129頁。

[18] 【美】劉劍梅：《革命與情愛：二十世紀中國小說史中的女性身體與主題重述》，郭冰茹譯，上海三聯書店，2009年，第197頁。

在一篇分析電影《上海姑娘》（導演成蔭，編劇張弦，北京電影製片廠1958年）的文章中，馬軍驤曾討論了社會主義電影中「革命話語」的結構問題。在他看來，「影片的片名《上海姑娘》在它被生產出來的那個年代裏，無疑具有一種潛在的、微妙的性意味。更重要的是，上海姑娘、尤其是女主人公白玫，由於情節安排，是主要的被『觀看』對象，她們構成了主要的視覺形象。」然而意外的是，他並沒有照搬蘿拉・莫爾維（Laura Mulvey）有關視覺電影的「觀淫」理論，轉而認為「新中國電影獨特話語特徵，其實區別於好萊塢資產階級文化」，原因在於「建立一種與革命同步的電影文化」。其根據就是「白玫的形象在電影中有著驚人的轉變，使得女性的位置顛覆了男性觀看者的角色」。因此，「與莫爾維表面上的相似與實質上的巨大對立與差異，表明了1949年以後在中國拍攝的革命電影構成了對以好萊塢為代表的資本主義第一世界電影的一種反詰。這一反詰是：在革命電影中，快感只有完成對工具性的意識形態話語的引導才有意義。也就是說，在1949年以後的新中國電影中，表面上的快感安排下，是意識形態話語的潛流在引導著觀眾。而這幾乎是革命的、第三世界的新中國電影的最主要的機制或特徵」[19]。由此，在「革命的意識形態目的有效地操作著影片中的影像安排」的前提下，這種依賴「視覺電影」的「快感」所達成的意識形態電影修辭術，有效地達成了「革命電影教育群眾，鼓舞群眾」的大眾傳媒功能。

然而值得指出的是，馬軍驤的文章對於「快感」功能的揭示儘管鞭辟入裏，但卻似乎缺乏必要的辯證維度。在此，理論的啟示來自

[19] 馬軍驤：《〈上海姑娘〉：革命女性及「觀看」問題》，唐小兵編《再解讀：大眾文藝與意識形態》（增訂版），北京：北京大學出版社，2007年，第178-190頁。

《審美意識形態》（*The Ideology of the Aesthetics*）。在這本書中，特里・伊格爾頓（Terry Eagleton）曾討論過「審美」（Aesthetics，「感性學」）與理性之間的複雜辯證關係。在他看來，「感性」的力量固然能夠加強「理性」的接受程度，「權力被鐫刻在主觀經驗的細節裏，因而抽象的責任和快樂的傾向之間的鴻溝也就相應地得以彌合」，即「如果意識形態想要有效地發揮作用，它就必須是快樂的、直覺的、自我認可的。一言以蔽之，它必須是審美的」。然而，如伊格爾頓所言，「理性必須找到直接深入感覺世界的方式，但理性這樣做時又必須不危及自身的絕對力量」。這便揭示出資產階級社會美學極其矛盾的性質：「一方面，由於美學的主體中心性、普遍性，自發的一致性、親和性、和諧性和目的性，美學極好地應和了社會意識形態的需要；另一方面，它又可能不可控制地膨脹，超越這種功能，其結果是摧毀理性和道德責任的基礎。」即一方面「沒有什麼能比通過日常生活的無意識結構來進行權力的擴散滲透更好地加強權力」；但「另一方面，權力的擴散滲透註定有損害權力的危險，把權力的威嚴降低到享用蘋果的水平上。感性似乎既是最堅實的基礎又根本不成其為基礎。」正是在這個意義上，伊格爾頓感歎，「我們不尊敬我們熱愛的權威，而我們又不熱愛我們尊敬的權威，這就是困境所在。」[20]這無疑在揭示「快感」的偉大力量的同時，也暴露出其自身所包含的巨大危險。

對於「上海姑娘」這一極富性意味的曖昧意象，它不可避免地連接著有關「摩登上海」的歷史記憶，而如果將其視為某種「感性」

---

[20] 【英】特里・伊格爾頓：《審美意識形態》，王傑、傅德根等譯，桂林：廣西師範大學出版社，2001年，第9頁，第30頁，第3頁，第95頁，第35頁，第46頁。

的力量，則勢必會出現伊格爾頓所擔心的問題，即「感性似乎既是最堅實的基礎又根本不成其為基礎」。儘管如王斑所言，「革命影片並非肆無忌憚、赤裸裸地表達意識形態。它運用間接地、美學的手段讓觀眾在想像的王國裏逗留片刻，只是為了將他們提升到象徵符號體系中崇高的層次。電影中的意識形態並不僅是國家正統思想的附庸，它本身就有自己的美學任務。」[21]但是，「美學」或曰「感性」的「膨脹」，又會反過來干擾意識形態的效果，使得「革命」本身失去「正統」的意義。因此，如何把握二者之間複雜的辯證關係，成為社會主義革命美學的重要議題。

對於成蔭導演的影片《上海姑娘》，評論界的巨大爭議在於「美化了資產階級知識份子」[22]，這無疑是對影片本身「感性」膨脹的指責。其實早在影片的小說版本《甲方代表》（載於《人民文學》1956年第11期）中，作家張弦從正面創造出白玫這位支援邊區建設的「上海姑娘」形象時，人物本身所殘留的「摩登女郎」印記便非常明顯。儘管社會主義文化實踐主張在艱苦的勞動中實現「上海」與「姑娘」的雙重再造，從而在一種「去摩登化」與「去女郎化」的結構中走向一種純淨的社會主義美學，然而小說卻不自覺地依稀延續了既有的「摩登女郎」的寫作脈絡。小說從一個「洋娃娃」的資產階級文化標識開始，穿插著「我」（主人公「陸野」）與「白玫」的情感糾葛，並極力渲染了「我」的隱秘欲望：

21 【美】王斑：《歷史的崇高形象：二十世紀中國的美學與政治》，孟祥春譯，上海三聯書店，2008年，第151頁。

22 參見謝逢松：《寄給妹妹的信——談〈上海姑娘〉》，載《北京文藝》1959年第3期；包放：《影片〈上海姑娘〉宣揚了什麼？》，載《中國青年報》1959年2月16日。

> 這時，我才發現，她非常美，頭髮梳著特殊的花樣，臉嬌嫩而秀麗，眼睛上長著長長的睫毛，笑起來，露出雪白的牙齒。穿得並不華麗，可是棉衣十分合身，式樣看起來特別舒服。即使不聽她們剛才的講話，我也差不多可以從這樣的臉型和裝束上判斷出來：她是上海人。
>
> ……
>
> 白玫的影子，那微微帶笑的臉，那從帽沿出來的柔軟的頭髮，那長長的睫毛下閃著星星般光芒的美麗的眼睛。[23]

這種欲望的外觀連接的感性身體，固然能夠增添讀者們的閱讀「快感」，況且小說的主題也指向的是集體勞動的崇高遠景，從而實現對「上海姑娘」這一「自命為高貴的女神」的能指結構的反駁。然而，小說在意識形態表達與情感流露之間的裂隙依然無法彌合。儘管小說之中，「上海姑娘」白玫的思想進步性很快就超過了「我」，迫使「我」在男性的「閹割焦慮」中反過來「從她身上不斷地比照出自己的退步和落後」，但小說卻不自覺地對「上海姑娘」的容貌和著裝流露出誇耀和愛慕的情感。此處至關重要的意味在於，「上海的都市現代性的符號意味，侵入到另外一種組織更加嚴密的現代性想像中」，即「上海賦予人們的特殊感覺卻從來沒有遠離過」[24]。也正是在這個意義上，當時便有評論者頗為極端地指出了電影／小說包含的「毒素」：「惋惜和留戀他們那一副未改造的『神態』，歌頌他們無

---

[23] 張弦：《甲方代表》，載《人民文學》1956年第11期，第50-57頁。

[24] 參見張屏瑾：《摩登女郎—上海姑娘—上海寶貝——女性形象與城市空間變遷》，載《藝術廣角》2009年第2期。

需改造就能『正確』，從而動搖他們『脫胎換骨』的決心。影片中散佈的這種影響，對於今天仍有許多沒有改造好的知識青年來說，毒害是非常嚴重的，這種毒害必須批判和清除。」[25]由此便可看出，「美學」及其感性的力量儘管重要，但它超出了意識形態的界限，便會毫不留情地招致批評及其「規訓」的懲罰。

三、「敘事傳統」、「摩登」與「革命」的辯證法

同樣是有關「摩登」與「革命」的辯證關係，毛尖也從電影《女籃5號》（導演謝晉，1957年）的論爭說起，談到了新中國電影中的「上海傳統」和「延安傳統」的問題，即「前者親市民，後者講革命」的對峙美學形態。她從夏衍對電影《女籃5號》中女主角林潔房間的指責說起，提出了「美化生活」的背後所包含的政治美學問題，「我以為這是我們電影界、戲劇界的一種很不值得提倡的風氣，也可以說是一個思想問題。」[26]這裏的「美化生活」顯然指的是影片中「感性」的呈現。而這種感性顯現要追溯到並不遙遠的「上海電影傳統」，即在「革命加愛情」的格式與「抒情鏡頭」所起的「非革命」作用中來突顯出「革命」的主題。正如毛尖所分析的，「《女籃5號》受到觀眾歡迎，首先也是，觀眾很久沒有看到這麼豔麗的電影色彩，這麼多漂亮的明星；而另一方面，這些女性主人公因為常常處在政治上有待啟蒙的位置上，那麼，對她們的批評，相對也顯得更為安全。」政治的合法性，保證了電影本身可以肆無忌憚地顯露出上海

[25] 包放：《影片〈上海姑娘〉宣揚了什麼？》，載《中國青年報》1959年2月16日。

[26] 夏衍：《從〈女籃5號〉想起的一些問題》，參見《論謝晉電影》，北京：中國電影出版社，1998年，第233-234頁。

電影傳統的「狐狸尾巴」。因此，夏衍所提出的「我要指出的缺點只不過是一堂佈景」，便可看作「對這個物理空間和情感空間的直接清算」和「對上海電影傳統的點名批評」。結合1930年代的左翼電影，「上海電影傳統」的悖論其實清晰可見，「在左翼需要奪取觀眾的時候，美麗的身體是一種策略，這已經被電影史所驗證，可是這種策略本身是包含危險的。因為，通過阮玲玉所傳遞的左翼消息，在到達觀眾那兒時，會出現非常尷尬的狀況。首先，觀眾會看不清踏入革命征途的男性，是因為革命話語還是因為阮玲玉；其次，阮玲玉也讓那些沒有臉蛋的演員，尤其是那些男性演員因為形貌黯淡而失去表達革命的影像力量」[27]。這不由得使人想起陳建華對茅盾左翼小說中「乳房」意象的分析，他指出「茅盾小說裏的女性身體，既有革命烏托邦的空想成分，也強烈地反映了都市欲望」，這其實體現出包括茅盾在內的左翼作家的文學傾向：「既把城市青年或小資產階級作為他的讀者物件，其目標之一也在於爭取當時的文學市場」[28]。

處於上海這個消費城市的空間之中，1930年代的左翼文學或電影不得不借助「欲望化」的文化消費邏輯來傳播革命的理念，這便是「上海電影傳統」的本質所在。這也構成了延續「上海電影傳統」的謝晉導演秉承「粗中嫵媚」的電影語法的原因所在。然而進入新中國之後，「左翼文學」的「體制化」，使得「感性」和「欲望」的成分不可避免地成為革命所亟待清除的對象，但其作為殘存的「消費主義景觀」在文本間幽靈般的呈現，卻是難以完全根除的。艾明之的小說

---

27 毛尖：《性別政治和社會主義美學的危機——從〈女籃5號〉的房間說起》，載《中國現代文學研究叢刊》2010年第3期。

28 陳建華：《革命與形式——茅盾早期小說的現代性展開1927-1930》，上海：復旦大學出版社，2007年，第246頁。

《浮沉》同樣講述的是「上海姑娘」的故事。就像《甲方代表》中的白玫一樣，《浮沉》的主人公簡素華也義無反顧地服從了革命的「超我結構」。作為一位年輕護士，為了支援邊疆建設，她毅然放棄了留在上海的工作機會，到邊區工地衛生站工作[29]。而與她相對的是真正的「上海姑娘」馬菲霞，這個「交際花」式的女性人物繼承了「摩登上海」的遺跡：「捲頭髮」、「帶粉盒」、「愛好請吃飯，跳舞」、「乳黃色薄呢短大衣，深咖啡色的西褲，格子布的翻領襯衫，圍著雪白的絲圍巾」，以及「香港貨的玻璃提包」、「逛人民廣場」等等符號標識清晰地區隔出她的「趣味」。在此，真正的「上海姑娘」馬菲霞的形象，無疑是簡素華的襯托和對比，以突出意識形態的崇高位置，然而在某種程度上，她也是對後者失去的「摩登」風範的「文本補償」，以捕獲殘存的「感性」結構。

《浮沉》（或電影《護士日記》）其實是對經典的「上海姑娘」形象的顛覆。小說最後在一種社會主義美學的風範中取得了完美的勝利：新時代的「上海姑娘」簡素華超越了「摩登、漂亮、有文化」的既有形象，而獲得了新的美學風範，她既取得了工人階級的信任，又克服了衛生站的官僚主義作風，最後還在對「白專」道路的資產階級男友的放棄中贏得了真正的愛情。然而，從《浮沉》到《護士日記》（導演陶金，1957年），從小說文本到電影的視覺呈現，意識形態無

[29] 同樣，在湯曉丹導演，柯靈編劇的影片《不夜城》（江南電影製片廠1957年）中，張文琤的意識形態「皈依」，也是通過對資產階級趣味的放棄，轉而「來到了勘探隊」，與「陡峭的懸崖」和「奔騰的河水」做伴實現的。如她所言的，「在勘探隊工作，作為一個自食其力的勞動者，能夠在祖國的社會主義建設中貢獻出自己的力量，我感到驕傲和幸福」。在這種革命的烏托邦書寫中，「邊緣」、「艱苦」和「勞動」成為意識形態的崇拜對象。

往不勝的攻勢卻出人意料地出現「干擾」。如論者所指出的，「有意思的是，由於它是出品於上海，又在上海放映的影片，導演起用了一批上海30、40年代的老演員，飾演女主角小簡的是成名於40年代的電影明星王丹鳳，另外還有湯化達、李緯、蔣天流、付伯棠等一批舊上海的電影明星。《護士日記》的電影海報雖然增加了工廠和工地的背景，但整體色調與舊上海雜誌，如《東風》（王丹鳳曾擔任過這本雜誌的封面女郎）非常相似，都帶有月份牌那種經特殊調製過的水粉效果。」[30]這種革命中「身體」的呈現所帶來的「感性」衝擊，與此前有關「上海電影傳統」的批判極為相似。就像《女籃5號》中飽受爭議的「房間」一樣，《護士日記》中的服飾也遭到批評家的質疑。在《談「浪費美學」》一文中，作者批評了《護士日記》中的女主人公簡素華的服裝，說「她猶如服裝展覽會上的模特兒一般，前後換了二十四套服裝。」這樣的影片所起到的教育作用就是「『教育』觀眾去追求住豪華的房子，追求穿漂亮衣服。一言以蔽之，它教育觀眾去浪費！」[31]儘管這只是提出了「勤儉建國、勤儉持家、勤儉辦一切事業」的政治語境下衍生出的「反對浪費美學」的政治要求，但終究體現出意識形態「規訓」風範「對資產階級生活方式所產生的巨大焦慮的表徵」。

同樣作為一種意識形態「規訓」，在編劇柯靈筆下，《不夜城》

[30] 張屏瑾：《摩登女郎—上海姑娘—上海寶貝——女性形象與城市空間變遷》，載《藝術廣角》2009年第2期。

[31] 天方晝：《談「浪費美學」》，《電影藝術》1958年第3期。林默涵也批評電影《不夜城》，「這些影片也大大宣揚了資產階級、小資產階級的思想情感和生活方式。對個人主義者的痛苦和矛盾加以渲染，欣賞那種頹廢、哀怨、憂鬱、悲傷的情調。其中西裝花衣服流行，佈景則要富麗堂皇，黃色歌曲和黃色鏡頭也出現了。」參見默涵：《堅決拔掉銀幕上的白旗——1957年電影藝術片中錯誤思想傾向的批判》，吳迪編：《中國電影研究資料1949-1979》，北京：文化藝術出版社，2006年，第237頁。

（導演湯曉丹，1957年）裏的張文琤這個「沉湎在資產階級享樂生活裏的嬌小姐」，也遭受著「作者任意的『拔高』」[32]的命運。這部反映資產階級的社會主義改造的影片，穿插了一個「上海姑娘」的歷史轉歸的片段，呈現了張伯韓的女兒張文琤由「資產階級小姐」轉變為「社會主義勞動者」的故事。然而，這個被認為「給出身於剝削階級家庭的子女指出了正確的道路」[33]的革命教育電影，卻也因為服飾及資產階級生活場景的肆意呈現，而超出了「革命」嚴肅律令的邊界。「在影片裏，我們既看不到張文琤在入團前有過絲毫進步的表現，也看不到她在入團後有什麼顯著的進步。除了和同學們打打腰鼓或者跳跳集體舞之外，她依然在家裏過著資產階級小姐的生活，……影片就是這樣露骨地宣揚了反動的階級調和思想，把革命的青年團員與資產階級家庭的得意寵兒『合二而一』了。」[34]儘管這種意識形態批評的「苛責」體現出了某種政治緊張的態勢，但卻已然敏感地覺察到「革命」話語之中殘存的「摩登」印記。而在沈西蒙等的話劇《霓虹燈下的哨兵》中，為了突出「上海姑娘」林媛媛的前後反差而竭力渲染她「詩意」的資產階級生活，也使得「革命」本身幾乎成了一個聊勝於無的點綴。這種「虛妄」的勝利在無產階級的革命文本中瀰漫開來，激起了諸多令人不安的徵兆。

這些都體現了「左翼」及「上海電影傳統」面對新時代的困境，也直接導向了社會主義文化美學的政治要求與其城市語境的「消費主

[32] 呂啟祥：《把青年引向何處？——剖析〈不夜城〉中的張文琤形象》，載《光明日報》1965年7月28日。

[33] 沈大金：《文琤的塑造比較成功》，載《光明日報》1965年6月7日。

[34] 張瑜等：《〈不夜城〉歪曲團組織和青年形象》，載《中國青年報》1965年6月8日。

義」遺跡構成的辯證衝突。就像研究者所指出的，「從上海來的導演所指導的影片，以及由上海的電影製片廠拍攝的影片，無論是服裝還是道具以及在這些方面所體現出來的美學理念還具有一些城市的色彩，這些城市的色彩是上海電影人所形成的電影經驗以及情感結構所造成的結果。而正是這些城市色彩的美學恰恰是建國以後『工農兵電影』方向提出後所要加以改造的電影美學，這種城市電影美學不具有政治經濟正確性。」[35]悖論就在這裏：不借助「感性」，「理性」會陷入「公式化」的泥淖；而過於依賴「身體」，又會使得「理性」的權威遭受挫折，而這便是社會主義政治與美學遭遇城市消費空間的困境所在。於是當1960年代以後，激進的政治變革呼嘯而至，批評的「規訓」達到無以復加的境地之時，為了避免受到有關感性干擾的指責，或是更為虔誠地匍匐於「革命意識形態」之中，新時代的「上海姑娘」則不可避免地出現極端的「去摩登化」，乃至絕對「去性別化」的跡象。「感性」的徹底遮罩與「消費主義」的絕對剔除，使得「中性化」，「英雌化」成為真正的社會主義女性形象。《海港》中的方海珍，《沙家浜》中的阿慶嫂，她們無疑是在一種新的美學風範的張揚中，顛覆既有的「上海姑娘」形象序列，而創造出的新的高度理念化的人物典型。然而，這種絕對「革命」理念的伸張，也不可避免地落入「革命沒有身體，理論沒有群眾」的境地。於是當「告別革命」的「新時期」到來之時，歷史在報復性的敘事中「反轉這種現實主義的階段」，「回到了最粉色的上海電影傳統，只有蘭花，沒有革命」[36]便不足為奇了。

[35] 史靜：《主體的生成機制——十七年電影內外的身體話語》，北京大學中文系2009屆博士學位論文，第238頁。

[36] 毛尖：《性別政治和社會主義美學的危機——從〈女籃5號〉的房間說

第二節　《上海的早晨》：文本分裂與城市物質主義的隱現

如果說1950至1970年代文學中「上海姑娘」的形象，所呈現的是革命意識形態如何改造又借重摩登身體的歷史過程，那麼同樣以上海作為城市敘述空間的多卷本長篇小說《上海的早晨》，則同樣涉及革命意識形態與日常生活記憶之間的矛盾衝突問題。作為十七年文學中為數不多的真正意義上的城市小說之一，《上海的早晨》在上海這塊曾經的殖民主義空間上展開民族資產階級社會主義改造的文學敘述。然而，在意識形態無往不勝的敘事之中，城市日常生活的記憶卻也開始湮沒意識形態的堤壩。就小說本身而言，不經意間流露出的豔羨和沉迷，似乎已然暴露出意識形態敘述的虛妄之處，由此也不可避免地呈現出城市物質主義的遺跡。概而言之，文本的分裂與城市物質主義的隱現，幾乎構成了《上海的早晨》的突出面貌。

一、從《子夜》到《上海的早晨》

作為「繼茅盾同志的《子夜》以後又一部反映中國民族資產階級命運的力作」[37]，周而復的多卷本長篇小說《上海的早晨》在其問世之初便吸引了諸多批評家們的目光。正如史新所言，「看了《上海的早晨》很自然地聯想到茅盾寫的《子夜》」，[38]同樣是以左翼姿態展

起》，載《中國現代文學研究叢刊》2010年第3期。

37 王爾齡：《談〈上海的早晨〉》，見上海師範大學中文系編《中國當代文學研究資料・周而復專集》，1979年，第96頁。

38 參見史新：《文學領域的新墾地：〈上海的早晨〉讀後》，載《讀書》

開上海城市敘述，同樣關乎民族資產階級的歷史命運，兩部小說的共同之處引人稱道。在王西彥看來，從《子夜》到《上海的早晨》，這部「反映新的歷史時期裏的上海民族資產階級新的命運的作品」，正是「中國革命運動的發展過程」[39]。

確如批評家所言，《上海的早晨》有著極為濃厚的《子夜》的影子。作為一部現代文學經典，茅盾的《子夜》曾受到馮雪峰的熱烈稱讚：「《子夜》似的巨著」，「是把魯迅先驅地英勇地所開闢的中國現代的戰鬥的文學的路，現實主義的創作的路，接引到普羅革命文學上來的『里程碑』之一。」[40]左翼批評家瞿秋白也莊嚴預告，「1932年在將來的文學史上，沒有疑問的要紀錄《子夜》的出版」，「這是中國第一部寫實主義的成功的長篇小說。」[41]對於茅盾先生來說，《子夜》以「社會剖析派」的手法再現彼時的社會現實，其意識形態訴求在於證明中國資本主義走向沒落，無產階級革命必然發生的「歷史預言」。誠如作者所坦言的：「我寫這部小說，就是想用形象的表現來回答託派和資產階級學者：中國沒有走向資本主義發展的道路，中國在帝國主義，封建勢力和官僚買辦階

1958年第11期。對此，相當多的批評家都有同感，如惜春所言，「看了周而復著的《上海的早晨》，使我想起30年代茅盾的長篇：《子夜》」。（《讀〈上海的早晨〉》，載《文藝月報》1958年第6期。）周天也談到，「拿起《上海的早晨》，我們不由的會想起《子夜》來。」（《雜談〈上海的早晨〉》，載《語文教學》1959年第11期。）

39 參見王西彥：《讀〈上海的早晨〉》，載《文藝報》1959年第13期（1959年7月11日）。

40 何仁丹（馮雪峰）：《〈子夜〉與革命的現實主義的文學》，載《木屑文叢》第一輯，1935年4月20日。

41 瞿秋白：《〈子夜〉和國貨年》，見《瞿秋白文集》文學編第2卷，北京：人民文學出版社，1986年，第71頁。

級的莊迫下，是更加半封建半殖民地化了。」[42]然而，文本意圖和書寫效果的「悖謬」，卻是每一部用語言寫就，交織著作者「政治無意識」的文本所無法規避的命運。就《子夜》而言，敏銳的批評家已然發現了文本之間隱藏的裂隙：

> 太陽剛剛下了地平線。軟風一陣一陣地吹上人面，怪癢癢的。蘇州河的濁水幻成了金綠色，輕輕的，悄悄地，向西流去。……風吹來外灘公園裏的音樂，卻只有那炒豆似的銅鑼聲最分明，也最叫人興奮。暮靄挾著薄霧籠罩了外白渡橋的高聳的鋼架，電車駛過時，這鋼架下橫空架掛的電車線時時爆發出幾多碧綠的火花。從橋上向東望，可以看見浦東的洋棧像巨大的怪獸，蹲在冥色中，閃著千百隻小眼睛似的燈火。向西望，叫人猛一驚的，是高高地裝在一所洋房頂上而且異常龐大的霓虹電管廣告，射出火一樣的赤光和青磷似的綠焰：Light, Heat, Power![43]

在孫紹誼看來，《子夜》開篇這段經常被論者引用的段落就「揭示了茅盾對都市的含混複雜心理」。即一方面，「諸如『巨大的怪獸』這樣的語詞暗示了邪惡外國勢力對傷害的掌控。位於上海公共租界中心，以英語直接呈現的霓虹燈廣告『光，熱，力』不僅突顯了都市上海的『外國性』，而且也提醒人們控制這座都市的真正力量是國

[42] 茅盾：《〈子夜〉寫作的前前後後——回憶錄（十三）》，載《新文學史料》1981年第4期。在《子夜》問世之前，曾爆發過一場有關中國社會性質的論戰。茅盾是有意識地把《子夜》的創作與這場論戰聯繫起來考慮，用理性分析的方法解剖社會，指導創作在《子夜》的成書過程中，表現得十分明顯。

[43] 茅盾：《子夜》，北京：人民文學出版社，2000年，第3頁。

際資本主義」。不過，另一方面，「敘述者似乎也被大都市的視覺奇觀所魅惑」。他用「探奇的雙眼打量著這座城市的奇景」。在此，「充滿現代性的現象世界令其著迷、使其興奮」，「有軌電車的火花和五彩霓虹的磷光也使他／她嘖嘖歎奇。儘管對外國支配勢力隱含著批判，但整段文字似乎又凸顯了某種展示欲的衝動」，「敘述者以外灘為中心，從各個方位賞閱著大都會的奇觀景象，同時又流露了渴望和讀者分享其感受的急迫。」緊接著，孫紹誼用巴赫金的「對話」理論分析了這種雙重的敘述聲音所造成的「文本分裂」現象：「如果說敘述者嗓音的第一層面是加強話語的一致性和連貫性的『向心力』的話，那麼敘述者嗓音的第二層面則扮演瞭解構一致性和連貫性的『離心力』角色。這一雙重嗓音現象為該段落平添了巴赫金所稱的『隱藏對話性』。換言之，儘管這段文字是以單個第三人稱敘述者形式呈現，但它可以被讀解成兩人之間的對話」。而對於城市來說，這種「詛咒」和「頌讚」就是「貫穿茅盾城市敘述中的兩種對立的力量」的「雙重對話」，即「一方面，他的1930年代中國社會宏觀圖繪當然基於左翼關於民族國家危機的話語邏輯。意欲在意識形態層面重繪上海都市景觀，就必須掀起一場重建非殖民化上海的普羅革命。但另一方面，小說敘述的微妙性也無意洩露了茅盾對城市的執迷。」其中，第一個說話者清晰可感，而「第二個說話者則呈現為不可見的在場：他的言語不在場，但這些言語所留下的深刻印記卻對所有的在場和第一說話者的可見言語起著決定性影響」[44]。

[44] Mikhail Bakhtin: *Problems of Dostoevsky's Poetics,* Minneapolis: University of Minnesota Press, 1984, p.197.

緊緊抓住這種「無法被單一意識形態所全部涵蓋的情感或異質噪音」，孫紹誼的研究順理成章地達成了以下結論，即《子夜》「敘述的模糊性」，「顯示了茅盾個人對都市的依戀」，他「並未堅定地站在譴責都市上海的立場、進而圖繪某一烏托邦的未來，而是遊走在頌讚與詛咒的邊際」。「正是由於這一含混性，《子夜》讀來更像一首都市的輓歌，而非對都市的道德審判」。在其游離於「讚頌」和「詛咒」之間的敘述噪音之中，「茅盾目睹這座城市不可避免的頹落，在終極審判日到來之前為它唱了一首輓歌」。[45]儘管在某種程度上看，孫紹誼的研究旨在消解「現代中國劃一的革命民族主義話語」，其對《子夜》的「過度闡釋」體現了李歐梵、王德威等一脈相承的海外學者對「左翼文學」的「微詞」態度。然而儘管其意識形態的立場呈現出某種本質化的態勢，但其文本分析的方法論意義卻是值得深思的。其「症候式閱讀」的方法對於本文即將的展開的《上海的早晨》的分析具有參照意義。

二、分裂的文本與敘事張力

應該指出的是，作為一部「重點在於描寫建國初期的城市生活」[46]的小說，《上海的早晨》在建國初「匱乏」的城市文學生態中有著重要意義。隨著新的人民政權的建立，「摩登上海」這個半殖民地城市的消費主義「殘餘」，連同其「資產階級的城市形態」一起被掃入歷史的暗角，而蓬勃的「社會主義城市」則在「早晨」的微曦中

[45] 參見孫紹誼：《想像的城市——文學、電影和視覺上海（1927-1937）》，上海：復旦大學出版社，2009年，第58-63頁。

[46] 丹晨：《〈上海的早晨〉的藝術結構鎖談》，載《文藝理論研究》1983年第1期。

冉冉升起。這無疑是一個新的歷史時代的開啟。從資本家徐義德、朱延年等人在解放初期的破壞活動，「星二聚餐會」的「倡狂進攻」，到余靜、湯阿英等為代表的工人階級和資產階級大規模鬥爭的「五反」運動，再到資本主義工商業的社會主義改造的偉大勝利，其間「上海的變化」成為「中國的縮影」，「既可以看到她的過去，也可以展望她的未來」。然而，就在這種社會主義城市改造的「昂揚勝利」之中，消費城市的「魅影」卻如「幽靈般」浮現，使其嚴整的意識形態宏大敘事令人不安地混入某種「敘事雜音」。這種不期然的「誘惑」和「干擾」，橫亙在莊重的歷史祈願和政治訴求之中，使其文本呈現出《子夜》般多重聲音的「分裂」狀態。因此，正如前文所言，將孫紹誼對《子夜》的分析移植到《上海的早晨》上來，其文本分析的路徑也是卓然有效的。

確如所言，《上海的早晨》也承受著諸如《子夜》中不同敘事聲音的干擾。或者至少就其城市物質性的隱現而言，其意識形態訴求顯然不及同時期的農村題材小說那般明確。小說之中，巴赫金式的「隱藏對話性」顯得極為明顯。毫無疑問，對於《上海的早晨》而言，其第一層敘述聲音包含著鮮明的意識形態「宣諭」色彩，這也是那個特定年代作品的共同特徵。有資料顯示，《上海的早晨》是周而復根據中共中央的意識形態訴求，並結合自己建國初期的社會生活和親身實踐而寫成的。首先從作者身份來看，上海解放初，周而復歷任中共華東局統戰部秘書長、中共上海市委統戰部第一副部長和宣傳部副部長等職，參加了「五反」運動、民主改革和過渡時期總路線的宣傳工作，有機會經常接觸民族資本家。另外從政治素養來說，作為一位有相當職位的官員作家，他可以十分嫻熟地將當時的「官方知識」運用到社會主義改造的文學敘述之中，恰如其分地表達彼時工人階級和資產階級這對「革命之後」的國內基本矛盾。正像周而復所坦言的，「1952年春，我開始構思反映這一基本矛盾的長篇小說，即《上海的早晨》。統戰工作中所接觸到的人和事，紛至遝來，大有應接不暇之勢，我把這些素材一一記了下來，寫了比較詳細的寫作提綱，不斷修改。」在此，作者無疑是在意識形態合法性的要求之下，「試圖反映對民族資產階級進行社會主義改造和工人階級不斷壯大的這具有歷史意義的深刻變化」。為此，他在實際創作之前便對小說內容作了明確的「預設」：「第一部寫民族資產階級的倡狂進攻；第二部寫打退民族資產階級的進攻，開展五反運動；第三部寫民主改革；第四部寫公私合營，對私營工商業進行社會主義改造」。[47]而小說煌煌四卷，也如其所願地「揭露了民族資產階級的兩面性，揭示了對民族資產階級實現社會主義改造的必要性和可能性。形象地令人信服地說明了，中國民族資產階級只有在共產黨的領導下，接受社會主義改造，棄舊圖新，為人民服務，走社會主義道路，才有光明的前途，其他的道路是走不通的。」[48]正源於此，當《上海的早晨》第一部在《收穫》上發表時，引起了極大轟動。當時的許多報章雜誌紛紛刊文發表評論，甚至陳毅副總理在外交部黨委會上也推薦這部小說。周恩來總理當時也關懷過這部長篇小說，詢問全書的寫作計畫，鼓勵作者早日寫出。這已充分說明，小說本身即是當時意識形態建構及人民政權合法性證明的重要組成部分。

---

[47] 周而復：《上海的早晨》（第一部），《周而復文集》4，北京：文化藝術出版社，2004年，序言第5頁。

[48] 參見趙文敏編《周而復研究文集》，北京：文化藝術出版社，2002年，第312頁。

就資產階級改造的歷史敘述而言，《上海的早晨》無疑包含著「意識形態勝利」的敘事指向。即在這場嚴峻的階級鬥爭中，湯阿英、余靜、楊健等人與徐義德、朱延年、馬慕韓等民族資本家之間，圍繞社會主義改造與反改造的嚴峻鬥爭，其意在表徵新生的紅色政權依靠工人階級，分化瓦解資本家的攻守同盟，最終走向勝利的「歷史寓言」。這種敘事的聲音無疑是明快和堅決的，它不僅昭示著無產階級牢不可破的領導權，也顯示了他們堅不可摧的精神優勢。就小說的敘事主線而言，它展示了民族資產階級的代表徐義德在歷經抵抗、懷疑和反覆之後，最終「臣服」於改造者邏輯的歷史過程。特別是作品第四部的最後，歷史時針已經指向了1956年。在全市公私合營的慶祝大會上，包括徐義德在內的上海工商界巨頭們爭先恐後地上臺發言，表示在黨的領導下，決不動搖地走社會主義道路。在此，作者滿懷激情地寫道：「在上海發展的歷史上，這是一個閃耀著光輝的偉大的日子，人們會永遠記住這一天。這一天，資本主義工商企業，走完了最後的行程，全部接受社會主義改造，跨進了新的歷史的門檻。」正如評論者所分析的，周而復將該書題名為「上海的早晨」，表達了「他將上海納入社會主義文化構想的高度自信和自覺，寄寓著他對整個民族命運、國家設計的現代想像」[49]。

在這種敘事中，民族工業獲得了新生，得到了蓬勃發展。民族資產階級也接受社會主義改造，有著美好的前景，社會主義則成為全國人民的共同願望和光明前途。從作者的意識形態角度來看，小說的敘述無疑是「成功」的，這既是意識形態的勝利，也是社會主義城市

[49] 宋文耀：《從夜影到曙光：〈子夜〉與〈上海的早晨〉比較》，載《溫州師範學院學報》1991年第4期。

的勝利，即城市改造的危機在勝利的呼告中化險為夷。然而，就社會主義改造的空間而言，「上海這座作為半殖民地中國資產階級現代性縮影的城市」[50]，在物質文化和消費空間殘跡的呈現中，卻極為明顯地顯示出意識形態的干擾跡象。這就回到了巴赫金所提到的「隱藏對話性」中的潛在敘事聲音，以及由此而產生的小說改造主題的自我矛盾。正如研究者所指出的，一方面，「它按照當時的理念批判並改造資產階級及其所在的現代都市上海」，從而受到了包括周恩來、陳毅、李維漢和楊尚昆等中央負責同志在內的主流意識形態的高度重視[51]；另一方面，「處於被批判和改造位置的資產階級及現代都市的生活方式、價值觀念雖然遭受強迫性的打壓，但卻又在字裏行間隱秘地生長出來，構成對作者最初寫作意圖的背離。」[52]這種敘事中的「二律背反」，或曰「敘事張力」[53]，恰恰昭示了小說中隱含的「敘事聲音」的存在，及其與顯在聲音的對話和糾結關係。在闡釋這種敘事張力產生的原因時，相當多的研究者將其歸結為中國革命的「妥協性」，即相對於蘇俄「消滅資產階級」的激進社會主義革命，中國對待民族資產階級的「溫和」和「曖昧」態度。按照毛澤東的文化理論，民族資產階級屬於廣義的人民的一部分，「人民是什麼？在中國，在現階段，是工人階級，農民階級，城市小資產階級和民族資產

[50] 張旭東：《上海懷舊——王安憶與現代性的寓言》，見《批評的蹤跡：文化理論與文化批評（1985-2002）》，北京：三聯書店，2003年，第299頁。

[51] 參見周而復：《往事回首錄》二，北京：中國工人出版社，2004年，第250頁。

[52] 吳秀明、郭傳梅：《洋場遺風與改造運動交織的曖昧歷史——重讀〈上海的早晨〉》，載《福建論壇》（人文社會科學版）2008年第6期。

[53] 參見郭冰茹：《十七年（1949－1966）小說的敘事張力》（長沙：嶽麓書社，2007年）第三章「革命敘事之改造故事」。

階級。」[54]因此，中共對民族資產階級及其城市不是採取簡單批判或打倒，而是納入社會主義文化想像的體制中進行和平贖買和改造。這無疑是自《子夜》以來中國現代性的複雜傳統。就此，如果將《子夜》中的吳蓀甫和趙伯韜，以及《上海的早晨》中的徐義德和朱延年作一比較，便可清晰地發現，儘管在中國革命的歷史進程中，吳蓀甫和徐義德並不具有太過光彩的事蹟，但相對於後者「買辦資產階級」和「不法商人」的形象而言，前者被賦予的感情褒揚無疑要略勝一籌。《子夜》與《上海的早晨》的敘述其實也在力圖表明民族資產階級所帶有的雙重特徵，這就回到了毛澤東對這個階級所作的著名論斷：「在資產階級民主革命時期，它有革命性的一面，又有妥協性的一面。在社會主義革命時期，它有剝削工人階級取得利潤的一面，又有擁護憲法、願意接受社會主義改造的一面。」[55]而周而復也恰恰善於將毛澤東同志關於民族資產階級兩面性的理論運用於創作實踐，即「在革命勝利以後一個相當長的時期內，還需要盡可能地利用城鄉私人資本主義的積極性，以利於國民經濟的向前發展」；但另一方面，也「要從各方面，按照各地、各業和各個時期的具體情況，對於資本主義採取恰如其分的有伸縮性的限制政策」[56]。這種曖昧不明的敘事態度貫穿於《上海的早晨》的創作始終，從而使作品在達到一定「思想主題高度」的同時，也呈現出「分裂」的狀況。在這個意義上，我

[54] 毛澤東：《論人民民主專政》（1949年6月30日），《毛澤東選集》（第四卷），北京：人民出版社，1991年，第1475頁。

[55] 毛澤東：《關於正確處理人民內部矛盾的問題》（1957年2月27日），《毛澤東選集》（第五卷），北京：人民出版社，1977年，第365頁。

[56] 毛澤東：《在中國共產黨第七屆中央委員會第二次全體會議上的報告》（1949年3月5日），《毛澤東選集》（第四卷），北京：人民出版社，1991年，第1431頁。

們就不難理解其改造的敘事本身所蘊含的「二律背反因素」。

然而，正如論者所指出的，「那些顯性文本與隱性文本複雜交疊、構成張力的地方，恰恰是周而復作為文人和現代知識份子精神思想的悄然顯形之處。這說明對民族資產階級的改造雖然重要且具有相當的合理性，但由於它已逸出純政治意識形態的疆域，而涉及到現代性方面的內容（現代都市下的現代人的生存狀態和精神狀態）。」[57] 因此，在民族資產階級的雙重性之外，也應從知識份子作家與城市的複雜關係入手，對此問題深入考察。

三、城市物質主義的隱現

如前所言，周而復對城市的態度並非如左翼文學那般恐懼或排拒，即使在城市空間被政治意識形態牢牢包裹的情況下，他依然頑強地呈現著富有誘惑力的城市欲望形態。在《上海的早晨》第一卷中，周而復曾寫到制販假藥的奸商朱延年誘騙和腐蝕國家幹部的場景。小說饒有興味地描寫了解放區老幹部，蘇北行署衛生處的張科長初到上海，遭遇他從未得見的消費空間，並落入朱延年的「幹部思想改造所」的故事。在這個有關腐蝕和墮落的故事中，上海的城市消費空間扮演了重要的角色。

然而在此值得一提的是，在張科長跟隨夏世富光顧永安公司的「七重天」舞廳之前，小說穿插了一段他們從「遊樂場」到「大世界」的「城市穿行」描寫，從而將上海目迷五色的消費空間展現在讀者眼前：

[57] 吳秀明、郭傳梅：《洋場遺風與改造運動交織的曖昧歷史——重讀〈上海的早晨〉》，載《福建論壇》（人文社會科學版）2008年第6期。

> 這裏有京劇、有越劇、有滬劇、還有淮揚劇；這兒有魔術，有雜技，有電影，還有木偶戲；另外還有吃的喝的地方。他站在三層樓上，只見人山人海，熙熙攘攘，像流水般的擁來擠去。耳邊聽不盡的音響：京劇鏗鏘的鑼鼓，越劇哀怨的曲調，雜技的動人心魄的洋鼓洋號……吸引每一個遊客的注意。

其中最意味深長的是他們遭遇「哈哈鏡」的場景：

> 張科長站在鏡子面前，大吃了一驚，那裏面出現了一個奇矮的胖子：胳臂短而粗肥，腿也短而粗肥，看上去膝蓋就要接近腳面，身子，不消說，也是短而粗肥，頭彷佛突然給壓扁了似的，眉毛、眼睛和嘴變得既細且長。……他幾乎不相信鏡子裏的人就是自己；……他好奇地又走到另一面鏡子前面，上身非常之長，幾乎占去整個人的長度六分之五，兩條腿出奇地短，成了一個很可怕的怪人。……張科長在各種鏡子面前，變成各式各樣的畸形的人物……[58]

這裏極為明顯地包含著一種基於馬克思主義立場對「商品拜物教」的批判，其中的「鏡中之像」所透露的歷史資訊無疑是在物質主義的擠壓下人的「異化」的寓言。然而，這種歷史唯物主義的「宏大敘事」之外，又似乎暗藏著對鄉下人進城的淡淡嘲諷。小說藉著對一

[58] 周而復：《上海的早晨》（第一部），《周而復文集》4，北京：文化藝術出版社，2004年，第184-186頁。

位即將被腐蝕的黨內同志的深刻批判，順理成章地表達了對不明就裏的「鄉下土人」的無情鄙夷，也在無意識間流露出城市寫作者所暗含的物質主義優越感。

作為革命隊伍內部被城市欲望俘獲的反面典型，張科長所發揮的警示作用觸目驚心。然而，小說在具體敘述中所透露的「隱藏快感」，對消費空間的執迷，以及急於與人分享城市體驗的急迫，都仿佛歷歷在目。這也似乎再次表明，「上海昔日的繁華象徵著某種真正的神秘，它不能被歷史和革命的官方大敘事所闡釋。」[59]此處的問題也在於，當作者以「批判眼光」進入城市物質空間的書寫時，被批判之物對批判本身所具有的巨大干擾作用。這種連接著隱秘海派傳統的巨大「干擾」甚至是作者無意識中流露出來的。

在有關《上海的早晨》的諸多評論中，相當多的研究者認為，小說中資產階級的人物塑造較之工人階級的形象更為成功。其中原因通常被歸結為作者對此的「熟知」，即周而復豐富的感性體驗（他不僅在上海解放初擔任過統戰部的領導，而且還在此度過大學時光，親歷過上個世紀30年代「十里洋場」生活面貌）和難以根除的「小資產階級情調」。但從深層意義上看，乃是因為「作者將人物塑造與上海城市所遺留的資產階級城市形態取得了關聯，從而與『十七年』文學漠視城市形態有著極大的不同。」也就是說，《上海的早晨》對城市形態表現的重要方面，「就是圍繞著大量的物質性描寫展開」[60]。這種物質性和日常生活空間的呈現，突出地表現在工人和資本家書寫中的兩幅筆墨，或曰兩種「敘事聲音」。小說之中，對於余靜與湯阿英等無產

59 李歐梵：《上海，作為「香港」的「她者」》，載《讀書》1999年第1期。
60 張鴻聲：《論〈上海的早晨〉》，載《文藝爭鳴》2009年第4期。

階級陣營的物質生活，書寫語言和敘述方式顯得較為刻板和呆滯，小說曾藉人物之口這樣說道：「幹部不論大小，一律穿著布衣服，有的穿藍色卡其布的軍裝，有的穿灰色的人民裝。猛一下見到，叫你分不出哪一個是高級幹部，哪一個是下級幹部」。另外就具體的日常生活而言，也是從「生產車間」到「工人俱樂部」，至多還有團日的「中山公園」和修葺一新的「工人新村」，物質空間的「公共性」中透露出作者的「警惕」和「審慎」，不敢越消費主義的「雷池」一步。然而與此相反，涉及資產階級生活的描寫則大多具有實寫的特性和豐富的細節。在此，上海實際的消費性場所大量呈現，如大世界、永安公司、美琪大戲院、新雅餐廳、華懋大廈、水上飯店、國際飯店、滄州書場，還有弟弟斯咖啡館、沙利文點心店、南京路永興珠寶店等。所有場景都是自然主義式的如實描寫，這幾乎構成了上海城市空間的消費導遊圖。然而在這些聲色犬馬的消費空間之外，頗值得玩味的是作者對「物質性」場面的細節描寫，其間甚至流露出作者對此的「炫耀」之情。對此，小說開頭一段梅佐賢等待會見徐義德的場景便是明證：

> 梅佐賢揭開矮圓桌上的那聽三五牌香煙，他抽了一支出來，就從西裝口袋裏掏出一個銀色的煙盒子，很自然地把三五牌的香煙往自己的煙盒子裏裝。然後拿起矮圓桌上的銀色的朗生打火機，燃著了煙在抽，怡然地望著客體角落裏的那架大鋼琴。鋼琴後面是落地的大玻璃窗，透過乳白色絹子的團花窗帷，他欣賞著窗外花園裏翠綠的龍柏。[61]

[61] 周而復：《上海的早晨》（第一部），《周而復文集》4，北京：文化藝術出版社，2004年，第3頁。

也就是說，對於作者而言，小說外在的意識形態批判似乎內在地「赦免」了文本呈現的「禁忌」。從奧斯丁汽車到獅峰龍井茶，從三五牌香煙再到朗生打火機，城市「物質性」的呈現幾乎成了作者的某種癖好。也是在這個意義上，有論者談到了小說中意識形態眼光與「生活化眼光」之間的「分裂」，「敘述人講述工人的生活和鬥爭基本上採用的是意識形態的眼光。由於意識形態眼光處處要對情節和人物進行符合政治訓誡的宣傳、引導和提升。因而，經過意識形態眼光過濾後的工人生活是由階級、壓迫、鬥爭、反抗這些關鍵片語成的。日常生活的瑣碎、人物情感的波動等等與政治訓誡無關的因素均被排斥在文本之外。於是，在關於工人階級的故事中出現了眾多我們在十七年其他作品中早已熟知的場景和情節」。而對於資產階級的表現，「敘述人講述資本家的生產經營和日常生活基本上採用的是生活化的眼光。生活化的眼光不承擔意識形態功能，不必從普通的情節、平凡的人物中提煉出符合主流意識形態的宏大意義。因而其所觀照的對象有日常生活中的衣食住行、人物內心喜怒哀樂的細膩情緒，瑣碎而繁雜，有著濃重的生活氣息。」[62]這種「意識形態化」與「生活化」的二元對立，顯而易見地規定了二者之間藝術形象上的等級序列。因此關於小說，不得不衍生出一個「資本家的形象較之無產階級工人更為『形象』的問題」[63]。這不由得使人想起嚴家炎先生對《創業史》中

[62] 郭冰茹：《十七年（1949－1966）小說的敘事張力》，長沙：嶽麓書社，2007年，第92-93頁。

[63] 當時的評論者閻綱認為小說刻畫了「徐義德的鮮明形象，真實生動，富於生活氣息」，「但是作者對於政府工作人員和工人群眾的描寫，卻顯得單薄無力」。（閻綱：《一場未熄滅的階級鬥爭——讀〈上海的早晨〉第二部》，載《中國青年報》1963年2月9日。）潔泯也認為小說對

梁生寶「三多三不足」的指責[64]。現在看來，梁生寶的形象之所以不如梁三老漢「豐滿」，其根本的原因在於革命的理念在有血有肉的日常生活面前的「潰退」。

在蜜雪兒・德・塞托的城市理論中，日常生活有著不同尋常的意義。在其看來，「『消費』的『計謀』是四處分散的，但是它深入到任何地方，悄悄地、幾乎是不為人所察覺地滲入進來，因為它通過對占主導地位的經濟秩序強加的產品進行使用的方式來凸現自己，而不是通過產品本身來顯示自己」。因此在權力結構格局中，被動的使用者往往「借助於占統治地位的文化結構並位於該結構之中，對其法律『實現了』不計其數且微乎其微的變化，使之符合自己的利益和規則」。在其「策略性」的日常生活「實踐」中，德・塞托幾乎改寫了福柯的「權力／規訓」理論，即「權力」的整一性必然受到日常生活分散性的消解，使得原本實力懸殊的秩序等級會出現異乎尋常的「顛覆」[65]。這一理論無疑極為形象地揭示了日常文化中「秩序被藝術玩

於資產階級複雜的精神世界「寫得很精細」，而工人階級則「不夠鮮明」，「單薄了些」。（潔泯：《讀〈上海的早晨〉（第二部）》，載《大公報》1963年6月12日。）

64 參見嚴家炎：《關於梁生寶形象》，載《文學評論》1963年第3期。

65 參見【法】蜜雪兒・德・塞托：《日常生活實踐 1.實踐的藝術》，方琳琳、黃春柳譯，南京大學出版社，2009年，第33-34頁。為了清楚地說明自己的理論，他舉了一個西班牙人對印第安人「成功」殖民的例子，「例如，很久以來，我們就已經通過研究發現，西班牙殖民者『成功』地將他們的文化強加給印第安人，然而某種含混性卻從內部分裂了他們的『成功』：這些印第安人順從於甚至接受了西班牙人的征服，但對於強加給他們的禮儀、表現或法律往往做出不同於殖民者所期望從中獲得的結果；他們並非通過摒棄或改變殖民者的文化來實現對其的顛覆，而是通過他們自己使用這些文化的方式，處於某些目的，並依據不同於他們無法逃避的體系的參照，實現對殖民者文化的顛覆。在這個表面是將他們『同化』的殖民體系內部，他們是他者；對統治秩序的運用使他們感受到了權力，但

弄」，即「被藝術挫敗和欺騙」的歷史過程。在這個意義上，我們考察周而復小說中兩種敘事聲音的「對話」，則顯得意味深長。在德・塞托城市理論的啟發下，對於上海消費空間的考察固然要在充分考量普通人日常生活和非經典文化形式的情形下才有可能，但另一方面，對於小說作者周而復而言，其體制之內的寫作姿態實際上並不是「單向度」和鐵板一塊的，《上海的早晨》中兩種敘事聲音的「對話」，讓人分明得以洞見「權力」的整一性在日常生活分散性中的漸次消解。在城市物質性的瀰漫之中，意識形態的主導話語或被拒絕，或經由協談而變異，這都使得原本實力懸殊的秩序等級出現異乎尋常的「顛覆」。這種「變異」突出地表現在小說中對「物質性」書寫毫無顧忌的「沉迷」和「延宕」之上。譬如，小說第一部寫到朱延年與馬麗琳的交往，作者對馬麗琳的家居佈置進行了饒有興味的介紹：

> 客堂當中掛的是一幅東海日出圖，那紅豔豔的太陽就好像把整個客堂間照得更亮，左右兩邊的牆壁上掛著四幅杭州織錦：平湖秋月，柳浪聞鶯，三潭映月和雷峰夕照。一堂紅木傢俱很整齊地排列在客堂上：上面是一張橫几，緊靠橫幾是一張八仙桌，貼著左右兩邊牆壁各放著兩張太師椅，兩張太師椅之間都有一個茶几。在東海日出圖左下邊，供了一個江西景德鎮出品的小小的瓷的觀音菩薩，小香爐的香還有一根沒有燒完，飄散著輕輕的乳白色的煙，縈繞在觀音菩薩的上面。[66]

是，他們無力抵抗；他們不需要離開就逃避了這個秩序。」

[66] 周而復：《上海的早晨》（第一部），《周而復文集》4，北京：文化藝術出版社，2004年，第385-386頁。

對資產階級家庭物質環境如此繁瑣的介紹，幾乎構成了《上海的早晨》的一個寫作特點。小說對徐義德的書房也有一段顯得「冗餘」的描寫：

> 書房裏的擺設多而淩亂：貼壁爐上首是三個玻璃書櫥，裏面裝了一部《四部叢刊》和一部《萬有文庫》。這些書買來以後，就被主人冷落在一邊，到現在還沒有翻過一本。徐守仁對這些書也沒有興趣。書櫥上面放了一個康熙年間出品的白底藍花的大磁片，用一個紅木矮架子架起。大磁片的兩邊放著兩個一尺多高的織錦緞子邊的玻璃盒子，嵌在蔚藍色素綢裏的是一塊漢玉做的如來佛和唐朝的銅佛像。壁爐上面的伸出部分放了一排小古玩，放在近窗的下沿左邊的角落上的是一個宋朝的大瓷花瓶，色調矚目，但很樸素，線條柔和，卻極明晰。面對壁爐的牆上掛了吳昌碩的四個條幅，畫的是紫藤和葡萄啥的。書房當中掛著唐代的《紈扇侍女圖》。畫面上表現了古代宮闈生活的逸樂有閑，栩栩如生地描寫了宮女們倦繡無聊的情態。她們被幽閉在宮闈裏，戴了花冠，穿著美麗的服裝，可是陪伴著她們的只是七弦琴和寂寞的梧桐樹。[67]

在此論述中，小說對資產階級的附庸風雅雖有極強的諷刺寫照，但卻藉此呈現了十七年小說中難得一見的「生活化」敘述和日常生活細節。在《婦女與中國現代性》中，周蕾曾探討了「細節」這一「陰性特質」在中國敘事中所包含的「矛盾的情感結構」，在她看來，「細

[67] 同上，第488頁。

節被界定成感官的、瑣細的與浮面的文本呈現，與一些改革、革命等等較為宏大的『眼界』（vision）存在著矛盾關係，這些宏大的眼界企圖將這些細節納入其臣屬，但卻出其不意地為這些細節的反饋所取代」。作為衰敗「中國」傳統和「過往歷史」的「符號」，細節「大大地阻礙了國族建構的嚴肅計畫」[68]。因為，在「諷刺」的合法外衣下，物質主義「生活化」的細節場景得到了「放肆」的展示。這種「放肆」中體現出來的「輓歌」情調，與茅盾《子夜》中對上海都市的複雜態度如出一轍。正是在這個意義上，有論者直言不諱地指出，周而復的《上海的早晨》可能是「建國初期中國作家最後一次用眷念的感情去回眸城市」。[69]而且，這種「眷戀」和「回眸」在很大程度上是通過無意識的「真情流露」出來的。

儘管有論者認為這種「生活化眼光」依然蘊含的是意識形態的準則，而非單純的日常生活[70]。但不得不承認，其意識形態展開的方式依然是以日常生活的呈現為「仲介」的，然而在「泛政治意識形態」的年代，這個「仲介」本身雖然彌足珍貴，但其實質是極具「腐蝕性」和「顛覆性」的，因而是極度危險的。在中國現代性的歷史語境中，無產階級的「自卑感」，使其並不具備太多的「物質免疫力」，然而資產階級的政治特性往往與「物質性」相關，甚至，階級性就是通過資產階級人物的「物質性」體現出來的。因此，體現在文化形態上，作為一種理想主義的文學類型，社會主義文學中的無產階級

[68] 【美】周蕾：《婦女與中國現代性：西方與東方之間的閱讀政治》，蔡青松譯，上海：三聯書店，2008年，第132-135頁。

[69] 金進：《新的城市意識觀照下的離析與重構——試析十七年工業題材小說中的城市形象》，載《文藝理論與批評》2006年第3期。

[70] 張鴻聲：《論〈上海的早晨〉》，載《文藝爭鳴》2009年第4期。

書寫往往是「理念大於形象」的，這也是「工農民文學」粗糲的原因所在。而與此相反，資產階級卻因歷史的實在性而獲得了豐富的歷史細節，因而具有栩栩如生的文化形象。這種「分裂」的狀態和文化困境幾乎貫穿了整個社會主義時代的文學書寫，其療救的方式便只能走向「萬劫不復」的激進化和理念化的意識形態寫作。正是在此意義上，即便是資產階級的「否定性」中所裹挾的「物質性」和「日常生活」也已成為一個敏感的對象。很長一段時間，「可不可以寫小資產階級」便是一個莫大的問題。在此，問題的關鍵在於，「形象化」的「日常生活」恰恰不是對「理念化」的「意識形態」的補充書寫，而構成了一種「顛覆」和「變異」的力量。形象化的資產階級生活的在場，不僅使得抽象化的無產階級生活相形見絀，也讓它們呈現出某種「虛假」的面貌。這種嚴重的「冒犯」已然使得小說本身偏離了其預設的意識形態航向。儘管這種「迷失」是以小說藝術本體的「成功」，即形象化生活的呈現為目標的，但在政治風尚緊張的年代，以「藝術」的名義冒犯意識形態，其勢必會遭受猛烈的政治批判[71]。

[71] 文革前夕，方澤生、丁學雷等依據特定的批評法則，認定《上海的早晨》是「醜化工人階級」，「美化資產階級」的「反動小說」和「大毒草」。參見方澤生：《〈上海的早晨〉鼓吹什麼早晨？》，載《解放日報》1968年8月21日，以及丁學雷：《為劉少奇復辟資本主義鳴鑼開道的大毒草——評〈上海的早晨〉》，載《人民日報》1969年7月11日。

第三節　革命城市與日常生活的焦慮

在一篇分析話劇《千萬不要忘記》的文章中，唐小兵曾尖銳指出，「和《年青的一代》一樣，《千萬不要忘記》的『新』，正在於劇本隱約地透露出一種深刻的焦慮，關於後革命階段的日常生活的焦慮。」[72]借用吉登斯的理論，這種「後革命階段的日常生活的焦慮」，在某種程度上便可以視作革命成功之際，由「解放政治」到「生活政治」的轉型所帶來的意識形態焦慮。作為一部城市題材的話劇作品，《千萬不要忘記》（又名《祝你健康》）延續了城市作為「可疑的，與庸俗、腐敗相聯繫的生存處所」傳統。在這個作品中，電機廠青年工人（無產階級）丁少純，新婚後受到曾是鮮果店老闆的岳母及妻子（資產階級）的影響，開始講究吃穿，借錢買毛料衣服，並熱衷於下班後打野鴨子賣錢，以至勞動時注意力不集中，險些釀成事故。這部「體現了時代的精神，傳達了時代的脈搏」的劇作，極為明顯地突顯出「革命之後」「日常生活」的嚴峻意義所在。在《〈千萬不要忘記〉主題的形成》一文中，作者叢深曾滿懷深情地談到了自己的創作緣由：

> 記得建國初期，我有一種很天真的想法，以為建國以後的孩子，將在紅色的環境裏長大，從上幼稚園起，就培養他們愛祖國、愛勞動、愛集體的觀點，學校裏老師講的、書本寫的都是

[72] 唐小兵：《〈千萬不要忘記〉的歷史意義——關於日常生活的焦慮及其現代性》，收入《再解讀：大眾文藝與意識形態》（增訂版），北京：北京大學出版社，2007年，第225頁。

> 新思想，看電影、聽廣播，接觸的也都是新思想，這還有啥問題，他們都會長成為全新的人，他們再不會有什麼個人主義、自由主義、個人英雄主義等等的舊思想了。當我想到自己在舊社會生活過十幾年，所沾染的舊思想和舊習慣，改起來相當吃力時，心裏就非常羡慕眼前那些系紅領巾的孩子們。心想，他們長大了再不會經歷我們這種思想改造的過程了，他們可以成為「從心所欲不逾矩」的人了。可是，這些年來生活裏有些現象證明我當初的想法太簡單了。

在此，他已然在「日常生活」中發現了社會主義的「症候」所在，即無產階級工人們，那些「年青的一代」，在「公共領域」中接受著社會主義教育，卻在「私人領域」卻承受著資產階級的「思想侵襲」：

> 每天工人在工廠裏只有八個小時，遇上開會也頂多有十個小時，可是一天有二十四小時呢，其餘的時間他們是在家裏或者親戚朋友那裏過的，家裏對青工進行什麼教育，親戚朋友都是一些什麼人，那就很難說了。啥人都有，啥思想都有。我們在進行社會主義教育，也有人在散佈資產階級思想影響。再加上我們作政治思想工作的幹部經驗不足，工作質量不高，這樣白天青工在廠裏接受的教育，晚上就有可能被他家裏給一筆勾銷。[73]

[73] 叢深：《〈千萬不要忘記〉主題的形成》，載於《戲劇報》1964年第4期。

這便是「日常生活八小時」的意義所在，它賦予了「沒有槍聲，沒有炮聲」的生存環境以嚴重的階級鬥爭性質。

關於「日常生活」的曖昧含義，莫里斯・布朗肖（Maurice Blanchot）曾這樣說道：「無論它的其他方面是什麼樣子的，日常都有這樣一個本質的特徵：它不容許任何約束力的存在。它四處逃逸。」[74]在其看來，似乎「逃逸」的姿態就是「日常生活」之於政治意識形態的面貌。同樣，邁克・費瑟斯通（Mike Featherstone）在其著作《消解文化》（*Undoing culture*）中也探討了「日常生活」這個詞。他指出，「日常生活又似乎只是一個多餘的範疇，所有不符合正統思想、令人反感的雞零狗碎都可以扔到裏面去。」在他看來，「冒險進入到這個領域，那就是要去發掘以明顯缺乏條理性、特別排斥理性概念化為根本特徵的生活的某一個層次。」[75]這就說明，「理性主義思想不可能適當地為日常提供空間，日常恰恰就是在理性主義千方百計地試圖窮盡世界的意義之後殘留下來的那些東西。」[76]這也就是特里・伊格爾頓在《審美意識形態》中所描述的「理性殖民化」所無法抵達的「感性」空間。正是面對著無法抵達的「感性」空間，「革命之後」的社會主義中國陷入了深深的「日常生活的焦慮」。

在某種意義上，1950至1970年代的中國，或可被稱為列斐伏爾意義上的「消費受到調控的官僚統治的社會」。在這個社會主義的時代，「消費主義」、市民主體，及其所連接的城市「日常生活」不可

74 參見【英】本・海默爾：《日常生活與文化理論導論》，王志宏譯，北京：商務印書館，2008年，第4頁。

75 【英】邁克・費瑟斯通：《消解文化——全球化、後現代主義與認同》，楊渝東譯，北京：北京大學出版社，2009年，第77頁。

76 【英】本・海默爾：《日常生活與文化理論導論》，王志宏譯，北京：商務印書館，2008年，第36頁。

避免地打上了意識形態的緊張烙印。就《千萬不要忘記》而言，諸如「皮夾克」、「塑膠卡子」，以及「三鮮餡鍋烙」等隨處可見的「日常生活」場景之所以成為一種意識形態的威脅，其根本原因在於，意識形態的淩空高蹈並不能提供物質欲望及其快感的滿足形式。在「生產的城市」裏，「消費」所許可的範圍被限定在基本的物質需要之內。社會主義中國極度匱乏的物質局面，使得消費形式不得不被延宕到遙遠的未來。正如丁海寬所說的，「毛料子是好東西，從前的勞動人民連想都不敢想它，現在你們不但敢想它，還有很多人能夠穿上它，這是革命和建設帶來的成果，是好事情！我們總有一天，能讓全中國和全世界的勞動人民，都穿上最好的衣裳！可是現在，孩子！世界上還有成千上萬的人連最壞的衣裳都穿不上！要是你們光想著自己的料子服，光惦著多打幾隻野鴨子，光追求個人的物質享受，那你們就會忘記關電門，忘記上班，忘記我們正在奮發圖強的國家，忘記世界革命！」因此，社會主義並不是清教徒式的絕對禁欲主義，而是秉承著「艱苦創業」的生產經濟學，在此之中，任何對物質享受的迷戀都是極度危險的。因為，對消費和日常生活的「迷戀」，將會消磨人們的革命意志，不利於整個社會生產的發展，而無力改變中國落後的社會面貌。也是在這個意義上，劇本藉人物邵永斌之口指出，「如果一個人在吃喝穿戴上用的心思過多，就容易影響革命的事業心，容易變得眼光短淺。」其根本原因恰在於對「感性」消解作用的恐懼。

與《千萬不要忘記》相似，幾乎同一時期的另一部重要話劇《年青的一代》（載《劇本》1963年八月號），也以城市青年的墮落故事為線索，表現「革命之後」無產階級的價值選擇的問題。這部話劇表現的是「中學畢業生高中、大學，大學畢業生即將走向生活的時候」。正如作者所論述的，「這是一個充滿希望、煩惱、激情和不安的時候」，這種「希望」與「不安」則正體現在「年青的一代」的價值選擇之上。因此，劇本在體現某種人生抉擇的時候，其間的價值觀體現及其意識形態衝突的彰顯，包含著意味深長的含義。毫無疑問，劇本之中的林育生是一個被城市物質主義「俘獲」的「墮落」青年，他的出場連帶著一系列「消費城市」的印記：罐頭、點心、連衣裙，以及奢侈的生日晚會，這些幾乎構成了他的身份標識。與秉承「堅決服從祖國需要，爭取到最艱苦的地方去」的「社會主義新人」蕭繼業相比，林育生的人生理想便是「白天我們一起去上班，晚上回來就聽聽音樂，看看小說，讀讀詩，看看電影，星期天上公園，或者找幾個朋友聊聊天……」，這種「庸俗」的價值觀的顯現，也驚心動魄地呈現了「革命之後」社會主義城市日常生活的意識形態緊張關係[77]。恰如唐小兵所言，對「庸俗」的日常生活的憎惡和拒絕，正是「後革命階段缺乏文化規範性的突出症狀之一」[78]。

[77] 在某種程度上，「庸俗」指代著資產階級的趣味，至關重要的是，它期盼著在一種「個人主義」的物質欲望中體現出對於革命和政治的棄絕，因此，它體現出對無產階級理想的侵蝕。對「庸俗」的抵制折射出對資產階級意識形態的警惕。這與《千萬不要忘記》中丁海寬對「空虛」的警惕極為相似。當他發現少純結婚以前的情書中寫道：「每當和你分手以後，我心裏總是感到無限的空虛和悵惘」時，既費解又憤怒，因為這種「無聊」的情感違背了社會主義的美學和經濟原則。對此，正面人物的「崇高感」才是療救這種資產階級趣味的「良藥」，而「真正的幸福，現在回想起來，我只不過是想用庸俗瑣碎的生活來填補自己心靈上的空虛罷了。」「我們的困難的確很多，但我們卻永遠是快樂和幸福得，因為我們沒有辜負黨和人民對我們的期望，在建設社會主義的戰鬥裏，我們沒有吝嗇過自己的力量。昆侖山上的風雪知道我們是懦夫還是好漢，戈壁灘上的烈日瞭解我們是土還是金。對生活中的那些懶漢和逃兵，我們可以豪邁地說：當我們將來在向後代們講述，我們怎麼樣冒著零下四十度的嚴寒，為了尋找礦藏而走遍昆侖山的時候，你們這些人有什麼好講的呢？」

[78] 唐小兵：《〈千萬不要忘記〉的歷史意義——關於日常生活的焦慮及其

值得一提的是，無論是《千萬不要忘記》還是《年青的一代》，故事的主角——城市青年丁少純和林育生——並非資產階級出身，而是地地道道的工人階級和幹部子弟，於是他們的「墮落故事」便更加顯得驚心動魄。就像文本清楚指出的，「少純是在紅色環境裏長大的，解放的時候他才七歲，吃的是新社會的飯，念的是新社會的書，看的是新社會的電影，聽的是新社會的廣播……我以為像他這樣的年青人，對舊東西是絕緣的，就像這雲母帶隔電一樣。……事情不是那麼簡單哪！在孩子們的脖子上繫著紅領巾的時候，就有人總想偷偷摸摸地給他們繫上一條『黑領巾』！我們對他們講勞動模範怎樣光榮，可是也有人對他們說：『模範也不頂飯吃！』我們教育他們不要計較勞動報酬，可是有人一見了他們的面不出三句話就問：『你掙多少錢？』」因此，故事本身的重大意義恰在於，「舊思想就像一些破抹布，三下兩下就能被你擦的模模糊糊……真是不能小瞧那些破抹布哇，它還有勢力！」同樣，在《千萬不要忘記》中，當蕭繼業指責林育生的「墮落」時，後者的辯解依然鏗鏘有力：「我可不是出生在資產階級的家庭裏，請記住，我的家庭是個革命的家庭」。這些「墮落者」不再是走「白專」路線的資產階級後代，而是革命的「子一輩」，即從「血統論」的角度來看理應更加「革命」的一個人群。然而，問題卻正是出在他們身上，這不得不引人思考。就像評論者所指出的，在這兩部反映當代生活為主題的戲劇中，故事本身「提出了一系列最敏感、同時也是最具範式意義的問題，並且給予了一組富於想像的回答」，因為劇本「引發了一個新的話題，把一種社會文化的焦

現代性》，收入《再解讀：大眾文藝與意識形態》（增訂版），北京：北京大學出版社，2007年，第229頁。

慮提到了話語層面」[79]。毫無疑問，這是一個「發人深思的問題」，即怎樣把年輕人的教育看成是正在進行的國內和國際的階級鬥爭的關鍵部分。《年青的一代》的作者，在處理自己的題材時，不僅一般地提出了如上所述的青年教育問題；而且，更通過一個革命家庭的兩代，尖銳地表明瞭：「要是自己不長進，再好的家庭出身也不能保險你不走錯路。命運得由自己來安排！」這就使主題的意義發掘得更深一層。「由於當前國際國內尖銳複雜的階級鬥爭形勢，爭奪青年一代的鬥爭，相當激烈地進行著，並鮮明地表現出其作為階級鬥爭一個十分重要的方面。教育青年的嚴重意義，不僅在於這是一個長遠的戰略任務，而且也是當前一個迫切的戰鬥任務。」[80]

日常生活的意義之所以如此令人緊張，恰恰在於「日常生活」本身對無產階級革命構成了嚴重威脅。這裏還涉及爭奪「文化領導權」（hegemony，或「文化霸權」）的問題。在一篇評論《年青的一代》的文章中，姚文元曾提到了列寧的著名文章《青年團的任務》和《共產主義運動中的「左派」幼稚病》。在他看來，林育生對「合法的個人主義」觀點的辯護，是受到資產階級思想侵蝕的典型表現，「不能不看到，林育生用一位『個人幸福』觀辯護的種種理由，都是當前思想戰線上的尖銳問題，是青年人中受到資產階級思想侵蝕的典型表現，……這裏劇本的出色構思，是不僅解開了林育生所追求的那種『幸福生活』的庸俗性，而且也解開了林育生為『個人幸福』辯護

79 唐小兵：《抒情時代及其焦慮：試論〈年青的一代〉所展現的社會主義新中國》，張清芳譯，載《海南師範大學學報》（社會科學版）2008年第1期。

80 文萍：《發人深思的主題——讀話劇〈年青的一代〉》，載《戲劇報》1963年第8期。同樣的主題，另見譚霈生：《發人深省的課題——看話劇〈年青的一代〉雜感》，載《前線》1963年第20期。

的那些似是而非的理由的庸俗性。在這個歷史時期，明確地以前衛姿態對日常生活進行批判的兩個核心文本，是列寧的《共產主義運動中的『左派』幼稚病》和《共青團的任務》，均寫於1920年。列寧對日常生活繼續進行的共產主義革命的關注，對在1962年秋召開的中國共產黨八屆十中全會有著至關重要的影響。」[81]據此，許多批評者都依據列寧的理論對《千萬不要忘記》和《年青的一代》展開評論。正如侯金鏡所說的，「《千萬不要忘記》的作者所思索和處理的主題，正是黨的八屆十中全會所指出的後一種鬥爭，作品展開和處理的矛盾衝突，也正是列寧向取得了政權的工人階級提出的一項鬥爭任務。」[82]婭子在《談評劇〈年青的一代〉》一文中也援引列寧《青年團的任務》中的一段話：「趕走沙皇并不困難，這總共用了幾天的工夫。趕走地主也不困難，這在幾個月內就做到了，趕走資本家同樣也不是很困難的事情。但是，要消滅階級就無比困難了；……」「階級鬥爭還在繼續，只是改變了形式。這是無產階級為了使舊的剝削者不再復辟，使散漫落後的農民群眾聯合起來而進行的階級鬥爭。……我們的任務，就是要使一切利益都服從這個鬥爭。」[83]至此，列寧有關革命教育的理論與「革命之後」的中國的切關性由此可見一斑。

在此，列寧的問題恰恰在於蘇聯「革命之後」無產階級文化領導權的焦慮，這直接啟發了葛蘭西對「文化領導權」問題的關注。在葛蘭西看來，權力有「正式的」和「非正式的」之分，這也就是毛澤東所謂權力有「軟硬兩手」。因此在現代條件下，一個政權能否存在

81 姚文元：《社會主義革命時代的青春之歌：論〈年青的一代〉》，載《文藝報》1963年第10期（1963年10月11日）。

82 侯金鏡：《一個成功的創作和演出》，載《戲劇報》1964年第1期。

83 《列寧論文學與藝術》，北京：人民文學出版社，1983年，第599頁。

下去，並不簡單取決於其武力和經濟能力，而是取決於這樣的權力是否「合法」，其「軟權力」是否深入人心。因此如韓毓海所指出的，「文化霸權」的後果在於：一方面，在資本主義制度下，無產階級可以臣服於作為「社會共識」的資產階級意識形態，從而「幫助資產階級統治自己」；另一方面，在經濟基礎發生了社會主義轉變的制度下，其上層建築依然可以是資產階級的，這一點，也絕不會因為「生產資料的社會主義改造完成而自動完成」。即在社會主義條件下，無產階級同樣也可以幫助喪失了經濟地位和基礎的資產階級「在文化上」統治自己，甚至聽任他們從文化上摧毀社會主義制度的文化合法性[84]。

這種文化領導權的突顯，意在強調「繼續革命」的意義，完成社會主義的「漫長革命」旅程。這就像《千萬不要忘記》的作者叢深所直言的，他的創作過程是通過勤奮學習列寧的《共產主義運動中的「左派」幼稚病》和中共1962年10月發佈的八屆十中全會公報來進行的，它使得自己「豁然開朗」，找到了「階級和階級鬥爭的顯微鏡來分析工廠的日常生活」：

> 「消滅階級不僅僅是驅逐地主和資本家，——這個我們已經比較容易地做到了，——還要消滅小商品生產者，可是對於這種人既不能驅逐，又不能鎮壓，必須同他們和睦共處；可以（而且必須）改造他們，重新教育他們，這只有通過長期的、緩慢的、謹慎的組織工作才能做到。他們用小資產階級的自發勢力從各方面來包圍無產階級，浸染無產階級，腐蝕無產階

[84] 韓毓海：《「漫長的革命」——毛澤東與文化領導權問題(上)》，載《文藝理論與批評》2008年第1期。

級，……」「千百萬人的習慣勢力是最可怕的勢力。」「戰勝強大而集中的資產階級，要比『戰勝』千百萬小業主容易千百倍。而這些小業主用他們日常的、破碎的、看不見摸不著的腐化活動製造著為資產階級所需要的，使資產階級得以復辟的惡果。」列寧的這些話，啟發我認識了在生活裏觸摸到的一些問題，同時，這些話又像磁石一樣，把我過去沒太留意的一些生活現象也都給吸引到一起了，許許多多的生活現象表明,舊的資產階級思想殘餘是到處都有的，他們所代表的「習慣勢力」的確是可怕的。基於這種感受和認識，我迫切地想寫一個劇本，這樣，戲的主題、人物和情節開始孕育了。

1962年10月黨的八屆十中全會，「千百萬人的習慣勢力」，小業主的「日常的、瑣碎的、看不見摸不著的腐化活動」，「小資產階級的自發勢力從各方面來包圍無產階級，浸染無產階級，腐化無產階級」等等生活現象，這就是從社會主義過渡到共產主義時期的階級鬥爭。黨的八屆十中全會公報照亮了我正在醞釀著的劇本的主題。

「被推翻的反動統治階級不甘心於滅亡，他們總是企圖復辟。同時，社會上還存在著資產階級的影響和舊社會的習慣勢力，存在著一部分小生產者的自發的資本主義傾向，」我豁然開朗起來。原來我想寫的正是這後一種階級鬥爭。「這種階級鬥爭是錯綜複雜的、曲折的、時起時伏的，有時甚至是很激烈的。」[85]

85 叢深：《〈千萬不要忘記〉主題的形成》，載《戲劇報》1964年第4期。

「千百萬人的習慣勢力」，不僅僅是指蘊藏在姚母身上的小商業生產者的自私與享樂對「新社會」的破壞，更體現在她所表徵的階級趣味對「無產階級新人」的巨大吸引，以及由此形成的文化爭奪關係。這就就像話劇《年青的一代》裏那個「不露面的小吳」，這個「資產階級腐朽勢力的殘餘」，「不服從統一分配，靠著他家裏有錢，在家擺闊，吃閒飯，寄生蟲！」但是，他的影響卻不容忽視，「他像一條毒蛇一樣，緊緊地纏著林育生，不斷地向林育生輸送資產階級思想的毒液，而且通過林育生去毒害夏倩如」[86]。正是在此背景之中，城市文化的「資產階級個人主義」和「資產階級泥坑」，才變成無產階級理性需要抵制的對象，否則便會有文化領導權旁落，資產階級復辟的危險。於是，「青年的培養」和「革命接班人」的哺育變成為了一個巨大的問題。「只有把青年的學習、組織和訓練的事業加以根本改造，我們才能做到：這一代青年努力的結果是建立一個與舊社會完全不同的社會，即共產主義的社會。因此，我們需要詳細論述的問題，就是我們應當教給青年什麼；真正想無愧於共產主義青年稱號的青年應當怎樣學習；以及應當如何培養青年，使我們能夠徹底完成我們已經開始的事業。」[87]

如前所述，無產階級文化揮之不去的焦慮在於被資產階級文化所征服，因此它竭力警惕著來自後者的潛移默化的侵蝕。如評論者所指出的，《年青的一代》中對李榮生等「社會青年」的恐懼，「暴露出列寧主義式的對『社會』的抵制」。在官方以及流行語中，「社會」

[86] 晉川：《警惕·鬥爭——看新劇〈年青的一代〉雜感》，載《寧夏文藝》1964年第1期。

[87] 列寧：《青年團的任務》，見《列寧論文學與藝術》，北京：人民文學出版社，1983年，第103頁。

所指涉的常常是相對於新的秩序的不純潔、複雜、威脅性的勢力和影響。而在闡釋戲劇《千萬不要忘記》的意義時，侯金鏡強調：「差不多每個勞動者、每個工作幹部都有做家務勞動的家屬或保姆，他們中間有許多人從舊社會帶著舊意識參加了新的家庭，成為一個成員；同時每個勞動者、每個工作幹部也免不了要和各種社會關係（親戚、朋友、鄉親）發生千絲萬縷的聯繫，各個社會階層也就在每個人的日常生活裏，形成了犬牙交錯的關係。」[88]這種「社會關係」和「日常生活」所形成的巨大文化干擾，顯然已經具備了沖決意識形態堤壩的能力。這一點，通過《年青的一代》中兩段關於「幸福」的對話便可看出。其中一段是李榮生與林堅討論「生長在社會主義」的「幸福」問題[89]：

林　堅：為什麼不幸福？去建設社會主義新農村，用自己的兩隻手創造美好的生活，這還不幸福？

李榮生：一天到晚跟泥巴打交道，搞了一身臭汗，這算什麼幸福呢！

……

[88] 參見侯金鏡《關心和提出千百萬群眾所關心的問題——讀劇漫談》，載《戲劇報》1964年第4期。

[89] 幾乎與此同時，在《中國青年》雜誌上展開了有關「什麼是幸福」的討論，這與60年代初期的大規模學雷鋒，培養革命接班人的運動相映成趣。借用唐小兵的判斷，這在很大程度上，徵兆和回答的正是某種「後革命焦慮」：「即在日常性的社會生活和組織的層面上，怎樣維持新型社會政治權力的正常化，並且確保既定社會關係及體制的再生產，同時實現國民經濟的工業化」。參見《再解讀：大眾文藝與意識形態》（增訂版），北京：北京大學出版社，2007年，第229頁。

林　堅：……有人覺得：不勞動，光吃喝玩樂，這是幸福；也有人覺得：有名氣、有地位是幸福……這些看法，都是錯誤的，不是無產階級的幸福觀。我們說，對於一個革命者，幸福和鬥爭是分不開的。……一個青年，能夠參加今天的階級鬥爭和生產鬥爭，為黨委人民的視野貢獻出自己的一份力量，這才是莫大的幸福！（有所指的）那種不肯付出艱巨勞動的人是得不到幸福的。[90]

另一段則是蕭繼業與林育生之間關於「幸福」的對話：

蕭繼業想想看，一年來你都做了些什麼呀？成天鑽在個人的小天地裏，滿足於平庸瑣碎的生活，貪戀眼前一點小小的安逸。

林育生 既然你對我的生活這麼關心，那我就坦白跟你講吧。我們是想把生活安排得更好，更舒服，使日子過得更豐富，更多采些。大家辛辛苦苦地勞動是為了什麼？不就是為了使生活變得更好，更幸福嗎？」

蕭繼業 使誰的生活變得更幸福？是僅僅使你個人的生活變得更幸福，還是使千百萬人因為你和大家的勞動而變得更幸福？你要使日子過得更豐富多采。對的，我們今天的生活是有史以來最豐富，最多采的了，但決不是在你的小房間裏，而是在廣大人民群眾的火熱鬥爭裏！

[90] 陳耘、章力揮等：《年青的一代》，北京：中國戲劇出版社，1964年，第66-70頁。

……

蕭繼業危險在於你已經不再想革命了！危險還在於個人主義思想會不知不覺地腐蝕你的心靈，毀滅你的理想，消磨你的鬥志，使你越來越深地陷到資產階級的泥坑裏去。[91]

儘管基於主流意識形態的考慮，劇本中「反面人物」的話語存在明顯的被壓制跡象，但卻奇跡般地具備了某種「對話」意味。而在巴赫金的理論中，「對話」的意義則在於，即便是「反面的聲音」也同樣有著不可忽視的意義。同樣，《千萬不要忘記》中的姚母也闡釋了自己的「幸福觀」，在這位小商人階層看來，「幸福」「不過就是穿一套毛料子，吃幾塊鴨子肉」，「幸福的生活就是吃點喝點」，這種市儈主義哲學極為形象的突顯了市民階層的價值取向。因此，在這個意義上，劇本本身所承擔的教育功能天然地具備著意識形態的辯論意義，它所駁斥的其實是當時社會具有危害性卻影響極大的價值觀念。

批評家晉川在分析《年青的一代》時，曾提到了當時頗為重要的一個觀念，即「和平演變」。面對城市消費主義的「幽靈」，「和平演變」的出現，既是對國內外緊張局勢的客觀回應，也是對「社會領域」內無產階級文化領導權可能喪失的「想像性焦慮」：

我們生活在社會主義社會，社會主義社會是存在著階級矛盾和階級鬥爭，存在著資本主義復辟的危險的。資本主義復辟，有兩種形式，一是暴力形式，一是「和平演變」，也

[91] 同上，第73-75頁。

可以是兩種形式互相結合。「和平演變」，就是帝國主義和地主、資產階級的「糖衣炮彈」政策，就是用不知不覺的潛移默化的辦法，使社會主義國家在政治、思想、最後在經濟上變質。國內外敵人總是千方百計地傳播反動的政治思想影響和腐朽的生活方式，用來毒害無產階級和革命的人民，從思想上為資本主義復辟創造條件，開闢道路。這種思想戰線上的階級鬥爭，是長期的、複雜的，有時甚至是很激烈的。如果我們對這種形勢認識不足，喪失警惕，忽視了思想戰線上的階級鬥爭，那就可能使帝國主義和地主、資產階級的陰謀得逞，就可能被像小吳那樣的舊社會殘餘勢力所腐蝕。這是非常危險的。南斯拉夫不是完全變質了嗎？現在某些社會主義國家不是也出現了「垮掉的一代」嗎？共產黨人、無產階級和革命的人民，一定要從這些事例中吸取教訓，加強思想鍛煉，警惕資產階級思想的侵蝕，警惕敵人的「糖衣炮彈」政策。思想鬥爭，特別注意和我們爭奪青年。因為青年缺乏階級鬥爭的鍛煉，缺乏明辨是非的能力，此較容易作他們的俘虜。同時，敵人懂得，如果他們奪去了青年一代，那就不只奪去了我們的今天，也奪去了我們的明天。[92]

他還談到了美國前國務卿杜勒斯有關把「希望」寄託在社會主義國家青年身上的說法，強調革命的「第三代」對「西方文明和生活方式」腐蝕的警惕。就像話劇《年青的一代》中的林堅同志說：「警

[92] 晉川：《警惕・鬥爭——看新劇〈年青的一代〉雜感》，載《寧夏文藝》1964年第1期。

惕啊，孩子……！帝國主義、反動派正夢想從你們這一代人身上找到他們反革命復辟的希望，你們要爭氣啊！」這種有關「陰謀」與「變質」的想像，實際上已然突顯出社會主義文化沒能深深植根於人們「身體」的現實。

社會主義文化領導權其實是依靠一種緊張的意識形態「超我」結構得以維繫的，它難以承受消費主義所裹挾的「欲望」與「身體」快感，以及「無意識」心理結構的衝擊。因此，革命的傳承並不能依賴一種社會主義文化領導權必定勝利的自信而實現，而只能通過「超我」的意識形態結構而達成。在文本，這種「超我」結構的明顯表徵便是對革命傳統以及儀式的銘記。最為明顯的便是《年青的一代》中的「血書」，作為一種「從逝去的歲月傳來的殷切呼籲，迫使現在的人們採取贖罪的行動」的「觸媒」[93]，「血書」提醒當事人林育生銘記「一種感恩或者說負債的邏輯」。對此，唐小兵曾有精彩的分析：

> 推動和貫穿「哭念遺書」這場高潮戲的，是一種感恩或者說負債的邏輯，也可以說是一種非宗教式的關於原罪的理念。由於先烈們已經為後輩做出了最終極的犧牲，也就是說用生命來換取後來人的幸福，感恩就理所當然地成為後輩對革命先烈所能做出的唯一回報。這最終極的犧牲不但使年青一代的自我觀念充滿內疚、負罪感，它同時也要求後來人絕不能違背先烈的業績和信念。在這種象徵式交換的邏輯關係中，忘記過去構成了一種萬劫不復的背叛，等同於否認自己的出身，也就是否定自

[93] 國家級報紙《中國青年》甚至專門刊登了這份遺書，好讓年輕的讀者們能夠將其消化吸收甚至記熟背牢。參見《中國青年》1963年第20期。

> 身的存在。而另一方面，保持生動的歷史記憶則不但表達出代代相傳的歷史延續性的要求和渴望，同時也是希望能通過將未來與過去聯繫在一起，甚至將未來看作過去的延伸，而使未來的歷史變得清晰和有意義。在年輕的中華人民共和國，正如羅德明所觀察到的，很大一部分的文化政治運作，正是為了時刻提醒革命政黨牢記其自身神話式的起源和光榮的歷史使命。[94]

也就是說，社會主義的合法性需要不斷地回溯到革命的歷史起源，從而在一種道德崇高感中提醒人們的革命忠誠和獻身情懷。因此，除了「千萬不要忘記」的道德說教，社會主義在意識形態緊張的年代裏似乎別無他法。相反，如果忘記了這種革命的歷史起源，市民階級的意識形態便會洶湧而來，就像劇本所說的，「賣野鴨子，你賣來賣去就會把工人階級的思想感情統統賣掉！」這正是表現的「市民意識形態」對無產階級理想的腐蝕。

> 這不是你母親一個人的問題，這是一種舊社會的頑固勢力，像你母親這樣的母親，這樣的岳母，這樣的大姑、二姨、三叔、四舅，這樣的老親、故友、街坊、鄰居，不是到處都有嗎？你們那樣有毒的舊思想，就像散佈在空氣裏的病菌一樣，無孔不入，常常在你不知不覺之間損害你的思想健康。黨要把你們培養成無產階級的接班人，可是他們，有意無意地總要把你們培

[94] 唐小兵：《抒情時代及其焦慮：試論〈年青的一代〉所展現的社會主義新中國》，張清芳譯，載《海南師範大學學報》（社會科學版）2008年第1期。

> 養成資產階級的接班人。這是一種階級鬥爭啊！這種階級鬥爭，沒有槍聲，沒有炮聲，常常在說說笑笑之間就進行著。這是一種不容易看得清楚的階級鬥爭，可是我們必須學會看清它！這是一種容易被人忘記的階級鬥爭，可是我們千萬不要忘記！[95]

群狼環伺的國際局面，險象環生的「社會」狀況，這些都加劇了社會主義時代意識形態的緊張局勢。於是，城市的革命意識形態教育不得不擴大了「家庭」和「親屬關係」的層面。在無疑又回到了阿爾都塞所指出的，「家庭」作為「意識形態國家機器」運作的場所，及其所維繫著「社會關係的再生產」。這也正像批評家所所言及的，革命與家業具有同樣的繼承問題，同時家庭教育屬於階級教育的一部分。「家庭本位的社會關係，在我們的實際生活中已成為歷史的陳跡；但是舊的家庭觀念和親族觀念，還是遠遠沒有得到清除，仍然還是一種殘存的封建意識。對我們今天來說，子女，不僅只是家庭的下一代，也是革命的下一代。父母子女之間，不僅只是親人，也是革命事業持續發展中的同志。問題在於，革命的精神，並不像血統那樣可以遞代遺傳，歸根結底，這一切不能不決定於進行階級的教育和革命的鍛煉。家庭的教育實質上也仍然是階級的教育的一種形式。」[96]於是，革命的意識形態教育，對市民價值觀的抵制，便不得不從個人私領域的家庭開始，家庭與國家同構的意識形態格局也就此形成。

---

[95] 叢深：《千萬不要忘記》（又名《祝你健康》），北京：中國戲劇出版社，1964年，第128頁。

[96] 文萍：《發人深思的主題——讀話劇〈年青的一代〉》，載《戲劇報》1963年第8期。

第五章　「生產城市」的建構及其文化政治

在現代中國的歷史脈絡中，「城市」是一個曖昧的所在。它一方面象徵著資本主義總體性的壓迫力量，是腐朽和墮落的標誌；另一方面也指涉著現代化和工業化的前景，暗含著建設一個現代工業化國家的理想。於是，將「消費城市」轉變成「生產城市」[1]，便成了中國共產黨進入城市，掌握國家政權之後，所展開的社會主義想像的當然舉措。然而，這種「生產城市」的建構卻並非一句空洞的意識形態口號，而是實實在在的政治實踐，即它必須訴諸工業化的城市建設。在此之中，中國現代資本主義「總體性」的壓迫與奴役，連同其「消費城市」的「勝景」，一起被打上剝削與罪惡的烙印。正如《劍橋中華人民共和國史》中所談到的，「中國共產黨決心從根本上改變中國

[1] 「消費城市」與「生產城市」亦是馬克斯・韋伯在梳理「城市的概念與類型」時提出的一組概念。但在韋伯那裏，「消費城市」被視為那些以其「各種類型大消費者的存在（儘管其收入來源各異）」，而「對當地工業生產者及商人的營利機會具有舉足輕重的地位」的城市；而「生產城市」則指的是那些「人口及其購買力的增加取決於建於當地（提供城外所需物資）的工廠、製造廠或家內工業」的「近代的類型」的城市。因此，與本文所論及的「消費城市」、「生產城市」有著不盡相同的內涵。參見【德】馬克斯・韋伯：《非正當性的支配——城市的類型學》，康樂、簡惠美譯，桂林：廣西師範大學出版社，2005年，第6-7頁。

城市的特徵，而不單純是從資本主義向社會主義的轉變的問題。中國新的領導人想擺脫上述種種城市罪惡，重建新型的城市——穩定的、生產性的、平等的、斯巴達式的（艱苦樸素的）、具有高度組織性的、各行各業緊密結合的、經濟上可靠的地方；減少犯罪、腐敗、失業和其他城市頑疾。」[2]這種「斯巴達式的」「生產性的」城市，在某種意義上指涉的就是社會主義「工業化城市」及其建構的「歷史祈願」。

這種莊重的「歷史祈願」早在中國共產黨人接管城市之前已經發出。1944年，毛澤東在一次講話中就反覆強調：「中國落後的原因，主要的是沒有新式工業。日本帝國主義為什麼敢於這樣的欺負中國，就是因為中國沒有強大的工業，它欺負我們的落後。」因此，「要打到日本帝國主義，必須有工業；要中國的民族獨立有鞏固的保障，就必需工業化。我們共產黨是要努力於中國的工業化的」[3]。同年，毛澤東再次強調：「新民主主義社會的基礎是機器，不是手工。我們現在還沒有獲得機器，所以我們還沒有勝利。如果我們永遠不能獲得機器，我們就永遠不能勝利，我們就要滅亡。現在的農村是暫時的根據地，不是也不能是整個中國民主社會的主要基礎。由農業基礎到工業基礎，正是我們革命的任務」[4]。於是，當新歷史開啟的序幕在1949年的春天已然明朗之時，《人民日報》便接連發文討論「變消費城市

[2] 【美】R·麥克法誇爾、費正清編：《劍橋中華人民共和國史》（中國革命內部的革命：1966－1982年），北京：中國社會科學出版社，1998年，第713頁。

[3] 毛澤東：《共產黨是要努力於中國的工業化的》，《毛澤東文集》（第三卷），北京：人民出版社，1996年，第46頁。

[4] 毛澤東：《給秦邦憲的信》，《毛澤東文集》（第三卷），北京：人民出版社，1996年，第207頁。

為生產城市」的問題[5]。在主流意識形態看來，將「消費城市」轉變為「生產城市」的邏輯在於，只有使中國從農業國變為工業國，才能鞏固人民革命政權，使中國人民徹底翻身。這種鮮明的意識形態分野清晰可辨：如果說解放以前的城市只是消費性的寄生／剝削城市，從而在「城市——資本主義——罪惡」的邏輯視野中被打入另冊，那麼解放後的「社會主義城市」，則「與建立在對工人階級殘酷剝削基礎上的資本主義城市有著本質不同」，因為「在社會主義城市中，一切建設都是為勞動人民的利益服務的。保證勞動者物質文化生活水平的不斷提高，是社會主義城市的基本特徵。」[6]於是，當中共七屆二中全會上，毛澤東同志莊嚴宣告「黨的工作重點由鄉村轉移到了城市」之時，一切便顯得順理成章了，此時，他再次強調了「現代化工業」在國民經濟中的決定性作用：

> 從我們接管城市的第一天起，我們的眼睛就要向著這個城市的生產事業的恢復和發展。……我們的統治必須用極大的努力去學習生產的技術和管理的技術和管理生產的方法，……如果我們在生產工作上無知，不能很快地學會生產工作，不能使生產事業盡可能迅速地恢復和發展，獲得確定的成績，首先使工人生活有所改善，並使一般人民的生活有所改善，那我們就不能維持政權，我們就會站不住腳，我們就會失敗。[7]

5 《人民日報》於1949年3月17日發表社論《把消費城市變成生產城市》，1949年4月2日又發文《如何變消費城市為生產城市》。

6 《貫徹重點建設城市的方針》，《人民日報》「社論」，1954年8月11日。

7 毛澤東：《在中國共產黨第七屆中央委員會第二次全體會議上的報告》（1949年3月5日），《毛澤東選集》（第四卷），北京：人民出版社，在他看來，「管理和建設城市中最中心的問題是管好工廠、發展生產的問題，而如何依靠工人，則是管好工廠、發展生產的關鍵，也是管好城市的關鍵。」因此必須「把軍隊變成工作隊」[8]，「必須用極大的努力去學會管理城市和建設城市。」於是在此之中，馬克思歷史唯物主義的理論視野，及其所連帶的「生產」和「勞動」的純潔性所造就的烏托邦色彩，毋庸置疑地使得作為國家理想的「生產城市」被寄予厚望。

第一節　城市的消費與生產

提起中國近現代以來的城市文學，相當多的研究者都會把目光鎖定在民國時期的上海之上。就像洪子誠先生所指出的，「近代中國都市經驗的表達，主要是由生活在上海的一些作家來承擔」。從30年代的「新感覺派」小說到40年代的張愛玲、蘇青筆下的市民生活，「海派」與「市民小說」的傳統伴隨上海城市文學的歷史一同被建構。而作為「罪惡的淵藪」，都市的消費和娛樂（腐蝕）特徵亦被左翼的「城市入侵者」列為亟待清除的對象。正如李歐梵在《上海摩登》中所考察的，「上海」這個城市的名字在英語中成了「一個貶義動詞」，它意味著「被鴉片變得麻木不仁，隨後被賣給需要人手的海船」，或者是，「用欺騙或暴力發動一場打鬥」。「這種流行的負面形象在某種意義上又被中國左翼作家和後來的共產黨學者強化了，它

1991年，第1426-1427頁。

8 毛澤東：《把軍隊變成工作隊》（1949年2月8日），《毛澤東選集》（第四卷），北京：人民出版社，1991年，第1405頁。

們同樣把這個城市看成罪惡的淵藪，外國『治外法權』所轄治的極端荒淫又猖獗的帝國主義地盤，一個被全體愛國主義者所不齒的城市。」[9]作為中國近代殖民主義的恥辱標記，舊城市的繁華所裹挾的民族主義創傷，深深地刻入城市的肌理之中。正是在這個意義上，與其說都市上海被看成是「具有吸引力的現代商業、工業和娛樂業中心」，毋寧將其視為「腐朽文明」的代表。因此當新的「人民的中國」砸碎舊社會的鎖鏈，拔地而起之時，「消費城市」的屈辱與悲情也在「歷史清淤」的實踐中被蕩滌乾淨，上海也和許多殖民城市一道，連同它們眩惑的消費魅影「迅速從1949年後的中國文化圖繪上消失或被邊緣化」[10]。

正如研究者所言，消費其實有兩種，一種是生產性的消費，另一種則是非生產性的消費。德勒茲認為「消費應該分為兩個不同的部分。第一個是簡約部分，它的最低要求表現為對生命的保存，以及在一個既定社會中個人的持續生產活動。因此，它就是一個簡單的基本的生產活動狀況。第二部分表現為所謂的非生產性的耗費：奢侈、哀悼、戰爭、宗教膜拜、豪華墓碑的建造、遊戲、奇觀、藝術、反常性行為，所有這些活動，至少在其原初狀況下，它們的目的僅僅限於自身。」[11]消費，這個西方辭彙Consumer的拉丁詞源是「consumere」，指「完全消耗、吞食、浪費、花費」，這個詞在西方早期是一個負面辭彙，一直延續到19世紀末。之後在20世紀這個詞才具有一些中性

---

9 李歐梵：《上海摩登——一種新都市文化在中國1930—1945》，毛尖譯，北京：北京大學出版社，2001年，第4頁。

10 唐小兵語，轉引自孫紹誼：《想像的城市——文學、電影和視覺上海（1927—1937）》，上海：復旦大學出版社，2009年，引言。

11 【法】喬治・巴塔耶著、汪民安編：《色情、耗費與普遍經濟：喬治・巴塔耶文選》，長春：吉林人民出版社，2003年，第27頁。

的意義。[12]而在新中國的歷史生產中，「消費仍然只是作為消耗和浪費的負面意義存在，消費是對生產的一個巨大的威脅」。因此，「消費在和生產以及節約的二元對立結構中佔據了意識形態的負面他者位置」[13]。

這種「意識形態的負面他者位置」的形成，無疑要追溯到上海的「魔都」意象和殖民地歷史，以及由此而生的「消費城市」的頹廢罪惡和民族主義創傷。在《現代的誘惑》一書中，史書美曾指出了上海的「半殖民地」特性，以及由此而來的政治文化領域內的「碎片化狀態」與「中國知識份子的多元化追求」之間的關係。在他看來，「消費文化的邊界清晰地標誌出上海特定的文化氛圍，突出了上海作為典型的半殖民地城市的性質。上海現代主義中突出的商品崇拜現象反映出：這個半殖民城市是色情和頹廢的遊樂場，本身只具有消費性而並不具有生產性。」[14]他借用杜贊奇（Prasenjit Duara）的觀點，指出「半殖民地」知識份子對消費主義的豔羨，與「殖民意識形態」籠罩下「現代性批判」的缺席密切相關。他進而指出，正是缺乏一種民族主義式的「抵抗」意識，才造就了「對現代性的『徹底』批判」在中國的缺席，「取而代之的是對於現代性的不懈追求。」[15]毫無疑

12 【英】雷蒙德·威廉斯：《關鍵詞：文化與社會的詞彙》，劉建基譯，北京：三聯書店，2005年，第85-86頁。

13 史靜：《主體的生成機制——十七年電影內外的身體話語》，北京大學中文系2009年博士學位論文，第88-89頁。

14 【美】史書美：《現代的誘惑：書寫半殖民地中國的現代主義（1917-1937）》，何恬譯，南京：江蘇人民出版社，2007年，第304頁。

15 同上，第178頁。杜贊奇將現代中國缺乏對（西方）現代性之強烈批判的原因歸結為殖民控制的間接性。在印度，與殖民意識形態的充分遭遇催生了像甘地這樣的人，他們創造了一整套反現代和非現代的話語。但是，中國與殖民意識形態的遭遇卻呈現為另一種形態：「在中國，帝國主義的存在當然受到普遍痛恨，反帝則是20世紀前50年中國一切政治

問，這種「抵抗」的缺席恰恰需要左翼激進主義予以療救。正像弗朗茲・法農（F. Fanon）在《全世界受苦的人》中指出的，「摧毀殖民地世界是恰好取消一個地帶，把它埋在泥土的最深處或把它驅逐出領土。」[16]這種慷慨激昂的口號無疑與民族主義立場息息相關。而在中國，共產黨也是在「自20世紀30年代至70年代晚期的民族主義想像中」，將上海這座城市同樣引發的「相似的嫌惡感」，「視作是民族恥辱和殖民剝削的象徵」的。用史書美的話說，「共產黨致力於減少殖民主義的痕跡，即便不推倒那些殖民主義的建築，也要對其市民進行極端的意識形態改造。」[17]左翼的城市批判其實就是在此無產階級立場和民族主義意識緊密勾連中，呼喚出的城市「力」與「美」，從而一掃消費主義的頹靡，而將殖民地都市的罪惡顯現出來的。在此之中，「機械的讚頌」作為一種療救的方式，成為左翼城市救贖和文化批判的動力所在。

早在30年代，茅盾就曾對城市「生產」與「消費」的對立提出了質疑，在《都市文學》一文中，他認為上海的「發展不是工業的生產的上海，而是百貨商店的跳舞場電影院咖啡館的娛樂的消費的上海！上海是發展了，但是畸形的發展，生產縮小，消費膨脹！」接著，

運動的核心。但是，在中國大多數地區，由於沒有形成制度化的殖民主義，因此，這意味著無論對殖民者還是對被殖民者來說，都沒有像印度或其他淪為直接殖民地的國家那樣強烈的殖民主義意識形態。反帝主要是在政治經濟層面上，從人民的自我認識中根除帝國主義意識形態的影響並非當務之急。」參見【美】杜贊奇：《從民族國家拯救歷史：民族主義話語與中國現代史研究》，王憲明、高繼美等譯，南京：江蘇人民出版社，2008年，第224頁。

16 【法】弗朗茲・法農：《全世界受苦的人》，萬冰譯，南京：譯林出版社，2005年，第7頁。

17 【美】史書美：《現代的誘惑：書寫半殖民地中國的現代主義（1917—1937）》，何恬譯，南京：江蘇人民出版社，2007年，第264頁。

這位左翼作家對以「新感覺派」為代表的都市文學提出了尖銳的批評，在他看來，「消費和享樂」已然成為「我們的都市文學的主要色調」。而當時的都市文學，「大多數的人物是有閑階級的消費者、闊少爺、大學生，以至流浪的知識份子；大多數人物活動的場所是咖啡店、電影院、公園；跳舞場的爵士音樂代替了碼頭上的忙碌」[18]。在另一篇文章中，茅盾接著談到：「我們有許多描寫『都市生活』的作品，但是這些作品的題材多半是咖啡館裏青年男女的浪漫史，亭子間裏失業知識份子的悲哀牢騷，公園裏林蔭下長椅上的綿綿情話；沒有那都市大動脈的機械！」在他的未來展望中，城市的形象是這樣被勾勒的：「也許在不遠的將來，機械將以主角的身份闖上我們這文壇罷，那麼，我希望對於機械本身有讚頌而不是憎恨！」[19]毫無疑問，在「機械的頌讚」背後，表明了茅盾對「消費城市」所編織的「資本主義泥坑」的拒絕，也潛藏著這位左翼作家對工業化城市的「力」與「美」的呼喚[20]。這種呼喚伴隨著明確的意識形態訴求和民族創傷療救的渴念，在建國後工業題材文學中得到了鮮明呈現。

由於半殖民地的特性，在建國以前的城市題材文學中，工業題材都是一個「缺席」的所在。儘管茅盾在《「現代化」的話》一文中，曾描繪過「中國輕工業的要塞」——楊樹浦一家中國紗廠的生產

18 茅盾：《都市文學》，載《申報月刊》2卷5期，1933年5月15日。

19 茅盾：《機械的頌讚》，載《申報月刊》2卷4期，1933年4月15日。

20 對此，有研究者指出，「茅盾理想中的城市是以機械化為主的工業發達的城市，而不是消費的、商業占主導地位的城市，這表明茅盾對工業文明的肯定」。在其看來，茅盾在《鄉村雜景》中對火車充滿神秘和詩情畫意的描寫，在《少年印刷工》中通過印刷工趙元生表現對於大機器的嚮往和讚美之情，都是對此的表現。參見陳曉蘭：《文學中的巴黎與上海——以左拉和茅盾為例》，桂林：廣西師範大學出版社，2006年，第172-173頁。

景觀。他用詩情的筆觸描畫了機器和「花衣」工廠的細節：「黝黑晶亮、蹲著的巨人似的機器，伸長了粗胳膊」[21]，但是這種對機器的讚美之中，明顯地包含著茅盾深沉的民族主義感情。因為對他而言，機器固然很美，「但是上海林立的紗廠和煙囪並不是中國人的，而是日本人的，是日本對中國進行經濟侵略的見證，上海並未工業化、現代化。他呼喚中國民族工業發達，走上真正現代化的道路。」[22]而與這種「匱乏」相伴隨的，必然是屈辱和批判。因此，彼時的工業題材文學多表現為民族主義式的城市批判也就不足為奇了[23]。正是基於以上原因，有人在總結建國後工業題材小說落後的原因時，這樣談到：

> 中國新民主主義革命的特點是「武裝的革命反對武裝的反革命」，「以農村包圍城市」。因此，在漫長的新民主主義革

[21] 茅盾：《「現代化」的話》，載《申報月刊》2卷7期，1933年7月15日。

[22] 陳曉蘭：《文學中的巴黎與上海——以左拉和茅盾為例》，桂林：廣西師範大學出版社，2006年，第173-174頁。

[23] 比如，在一本題為《春風沉醉的晚上》的「1919—1949工業題材短篇小說選」中，編者就曾試圖編選出「新民主主義革命時期的工業題材短篇小說選」。該選集收入了丁玲的《消息》，歐陽山的《七年忌》，草明的《傾跌》、《沒有了牙齒的》，肖軍的《貨船》，樓適夷的《鹽場》，康濯的《工人張飛虎》，以及雷加的《鱔魚》等若干短篇小說。用編者的話說，通過這部小說集，「我們可以看到新民主主義革命歷史時期中，中國工人階級的一些生活狀況和精神面貌，也可以看到當時社會生活的某些本質方面。這些小說，對於當代工業題材的專業作家以及工人業餘作家，在思想和藝術上都有一定的借鑒意義。」（參見郁達夫等：《春風沉醉的晚上——1919－1949工業題材短篇小說選》，北京：工人出版社，1984年，前言。）嚴格說來，這些反映工人階級生活狀況的小說，很難歸入「工業題材」和城市小說的行列，尤其是像郁達夫的《春風沉醉的晚上》這種以城市邊緣人，貧民窟的勞動婦女為寫作對象的小說，僅僅是在小說結尾之處聽到了「工廠的汽笛」，就將其歸入「工業題材」顯得有些不合時宜。

命階段，革命的文藝工作者大都活躍在作為革命根據地的農村和作為武裝革命主要力量的部隊。

於是，城市及其工業化的文學實踐便成為了一個「缺席」的場所……

再一個因素，就是中國的工業題材創作底子薄，沒有傳統和先例可以借鑑。舊社會，我國數量很少的工人，在三座大山的壓迫剝削下，身無禦寒衣，家無隔夜糧，生活無保障，幾乎沒有文化，因此工人中就不可能產生出工業題材的作家。……嚴格地說，從「五四」直到解放，我國的一些文學先輩們，並沒有在工業題材方面向後來者提供可資借鑑的像樣的文學作品。解放後，有經驗的老作家從其他領域轉移到工業戰線上來，生活有個熟悉過程。[24]

在這個意義上，我們來回答洪子誠先生有關十七年城市書寫被嚴格窄化為「所謂『工業題材』創作」，「並沒有取得預期的成績」，「大多顯得乏味，即使是出自有經驗的作家手裏」[25]的問題時，其回應便顯得合情合理。因為在此之中，工業題材小說的出

[24] 朱兵：《開拓中前進——新中國三十年工業題材長篇小說發展概觀》，北京：工人出版社，1984年，第3頁。1949年7月，第一次文代會上，周揚在題為《新的人民的文藝》的報告中特別指出，《講話》以來，解放區作家創作的統計數字，在177篇新作品中，描寫工業生產的僅有16篇，這個數字對於現在是遠遠不夠的，描寫工業生產的作品應該走在前列。在文藝界下廠深入生活的號召下，大批作家紛紛奔赴工業建設第一線，尋找創作源泉。如何體現党對工人階級的領導，很自然地成為工業題材小說關注的重心。

[25] 洪子誠：《中國當代文學史》，北京：北京大學出版社，1999年，第131頁。

現，在某種程度上意味著左翼文學理想的實現，即城市的「力」與「美」的呈現。

對於建國後工業題材文學而言，「力」之「美」的選擇，與建國初倒向蘇聯的建設策略有關，即與導向重工業的生產傾向有關，體現了落後社會主義國家的急迫與焦慮。重工業的「當務之急」，使得建國以後的工業題材文學多集中在礦山、鋼鐵等「要害部門」：草明的《火車頭》和杜鵬程的《在和平的日子裏》表現了鐵路工人開天闢地的勞動熱情；蕭軍的《五月的礦山》、周良思的《飛雪迎春》，李雲德的《沸騰的群山》則展示了礦山工人的壯志豪情；張天民的《創業》體現了石油工人的創業精神；周立波的《鐵水奔流》，艾蕪的《百煉成鋼》，草明的《乘風破浪》，胡萬春的《鋼鐵世家》，羅丹的《風雨的黎明》，冉淮舟的《建設者》，程樹榛的《鋼鐵巨人》等集中敘述了鋼鐵工人忘我的生產和鬥爭，此外，還有其他各行各業的車間文學，這些包括劉彥林的《東風浩蕩》（制藥廠），李良傑、俞雲泉的《較量》（生產車間），雷加的《潛力》三部曲（《春天來到鴨綠江》，《站在最前列》和《藍色的青鋼林》）（造紙廠），焦祖堯的《總工程師和他的女兒》（動力機廠）等。

在這些反映「作為『領導階級』的工人的勞動和生活，工廠、礦山、建設工地的矛盾鬥爭」的小說中，工業化的城市成為了重要的表現對象。而此中尤為重要的是鋼鐵的形象及其文學意義。就小說而言，鋼鐵不僅與國防建設有著密切關聯，更是「力」與「美」的表徵，是國族生命力的隱喻。1949年6月，劉少奇在論述新中國的財政經濟政策時則指出：中國要工業化，路只有兩條：一是帝國主義，一是社會主義。因此，表明新中國初期處於「恢復時期」的工業建設，其中鋼鐵工業是新中國工業化建設中優先發展的基礎工業。在此值得一提的是，鋼鐵這一現代化意象所包含的政治隱喻，突出地體現在「超英趕美」[26]這一口號的民族主義立場和意識形態爭辯之上。「超英趕美」被認為是毛澤東發動「大躍進」的動機之一，當時有著「以鋼為綱」、「三個元帥」、「兩個先行」的說法，其中的「三個元帥」指的便是鋼鐵、機械和糧食；「兩個先行」則指鋼鐵與機械。為此，宋慶齡曾這樣來描述鞍山鋼鐵廠的偉大形象：「在東北，歷史最悠久而且最著名的工業也許要算鞍山鋼鐵公司了。當我們在參觀這座龐大的鋼鐵工廠的時候，那種有組織的社會生產給我無限的激動，使我口噤不能說話。我不由得憧憬著中國人民的前途，正如鋼鐵一樣的鍛煉。……鋼從巨大的桶裏傾出，噴射出碩大無比的火花，照耀了滿天。我心裏不由得想到：『這是中國的生命力』。」[27]於是，現代化不可避免地被國家理解成為工業化，而重工業也開始成為國家欽定的文學題材。這些無疑的都規約著當時作家們的城市想像，同時，也規約了當時作家觀察城市的立場。

---

[26] 「超英趕美」作為號召提出是在1957年底。其起因緣於毛澤東同志於該年11月率領中共代表團赴莫斯科參加十月革命勝利40周年慶典，並出席各國共產黨、工人党莫斯科會議。會上，赫魯雪夫提出蘇聯要在15年內趕上和超過美國。11月18日，毛澤東在各國共產黨、工人黨代表會議上宣布：中國要在15年左右的時間內，在鋼鐵和主要工業產品的產量方面趕上英國，他說：「赫魯雪夫同志告訴我們，十五年後，蘇聯可以超過美國。我也可以講，十五年後我們可能趕上或者超過英國。」（《毛澤東文集》第7卷，第325頁。）

[27] 宋慶齡：《新中國向前邁進 東北旅行印象記》，載《人民日報》1951年5月1日。

第二節　共同體與社會主義新城

相較於「消費城市」的繁華勝景而言，「生產城市」的簡樸外觀顯然「乏善可陳」。因此在許多研究者看來，城市的消費景觀在十七年的文學書寫中被工業化所取代，從而順理成章地「失去了不少審美內涵」。然而即便如此，其工業化的旨歸連同其世俗魅力的呈現，依然使得「生產的城市」煥發出遠勝鄉村的吸引力。正如前文所言的，在《創業史》、《金光大道》等農村題材小說中，劇中人物常常在「國家工業化」與「農村集體化」這雙重合法性的價值選擇中糾結徘徊，從而使得城市這個「缺席的在場」時時散發著「致命的誘惑」[28]。究其原因，這種「致命的誘惑」理應歸結為由來已久的左翼傳統中農村題材作家對城市的某種「狹隘」想像，即在對城市的抗拒中誓死捍衛農村的合法性和鄉村本位主義。然而，在工業題材文學中，這種堅強的執守顯然出現了某種鬆動，即城市的合法性逐漸得到伸張。比如，在艾蕪的小說《百煉成鋼》中，曾有這樣一處描寫張福全的段落：

[28] 《創業史》中的徐改霞報考國棉三廠這一獻身國家工業化的「崇高思想」中，依然夾雜著對城市物質文化的迷戀，「她似乎是追求工資奉養寡母的鄉村閨女，她似乎是很希望嫁給一個在城市生活的小夥子。結婚對她，似乎只不過是每月幾十塊人民幣，一雙紅皮鞋和一條時髦的燈芯絨窄腿褲子的集中表現而已！」與此類似，《金光大道》（第一部）中的朱鐵漢後悔沒和高大泉一起去北京，「我那會兒要是和他一塊兒去北京，春節工廠放假，往戲園子、電影院一坐，多美！」另外，高大泉的「北京之行」也常常被人誤解為「走的另一條發家的道兒，留在北京當長期工人」。

> 張福全原是在鄉下做過多種職業的，種地，趕車，以及在小鎮上作雜貨店的夥計。他父親有點田地，可是並不怎樣多，得再租一些地才夠耕種。土改後分得了土地，可因家裏弟兄多，勞動力還是有餘。等到招募工人的消息傳到鄉下，張福全自己計算一下，作工人確比農民賺得多些，同時也覺得工人已成為國家的領導階級，這個光榮的工作，也很吸引人，便挾著雨傘，背個包袱，跑到工業城市來了。[29]

顯然，在作者看來，張福全身上還殘留著「農民的弱點」，因為：

> 一當他輪休回到家鄉去的時候，低矮的房屋，晚上到亮不亮的油燈，使他感到了悶氣。村裏人都用尊敬和羨慕的眼光望著他，使他得到鼓舞，他明白並不是因為他穿的服裝，深藍而又嶄新，倒是由於進入了工人階級的隊伍，有著一種光榮。何況鄉下沒有評劇，沒有電影，沒有收音機，而這些都市的娛樂，卻已成為他生活中不可少的東西了，他很快回到了城市。[30]

在張福全眼裏，評劇、電影、收音機等都市娛樂的吸引力，遠勝於鄉下「午飯後躺在樹蔭底下，愜意地睡一覺」的悠閒生活；此外，鄉下那「低矮的房屋，晚上到亮不亮的油燈」，也讓他覺得悶氣；而「村裏人尊敬、羨慕的眼光」，又讓他感到了工人階級的無上光榮。如果說張福全是一個身上有著農民弱點的城市工人，其價值選擇來

[29] 艾蕪：《百煉成鋼》，北京：作家出版社，1958年，第182頁。

[30] 同上，第182-183頁。

自於某種物質主義的欲望，和對「工人已成為國家的領導階級」的算計，那麼同樣來自農村的城市工人秦德貴、李少祥，則在其「社會主義新人」的意識形態假設中從容地遮罩了張福全式的城市物質主義想像。他們在某種程度上，就是工業題材文學所呼喚出的「城市裏的梁生寶」，或「工廠裏的高大泉」。他們來自鄉村，卻獻身城市，其價值選擇所折射的社會徵兆耐人尋味，也使我們得以重新評估《創業史》中徐改霞的價值選擇所留下的理論難題，並為城市工業和生產的合法性做出合理的辯護。

如果說在《創業史》等農村題材小說中，鄉下人對城市的渴望多是被當作對物質主義的嚮往而予以負面呈現，那麼在《百煉成鋼》、《乘風破浪》等小說中，城市的合法性則得到了極大彰顯，儘管城市的欲望在此擱置不談，或是在反面人物身上才偶有表現，但其價值選擇至少開始呈現出城市和鄉村兼顧的態勢。在草明的《乘風破浪》中，當李少祥準備離開鄉村前往城市時，小蘭向其傾訴了自己的擔憂，並說出了鄉下人對城裏的渴望：「人家說城裏的水和鄉下的不一樣，人們喝了城裏的水，就不喜歡鄉下，只喜歡城裏，把鄉下忘記啦」。然而，與農村題材小說中的人們逃離鄉村，擁抱城市物質生活不同，李少祥留下的卻是對鄉土的承諾：「城裏的水喝上十擔、一百擔，也不會變心。」他的選擇也得到了李大爺的支援（在此，這代表著傳統倫理的首肯），「鄉下人去建設祖國，工業化，這是好事，少祥他們這些孩子會好好幹的。」[31]儘管在此之中，這種城市與鄉村的倫理選擇和價值焦慮依然存在，但城市的負面形象終究開始隱去。在

[31] 草明：《乘風破浪》，見《草明文集》（第四卷），北京：光明日報出版社，1992年，第978頁。

工業題材文學中，城市作為現代性的表徵，不再是「蹲在暝色中，閃著千百隻小眼睛似的燈火」的「怪獸」，而是「寬大的柏油馬路」，「林園似的學校」和「雲煙沖天的工廠」組成的「童話的國度」。這個嶄新的「童話國度」不禁讓這些以城市新主人身份入駐的招工農民充滿希望，城鄉二元制背景中所衍生的有關金錢、身份和地位的「差異政治」，被投身工業化的偉大豪情所「遮罩」。於是，諸如《我們夫婦之間》、《上海的早晨》等小說中作為消費城市殘餘的城市物質主義，也被工業題材文學中的「公園」、「工廠禮堂」、「工人俱樂部」等新的（也更衛生的）娛樂空間所取代。就這樣，在一種勤儉和美德，抑制消費，張揚勞動與生產基礎上建構的城市，呈現出了一派不同於以往城市的新特徵，這種「斯巴達式」的「生產的城市」已然超出了既有的城市類型分劃，甚至在某種程度上表現出一種「擴大了的鄉村」的跡象。也正是在這個意義上，美國理論家詹姆遜這樣評價從1949年新中國成立後到「文革」時期毛澤東的城市實踐，「他願意中國擁有和發達國家同樣的生產力和科技水平（超英趕美），卻同時希望將現代生產方式、現代科技所附帶的社會後果——經濟、金融和政治體制、生活方式、倫理道德、文化及審美意識形態等——拒之門外。雖然這種現代化模式推行了很短的時間久顯出了其烏托邦的性質，但它畢竟支配了20世紀50年代至70年代間的中國社會發展。其間，中國工業產值大幅提高，國家致力於現代化，卻用行政管理方式和手段代替經濟方式和手段，干預、限制其自主性，因此，儘管此時中國社會城市化比例較歷史有相當的提升，城市人口激增，但城市的性質，卻更多地回到前現代形態（即以行政和軍事為中心的形態），」正像他所說的，這種城市將「鄉下的乏味，農村的愚昧——被保留下來，但只是被轉移到一種不同的城市，一種不同的社會現實」[32]。這種新的城市的建構顯然與新中國的物質匱乏有著密切關聯，但也顯示了它改造舊有「消費城市」的巨大決心。

批評家劉再復曾這樣評論毛澤東時代及其文學：「奇怪的是，這一時期的幾乎所有城市小說都相當乏味。階級鬥爭貫穿、滲透了所有城鄉空間。從這一角度來說，鄉村與城市的觀念從50年代到70年代中期都沒有多大變化，只不過城市取代鄉村，成了實際政治中心。」[33]儘管這樣的論斷包含著一種「後社會主義」時代的意識形態偏見，但卻也指出了一個基本的事實：即毛澤東時代的城市幾乎還保留著「鄉下的乏味」和「農村的愚昧」。而對於中國社會主義工業城市這種現代性的結構而言，卻也幾乎悖論地保留了鄉村的共同體結構。

按照馬克斯•韋伯的理解，僅僅擁有共同的種族或語言，都還不能算是「共同體」。只有在感覺到共同境況與後果基礎上，讓社會成員的舉止在某種方式上互為取向，在他們之間產生一種社會關係，才會出現所謂「共同體」。另外，只有社會成員在行動上頻繁互動、緊密關聯，在情感上彼此認同、相互守望，共同體的美好感覺才能得以產生。相反，共同體的解體則與社會聯接紐帶的斷裂相伴隨。對此，韋伯實際上提出了「共同體化」與「社會化」這一組概念。在他看來，「共同體化」是指一種在主觀上感覺到參加者們（情緒上或者傳統上）的共同屬性上的團體。它可以建立在任何方式的情緒或感情的

---

32 【美】弗雷德里克•詹姆遜：《文化轉向》，胡亞敏譯，第68頁，北京：中國社會科學出版社，2000年。

33 劉再復：《從獨白的時代到複調的時代》，轉引自張英進：《中國現代文學與電影中的城市：空間、時間與性別構形》，秦立彥譯，南京：江蘇人民出版社，2007年，第269頁。

基礎上，也可以建立在傳統的基礎之上。而「社會化」則是指社會行為的調節是建立在以理性（價值或目的合乎理性）為動機的利益的平衡或者同樣動機上的利益結合之上的團體[34]。顯然，這一組概念來源於斐迪南・滕尼斯（F. Tonnies）的名著《共同體與社會》（*Community and Association*）中對人類群體形態的詮釋。滕尼斯認為，在「共同體」內，社群自居本位，個體的特性及訴求被淹沒在集體意識之中，具有極強的內聚力；而在「社會」中，組織的結構要素具有鮮明的個體化傾向，彼此間的聯繫較為鬆散。同樣，在著名社會學家費孝通先生那裏，這種「共同體」和「社會」之間的對立，亦可以用「禮俗社會」與「法理社會」這一對概念來理解[35]。

縱觀韋伯的社會學思想，「共同體化」與「社會化」是截然分立的，現代化就是一個不斷去情感和去傳統的「社會化」過程。在這一過程之中，原有的「共同體」不斷趨於瓦解，只留下人們對昔日脈脈溫情的懷念。這就像齊格蒙特・鮑曼（Zygmunt Bauman）在《共同體》（*Community*）一書中所描述的，「共同體總是好東西」，總給人許多美好的感覺：溫馨、友善、相互依靠、彼此信賴。但遺憾的是，在現代社會中，「『共同體』意味著的並不是一種我們可以獲得和享受的世界，而是一種我們將熱切希望棲息、希望重新擁有的世界……今天，『共同體』成了失去的天堂——但它又是一個我們熱切希望重歸其中的天堂，因而我們在狂熱地尋找著可以把我們帶到那一天堂的

---

34 【德】馬克斯・韋伯：《經濟與社會》（上卷），林榮遠譯，北京：商務印書館，1997年，第70-72頁。

35 參見費孝通：《鄉土中國》，上海人民出版社，2006年版，第8頁。另見《禮俗社會與法理社會》，汪民安、陳永國、張雲鵬主編：《現代性基本讀本》上，開封：河南大學出版社，2005年，第57-69頁。

道路——的別名。」[36]在城市化的歷史進程之中，原有的鄉村宗法制度逐漸消失，整個社會在一種「祛魅」的過程中不斷消解共同體的邊界。在此之中，鄉村的血緣聯繫，社區的鄰里溫情和一切集體主義的凝聚力都開始煙消雲散，而新的「法理社會」所崇尚的則是個人主義基礎上的理性與自我持存。就像馬克思所說的，「資產階級撕下了罩在家庭關係上的溫情脈脈的面紗，把這種關係變成了純粹的金錢關係」，「一切堅固的東西都煙消雲散了」，這無疑是現代性的饋贈。

中國的社會主義革命，也伴隨著一個從「禮俗社會」向「法理社會」轉型的過程。然而對於社會主義中國而言，現代化（社會化或城市化）的過程則似乎有著更為複雜的軌跡，毋寧說體現出李楊、汪暉等人所指出的「反現代的現代性」特徵，反映到城市建設上則突出地表現在要在城市裏建設一個共同體社會。儘管中國共產黨在1958年掀起的城鄉人民公社化運動遭到歷史學家們的諸多質疑，但在冷戰的歷史氛圍之中，人民公社以其自身的方式將國家經濟效益與社會共同體的政治認同感的提高融為一體，確是有著極其特殊的意義。

以文學的方式講述城市共同體的故事，在「大躍進」時期的文學創作中並不鮮見。沈浮等編劇的電影文學劇本《萬紫千紅總是春》便是以「一九五八年」為敘事背景，講述了一個上海里弄的家庭婦女如何在「大躍進」運動中「走出家庭」的故事。在電影中（也是在生活中），扮演著核心情節的是所謂的「里弄生產組」，在蔡翔先生看來，這一生產組，不僅承擔了為國營工廠加工的任務，同時它所賦

[36] 【英】齊格蒙特・鮑曼：《共同體》，歐陽景根譯，南京：江蘇人民出版社，2003年，第1-4頁。

予的勞動權利也有著「解放婦女」的重要意義[37]。與小說《李雙雙小傳》中農村合作社的敘事情節相似，以城市合作社運作情況為背景的《萬紫千紅總是春》也展現了合作社與個人之間的矛盾問題，從而在「城市共同體」之中別開生面地提出了一個「家庭婦女參不參加建設社會主義的問題」。

> 大家很早就希望為社會主義建設獻出一分力量，現在，這個希望可以開始實現了。（鼓掌）我們要用集體力量安排好生活，安排好家務，根據各人的條件和志願，參加生產，為社會主義加一塊磚，添一塊瓦。姊妹們，我們的力量是很大的，相信一定能對國家的建設作出貢獻。[38]

故事中人物由衷的認同感固然與階級解放所帶來的政治認同有著密切關聯，但毫無疑問，以城市居委會為聯繫紐帶而運轉的「里弄生產組」，以其城市共同體所裹挾的社會凝聚感也扮演著重要的角色。《萬紫千紅總是春》以敘事的形式展現了「城市共同體」與個人社會之間的矛盾。其中的主要講到了鄭寶卿、蔡桂貞夫婦之間就是否參加集體勞動所產生的矛盾。故事中，丈夫鄭寶卿處處體現出對私人生活的強調，「不吃食堂，家裏的事不能耽誤，晚上回家不許過九點鐘……」。而妻子蔡桂貞則與之相反體現出「捨小家，顧大家」的集體主義熱情。當然故事最後，個人和集體之間的矛盾最終通過生產的發

---

37 見蔡翔：《革命／敘述：中國社會主義文學——文化想像（1949－1966）》，北京：北京大學出版社，2010年，第五章第四節。

38 沈浮、瞿白音等：《萬紫千紅總是春》，上海：上海文藝出版社，1960年，第24頁。

展得到了妥善解決，以證明在城市共同體之中，家庭生活服從於集體生產的代價是值得付出的。在此，工廠不僅是一個營利性的企業，更成功扮演了一個營造社會共同體的政治空間。不僅僅是《萬紫千紅總是春》，1950至1970年代的其他工業題材作品中，工廠不僅組織企業生產，還自行組織托兒所、公共食堂，學校等等，這些制度形式將工人們的生產與日常生活緊密聯繫在一起，而建構出一個城市共同體社會。儘管現在看來，「企業辦社會」的方式在意識形態轉型的80年代遭受諸多質疑，但在此共同體之中，工廠所創造出的凝聚感和認同感卻是不可忽視的政治力量。從個人主義的角度來說，集體生活固然侵佔了個人的生活空間，但集體的庇護卻奇跡般地具有激發個人主觀能動性和勞動熱情的重要功能。

第三節　工業「風景」與「勞動烏托邦」

在工業題材文學中，「生產城市」的建構並非一句空洞的意識形態口號，而是實實在在的政治實踐，即它必須訴諸工業化的城市建設。作為曖昧城市的療救手段，從「消費的貶抑」到「機械的讚頌」，工業「風景」與工人階級的主體性得到了張揚。由此而生，「勞動」的書寫亦成為流行趨勢。儘管作為社會主義現代性的勞動本身突顯出極其非凡的意義，但「勞動的烏托邦」以其與資本主義共用的現代性（現代化），也出人意料地顯露出「異化勞動」的跡象。

一、工業的「風景」

艾蕪的《百煉成鋼》一開始便用「移步換景」的方法，向讀者展示了一段別開生面的「城市穿行」經驗。小說通過趙立明帶領梁景春參觀城區中的工廠，讓這位新來的廠黨委書記在新奇和震驚之中，揭開工業城市的神秘面紗，而後者壯觀的視覺呈現也得以讓這位「城市的觀光者」領略工廠的無盡「美感」：

> 汽車隨著馬路，突然轉個方向，無數龐大的建築物和許多煙囪就在遠遠近近的地方，一下子出現。不斷升起的黑黃色雲煙，好像遮蔽了半個天空。木牌子做的大標語，撲面而來：「努力建設社會主義社會」，接著又是「為祖國社會主義工業化而奮鬥」。載運各種物資的汽車、載運磚頭砂子的馬車，牽連不斷地來往。……在一處轉拐地方，聳起一道堤埂，許多汽車停止下來，正等候一列火車通過。堤上正飛奔著電車，喧囂地叫著。
>
> ……
>
> 火車轟轟隆隆地奔跑過去了，攔馬路的木杆支起，汽車重新開動，順著堤埂邊的馬路馳入工廠區域。梁景春卻不留意馬路上的熱鬧景象了，只是望著沖天的高爐、龐大的瓦斯庫、架在空中的煤氣管、無數林立的煙囪，以及許多未曾見過的東西，感到無限的驚奇，仿佛進入一個童話的國度。[39]

接著呈現在梁景春面前的，就是「生產戰線」上的「偉大景觀」：

> 梁景春首先看見的，是露天的原料車間。正有一列火車，把好多兩人高的大鐵罐子運走，同時又有一列火車，把許多菜碗大的黑色礦石運來。架在鐵路上空的巨型橋式吊車，轟轟隆

[39] 艾蕪：《百煉成鋼》，北京：作家出版社，1958年，第2-3頁。

隆地吼著走著，吊起四個裝礦石的鐵槽子，運送到一座龐大房子的平臺上去。這座大房子，全是鋼鐵修成的，梁景春從來沒有看過房子會有這麼大。樓上許多地方，沒有牆壁遮擋，平爐爐門上冒出的火光，可以很清楚地看見。樓下一座座窯也似的蓄熱室、沉渣室，以及各種彎曲的巨大煤氣管子，顯得一片烏黑。金紅色的液體，從樓上流了下來。空氣中散播著瓦斯氣味。在原料場的外邊，從平地上，聳立一排高大的煙囪，吐著輕微的顏色不同的煙子：有的淡紅色，有的淡青色，有的淡黃色，有的淡灰色……。[40]

甚至就連重度污染的金屬浮塵，在他眼中也是美麗異常，「雪花也似的鐵粉子，一片一片地飛了進來。梁景春好奇地走到窗邊，攤開手掌接了一片，亮亮的發光。」而「真正的火線」——生產車間，那個「到處都是火」的「大房子」，更是他眼中「奇異而又美麗」的景觀，這是他「任何地方看不到的」美景。同樣，在草明的《乘風破浪》中，也有一段同樣不同凡響的開頭：

濃煙瀰漫，染黑了興隆市的上空。忽然，西邊濃煙深處冒出了一團紅光，衝破了黎明前的黑夜。於是，盼望天明的小鳥兒唱起來，準備迎接太陽。但是不久，紅光消逝了，太陽並沒有出來，小鳥兒受騙了，這片紅光不是初生的太陽，而是興隆鋼鐵公司的煉鐵廠在深夜裏按時出鐵，鐵水的紅流映紅了半邊天。[41]

---

[40] 同上，第3頁。

[41] 草明：《乘風破浪》，見《草明文集》（第四卷），北京：光明日報出版社，1992年，第975頁。

這種壯觀的景象，可以和她另一部小說《火車頭》裏描寫的那令人驕傲的「濃黑的煙柱」相媲美[42]。然而就在二十年以前，在詩人艾青的作品中，同樣是煙囪、廠房和工業化的「壯觀場面」，卻是另外的一番景象。在長詩《馬賽》中，那個「盜匪的故鄉」，「怕的城市」呈現出的完全是一番令人作嘔的工業景觀：「午時的太陽」，它「嫖客般」凝視著廠房之間「高高的煙囪」，而「煙囪」這個「為資本所姦淫了的女子」，所噴發的「棄婦之披髮般的黑色的煤煙」，則「像肺結核病患者的灰色的痰似的」，工人們「搖搖擺擺」走向「這重病的工廠」；而在《巴黎》中，艾青把巴黎比作「解散了緋紅的衣褲／赤裸著一片鮮美的肉／任性的淫蕩」的「患了歇斯底里的美麗的妓女」；這樣一種充滿剝削壓迫的「魔都式」城市想像，在劉吶歐、穆

42 草明的《火車頭》通過「外來者」記者蔡槐清的眼睛，呈現出工業城市的壯觀景象，「出了辦公的大樓門口，動力車間的馬達聲和送風機那洪亮的聲音首先撞進蔡槐清的耳朵裏。他舉目一看，誇大的廠房從南往北，兩邊密密地排列著。貫穿南北兩頭的是一條寬闊的汽車道；路軌像蜘蛛網一樣四通八達。許多煙囪跟著廠房的排列有次序地高聳著。冒出來的黑煙在互相競爭，拼命往高空升騰。把照耀著這個場子的一角陽光也遮得黯淡起來。水塔在陽光裏驕傲地屹立著，似乎對林立著的煙囪說：『沒有我，連你們也不威風！』……他一路瀏覽著齊整地排列著的木材、輪圈，各種不知名的器材、零件，並且引起了年輕人所獨有的、豐富的、快樂的幻想——祖國如何走向工業化的幸福的遠景。」（參見《草明文集》（第三卷），北京：光明日報出版社，1992年，第840頁）同樣，程樹榛的《鋼鐵巨人》也是通過「外來者」，即到上海東方機器廠參觀王永剛之眼，表現工業新城的美景，「王永剛把頭從車窗裏伸出來。遠遠地看到了那一片宏偉的建築物，如林的煙囪，蛛網般的腳手架，高壓電線像一條條無限長的怪蟒，把頭匯聚在一個地方，身子向四方伸展。驟然，廠房上空升起一片金黃色的霧靄，不斷地向天空擴展，啊！『煉鋼』又出鋼了。黨支部書記的精神不由為之一振，旅途的倦意一下子消失了，他又聚精會神地欣賞起這工業新城的容貌。」（程樹榛：《鋼鐵巨人》，上海：人民文學出版社上海分社，1966年，第63頁。）

時英等「新感覺派」小說家對上海的書寫中得到了發揚。然而，如果說「帝國主義的歐羅巴」和「消費主義的上海」，都在揭示資本主義的腐朽和墮落，那麼社會主義的城市又是如何使其工業景觀突獲「美感」的呢？也就是說，「解放的敘述」是何以確保社會主義工業化景觀在情感層面得以證明的？這就不得不從「主體」的角度予以考察。

同樣的景觀，在不同的主體那裏會激起不同的感受，從而呈現出不同的「風景」，這種「風景之發現」就是日本學者柄谷行人在其名著《日本現代文學的起源》中所揭示的「認識論的顛倒」。在他看來，「風景之發現」「並不是存在於由過去至現在的直線性歷史之中，而是存在於某種扭曲的、顛倒了的時間性中。已經習慣了風景者看不到這種扭曲」。因此，「所謂風景乃是一種認識性的裝置，這個裝置一旦成形出現，其起源便被掩蓋起來了。」柄谷行人通過分析國木田獨步的《難忘的人們》（1898年），揭示出「風景的發現」與「孤獨的內心」的密切聯繫，即「只有在對周圍外部的東西沒有關心的『內在的人』（inner man）那裏，風景才能得以發現。風景乃是被無視『外部』的人發現的。」這種「內」與「外」的顛倒，無疑是「符號論式的認識裝置的顛倒」。然而，問題的複雜在於，「風景一旦確立之後，其起源則被忘卻了。這個風景從一開始便仿佛是存在於外部的客觀之物似的。」因此，「風景的發現」其實是一個「超越論式的倒置」，它隱含著「內面的發現」的問題。柄谷行人藉此分析明治20年代末的「言文一致」這種現代性制度，與民族國家文學形成的關係。他通過「文學」與「風景」的論述，其意在闡明「內在」或「內面」的問題，即「主體」的起源其是一個容易被忘卻的「裝置」[43]。

43 【日】柄谷行人：《日本現代文學的起源》，趙京華譯，北京：三聯書依據柄谷行人的理論，相對於30年代的城市書寫，如果將《百煉成鋼》、《乘風破浪》等工業題材文學中的城市景觀看做「風景的發現」，那麼其後隱藏的「認識論裝置」，即「主體」的問題便值得討論。在中國革命的歷史脈絡中，無產階級的解放無疑是一個重大事件。隨著1949年中華人民共和國的成立，它宣告了一種新的歷史主體的形成，進而揭示出社會主義革命理論從「空洞」到「實然」的歷史「跨越」。這種「歷史」的變化使得他們獲得了一種明確的「階級意識」，從而在一種新的歷史結構中佔據了「主體的位置」。儘管這種主體性只是一種意識形態的「構造」，依賴於「表述的想像性歪曲」，但在阿爾都塞的意義上，「個人與其實在生存條件的想像關係的『表述』」，卻是不可或缺的實在之物。在阿爾都塞看來，「意識形態具有一種物質的存在」，也就是說，「每一個被賦予了『意識』的主體，會信仰由這種『意識』所激發出來的、自由接受的『觀念』，同時，這個主體一定會『按照他的觀念行動』，因而也一定會把自己作為一個自由主體的觀念納入他的物質實踐的行為」[44]。在此之中，「解放」便具有了一種觸目可及的「實在性」，而非空洞的意識形態灌輸，因此，這種「主體的位置」實際上意味著一種牢固的切身體驗，一種翻身做主人的身體實踐。其中，最為明顯的體驗便來自解放前後個人處境的對比。

在羅丹的《風雨的黎明》中，老工人解年魁和剛接手鋼廠的宋則周在一片死寂的鞍鋼廠房區談論、暢想著鞍鋼的「全景」。然而，

店，2003年，第10-24頁。

[44] 【法】阿爾都塞：《意識形態與意識形態國家機器（研究筆記）》，陳越編：《哲學與政治：阿爾都塞讀本》，長春：吉林人民出版社，2003年，第356-358頁。

他們所談論的「全景」卻有著極為明顯的今昔之別：「大大小小，上二白條煙囪裏。你還沒看到，全冒起煙來可真是……還有出焦出鐵的紅光哪，那才是製鋼所的全景……」，解年魁靜默了一會，卻忽然轉變了口氣，「咱們工人，像給財主家幹活的長工，給日本人牛馬一樣使喚，過的是黑天暗地的日子……咱們長年長月流汗流血，不知死了多少工人！全景了。可全景又有什麼用！沒咱們工人的份，都是日本人的……小趙同志說，日本資本家造這麼大鋼鐵廠，是為了要侵略吞吃咱們中國。這就說對軸啦，這麼說起來也真痛心……如今，日本人敗了，國民黨也該敗。監委說的是，咱們變成製鋼所的主人了。」解年魁笑了，「日後煙囪都冒了煙，這才是咱們自己的全景……」[45]。正是因為這種「主體性」的獲得和階級自覺，才杜絕了工人們在日本人時代養成的「落三錘，歇五錘」的消極怠工習慣，以及瀰漫四溢的「看牌九」，「坐車」等不良惡習[46]。因此，正如小說中人物所說的，「工作要做好，必須要他們弄清楚了究竟為誰工作，才能把他們的被動、雇傭思想變為主動的，積極的。」用《原動力》中李占春的話說，「以往多好，也不過是日本人的；現在多破，到底是咱中國的啊。」只有民族自決和解放，以及無產階級主人翁意識的獲得，才能

45 羅丹：《風雨的黎明》，北京：中國青年出版社，1959年，第162頁。

46 小說中這樣寫道：「百噸吊車工石寶樹，吊著盛滿鋼水的鋼桶鑄錠時，故意弄得晃晃搖搖，以致鋼水濺灑到鋼錠模邊上，濺灑到鑄坑裏和鐵軌上，簡直灑得滿哪兒都是，就像石寶樹常常從百噸吊車頂上朝下面撒尿似的。掌握壓鋼棒的鑄錠工曹宗榮，弄得鋼水像拉稀一樣，嘩嘩四處淌，有時鋼流又小得像根紅線朝下流。由於溫度不夠，有大量的鋼水凍結在鋼桶裏。」這種政治和經濟的總體性壓迫下，工人們將自己的不滿情緒通過某種破壞性的方式表現出來的形式，被詹姆斯・斯科特（J. C. Scott）稱為「弱者的武器」。（參見詹姆斯・斯科特：《弱者的武器：農民反抗的日常形式》，鄭廣懷等譯，南京：譯林出版社，2007年。）

使得同樣的城市工業化呈現出不同以往的景觀，這就是「內面」與「風景之發現」的重要關係。隱藏其間的，無疑是主體性建構和意識形態物質性實踐的內在展開。

在50-70年代工業題材小說中，以「解放」的敘事而獲得的無產階級主體性的聲張，幾乎隨處可見。然而在此之中，隨著「內面」的展開，在意識形態的觀念領域內，工人和勞動獲得了非凡的意義。比如，蕭軍的《五月的礦山》，開篇即在解放的敘述中呈現了烏金市解放後的第一個節日——五一節的狂歡勝景：

> 他們忙碌、興奮，幾乎陷在一種狂熱和糖味的迷醉中。
>
> 所有礦山和工廠中的工人們，他們從報紙和工廠的黑板報、壁報、工作幹部的講解中，不僅懂得了這是自己底節日，也大體懂得了這節日光榮的歷史和意義。過去，他們工作在各式各樣的工廠、礦山底地上或地下，有的幾年，有的幾十年……僅僅懂得自己底生命和手指漸漸成了機器的一部分；背脊由直到彎，眼睛由明亮到昏盲……血液被煤塵染成了紫黑色。在有毒的化學工廠裏，每寸皮膚和所有的指甲，被硫酸弄成僵死和脫落。再就是：工資、侮辱、欺淩、鞭打、疾病、傷殘、貧窮、死亡……。除此以外，大多數的人們並不知道這世界上還有個工人們自己底節日，既是知道，也是朦朧的，意義模糊的。今天能夠在這光天化日的大地上，由自己、由別人來一道慶祝著這節日，這似乎是一個謎，一個不可靠的夢！[47]

[47] 蕭軍：《五月的礦山》，北京：作家出版社，1954年，第1頁。

如果說這裏的工人階級通過勞動節的慶祝和生產的凸顯，所要張揚的是一種「階級意識」，一種階級解放所帶來的歷史性跨越，那麼接下來的一段話則體現了這種「歷史跨越」所包含的民族主義內涵：

> 日本帝國主義用武力專橫地霸佔了將近四十年！日本帝國主義者強度地剝削、逼迫、鞭撻著中國勞動人民為他們底利潤而工作，為他們要永遠霸佔、滅亡全中國的野心而工作……。但是今天它終於又復歸於中國人民所掌有、所開發，它將要更大量地供給全中國最多和最好的煤底食量，餵養著所有的輪船和火車、工廠和作坊底發動機。這裏的工人階級，他們如今明白了這一目的，也就是為了這一目的，他們愉快地、驕傲地、不知疲倦地工作著……。[48]

因此毫不意外，小說之中那句「要做好自己礦山的主人啊！」具有階級解放和民族解放的雙重意義。

二、「勞動」：現代性的發現

工人階級主體性的建構，直接催生了50至70年代文學中「勞動」意義的突顯，即在「生產城市」的建構過程中，生產實踐的具體展開——勞動及其有關勞動的敘述，獲得了非同尋常的意義。如評論者所言的，此時的「勞動」「不僅具有社會生產的意義，還參與了社會主義意識形態的建構，成為一種文化的、政治的和審美的

[48] 同上，第4頁。

話語結構」[49]。而在整個20世紀中國文學的歷史脈絡中，「勞動」的概念更是意義非凡。這就像蔡翔所指出的：「正是『勞動』這一概念的破土而出，才可能提出誰才是這個世界的真正的創造主體的革命性問題。這一命題深刻地影響了20世紀的中國。」[50]其實，「勞動」的發現，不僅對於20世紀中國，甚至對於整個現代世界來說，都是一個劃時代的事件。眾所周知，「勞動」的最初含義有著辛勞和痛苦的意思。在幾乎所有的歐洲語言中，「勞動」一詞都與「痛苦」和「費力」的含義相連，而從事勞動的人也被賦予無法擺脫的動物特性，而被極力蔑視。在亞里斯多德看來，從事勞動的奴隸就不配具有人的稱謂。「勞心者治人，勞力者治於人」，同樣的價值觀念也在遙遠的東方迴響。

按照亞里斯多德的觀點，「人是政治的動物」[51]，因此城邦公民的自由才是人性的所在，而公民要想獲得自由則必須擺脫勞動的束縛，並力求控制他人，佔有他人的勞動來實現這種自由。而勞動地位的改變，只是近代以來的一個「發明」。按照中世紀基督教的觀點，勞動作為一種罪的報應和懲罰的觀點，直到新教時代才獲得正面的獨立價值，被看做是一種富有意義的人類成就。因此，如漢娜·阿倫

[49] 李祖德：《勞動、性別、身體與文化政治——論「十七年」文學的「勞動」敘述及其情感與形式》，載於《重慶師範大學學報》（哲學社會科學版）2010年第3期。

[50] 蔡翔：《〈地板〉：政治辯論和法令的「情理」化——勞動或者勞動烏托邦的敘述（之一）》，載於《文藝理論與批評》2009年第5期。

[51] 亞里斯多德最著名的論點是「就其本性而言，人是一個政治動物」。類似的命題在《政治學》中隨處可見，在《尼各馬可倫理學》中亦反覆出現，如「人類自然是傾向於城邦生活的動物」，「人是政治生物，天性趨於與他人一同生活」，「人是為成為公民而生的」。然而有學者指出，此乃以訛傳訛，原本語義在《政治學》的上下文中，意思是「城邦」，而不是「政治」；政治，在漢語語境中是上層建築，是管理社會（城邦）的活動。

特（Hannah Arendt）所言的，亞里斯多德把人定義為政治的動物，奠定了西方傳統政治價值觀的基礎；那麼，馬克思將人定義為「勞動的動物」，則顛覆了這一傳統的政治價值觀。從此，作為人類活動的勞動，開始堂堂正正地進入公共政治領域。

其實，當馬克思提出「人是勞動的動物」時，勞動已然達到了至高無上的地位。而「勞動創造人」，則意味著是勞動而不是上帝創造了人，勞動才是人性的源泉。在阿倫特看來，「馬克思挑戰了神明，挑戰了傳統的對勞動的評價，挑戰了傳統對理性的讚美」。[52]因此，無論如何，馬克思都是「勞動」概念最為深刻的闡釋者。他的「勞動價值論」不僅對「勞動」和「生產過程」有著深刻的分析，而且揭示了「資本」和「剩餘價值」的「歷史之謎」，並由此真正確立了「無產階級」的主體性和意識形態。用阿倫特的話說，對勞動的闡釋和讚美，是馬克思學說真正反傳統的一個未曾有的側面，「馬克思是19世紀唯一的使用哲學用語真摯地述說了19世紀的重要事件——勞動的解放的思想家。」[53]

在馬克思主義中國化的歷史語境中，「勞動價值論」對現代中國的影響清晰可見。1918年，較早關注俄國十月革命，並自覺接受馬克思主義訓練的李大釗，在其名文《庶民的勝利》中向全世界莊嚴宣告，「勞工主義的戰勝，也是庶民的勝利」，這是一種「新命的誕生」和「新紀元的創造」，他進而呼籲，「須知今後的世界，變成勞工的世界。我們應該用此潮流為使一切人人變成工人的

[52] 賀照田主編：《西方現代性的曲折與展開》（《學術思想評論》第六輯），長春：吉林人民出版社，2002年，第402頁。

[53] 【美】阿倫特：《馬克思與西方政治思想傳統》，南京：江蘇人民出版社，2007年，第12頁。

機會」，「我們要想在世界上當一個庶民，應該在世界上當一個工人」[54]。在李大釗的理論脈絡中，「庶民的勝利」所指向的無疑是一個「布爾什維克主義的勝利」遠景，正如他緊接著滿懷激情地指出的，「由今以後，到處所見的都是布林什維主義戰勝的旗。到處所聞的，都是布林什維主義的凱歌的聲，人道的警鐘響了，自由的曙光現了，試看將來的環球，必是赤旗的世界。」[55]五四新文化運動的先驅蔡元培先生也曾高呼「勞工神聖」的口號，斷言「此後的世界，全是勞工的世界」[56]。然而，如果說蔡元培所概括的「勞工」一詞還有著寬泛的理解，那麼，到了陳獨秀那裏，「勞工」則在更具樸素道德意識和激進階級立場的情感邏輯中，被概括為「一切的體力勞動者」和「下層民眾」。如其所呼喚的，「我以為只有做工的人最有用、最貴重」，而「勞動者底覺悟」所指向的，也是「勞力者治人，勞心者治於人」的政治結構變局[57]。這幾乎直接導致了此後左翼文學思想的脈絡裏，「勞動」，尤其是「體力勞動」作為一種「崇高客體」的偉大內涵。這一點，在毛澤東文藝思想中有十分清楚的表述，「勞動」和「勞動人民」被賦予了特殊的道德、政治和審美價值，並在思想意識上奠定了無可辯駁的合法性，即要在文藝指導思想上確立起一種關於「勞動」的道德與政治：「拿未曾改造

54 李大釗：《庶民的勝利》，載《新青年》5卷5號，1918年10月。

55 李大釗：《Bolshevism的勝利》，載《新青年》5卷5號，1918年10月。

56 蔡元培：《勞工神聖》，載《新青年》7卷6號，1920年5月。有學者指出，蔡元培「勞工神聖」的觀點並非來自俄國十月革命的鼓舞，而是來自而這一切的得來又須歸功於在歐戰前線的中國十數萬勞工，他們確信協約國戰勝就是「公理戰勝」，確信美國總統所宣布的「公理」原則必然會得到貫徹，確信中國將會據此收回被西方列強掠奪去的領土主權，確信中國將會恢復其往日的大國地位，這種迷信簡直達到了瘋狂的程度。

57 陳獨秀：《勞動者底覺悟》，載《新青年》7卷6號，1920年5月。

的知識份子和工人農民比較，就覺得知識份子不乾淨了，……這就叫做感情起了變化，由一個階級變到另一個階級。」[58]在研究者看來，毛澤東關於「勞動」價值的表述並不完全等同於馬克思主義政治經濟學所理解的「勞動價值」。毛澤東的論述並不是肯定勞動的「髒」和「累」，而是強調「勞動」對「知識份子」的改造作用，即對「體力勞動」和「庶民」的一種認同和感情，而對「勞動」的感情又被轉喻為一種階級的感情。這種階級感情進而又被上升為一種政治覺悟，所謂「感情起了變化」，正是在於對階級歸屬的認同態度的變化[59]。

在這個意義上，我們就不難理解「勞動」，尤其是「體力勞動」，作為一種生存方式和生產方式，在左翼及革命中國時代就被賦予的多重內涵。對「勞動」的道德化和政治化，並由此而生的「勞動崇拜」傾向，幾乎奠定了社會主義文學和文化的基本勞動觀，這不僅是對傳統民間倫理中「勞動美德」的創造性「接續」，更是一種新的階級意識和情感形式的呈現。

於是，「勞動或者勞動烏托邦的敘述」幾乎成為社會主義時代文學的關鍵概念，勞動改造及其價值的崇拜，熱火朝天的勞動場景，都已成為社會主義文學著力表現的對象。而在50至70年代的工業題材文學中，隨著城市及其生產意義的突顯，工人階級的勞動更是為此社會主義「勞動觀」的建構提供了完整的倫理、道德和政治

[58] 毛澤東：《在延安文藝座談會上的講話》（1942年5月），《毛澤東選集》（第三卷），人民出版社，1991年，第851頁。

[59] 參見李祖德：《勞動、性別、身體與文化政治——論「十七年」文學的「勞動」敘述及其情感與形式》，載於《重慶師範大學學報》（哲學社會科學版）2010年第3期。

的維度。如果說「勞動」在馬克思主義那裏的重要性在於，它附著於「無產階級」這一概念，「展開一種既是民族的，也是世界的政治-政權的想像和實踐活動」，那麼在社會主義工業文學中，「無產階級」連同其「勞動者」的概念則被限定在城市工人（儘管他們往往來自農村）的身上，在此，「勞動者」的主體地位，「不僅是政治的、經濟的，也是倫理的和情感的，並進而要求創造一個新的『生活世界』」[60]。這也有別於農村題材文學中勞動的本土化色彩，由此而展開的有關勞動的「道德化」與「審美化」，世界性與民族主義，以及勞動的解放與異化之間複雜聯繫值得深思。

三、「勞動烏托邦」的建構

在小說《在和平的日子裏》，杜鵬程通過詩情畫意的筆調，以知識份子氣質的勞動者韋珍之眼，呈現了工地上熱火朝天的勞動場景：

> 韋珍，頭一回看見這移山倒海似的勞動場面！
>
> 韋珍，頭一回和這麼多創造世界的人一塊激烈地戰鬥！
>
> 韋珍，頭一回看到日常生活中的平凡人，怎麼像獲得法術似的，一下子變得寬闊、高達、威武。她小的時候夢想的大力士和童話中的巨人，比起這幫工人來，渺小而又渺小！
>
> 韋珍，頭一回知道什麼叫：「滿眼是力量」。也是頭一回這樣具體地感覺到那產生一切奇跡的最深奧也最簡單的原因。

---

[60] 蔡翔：《〈地板〉：政治辯論和法令的「情理」化——勞動或者勞動烏托邦的敘述（之一）》，載於《文藝理論與批評》2009年第5期。

韋珍，頭一回體驗到：她曾經用死背工夫記憶的抽象語言，就在這一眨眼工夫變成活生生的景象。啊！從沒有抽象而枯燥的思想。它總是跳躍的，飽和著感情的；一鑽到人心裏，就使你發熱，發光；使你蓬勃成長。

這一刻，電還閃？雷還鳴？風還呼嘯？雨還傾瀉？自然還騷動？不知道。她只覺著有火在心裏燒，有力量在身上擴張。她成了一個頂天立地的好漢：世界上沒有她辦不到的事。現在，任憑給她怎樣需要排除萬難的任務，她就頭也不回，直衝上去！

韋珍的這種感情，也正是青年的英雄們建立功勳和完成不朽業績的共同感情。[61]

在此，面對勞動場景的韋珍相繼呈現出震驚、詫異、臣服，進而認同，乃至思想上成長的情感變化，這不能不說是一次意識形態的奇觀。「頭一回」見識真正的勞動便覺著「有火在心裏燒，有力量在身上擴張」，進而「成了一個頂天立地的好漢」，這無疑是為了突顯「勞動」場景所具有的雙重意涵，即一方面，其偉大在於馬克思主義理論有關「勞動創造歷史」的意識形態規定；另一方面，勞動作為個人教育的媒介，有著意識形態規訓的偉力。為了突顯勞動場景的巨大感染力，小說也書寫了一位老工程師（另一位知識份子氣質的人物）深受感動的情形：

[61] 杜鵬程：《在和平的日子裏》，北京：人民文學出版社，1958年，第114-115頁。

> 這一刻，老工程師不是也跳著，跑著，叫著，指揮著，像是返老還童了？他眼力不夠使，腿不靈便，不時地跌跤。他一次又一次地從泥水中爬起來。……他和大夥一塊勞動，一塊戰鬥，一塊歡樂。這，這就是人生最美妙，最充實，最幸福的時刻！[62]

正如前文所言，新的人民國家的建立激發了無產階級工人的階級情感和民族意識，由此而建構一種「歷史的主體性」，在這種「主體性」的意識視野中，再苦再累的「勞動」也變得「歡樂」、「美妙」，「勞動」成了「最幸福的時刻」！這裏當然是為了體現神聖的勞動所具有教育功能，正像小說中人物所說的，社會主義的使命在於，「把任何美好的想像，立即變為藍圖，把藍圖立即變為體現中國人民偉大氣魄的建築物。」而這一切都得需要勞動才能完成，正所謂「勞動創造歷史」，創造一個令人振奮的嶄新的歷史，這是勞動的樂趣所在；「無數藍圖變成實物的具體而生動的感覺」，能夠使人「得到堅定的信心，得到無窮無盡的樂趣」，這也是社會主義的意義所在。

同樣，草明的《火車頭》中也有一段劉國梁對勞動「美景」的發現：

> 工廠裏的熱鬧和任何場合都不同，這兒人們都不說話，說話的是機器，各種工具、吊車、汽錘、和烘爐，有時為了必要，人們也說話，但是他們說的很簡短，或做個手勢。這兒音響是複雜的，巨集壯的；人們敏捷的動作都表現著智慧和力量，閃來閃去的各

[62] 同上，第115頁。

種光和顏色，更增加了動的工廠的美麗——這種景色，曾經使歷來的無數工人們迷戀過，但是他們不久以前才知道：如果離開了人，離開了勞動者，工廠就一無所成，美麗也不存在。他們不久以前才知道：世界上最美好的東西，是從工廠裏製造出來的。他們是世界上的功臣和主人。劉國梁一面走一面想，越想就越體會到馬克思的「工人創造文明世界」這句名言的深刻意義。[63]

在此，這種「勞動」的「景致」，無疑可以追溯到馬克思有關「工人創造文明世界」，「人是生產力中最活躍的因素」的理念鋪陳。

在馬克思主義的唯物史觀中，人類的歷史是在勞動中寫就的，因此，與其說「人在歷史中成長」，毋寧說是在「勞動」中成長。天津工人董迺相的小說《我的老婆》講述了一個落後婦女被改造的故事。在這個故事中，「我」的那位不願參加「工友家屬座談會」的落後老婆，在「演戲」的誘騙下終於參加了會議，然而當她到了新時代的工廠，見識了壯麗的場景之後，性格卻發生了大變，她開始理解、識字，當家主事，從而一掃舊社會帶來的不良習氣。這樣類似的故事，在建國初工人題材文學中並不少見。這些講述「工人中間的落後分子如何轉變而成為積極分子，而且比一般的積極分子更積極」的故事，是「變動著的生活現象中發見最普遍而基本的鬥爭」。在這些「新與舊的鬥爭」中，「人的改造是屬於這一範疇的」[64]。然而，這種改造為何總是通過勞動而完成，這確是一個饒有興味的問題。

[63] 草明：《火車頭》，《草明文集》（第三卷），北京：光明日報出版社，1992年，第854頁。

[64] 茅盾：《關於反映工人生活的作品》，載《文藝報》2卷1期（1950年5月1日）。

艾蕪的《百煉成鋼》中，自私自利的「第一煉鋼能手」袁廷發，便是在秦德貴的勞動與誠意中自覺轉變的。而在草明的《乘風破浪》中，無論是落後工人易大光，還是技術官僚宋紫峰，都是在見證工人階級忘我勞動的壯觀場景中實現「改造」的。尤其是對於後者而言，在此後類似工業題材小說的結尾處，那些有著知識份子氣質，一味秉承技術理性，而無視群眾勞動熱情的廠長形象，都是在勞動的感化中或隱或現實現思想轉變的。《創業》中的章易之便是如此，小說這樣寫道，他「被眼前這個工人的寬闊胸懷、英雄氣概，對馬克思主義的理解和對他本人的一片赤誠所震動、所教育、所感染」。於是，「自己半生所經歷的道路閃電般地在腦海裏閃過」，終於開始幡然悔悟！

然而值得指出的是，那些官僚主義者的思想轉變，往往以小說的主人公，即那些工人積極分子，在忘我的勞動中留下「身體創傷」為代價的。由此，勞動的可貴通過這種身體的政治性體現出來。《百煉成鋼》中的秦德貴奮不顧身搶救平爐，結果身受重傷，而《乘風破浪》中的李少祥也有著幾乎相同的遭遇；到了張天民的《創業》，更是將勞動中的身體創傷和政治性想像發揮到了極致。《創業》中的「鐵人」周鐵杉在身負重傷的情況下，用身體做攪拌機實踐「石油會戰」的勞動本色。當然，對於小說的作者草明、艾蕪、張天民等人而言，都是希望通過這種「身體」的極端體驗，書寫一種「勞動激情」和「社會激情」。即如評論者所說的，希望通過「對『社會主義建設』和『集體勞動』的浪漫想像同時也建構了關於『身體』的浪漫想像和極端體驗」[65]。在這種極端體驗中，身體的愉悅和勞動的激情，

[65] 李祖德：《勞動、性別、身體與文化政治——論「十七年」文學的「勞動」敘述及其情感與形式》，載於《重慶師範大學學報》（哲學社會科學版）2010年第3期。

是由無產階級的「主體性」，即某種意識形態的假設支撐的。「勞動」被「民族國家」、「階級」和「革命」等諸多話語建構成一個巨大的「生產場」。在此，「工人階級」和「城市」所展現出來的新面貌，都以這些話語的展開為基本導向。無論是「社會主義建設」、「大躍進」，還是工業上「兩條路線的鬥爭」，支撐解放的主體展開政治實踐的動力都來自於一種前所未有的精神激情與愉悅。在這種「快感」之下，有一種「自由」、「解放」、「當家作主」的時代激情。這種「內面」的發現與展開之中，勞動的快感、激情與迷狂所透露的正是「社會主義時代的文化邏輯與文化政治」。這或許就是勞動，及其「快感」所包含的「文化與政治」。

四、「社會主義勞動」：解放與「異化」的邊界

然而，這裏所提出的問題在於，勞動是苦役，還是快樂？正如李楊先生曾借用「虐戀」的觀點闡釋《紅岩》中革命者受刑時的心理體驗時所說的，「在《紅岩》中，受刑越重的人反而顯得越不可戰勝，對暴力的接納與承受成為他們通向神性的資本」[66]。同樣的邏輯也可以用來說明勞動生產中「向死而生」的「粗暴與詩意之美」。革命年代的「向死而生」，與生產年代的勞動美學，都是依靠身體的「實踐」（抑或「表演」）得以實現。然而，在這種「生產第一要緊」的革命律令面前，與其說「勞動美學取代了犧牲美學，勞動美學成了革命的身體最重要標準」[67]，不如說「勞動美學」延續了「犧牲美學」的邏輯，生產就是革命，「革命之後」的年代與革命同樣重要。小說

[66] 李楊：《50－70年代中國文學經典再解讀》，濟南：山東教育出版社，2003年，第201頁。

[67] 葛紅兵、宋耕：《身體政治》，上海三聯書店，2005年，第91頁。

的最後，秦德貴和李少祥，都以受傷的身體贏得了生產上的勝利，與此同時，也收穫了愛情，這就像《創業》中最後噴湧而出的石油一樣，是對忘我犧牲的勞動者的最高獎賞。

在此，作為一種物質身體的展示和實踐，勞動有些類似於韋伯筆下的「神聖天職」，都具有一種精神信仰性，為了這種信仰的純潔，身體往往可以棄之不顧。「對政治經濟制度來說，身體的理想類型是機器人。機器人是作為勞動力的身體得以『功能』解放的圓滿模式，是絕對的、無性別的理性生產的外推。」[68]新中國所需要的理想的身體類型就是這種無限生產的「機器人」，或者如《創業》中張天民所詮釋的「鐵人」。汪民安說：「福柯關注的歷史，是身體遭受懲罰的歷史，是身體被納入到生產計畫和生產目的中的歷史，是權力將身體作為一個馴服的生產工具進行改造的歷史；那是個生產主義的歷史。」[69]這種生產主義就是工業城市與社會主義意識形態的完美結合。新的人民的時代所建構的無產階級主體性，使得勞動成為一種超級意識形態，勞動是美的，是健康的，是最光榮的。不僅如此，勞動還使人產生一種快感，一種意識形態的快感。而殘缺與傷痛的身體所構成了的無法超越的崇高性，更加深了這種「快感」。

唐小兵在分析話劇《千萬不要忘記》時，曾一針見血地指出了社會主義意識形態中工業生產與日常生活焦慮之間的複雜聯繫，在他看來：

---

68 【法】鮑德里亞：《身體，或符號的巨大墳墓》，汪民安、陳永國編：《後身體：文化、權力和生命政治學》，長春：吉林人民出版社，2003年，第53頁。

69 汪民安、陳永國編：《後身體：文化、權力和生命政治學》，長春：吉林人民出版社，2003年，第20頁。

這樣一個以大規模工業生產為出發點的社會組織方案，與其說反映了意識形態選擇，不如說是由現代工業的基本邏輯所決定的。大規模、高效率的工廠工作必須依靠紀律化、組織化的勞動大軍，因此現代工業生產的一個重要環節就是確保勞動力的再生產。對於這一點，美國20世紀初的大工業家亨利·福特有同樣清晰、深刻的認識。在所謂的「福特方式」或「福特式現代化」裏，便包括工人組織家庭生活，安排業餘時間，發展生活情趣這樣一些重要專案，其目的是確保和提高工業「新人」的生產力，而手段也正是全面控制工人的私人時間和空間。[70]

而在50-70年代的工業題材文學中，社會主義似乎同樣以「向死而生」的方式建構一種「勞動崇拜」的意識形態，其目的也無非是為了促進現代工業的勞動力再生產。就此，無產階級在實現階級解放和民族解放之後，旋即便無比自豪地邁入現代工業主義的牢籠之中。這正如梅斯納所分析的，「毛澤東的苦行主義與反傳統主義之間的聯繫遵循著一種西方的理性模式和社會經濟發展模式。」[71]換而言之，勞動崇拜和人的不自由實際是緊密相連的。

社會主義人們的內心自由（解放與翻身的意識）與現實的不自由（工業主義的控制），這種內在的矛盾提示我們關注社會主義的勞動

70 唐小兵：《〈千萬不要忘記〉的歷史意義——關於日常生活的焦慮及其現代性》，《再解讀——大眾文藝與意識形態》，北京：北京大學出版社，2007年，第228頁。

71 【美】莫里斯·梅斯納：《毛澤東的中國及其發展——中華人民共和國史》，張瑛等譯，北京：社會科學文獻出版社，1992年，第115頁。

異化問題。這又回到了阿倫特對馬克思勞動價值理論的批評，阿倫特認為，勞動之所以獲得重大的社會意義和政治意義，這既是近代資本主義發展的一個結果，也是它的一個標誌性現象。「勞動」以及「勞動階級」的解放，當然意味著人類社會朝著非暴力方向的極大進步，但並不意味人類社會向自由的進步。阿倫特對馬克思認同資本主義制度的歷史必然性極為不滿，她指出：「勞動在現代得到提升的原因恰恰在於它的『生產性』，馬克思看似大逆不道的觀點——勞動（而非上帝）創造了人，或勞動（而非理性）使人區別於其他動物，只不過是整個現代都一致同意的某種觀點的最連貫和最激進的表述。」[72]也就是說，馬克思是在接受了資本主義現代性的前提下展開資本主義批判的。她認為，馬克思沒有看到勞動社會無限制地擴大物質生產，使人越來越走向「勞動崇拜」以及隨之而來的不自由，從而使歷史越來越具有必然性。因此，馬克思對勞動的讚美隱含著對強制、自然必然性的讚美和對自由的攻擊。因此在她看來，馬克思「勞動」概念隱含著根本的矛盾，即：一方面他把人定義為「勞動的動物」，一方面又期待未來社會是從勞動中獲得解放的「自由王國」，因此不得不徘徊於「生產性的奴役和非生產性的自由的痛苦選擇」之中。

儘管阿倫特對馬克思的「誤解」，來源於「她把異化勞動當作了馬克思勞動概念的全部內容，進而把對異化勞動的批判變成了對勞動本身的批判，最後走向一種徹底烏托邦式的反資本主義立場，並試圖以此來超越馬克思對資本主義的經典批判」[73]。實際上，在馬克思

---

[72] 【美】漢娜・阿倫特：《人的境況》，王寅麗譯，上海：上海人民出版社，2009年，第64頁。

[73] 參見李志軍：《馬克思的勞動概念與政治哲學——兼評阿倫特對馬克思「勞動」論題的批判》，載於《江西社會科學》2009年第11期。

看來，勞動的異化意味著人的本質的全面喪失，本真的勞動是「自由的、全面的勞動」，這才是人的自由本質的真正實現。「在奴隸勞動、徭役勞動、雇傭勞動這樣一些勞動的歷史形式下，勞動始終是令人厭惡的事情，始終是外在的強制勞動，而與此相反，不勞動卻是『自由和幸福』。」[74]包括現代資本主義生產在內，所有傳統意義上的勞動在馬克思那裏都被歸結為異化勞動，它是社會生產組織的特殊形式，最終必然會被歷史所超越，這也是社會主義本真勞動所指向的「自由的、全面的」幸福遠景。

然而，馬克思沒有預見到中國的社會主義實踐，儘管後者實現了無產階級的解放和民族獨立，但作為一個落後的第三世界國家，它並沒有超越現代資本主義的生產模式，相反，在某種意義上，它共用了工業化這一資本主義現代性的邏輯。「四個現代化」、「超英趕美」的「落後焦慮」。依賴工人階級的「解放感」和「尊嚴感」，在民族獨立和階級翻身的激情中，實質上維持了一種異化勞動的基本結構，這其實是「生產城市」建構中的基本矛盾所在。在此之中，「自由的、全面的」幸福遠景都被置於遙遠的「烏托邦之境」：

> 將來到了社會主義社會，資本家沒有了，人人都有活幹；人人都有文化，咱們每個人都有所洋房子，帶小花園的；老娘們也和老爺們一樣幹活。說上班時大夥都穿工服，一下了班，大夥就都換的乾乾淨淨，上業餘大學，上夜黨校，趕到星期六有晚會，老娘們還穿的漂漂亮亮的去跳舞。[75]

[74] 《馬克思恩格斯全集》第46卷，北京：人民出版社，1977年，第112-113頁。

[75] 草明：《火車頭》，《草明文集》（第三卷），北京：光明日報出版社，

這是草明的《火車頭》裏描述的社會主義幸福遠景，然而為了這一遠景的到來，當下必須努力地勞動，建設社會主義的工業化。儘管在這種工業化的建設之中，「單純以加強勞動強度來完成生產計畫是資本主義國家的方法」，社會主義的意義在於，「要發揮工人階級的創造性」，但是不得不承認，工人階級的創造性往往是以積極性為基礎的，即主動臣服到非自由的異化勞動之中。

第四節　「激情」與「理性」的爭鬥：工業題材文學的文化政治

如果說「勞動崇拜」或「勞動拜物教」，在某種程度上構成了50至70年代工業題材文學的核心觀念，並以此呈現出社會主義工業化與資本主義工業主義共用的現代性結構，那麼這種勞動的具體展開過程，以及圍繞其周邊所發生的意識形態爭鬥，則更為明顯地揭示出中國現代性紛紜聚合的複雜脈絡。在「生產的城市」的建構過程中，工業題材文學突顯出它的核心矛盾，即「激情」與「理性」的衝突，此處的「激情」成為一種社會主義意識形態的表達方式，成為療救資本主義科層制現代性的重要手段，當然，在「衝破規程」的背後，也隱藏著社會主義的意識形態爭辯和第三世界的現代性焦慮。

為了建設一個「生產的城市」，工廠或車間當仁不讓地成為50至70年代工業題材文學的核心空間。以文學的形式，這一「空間的生產」，標示出社會主義工業生產的空間性和政治性。在《空間政治

1992年，第849頁。

學的反思》中，亨利・列斐伏爾曾反覆重申：「有一種空間政治學存在，因為空間是政治的。」[76]在這一空間政治學的問題域中，空間不再是客觀、科學的物理場所，而成為經濟生產、政治統治與文化觀念的權力鬥爭場域。在其看來，「人們自己創造自己的歷史」，如果說歷史就是空間的話，則完全可以轉換為「人們自己創造自己的空間」。也就是說，歷來空間的戰爭不僅是領土之爭，還更是文化的乃至意識形態的戰爭。在社會主義的城市文學中，工人階級通過佔據工廠或生產車間，並在城市的勞動中佔據主體地位，才能成功地表徵出無產階級解放的政治寓言。換言之，如果說無產階級因為在新的人民的國家佔據了主體地位，而順理成章地在工廠這一生產的空間裏扮演「主人」的角色，那麼反過來，通過文學的敘述或表徵，講述工人們奪取工廠主人位置的故事，則是對其佔據國家主人位置同義反覆式的確認。然而，這種佔據卻是伴隨著一系列驚心動魄的爭鬥而實現的。在此，文學這一審美的意識形態，在建構城市空間過程中——即賦予空間以政治文化意義的過程中發揮著重要功能

一、「激情」與「理性」：工業文學中的兩條路線

在50至70年代工業題材文學中，一個有趣的現象便是兩組性格迥異而又相互衝突的「人群」相對呈現。其中一方往往依賴秉持群眾路線的黨委書記和滿腔熱情的工人積極分子走「又紅又專」的技術革新之路，而與他們相對的則是迷信科學，仰仗技術理性，而又「自私冷漠」的技術知識份子、工程師等等。於是圍繞工廠車間這一政治性的

76 【法】亨利・列斐伏爾：《空間政治學的反思》，陳志梧譯，包亞明主編：《現代性與空間的生產》，上海：上海教育出版社，2003年，第67頁。

生產場所，他們之間理智與情感的爭鬥往往蘊含著複雜的政治內涵，借助這種別開生面的「兩條路線鬥爭」的形式，社會主義現代性的複雜秘密也被驚心動魄地揭示出來。

在草明的《火車頭》裏，迷信檢查員，對工人們的熱情不屑一顧的劉國梁，卻時時表現出「照搬農村經驗」的農民習性和固執己見的官僚主義做派。儘管在他看來，「要實現社會主義，需要很多條件的，不是光靠決心和熱情就行」，但他對社會主義熱情的敵視卻絕非來自於對科學主義的崇拜。正如小說所指出的，「劉國梁絲毫沒有意識到現代化工業對他提出來的新的問題：好比怎麼準備材料，怎樣組織勞動力等等。他只想起了延安大砭溝那只有八台床子的機械所；想起了總共有三百學生的青年幹部學校；和想起了二十萬人口的縣。……經驗是工作的指南；經驗避免走冤枉路」。在此，他的經驗主義只是一種農民式的保守與狹隘。因此小說在對他農民式教育的淡淡嘲諷之中，呼喚著工業化從「保守的零亂的農村式的工作方法，逐漸走到有創造性的科學的管理方法」的「歷史跨越」。

然而，如果說固執己見的劉國梁對社會主義熱情的排斥，還是來源於他農民式的經驗主義習慣，即農村環境裏的保守思想面對組織現代化的機器生產時所突顯的尖銳衝突；那麼此後不久，熱情的敵人便成了科學本身。艾蕪的《百煉成鋼》，全篇小說圍繞廠長趙立明與黨委書記梁景春之間的爭鬥展開。爭鬥的雙方，一位是強調生產，迷信科學的「技術至上主義者」，一位則是強調政治學習，主張走群眾路線的「政治官僚」。在二人之間，技術理性與群眾熱情形成了尖銳的衝突。同樣，在草明的《乘風破浪》中，廠長宋紫峰與黨委書記唐紹周的衝突幾乎貫穿了全篇小說。與趙立明相似，宋紫峰亦被塑造為一個「不關心政治」，「只熱衷於生產技術」的「傲慢人物」，他的一切行動都以「精密的計算」為標準，堅持「不按著人們的意志來轉移」的「科學」，以「廠長命令簿」來否定工人的創造性、積極性和主觀能動作用。在他心中，有一把排斥政治和黨委的「計算尺」，如其所言的，「這是辦企業，科學技術問題明擺在那兒，大家都看得見，用不著政治說服，也用不著婆婆媽媽。」就這樣，宋紫峰指責唐紹周是「企業中的手工業作風和農村作風」，而唐紹周將宋紫峰視為「廠礦領導幹部的右傾保守思想」。除此，《鋼鐵世家》裏的劉貴山與馬振民的對峙，也突出地展示了「大躍進」中「依靠群眾，和群眾商量」的「激情政治」的路線，與「設備條件不夠，不能搞快速煉鋼」的科學主義路線之間的矛盾。儘管劇本最後所指向的是「苦幹加巧幹，獻計獻辦法」的折中主義辦法，但「條件不夠是事實，可是條件是人創造的」的斷言，還是讓人清晰地看到社會主義熱情所包含的「沖天幹勁」。此後，程樹臻的《鋼鐵巨人》也意在表明「三無一缺」，「異想天開」的「科學拜物教」，與「自力更生，奮發圖強」的群眾豪情的主要矛盾。而劉彥林的《東風浩蕩》，周良思的《飛雪迎春》，李良傑、俞雲泉的《較量》，以及冉淮舟的《建設者》，都將其爭鬥歸結為驚心動魄的「兩條路線鬥爭」，並旗幟鮮明地「歌頌了工人、農民、革命幹部戰天鬥地的英雄氣概、大公無私的高尚品質和科學的求實精神；同時，對右傾保守、不相信群眾的資產階級世界觀進行了有力批判；並揭露了階級敵人的反動本質」[77]。

在此值得一提的是，作為廠長與黨委書記爭鬥的衍生物，工人積極分子與技術員的衝突，在這些小說中也得到了鮮明地呈現，比如《鐵水奔流》中的苑清與李玉深。然而大多數小說都形成了激情與理

[77] 冉淮舟：《建設者》，天津：天津人民出版社，1974年，扉頁。

性的兩大陣營，即以廠長與技術員為一方，黨委書記與工人積極分子為另一方。比如《乘風破浪》中的《沸騰的群山》中的張學正、焦昆，與邵仁展、嚴浩，《鋼鐵巨人》中的王永剛、楊堅，與李守才、梁君。當然，鬥爭的結局往往以迷信科學，給群眾「潑冷水」的廠長被改造，技術人員改變世界觀，敵特分子被揪出，技術革新實現，生產計畫完成，即黨委書記與工人積極分子的大獲全勝而告終。現實總體上呼喚的「又紅又專」的技術新人，即工業戰線上的「梁生寶」式的人物，也在小說中層出不窮地出現。這種結局的設置既是當時意識形態所規定的選擇，也體現了社會主義時代對現實矛盾的「想像性解決」。作為一個落後的第三世界國家，民族獨立與階級解放固然奠定了無產階級的無限豪情，一種勢不可擋的「激情政治」也噴薄而出，但現實工業化的資本主義現代性框架又牢牢地限定了社會主義的發展條件，換言之，在「科學理性」的框架內，社會主義中國的「匱乏」局面嚴重阻礙了它的現代化夢想與民族富強的遠景期待。於是，只能「有條件要上，沒有條件創造條件也要上」，即用「激情政治」來克服「科學理性」的「宿命抗爭」開始上演。

二、衝破「規程」：「人民及其精神」的意義

馬丁・布伯（Martin Buber）認為，社會主義制度的實現「並不依賴於技術狀態如何」，而是依賴於「人民及其精神」。他的這種烏托邦社會主義公式雖然是非馬克思主義的，但卻與毛澤東主義不謀而合[78]。確實，在毛澤東那裏，如何在資本主義科學理性之外，被「理

[78] 【美】莫里斯・邁斯納：《馬克思主義、毛澤東主義與烏托邦主義》，張寧、陳銘康譯，北京：中國人民大學出版社，2005年，第50頁。

性」之光判定為「不可能」的條件中創造「可能」，這不僅需要極大的實踐勇氣，也需要奇跡般的思維勇氣。毛澤東尋找的便是人民的「沖天幹勁」，即用火熱的「激情」來療救冷漠的「理性」。

如果說科學的運用屬於生產力的發展問題，那麼，如何調動群眾的「激情」，聯繫群眾，發動群眾，則是一個生產關係的調整問題。對此，韓毓海先生曾這樣分析，「毛澤東認為現代歷史不是簡單的生產力發展的歷史，而是人的類本質逐步複歸的歷史。是把生產力的發展與建立合理的人與人之間關係的鬥爭統一起來的歷史。現代革命，不是資產階級所說的，片面的生產工具的改進，經濟的革命，而是把人從片面的勞動中，從不合理的政治統治中解放出來的政治革命和文化革命」。因此，當1958年因中蘇決裂，中國喪失了進行工業化的資金，技術條件之時，毛澤東也得以藉此破除「蘇聯模式」，並獨樹一幟地認為，中國發展生產力，只能依靠勞動人民的主人翁意識和覺悟——社會主義之所以解放了生產力，歸根結底是因為社會主義解放了「人」。——也就是把人解放為「忘我的勞動者」。他說：「只要有利，向魔鬼借錢也要。我們不走這條路，魔鬼不給我們貸款，貸款給我們，也不要。我們要靠陳家莊陳以梅，大寨陳永貴。」他還說：「不管赫魯雪夫說我們是小資產階級，總之，他是修正主義，他站在5%的人一邊，我們站在工人階級，貧下中農一邊。」[79]因此，在韓毓海看來，「社會主義革命就是把解放人的政治革命與解放生產力的經濟革命統一起來的過程」[80]。

[79] 毛澤東：《關於農村社會主義教育等問題的指示》，轉引自韓毓海：《20世紀的中國：學術與社會》（文學卷），濟南：山東人民出版社，2001年，第340頁。

[80] 韓毓海：《20世紀的中國：學術與社會》（文學卷），濟南：山東人民出

這種現代性的路徑，在某種程度上體現了中國這個第三世界國家，遭遇資本主義現代性與社會主義理想雙重壓力下的無奈選擇。一方面要「超英趕美」，實現「社會主義現代化」[81]，既不能因為工業主義的資本主義性質而放棄工業化，又要保證其社會主義性質。這使得社會主義必須重複資本主義的發展路徑，實現現代化，可另一方面又要避免資本主義與社會主義理想之間的衝突。這種尷尬的處境突出地表現在以社會主義熱情對待資本主義經濟理性的態度之上。這不由得使人想起《乘風破浪》中老工友劉進春對宋紫峰

版社，2001年，第340-341頁。

[81] 這突出地表現在毛澤東提出的「四個現代化」的建設方針上。1945年，在黨的七大的政治報告《論聯合政府》中，毛澤東提出「在抗日戰爭結束以後，……中國工人階級的任務，不但是為著建立新民主主義的國家而奮鬥，而且是為著中國的工業化和農業近代化而鬥爭。」在黨的七屆二中全會上的講話中，他又提出了「由落後的農業國變成了先進的工業國」的奮鬥目標，1954年6月14日，他在《關於中華人民共和國憲法草案》的講話中說：「我們是一個六億人口的大國，要實現社會主義工業化，要實現農業的社會主義化，機械化」。同年10月18日，在國防委員會第一次會議上的講話中，他第一次把工業、農業、文化、軍事並提，「我們現在工業、農業、文化、軍事還都不行，帝國主義估量你只有那麼一點東西，就來欺負我們。」這是四個現代化提法最初的雛形。1957年3月，在中國共產黨全國宣傳工作會議上的講話中，他提出了三個現代化。他說：「我們一定會建設一個現代工業、現代農業和現代科學文化的社會主義國家。」（參見《毛澤東文集》第7卷，第268頁）。1959年末至1960年初，在讀蘇聯《政治經濟學教科書》筆記中，他對這一提法作了完善和補充。他說：「建設社會主義，原來要求是工業現代化，農業現代化，科學文化現代化，現在要加上國防現代化。」至此，「實現社會主義四個現代化」的口號就全面地完整地提出來了。1960年3月18日，他在同尼泊爾首相的談話中，再一次地對實現四個現代化的奮鬥目標作了重申。他說：我們的任務「就是要安下心來，使我們可以建設我們國家現代化的工業，現代化的農業，現代化的科學文化和現代化的國防。」1964年12月第三屆全國人民代表大會第一次會議上，周恩來根據毛澤東建議，在政府工作報告中首次明確提出「四個現代化」的口號。

的批駁，小說中他這樣說道，「科學？興許我不明白，可我知道熱情就是寶。你能說日本人不懂科學？可是我們現在就比偽滿時多出鋼。這不是因為工人有熱情，大家要社會主義是什麼？我說，熱情加科學就能增加二十五萬噸鋼。廠長，你說不憑熱情憑什麼呀？」他用瞧不起的眼光看看那把精緻的計算尺，生氣地說「這把尺又不是萬能尺，有好多東西它算不出來——工友們心理痛快不痛快它就算不出來。」這無疑體現出來社會主義工業文學對「科學主義」不屑一顧的態度。小說中還有一段唐紹周分析宋紫峰的心理活動，表現出社會主義對待現代科技理性的批判態度：

> 老宋心目中認為企業裏的經營管理和技術管理，應有一套神聖不可侵犯的成規。這套成規除了他誰也不能動；不，連他自己也不敢動。唐紹周剛來時，也曾經給這套成規嚇住了。但是日子長了，他發覺群眾常要衝破成規；事實上，不衝破他，增產也是很困難的。這幾個月他曾下工夫研究過一些規程和制度，發覺這套成規——特別是技術規程的各個環節中間緊密相連，要衝破它也是很困難的。他惱恨自己不懂技術，不能幫助工人們進行革新，不能說服以內行自居的宋紫峰，所以很長一個時期他都很苦悶。拿出解放區那套老本領——放手發動群眾——來呢？馮書記已經指出過這是「遊擊作風，農村習氣，沒正規化觀點，對新鮮事物失去敏感」。但是，不放手發動群眾，不依靠群眾哩，卻寸步難行。這兩個月有了黨委的新決議，但是群眾的創造性和積極性沒有發揮出來，生產不是上不去麼？「為什麼由人們定出來的規程，卻不讓人們自己去改動？」想到這，他已走回自己的辦公室了。他翻開了筆記本，找著有關毛主席講話的傳達筆記。

> 唐紹周一面讀著筆記一面深沉地想道：「平衡，是暫時的，相對的；不平衡，卻是永遠的……是啊，事物發展，就是要衝破平衡。拿操作規程來說，它不過是人們用它來鞏固已經取得的技術成就，但是技術是不斷發展的，它以發展就必定衝破規程。這不是很淺的道理麼？為什麼老宋這樣聰明的頭腦裏就沒有想到這點？」他不敢斷定宋紫峰究竟是不明白事物的辯證發展的規律呢，還是由於他滿足於現有的水平而不敢向前邁進？[82]

確實，「為什麼由人們定出來的規程，卻不讓人們自己去改動？」即便是在現在看來，這樣的現代性批判也是振聾發聵的。這也似乎可以讓人聯想到當代西方馬克思主義者對待「科學理性」的態度。眾所周知，在西方馬克思主義的理論視野中，作為意識形態的「科技理性」是廣受質疑的。我們從《歷史與階級意識》中可以看到，青年盧卡奇對實證主義「科學」的批判，在他看來，實證主義「科學」的基礎正是資本主義特殊社會結構的結果，「資本主義的發展本身傾向於產生出一種非常應和這種看法的社會結構。」……只有通過馬克思主義的歷史辯證法，才能「戳穿這樣產生出來的社會假像，使我們看到假像下面的本質。」正如盧卡奇所說，所謂的科學方法總是試圖將現實世界的現象放到「能夠不受外界干擾而探究其規律的環境中」，提煉所謂的「純事實」。而這又是經過「把現象歸結為純粹的數量，用數與數的關係表現的本質而更加加強。」由此他指

---

[82] 草明：《乘風破浪》，見《草明文集》（第四卷），北京：光明日報出版社，1992年，第1144-1145頁。

出，這種特殊的抽象的量化過程實際上與資本主義經濟過程特有的拜物教和社會關係物化密切相關。如其所言，「非常科學的方法的不科學性，就在於它忽略了作為其依據的事實的歷史性質。」也就是說，資產階級科學方法的本質就在於它的非歷史性和無時間性。然而，實證主義的科學方法恰恰是歷史發展的特定產物，「它們作為歷史發展的產物，不僅處於不斷的變化中，而且它們——正是按它們的客觀結構——還是一定歷史時期即資本主義的產物」。在這個意義上，盧卡奇將「歷史唯物主義」視為「重寫歷史」的科學方法，批判第二國際機會主義的「科學」方法。他認為，這種所謂公正的科學「模糊資本主義社會的歷史的、暫時的性質。它的各種規定帶有適合一切社會形態的無時間性的永恆的範疇的假像。」[83]這也就是實證主義產生非批判性的根本原因[84]。

這也就像唐紹周所想的，「平衡，是暫時的」，「事物發展，就是要衝破平衡」，「操作規程」只不過是「人們用它來鞏固已經取得的技術成就」，但是「技術是不斷發展的」，它「必定衝破規程」。因此，當科學以「事實」的存在形式作為概念的出發點，並簡單地、教條地站在資本主義社會的基礎上，無批判地把它的本質、它的客觀結構、它的規律性當作不變的基礎之時，對「事實」和「規程」的「衝破」，便具有了劃時代的意義。

83 【匈】盧卡奇：《歷史與階級意識——關於馬克思主義辯證法的研究》，杜章智、任立等譯，北京：商務印書館，1996年，第53-57頁。

84 在此如評論者所言，「青年盧卡奇這裏的批判完全契合馬克思對資產階級意識形態批判的基本原則」。（參見張一兵：《文本的深度耕犁：西方馬克思主義經典文本解讀》第一卷，北京：中國人民大學出版社，第26頁。）

如論者所分析的，「工業不僅僅是一種風景，更是一種制度，一種新的文化政治」[85]。在此，無論是《百煉成鋼》中的趙立明，還是《乘風破浪》裏的宋紫峰，甚至是《在和平的日子裏》的梁建，或是《原動力》裏的呂屏珍，這些迷信科學，崇拜工具理性的廠長們，無不在這種「文化政治」的挾持下深陷馬克斯·韋伯所論述的資本主義理性牢籠之中。然而作為那個時代主流意識形態所指認的「官僚主義者」，他們所代表的現代理性體制與以「群眾熱情」為表徵的社會主義理想之間的衝突之所以不可避免，「源於作為現代大工業產物的官僚制與現代資本主義的內在聯繫」。韋伯筆下的現代官僚制，常常被比喻為「冰冷的機器」，因為二者都是根據形式化知識的「專門」應用建立起來的。正所謂「專家沒有靈魂，縱欲者沒有心肝」，工具理性和價值理性的脫節，使得作為工業資本主義產物的現代官僚制逐漸蛻變為一種「非人格化的制度」。它以「物化」的形式將人固定在制度的牢籠之中，壓抑人的積極性和創造性，從而使人逐漸退化成溫順的「羊群」。於是在體制之內，人「異化」為機器上的齒輪和螺絲釘，這便是冷漠理性的罪過所在。在這個意義上，盧卡奇曾直言不諱地指出，「當科學認識的觀念被應用於自然的時候，它只是推動了科學的進步，當它被應用於社會的時候，它反轉過來，成了資產階級的思想武器。」[86]這種以大規模工業生產為出發點的社會法則服膺於現代工業的基本邏輯，整個社會因工業的統治而遵循技術控制、物質結構與社會組織的原則。由此，工業主義邏輯全面擴大至倫理領

85 李楊：《工業題材、工業主義與「社會主義現代性」——〈乘風破浪〉再解讀》，《文學評論》2010年第6期。

86 【匈】盧卡奇：《歷史與階級意識——關於馬克思主義辯證法的研究》，杜章智、任立等譯，北京：商務印書館，1996年，第54頁。

域，建立了新的準則，成為了新的社會組織力量和控制的形式。用貝爾的話來說，「工業革命歸根結蒂是一種用技術秩序取代自然秩序的努力」，「這是一個調度和編排程序的世界」，「這個世界變得技術化、理性化了。」[87]

面對理性社會的控制形式，西方馬克思主義展開的社會批判其實卓有成效。霍克海默認為，「不僅形而上學，而且還有它所批判的科學本身，皆為意識形態的（東西）；科學之所以是意識形態，是因為它保留著一種阻礙人們發現社會危機真正原因的形式，……所以掩蓋以對立面為基礎的社會真實本質的人的行為方式，皆為意識形態的（東西）。」[88]在《單面人》中，馬爾庫塞也對科技異化的意識形態問題作了深入的批判。他認為，科學與技術本身成了意識形態，是因為科學和技術同意識形態一樣，具有明顯的工具性和奴役性，起著統治人和奴役人的社會功能。即「把科學技術占為已有的工業社會被組織起來，為的是要比過去任何時候都要為有效地支配人和自然」[89]，由此，馬爾庫塞通過對韋伯的批判得出了自己的結論：「技術理性的概念，也許本身就是意識形態。不僅技術理性的應用，而且技術本身就是（對自然和人的）統治，就是方法的、科學的、籌畫好了的和正在籌畫著的統治。統治的既定目的和利益，不是『後來追加的』和從技術之外強加上的；它們早已包含在技術設備的結構中。」他進一步指出，「科學依靠它自身的方法和概念，設計並且創立了這樣一

87 【美】丹尼爾・貝爾：《資本主義的文化矛盾》，北京：三聯書店，1989年，第198-199頁。

88 參見【德】哈貝馬斯：《作為「意識形態」的技術與科學》，李黎、郭官義譯，上海：學林出版社，1999年，第2-3頁。

89 【美】赫伯特・馬爾庫塞：《單面人——發達工業社會意識形態研究》，左曉斯、張宜生等譯，長沙：湖南人民出版社，1988年，第15頁。

個宇宙，在這個宇宙中，對自然的控制和對人的控制始終聯繫在一起。這種聯繫的發展趨勢對作為整體的這個宇宙產生了一種災難性的影響。」[90]儘管馬爾庫塞的「大拒斥」和解放遠景的批判對象是「當代發達工業社會」，但對於社會主義時代中國工人們「激情」與「理性」的爭鬥事件依然具有理論的參照意義。

當然，在哈貝馬斯看來，（馬爾庫塞）「離開了科學和技術本身的革命化來談論解放，似乎是不可思議的」[91]。由此，他對馬爾庫塞的悲觀主義提出了批評，但他還是毫不留情地批判了現代「工業主義」和「技術統治論」。如其所言，「資本主義首先創立了工業化主義（industrialisms），然後工業化主義才能夠從資本主義的制度框架中擺脫出來，並且才能夠以私人的形式被固定在不同於資本價值增值機制的機制上」[92]。而「技術統治論的命題作為隱形意識形態，甚至可以滲透到非政治化的廣大居民的意識中，並且可以使合法性的力量得到發展。這種意識形態的獨特成就就是，它能使社會的自我理解同交往活動的坐標系以及同以符號為仲介的相互作用的概念相分離，並且能夠被科學的模式代替」[93]。

確實，哈貝馬斯所警惕的「工業化主義」（工業主義）和「技術統治論」，似乎奇跡般地成為社會主義工業文學最大的敵人。源於「工業主義邏輯與社會主義信念之間的悖反」，新中國作為以「社會主義現代化」為戰略目標的政體，幾乎命定地面臨社會主義熱情與現

[90] 【德】哈貝馬斯：《作為「意識形態」的技術與科學》，李黎、郭官義譯，上海：學林出版社，1999年，第43頁。
[91] 同上，第43頁。
[92] 同上，第53頁。
[93] 同上，第63頁。

代理性制度之間的文化衝突。儘管現在看來，社會主義工業文學對「激情政治」的爭辯還存在諸多爭議之處，但其對現代理性制度展開的意識形態批判卻是「現代性反思」的題中之義。同時，在激情與理性的爭辯之中，「社會主義工業化」策略也突顯了社會主義錯綜複雜的現代性問題。

三、「激情」的消逝與「工業政治」的重寫

儘管轟轟烈烈的「大躍進」運動，在當代史上留下了並不光彩的業績，但彼時毛澤東提出的書記掛帥，全黨全民辦鋼鐵工業的方針[94]，以及由此而生的工業題材文學的想像方式，卻對群眾路線的強

[94] 根據薄一波在《若干重大決策與事件的回顧》中的記述，我國社會主義改造加速進行的轉捩點，就是1955年夏黨內開展的對所謂「小腳女人走路」的批判。（薄一波：《若干重大決策與事件的回顧》（修訂本），北京：人民出版社，1993年，第337頁。）到隨後《中國農村的社會主義高潮》一書的出版而達到高潮，當時在全國範圍內，實際上形成了這樣一股「誰不跑步前進，誰就是『小腳女人走路』」的空氣。到了1957-1958年左右，中央又開始批判「反冒進」，毛主席認為，大家都是為党為國，不是為私。反冒進的性質還不是路線問題，而只是在一個時期一個問題上的方針性「錯誤」。「一個時期」，就是1956—1957年；「一個問題」，就是建設規模、建設速度。在薄一波看來，毛主席批評反冒進是方針性「錯誤」的理由主要在於，「他認為反冒進給群眾的積極性潑了冷水」。為此，他引述1958年1月12日毛主席在南寧會議上的講話，「我就怕6億人民沒有勁，不是講群眾路線嗎？6億人民洩氣，還有什麼群眾路線？看問題要從6億人民出發」。2月18日，毛主席在政治局擴大會議上又指出：「反冒進反得那麼厲害，把群眾的氣洩下去了，加上右派的倡狂進攻，群眾的氣就不高，我們也倒楣」。（同上，第643-644頁。）此後，在這種革命建設的沖天豪氣中，工業建設中鋼的指標大幅提升。經過研究，1958年的鋼產量的預計完成數改為1000萬噸，1959年的鋼產量指標改為2500萬噸。……農業「以糧為綱，全面發展」，工業「以鋼為綱，帶動一切」，1958年7月1日，《人民日報》發表聞風《以鋼為綱》的文章。（同上，第699頁。）

調，激發人民的熱情和主觀能動性，即對社會主義現代性路徑的探索，有著至關重要的意義。當然，其間不可避免地出現了一些「惡果」[95]，「群眾政治」的「汙名化」也由此而生。但一時間，相對於西方社會單向度的「科學主義」，在遙遠的東方，「革命熱情要和科學精神相結合」卻幾乎成為社會共識。

1958年底1959年初，《人民日報》發表了一系列文章，討論「革命熱情要和科學精神相結合」的問題，即一方面要貫徹黨的「鼓足乾淨，力爭上游，多快好省地建設社會主義」的方針，調動群眾的「革命熱情」，正所謂「不破不立」，「尊重群眾的首創精神」；另一方面也要尊重客觀規律，發揚科學精神，實事求是。這些思想在當時的出現被認為是對「大躍進」所造成的混亂局面的糾偏。正如侯永在文章中指出，「既發揚蓬勃的革命熱情，又提倡冷靜的科學分析」，「既重視人的主觀能動性，又重視客觀實際可能性」，從而將「熱情」與「理性」結合起來[96]。吳傳啟主張「亦『冷』亦『熱』」，「熱是充沛的革命熱情，冷是科學分析的精神」[97]；薛克誠則批判了「只看到客觀方面」，「忽視主觀能動性」的「唯條件論者」，和「只從主觀願望出發，單憑一股熱情辦事」的「無條件論者」，而主

---

[95] 據中央工業工作部1959年5月16日向黨中央、毛主席報告：由於在強調黨委領導的同時，沒有注意加強生產行政管理方面的廠長負責制，一些企業成立了黨委書記處，實行黨委委員分片包乾，「大權獨攬，小事都管」，使企業生產處於無人指揮狀態。……有些企業在改革規章制度過程中，把所有規章制度都說成教條主義或壓制工人積極性的條條框框而一腳踢開，以致出現所謂「十大隨便」（上班隨便，下班隨便，幹活隨便，吃飯隨便，開會隨便等）。（參見薄一波：《若干重大決策與事件的回顧》（修訂本），北京：人民出版社，1993年，第715頁。）

[96] 侯永：《革命熱情要和科學精神相結合》，載《人民日報》1958年12月30日。

[97] 吳傳啟：《亦「冷」亦「熱」》，載《人民日報》1958年12月26日。

張「把革命熱情和科學精神結合起來」[98]。然而，1959年夏召開的廬山會議和八屆八中全會號召全黨全民「保衛三面紅旗」，「反擊右傾機會主義者」對三面紅旗的「攻擊」，驟然打斷了1959年上半年工業戰線上對「大躍進」混亂局面的糾偏[99]。如關鋒所言，右傾機會主義分子，污蔑我們的大躍進為「小資產階級的狂熱性運動」，「我們要把革命熱情提高提高再提高，幹勁一鼓再鼓」[100]。舒同也將此視為「嚴重的階級鬥爭」：「資產階級右派趁黨整風的機會向黨向社會主義發起的倡狂進攻」，於是，「堅持黨的總路線」成為「一場嚴重的階級鬥爭」，這是「十年來社會主義和資本主義兩條道路的鬥爭」[101]。這些無疑都預示了1960年代激進的政治走向。

當代史上轟轟烈烈的「大躍進」過後一二年，整個社會重新激進化之時，工業題材小說中「激情」與「理性」的爭鬥開始有了新的形式。自1960年我國誕生了「鞍鋼憲法」之後，「鞍鋼憲法」與「馬鋼憲法」又成了工業題材長篇小說創作的必涉之筆。《鋼鐵巨人》、《建設者》、《創業》、《滄海橫流》等作品，都成了構思矛盾衝突，描寫路線鬥爭的中心內容。小說《創業》以電影為基礎，在廣闊的背景上描繪了1960年代的石油大會戰，歌頌戰無不勝的毛澤東思想，歌頌大慶紅旗，歌頌石油工人社會主義的創業精神。在此，「兩條路線的鬥爭」不再是溫文爾雅的改造故事，而是實實在在與「階級敵人」的鬥爭，在「再造敵人」的敘事邏輯

98 薛克誠：《論條件》，載《人民日報》1959年1月19日。

99 參見高華：《革命年代》，廣州：廣東人民出版社，2010年，第240頁。

100 關鋒：《革命的幹勁萬歲》，載《人民日報》1959年9月19日。

101 舒同：《堅持黨的總路線是一場嚴重的階級鬥爭》，載《人民日報》1959年12月15日。

中，小說「發現」並揭露了搞修正主義、搞分裂、搞陰謀詭計的叛徒馮超以及蘇修特務霍家根的醜惡面目。在這部小說中，「熱情」與「理性」的爭鬥，不僅僅是對資本主義現代性的批判，更包含著一種民族主義的意識形態邏輯，從現代性批判到民族主義的情感高揚，這或多或少體現出了「冷戰陰雲」籠罩下的1960年代中國所承受的「意識形態焦慮」。這就像小說主人公周鐵杉所說的，「我一定要跟著毛主席走社會主義道路，天塌下來也要頂得住！帝國主義說我們是『貧油國家』，一聽這我就生氣，光生氣不行，還得幹！帝國主義說我們『笨』，我就不信，天底下只有他們聰明？站起來的工人階級，最聰明！我們是天不怕、地不怕、不怕鬼、不信邪的硬漢子，非要拿下這個大油田不可！要勝利，就要讀毛主席的書，要向前走，全靠毛澤東思想指引。」

同樣，對秉持「科學主義」的章易之的批判，也不再單純強調技術理性的控制作用，而是突顯其對民族氣節的漠視。從以下他和華程之間的對話便可看出：

> 「老章，石油是在我們國家的地底下，貧油的結論是外國人給我們做的。可是我們有些人卻如此虔誠地信奉它！你看，事情就是這樣滑稽。振奮起中國人民的革命精神吧！工人們正在向那些先驗論、形而上學衝擊！我們應該支持他們，跟上他們，可不能站在他們的對面譏笑他們，阻擋他們。」
>
> 章易之搖搖頭，……這個可敬的政委，你的民族自豪感使我敬佩，可我也不是沒有民族自尊心的人。現在不是談這個問題，而僅僅是談怎樣勘探和開發油田，這是科學問題，政治感情不能取代。科學問題就是科學問題，你再為我們的祖國自

豪，石油它沒有生成，也是毫無辦法的。我並不是個唯心論者，我有自己二十年的實踐，二十年我只看見一個裕明油礦，……並委婉批評華程說：「你總愛把技術問題扯到政治問題上去，這也許是職業習慣吧？」[102]

也就是說，此處「技術問題」與「政治問題」的纏繞，以及「理性」與「激情」的爭鬥，是以民族主義的爭辯形式出現的。這就像評論者所分析的，創業油田是在「困難的時間、困難的地點、困難的條件」下大打石油翻身仗的。「帝國主義的代理人勃拉克早在他和司徒雷登一起滾蛋時就預言，中國沒有『美孚』，將是一片黑暗；帝國主義的地質學家早就斷言，中國是貧油國；伊凡諾夫、安德列之流也幻想著外國不給我們輸入石油，我們的鑽機就會停鑽，我們的油田就會癱瘓。然而，中國石油工人用鐵的事實粉碎了他們的一切謊言。中國不僅不貧油，而且已經建設起好多個油田。我們的鑽機不僅照樣打鑽，而且逾鑽逾歡。我們離開了『美孚』，不僅不是一片黑暗，而是烈焰升騰，光輝四射。這就是《創業》所反映的中華民族的志氣和時代精神」[103]。民族主義「熱情」不僅扮演著意識形態爭辯的媒介，更是批判工具理性的利器。

要拒絕科技理性的牢籠，以及冷戰陰影下「現代化意識形態」的控制，就必須依賴群眾的「激情政治」。因此，在60年代以後的工業題材作品中，秉承「科學主義」論調的廠長、技術員等不再被視為有著某種可以克服的「病症」，而被視為「資產階級倡狂進

102 張天民：《創業》，北京：中國青年出版社，1977年，第505頁。

103 朱兵：《開拓中前進——新中國三十年工業題材長篇小說發展概觀》，北京：工人出版社，1984年，第16頁。

攻的工具」。如小說中所指出的，「對轉變中的困難和挫折幸災樂禍，散佈驚慌情緒，宣傳開倒車，——這一切是資產階級知識份子進行階級鬥爭的工具和手段。」然而，群眾激情的維持也需要新的思想武器不斷輸送能量，正所謂，「我們要實現革命化，千條萬條，最根本的一條，是學習毛澤東思想」[104]。這也是1960年代以後，工業小說中出現更多毛澤東語錄的重要原因。甚而至於，「鞍鋼憲法」[105]本身就是毛澤東語錄的一部分。小說《創業》在表現了工人們熱烈歡呼「鞍鋼憲法」出現的場景時，便套用了毛澤東的語錄：

> 偉大領袖毛主席極為高興地批閱了一個檔，提出來堅持政治掛帥，加強黨的領導，大搞群眾運動，實現兩參一改三結合，大搞技術革新和技術革命等五項原則，制定了鞍鋼憲法。毛主席總結了歷史的經驗教訓，批判了反對政治掛帥，反對大搞群眾運動，主張一長制，只信任少數人冷冷清清地幹，反對兩參一改三結合的方針等等錯誤思想，批判了蘇聯一個大鋼廠那套權威性的辦法「馬鋼憲法」。毛主席號召幹部們好好學習鞍鋼憲

[104] 白夜：《革命熱情和求實精神》，上海：上海人民出版社，1964年，第8頁。

[105] 1960年3月，毛澤東在鞍山鋼鐵公司《關於工業戰線上大搞技術革新和技術革命的報告》上批示，宣稱「鞍鋼憲法在遠東，在中國出現了」，並把鞍鋼在「大躍進」其間實行的以政治掛帥為核心內容的一套做法譽為「鞍鋼憲法」。其主要內容包括「兩參一改三結合」，「兩參」指幹部參加集體生產勞動，工人群眾參加企業管理；「一改」指改革企業中不合理的規章制度，建立健全合理的規章制度；「三結合」指企業領導幹部、技術人員與工人群眾相結合。「鞍鋼憲法」被認為是毛澤東找到的一條中國發展社會主義工業化的正確道路。

法，啟發腦筋，想一想自己的事情。鞍鋼憲法在遠東，在中國出現了。鞍鋼憲法在遠東，在中國出現了。[106]

正像李楊先生所指出的，「鞍鋼憲法」的歷史焦慮，在於「大工業帶來的極權主義與社會主義理想之間的衝突」[107]。儘管其在歷史中遭受諸多非議，但它對政治重新進入經濟領域，以「人治」來替代工業科層制，重申工人階級當家作主，瓦解工業科學主義及其官僚政治，具有重要意義。或者亦如論者所言，「鞍鋼憲法」體現了「以廣大勞動人民取代少數經濟政治精英對社會資源的操縱」的「經濟民主」的重要範例，「象徵著中西文明交流碰撞史上的一個嶄新階段的開始」[108]。在這個意義上，毛澤東主義在「激情政治」的衝擊中演繹著「歷史與意志的辯證法」[109]，這在某種程度上類似於竹內好所指出的東洋的「抵抗」[110]，不僅是意識形態和民族主義意氣用事的爭辯，

[106] 張天民：《創業》，北京：中國青年出版社，1977年，第328-329頁。

[107] 李楊：《工業題材、工業主義與「社會主義現代性」——〈乘風破浪〉再解讀》，載《文學評論》2010年第6期。

[108] 崔之元：《鞍鋼憲法與後福特主義》，《讀書》1996年第3期。對此有人提出質疑，認為「將某些概念從具體的歷史事實中剝離開來，再賦予這些概念以『政治正確性』的判斷，已和當年的歷史事實大相徑庭，對『鞍鋼憲法』的新詮釋就是一個突出事例」。參見高華：《鞍鋼工人與「鞍鋼憲法」》，《革命年代》，廣州：廣東人民出版社，2010年，第235頁。

[109] 參見【美】魏斐德：《歷史與意志：毛澤東思想的哲學透視》。魏斐德（Frederic Wakeman）認為「沒有意志，無所謂歷史；而沒有歷史，也就完全沒有意志。」「歷史與意志的矛盾辯證法」是毛澤東思想的核心。（《歷史與意志：毛澤東思想的哲學透視》，李君如等譯，北京：中國人民大學出版社，2005年，第9頁。）

[110] 參見【日】竹內好：《何謂近代——以日本和中國為例》，在竹內好看來，「美國和蘇聯對立的問題，確實具有作為在歐洲內部的東西方對立這一歷史遺產在深層次之再生產的性質。」而「通過抵抗，東洋實現了自己的近代化。抵抗的歷史便是近代化的歷史，不經過抵抗的近代化之路是不

更是現代性本身的反思和推進。

工業題材小說中，寫「鞍鋼憲法」與「馬鋼憲法」的對立和鬥爭，曾一度成為時髦的內容，同時也是「激情」與「理性」爭鬥的新的形式。但到了1970年代後期焦祖堯的小說《總工程師和他的女兒》[111]中，便開始在一種意識形態的轉軌中有意識地疏離這種「時髦」。這部作品雖然反映了鞍鋼憲法中群眾運動的基本精神，但不同於「一哄而起」和「一哄而散」的運動群眾，而是有組織、有領導、有計劃、有步驟的群眾運動；主人公葉賦章所堅持的，並且到了後來大家都同意了的部件試驗，其實體現了「馬鋼憲法」中嚴格規章制度的精神。儘管小說堅持的是「革命熱情要和科學精神相結合」的意識形態原則，但「激情」的「疏離」其實可見一斑。聯繫到小說反映的時代背景，廬山會議開過不久，小說通過主人公劉之毅說道：「當前，批判右傾保守思想，但要防止另一種傾向：違反規律，胡幹蠻幹，這是虛勁，不是實勁。這種作風，搞壞一個企業可是很容易的啊！」因此，同樣是「反右防左」，相對於同時期其他作品，這部小說明顯體現出思想的變化。這似乎也預示著七十年代後期《喬廠長上任記》的出場。用評論者的話說，蔣子龍筆下的喬廠長的故事，完全是為了「把被顛倒的歷史重新顛倒過來」，重寫工業政治[112]。從《喬廠長上任記》出版後獲得的巨大反響來看，喬廠長成為一個正面英雄

存在的。」（《近代的超克》，李冬木、趙京華譯，北京：三聯書店，2005年，第186頁。）

[111] 焦祖堯：《總工程師和他的女兒》，北京：人民文學出版社，1978年。這部小說寫作時間標明為：1965年1月—1965年7月初稿，1977年12月—1978年2月二稿，1978年4月定稿於大同。時間的跨度體現出思想的轉折。

[112] 李楊：《工業題材、工業主義與「社會主義現代性」——〈乘風破浪〉再解讀》，載《文學評論》2010年第6期。

人物，當然意味著前此所有秉持「科學主義」的廠長們的平反，於是「懂技術，講科學，有事業心」變成了優點，當年的廠長們忽視政治的缺點如今被描述為，「尤其可貴的是他尊重科學，按科學規律管理工廠」。

儘管思想的變遷折射出「政治動亂」之後意識形態走向窮途末路的現實，但也預示著一個毫無反思地走向世界，擁抱作為意識形態的「現代化」[113]的「新時期」的來臨。這個新的時代儘管有著百般美妙的工業化前景和現代化發展機遇，但卻在某種程度上不可自拔地陷入全球資本主義編織的工具理性的牢籠之中。在「告別革命」和「歷史終結」的歡愉之後，似乎再也沒有某種「激情政治」的喧囂來沖決冷漠理性的控制，而迎向未來解放的前景。這也使得當年人們的思考具有了彌足珍貴的意義。

[113] 參見雷迅馬：《作為意識形態的現代化》，在雷迅馬（Michael E. Latham）看來，「現代化理論決不僅僅是一種純粹學術性的學說。到20世紀60年代時，現代化理論已經成為一種關於進步的幻象，它預言世界的未來發展方向是自由主義、資本主義和非革命化的。作為一種有吸引力的學說，現代化理論似乎也成為一篇『非共產黨宣言』，一種美國可以用來加速全球發展的手段，而美國主導下的發展模式將消滅激進主義的吸引力和必要性。」（【美】雷迅馬：《作為意識形態的現代化：社會科學與美國對第三世界政策》，牛可譯，北京：中央編譯出版社，2003年，序言。）

結語

在最近的一本新書中，蔡翔教授用「革命之後」這一「比喻性的說法」概括了1949年之後的中國：

> 我的敘述重點並不完全在於「革命」，而在於「革命之後」，或「革命之後」的中國。「革命」在這裏首先指的是一種具體的歷史實踐，在中國，我們無妨暫時界定它為一種大規模的武裝反抗以及奪取國家權力的政治實踐，相對於這一「革命」而言，1949年之後的中國，在某種意義上，也可以說，開始進入了「革命之後」的歷史階段。[1]

在蔡翔看來，中國的「革命之後」並不完全等同於丹尼爾・貝爾在《資本主義文化矛盾》中所提及的「革命的第二天」，即「真正的問題都出現在『革命的第二天』。那時，世俗世界將重新侵犯人的意識，人們將發現道德理想無法革除倔強的物質欲望和特權的遺傳。人們將發現革命的社會本身日趨官僚化，或被不斷革命的動亂攪得一

[1] 蔡翔：《革命／敘述：中國社會主義文學——文化想像（1949－1966）》，北京：北京大學出版社，2010年，第10頁。

塌糊塗」[2]。而進一步指出在其「表面特徵」之外有著「更為複雜的意味」，「在某種甚至是根本的意義上，它顯然和列寧主義——尤其是『一國實現社會主義』這一具體的革命理念——有著密切的內在聯繫。」在這個意義上，他把中國的社會主義解釋成為「一個歷史的運動過程」，在這一過程中，「充滿了一種自我否定的緊張乃至繼續革命的衝動」。

在蔡翔的論述中，「革命之後」無疑指的是解放後制度化的社會主義政權。在此意義上，「革命之後」便有可能被解釋為「某種生產性的裝置」，其間包含著多重邏輯纏繞的複雜意義：

> 這一裝置的構成因素是極為複雜的，既有革命理念包括這一理念的制度或非制度的實踐，也有現代的治理或管理模式，等等。因此，這一裝置，一方面在生產平等主義的革命理念，也在生產社會的重新分層；一方面在生產政治社會的設想，另一方面也在生產生活世界的欲望；一方面在生產集體觀念，另一方面也在生產個人；一方面強調群眾參與，另一方面也在生產科層化的管理制度；等等。所有這些被生產出來的矛盾，才可能構成這一時期中國社會主義的複雜景觀。這些相互矛盾的因素被並置在「革命之後」的社會主義時期，從而也形成了這一時期的激烈的矛盾衝突。……因此，我傾向於這樣一種說法：社會主義很難在政治上持續穩定，社會主義不僅在生產自己的支持者，也在生產自己的反對

[2] 【美】丹尼爾・貝爾：《資本主義文化矛盾》，趙一凡等譯，三聯書店1989年，第75頁。

者，社會主義國家的出現不僅沒有結束革命，相反，它很可能意味著另一個革命時代的開始。[3]

其實就世界範圍內的社會主義革命而言，蔡翔先生的說法並不新鮮。美國歷史學家莫里斯・梅斯納在其名著《毛澤東的中國及其發展》中，就曾評述了有關「社會主義自建立之日起，便走向了死亡」的論斷。他借用羅伯特・邁克爾斯在本世紀初曾經預言論述道，「雖然社會主義者也許會勝利，但是社會主義不會勝利，社會主義社會在社會主義的信徒們獲得勝利的那一時刻滅亡。」[4]其意在闡明社會主義國家在革命成功之後所出現的與革命目標相背離的狀況，即「革命歷史上司空見慣的模式是，革命的烏托邦目標不久就變成空洞的儀式，使那些在革命後時代的不平等和壓迫的新形態合理化。」隨後，梅斯納以俄國革命為例，闡明了「革命家們自己一致痛苦地覺察到在革命成功後接踵而來的失敗。」從列寧到毛澤東，一國實現的社會主義國家都無一例外地陷入到對「舊時代的力量」「復辟」的恐懼和意識形態焦慮之中。究其原因，則主要在於葛蘭西所談到的文化領導權問題。革命的成功，無產階級建立了自己的政權，卻遲遲無法建構自己的文化，儘管它努力將意識形態滲透進人民的日常生活之中，卻始

[3] 蔡翔：《革命／敘述：中國社會主義文學——文化想像（1949－1966）》，北京：北京大學出版社，2010年，第13-14頁。

[4] 參見【美】莫里斯・梅斯納：《毛澤東的中國及其發展——中華人民共和國史》，張瑛等譯，北京：社會科學文獻出版社，1992年，第63-65頁。例如，在俄國革命後不到五年，列寧覺得要宣布：「強大的力量（已經）迫使蘇維埃國家離開它的『正軌』」並且在他彌留之際得出結論說，舊時代的力量已經壓倒布爾什維克，他們「僅僅給」老沙皇的官僚主義以「一塊蘇維埃的遮羞布」。於是面對蘇聯社會的重新官僚化，便有托洛斯基有關「被背叛的革命」之說。

終無法在社會層面建立自己的「霸權統識」，而這正是社會主義成功之際所蘊含的危機所在。

在這一意義上，便可回到蔡翔有關「革命之後」的論斷，「我並不認為社會主義的矛盾完全來自傳統遺留或外部的威脅因素，而是應該深入這一社會的結構內部或者它們的生產裝置，只有這樣，才能尋找這些矛盾的產生原因。而當矛盾無法解決的時候，就會形成一定程度的社會性危機。」在他的論述中，「革命之後」不同於「革命」的兩個特徵在於：一是「強調建設，政權建設和經濟建設，因此，它就不是以往那種大規模的和以顛覆和反抗為目的的革命運動」。第二，這個「革命之後」，除了建設以外，「它還強調了治理，也就是說，它明顯突出了國家的重要性」[5]。從革命到建設，從戰爭到治理，毛澤東意義上「打天下容易，治理天下難」的含義在於，舊時代的意識形態並未隨革命的成功而消失，相反，它潛伏在「革命之後」的日常生活之中，不斷侵擾活人的頭腦，並伺機在人的意識中發動「政變」。「無論是被消滅的階級，還是被保留的階級，階級記憶，尤其是這一階級的文化記憶並不可能完全消失，相反，這些記憶被『深埋』，但是在某一特定的時候，這一被『深埋』的記憶將會重新浮現，並深刻地影響人的『生活世界』，因此，意識形態的尖銳衝突，在更多的時候，轉化成記憶和記憶的衝突。」無論是建設還是治理，對於革命之後的中國而言，這一切都發生在中國共產黨和人民政權從鄉村來到城市之後。換言之，城市實際上成為「革命之後」及其階級鬥爭的主要場域。在此之中，頑強的消費主義記憶和市民社會傳統，

[5] 蔡翔：《革命／敘述：中國社會主義文學——文化想像（1949－1966）》，北京：北京大學出版社，2010年，第14頁。

幾乎成了城市及其空間的題中之義。城市在很大程度上成為了「革命之後」階級鬥爭的重要載體，「冷戰」的「結構性制約因素」，以及國內各階級集團之間的利益博弈，這些都使得社會主義城市有了別樣的意義。

批評家劉再復曾這樣評論毛澤東時代及其文學：奇怪的是，這一時期的幾乎所有城市小說都相當乏味。階級鬥爭貫穿、滲透了所有城鄉空間。從這一角度來說，鄉村與城市的觀念從50年代到70年代中期都沒有多大變化，只不過城市取代鄉村，成了實際政治中心[6]。這樣的論斷和「文學現實」在如今無疑已成「常識」，但它卻是包含著一種「後社會主義」時代意識形態偏見的「常識」。社會主義時代文學中的城市敘述，包含著一種有別於「常識」的城市觀念，而它以文學的方式講述著這樣的「觀念」，並藉此展開對「革命之後」社會主義文化危機及現代性困境的探索。在此之處，文學以其獨有的方式將「文學性」與「政治性」合為一爐。

從「進城」時代激情飛揚的城市改造，到憂心忡忡的蛻變焦慮；從自信滿滿的消費城市變革，到庸俗不堪的「日常生活泥淖」；又從工業城市的積極建構，再到無法逃脫的「現代化陷阱」，社會主義城市及其文學敘述一直在以文學的方式向現實提出問題，又試圖在敘述和想像中解答這些問題。儘管那些「想像的解決」方式終究成為迷離的紙上遊戲，但其敘述的姿態卻體現了一代人面對現實的希冀與焦慮。多年以後，回顧這段歷史和文學，總結其經驗和教訓之時，不由得會想起特里・伊格爾頓的那段名言：

6 劉再復：《從獨白的時代到複調的時代》，轉引自張英進：《中國現代文學與電影中的城市：空間、時間與性別構形》，秦立彥譯，南京：江蘇人民出版社，2007年，第269頁。

> 社會主義並不是像刷牙或用皺紋紙把威斯敏斯特橋包起來那樣，僅僅是個好想法；它無可辯駁地是人類歷史上最偉大的變革運動，這樣一種運動對嚴重的挫折是比較習慣的。它意識到自己擁有無敵的力量，也意識到歷史變動的神速和無常。即使它沒有這樣的意識，即使「晚期」資本主義實際上意味著一個漫長的與其說是接近尾聲不如說是剛剛開始的過程，這種清醒的思想也絕不會改變人們的奮鬥目標，這一目標無論此時此地能否實現，它依然具有真理價值。[7]

正如托洛斯基意義上的意識形態焦慮終於在1991年的蘇聯不幸成為現實一樣，中國的社會主義革命也終究在對資產階級「復辟」的恐懼中迎來了歷史轉折的「新時期」。資本全球化時代的城市逐漸開始重新擁抱一種世俗的消費主義和市民生活，而毛澤東時代令人乏味的城市及其小說也一掃而空。在此之中，一個注重生產時效，「去消費的」，包含著「共同體」溫情的城市也在「反人性」的意識形態審判中被打入另冊。

然而在此之中，如果理論的想像力在於從並不斑駁的歷史中搜羅出有益的經驗，為如今單向度的現實提供某種臧否的依據，那麼有關本課題，即十七年文學中的城市表述研究便具有一定的意義。儘管它所提供的城市想像和敘述來自於過去，但它或許更應該來自未來，這

7 【英】特里·伊格爾頓：《馬克思主義文學理論》，參見《歷史中的政治、哲學、愛欲》，北京：中國社會科學出版社，1999年，第109頁。

也許正是理論想像力的意義所在。懷著這樣的期待，讓我以雷蒙德・威廉斯《鄉村與城市》的結語來結束本論文：

> 它終是一個有限的研究，終是某一傳統中的鄉村和城市。但它讓我將其意義、內涵、聯繫轉告他人，讓大家來討論、修訂，讓大家來展開很多可能的合作，但首先是為了在我們生活於其中的諸多鄉村、城市中，強調要去體驗，強調如何改變這種體驗。[8]

[8] Raymond Williams：*The Country and The City*, New York：Oxford University Press, 1973：306.

參考文獻

丁桂節：《工人新村：「永遠的幸福生活」——解讀上海20世紀50、60年代的工人新村》，同濟大學建築系2007屆博士論文。

丁亞平主編：《1897-2001百年中國電影理論文選》（上下），北京：文化藝術出版社，2002年。

公羊主編：《思潮——中國「新左派」及其影響》，北京：中國社會科學出版社，2003年。

史靜：《主體的生成機制——十七年電影內外的身體話語》，北京大學中文系2009屆博士論文。

王本朝：《中國當代文學制度研究》，北京：新星出版社，2007年。

王德威：《想像中國的方法：歷史·小說·敘事》，北京：三聯書店，1998年。

王宏圖：《都市敘事與欲望書寫》，桂林：廣西師範大學出版社，2005年。

王曉文：《二十世紀中國市民小說論綱》，山東大學中文系2006年博士學位論文。

王一川：《中國現代卡裏斯馬典型——20世紀小說人物的修辭論闡釋》，昆明：雲南人民出版社，1994年。

王振峰：《五十年代小說中的城市空間》，北京大學中文系2006年碩士學位論文。

尹鴻：《新中國電影史》，長沙：湖南美術出版社，2002年。

中共北京市委黨史研究室：《見證北京：1919—2004》，北京燕山出版社，2004年。

包亞明主編：《現代性與空間的生產》，上海：上海教育出版社，2003年。

北京市檔案館編《北平和平解放前後》，北京：北京出版社，1988年。

任麗青：《「十七年」時期上海的工人文學創作——暨工人小說家論》，上海大學中文系2007年博士論文。

任寧：《影像都市——中國大陸電影中的城市（1949—1966）》，上海戲劇學院2008年博士論文。

朱兵：《開拓中前進——新中國三十年工業題材長篇小說發展概觀》，北京：工人出版社，1984年。

朱鴻召：《延安日常生活中的歷史（1937—1947）》，桂林：廣西師範大學出版社，2007年。

朱寨：《中國當代文學思潮史》，北京: 人民文學出版社，1987年。

李潔非：《城市像框》，太原：山西教育出版社，1998年。

李今：《海派小說與現代都市文化》，合肥：安徽教育出版社，2000年。

李猛：《日常生活中的權力技術：邁向一種關係／事件的社會學分析》，北京大學社會學系1996屆碩士論文。

李歐梵：《上海摩登——一種新都市文化在中國1930—1945》，毛尖譯，北京大學出版社，2001年。

李書磊：《都市的遷徙：現代小說與城市文化》，長春：時代文藝出版社，1993年。

李楊：《抗爭宿命之路——「社會主義現實主義（1942—1976）研究》，長春：時代文藝出版社，1993年。

李楊：《50-70年代文學經典再解讀》，濟南：山東教育出版社，2003年。

李楊：《文學史寫作中的現代性問題》，太原：山西教育出版社，2006年。

李遇春：《權力・主體・話語——20世紀40—70年代中國文學研究》，

武漢：華中師範大學出版社，2007年。
李芸：《空間的改造、爭奪與生產——「文本」敘述與作為社會主義城市的上海想像》，華東師範大學中文系2008屆碩士論文。
李祖德：《「農民」話語研究導論》，北京大學中國語言文學系2006屆博士論文。
呂俊華、彼得・羅等編著：《中國現代城市住宅1840—2000》，北京：清華大學出版社，2003年。
汪暉、陳燕谷主編《文化與公共性》，北京：三聯書店，1998年。
汪暉：《去政治化的政治——短20世紀的終結與90年代》，北京：三聯書店，2008年。
汪暉：《汪暉自選集》，桂林：廣西師範大學出版社，1997年。
汪民安、陳永國等主編：《城市文化讀本》，北京：北京大學出版社，2008年。
汪民安、陳永國編：《後身體：文化、權力和生命政治學》，長春：吉林人民出版社，2003年。
汪民安：《身體、空間和後現代性》，南京：江蘇人民出版社，2005年。
汪民安編：《現代性基本讀本》（上、下），開封：河南大學出版社，2005年。
汪民安主編：《文化研究關鍵詞》，南京：江蘇人民出版社，2007年。
余岱宗：《被規訓的激情：論1950、1960年代的紅色小說》，上海三聯書店，2004年。
林培林等：《20世紀的中國：學術與社會》（社會學卷），濟南：山東人民出版社，2001年。
林偉然：《一場夭折的中國文化啟蒙運動——階級鬥爭理論與文化大革命》，李玉華譯，威斯康星大學—麥迪森，1996年。
林拓等：《現代城市更新與社會空間變遷：住宅、生態、治理》，上海：上海古籍出版社，2007年。

孟繁華：《傳媒與文化領導權：當代中國的文化生產與文化認同》，濟南：山東教育出版社，2003年。

孟廣來、牛運清編：《中國當代文學研究資料——柳青專集》，福州：福建人民出版社，1982年。

邵雍：《中國近代妓女史》，上海：上海人民出版社，2005年。

吳迪編：《中國電影研究資料 1949—1979》，北京：文化藝術出版社，2006年。

吳福輝：《都市旋流中的海派小說》，長沙：湖南教育出版社，1995年。

吳瓊編：《凝視的快感》，北京：中國人民大學出版社，2005年。

吳瓊：《中國電影的類型研究》，北京：中國電影出版社，2005年。

范希春主編：《解放：新中國城市經濟社會生活的變遷》，長沙：嶽麓書社，2009年。

洪宏：《蘇聯影響與中國「十七年」電影》，北京：中國電影出版社，2008年。

洪子誠：《中國當代文學概說》，香港青文書屋，1997年。

洪子誠：《1956：百花時代》，濟南：山東教育出版社，1998年。

胡菊彬：《新中國電影意識形態研究》，北京：中國廣播電視出版社，1995年。

胡繩：《中國共產黨的七十年》，北京：中共黨史出版社，1991年。

冒建華：《從城市欲望到精神救贖：當代城市小說欲望與審美關係研究》，蘭州：甘肅人民美術出版社，2008年。

高華：《革命年代》，廣州：廣東人民出版社，2010年。

高秀芹：《文學的中國城鄉》，西安：陝西人民教育出版社，2002年。

荒林、王光明：《兩性對話》，北京：中國文聯出版社，2001年。

馬軍：《1948年：上海舞潮案——對一起民國女性集體暴力抗議事件的研究》，上海：上海古籍出版社，2005年。

孫紹誼：《想像的城市——文學、電影和視覺上海（1927—1937）》，上海：復旦大學出版社，2009年。

孫遜、楊劍龍主編：《都市空間與文化想像》，上海三聯書店，2008年
唐小兵：《英雄與凡人的時代：解讀20世紀》，上海：上海文藝出版社，2001年。
唐小兵編：《再解讀：大眾文藝與意識形態》（增訂版），北京：北京大學出版社，2007年。
涂光群：《五十年文壇親歷記1949—1999》（上、下），瀋陽：遼寧教育出版社，2005年。
徐劍藝：《城市與人——當代中國城市小說的社會文化學考察》，昆明：雲南人民出版社，1989年。
徐友漁：《形形色色的造反——紅衛兵精神素質的形成及演變》，香港中文大學出版社，1999年。
陳建華：《「革命」的現代性：中國革命話語考論》，上海：上海古籍出版社，2000年。
陳建華：《革命與形式——茅盾早期小說的現代性展開1927—1930》，上海：復旦大學出版社，2007年。
陳平原、王德威主編：《北京：都市想像與文化記憶》，北京：北京大學出版社，2005年。
陳曉蘭：《城市意象：英國文學中的城市》，桂林：廣西師範大學出版社，2006年。
陳曉蘭：《文學中的巴黎與上海——以左拉和茅盾為例》，桂林：廣西師範大學出版社，2006年。
陳曉明：《表意的焦慮》，北京：中央編譯出版社，2002年。
陳曉明主編：《現代性與中國當代文學轉型》，昆明：雲南人民出版社，2003年。
陳曉明：《中國當代文學主潮》，北京：北京大學出版社，2009年。
陳越編選：《哲學與政治——阿爾都塞讀本》，長春：吉林人民出版社，2003年。
陳永國主編：《激進哲學：阿蘭・巴丟讀本》，北京：北京大學出版

社，2010年。

張閎：《烏托邦文學狂歡》，張炯主編《共和國文學60年・第2卷》（1966—1976），廣州：廣東教育出版社，2009年。

張檸：《再造文學巴別塔》，張炯主編《共和國文學60年・第1卷》（1949—1966），廣州：廣東教育出版社，2009年。

張碩果：《論上海的社會主義電影文化：1949—1966》，華東師範大學2006屆博士論文。

張頤武：《在邊緣處追索——第三世界文化與當代中國文學》，長春：時代文藝出版社，1993年。

張頤武：《從現代性到後現代性》，南寧：廣西教育出版社，1997年。

張英進：《審視中國》，南京：南京大學出版社，2006年。

張英進：《中國現代文學與電影中的城市：空間、時間與性別構形》，秦立彥譯，南京：江蘇人民出版社，2007年。

張英進：《影像中國》，上海：三聯書店，2008年。

張旭東：《批評的蹤跡：文化理論與文化批評1985—2002》，北京：三聯書店，2003年。

張曉春：《文化適應與中心轉移：近現代上海空間變遷的都市人類學研究》，南京：東南大學出版社，2006年。

曹洪濤、劉金聲：《中國近現代城市的發展》，北京：中國城市出版社，1998年。

郭冰茹：《十七年（1949—1966）小說的敘事張力》，長沙：嶽麓書社，2007年。

程光煒：《文學想像與文學國家——中國當代文學研究（1949—1976）》，開封：河南大學出版社，2005年。

程巍：《中產階級的孩子們60年代與文化領導權》，北京：三聯書店，2006年。

蔡翔：《革命／敘述：中國社會主義文學——文化想像（1949—1966）》，北京：北京大學出版社，2010年。

賀桂梅：《人文學的想像力：當代中國思想文化與文學文體》，開封：河南大學出版社，2005年。
賀照田主編：《西方現代性的曲折與展開》（《學術思想評論》第六輯），長春：吉林人民出版社，2002年。
黃金麟：《歷史、身體、國家：近代中國的身體形成（1895—1937）》，北京：新星出版社，2006年。
黃鳳祝：《城市與社會》，上海：同濟大學出版社，2009年。
黃盈盈：《身體・性・性感：對中國城市年輕女性的日常生活研究》，北京：社會科學文獻出版社，2008年。
黃子平：《「灰闌」中的敘述》，上海：上海文藝出版社，2001年。
董之林：《追憶燃情歲月——五十年代小說藝術類型論》，鄭州：河南人民出版社，2001年。
董之林：《舊夢新知：「十七年」小說論稿》，桂林：廣西師範大學出版社，2004年。
葛紅兵、宋耕：《身體政治》，上海三聯書店，2005年。
葛永海：《古代小說與城市文化研究》，上海：復旦大學出版社，2004年。
楊東平：《城市季風——北京和上海的文化精神》，北京：新星出版社，2006年。
楊健：《文化大革命中的地下文學》，北京：朝華出版社，1993年。
楊潔曾、賀宛男編著：《上海娼妓改造史話》，上海三聯書店，1988年。
楊菁：《新中國建立初期城市公正體制研究——以重慶為例（1949—1957）》，成都：四川人民出版社，2010年。
廖炳惠：《關鍵字200》，南京：江蘇教育出版社，2006年。
翟建農：《紅色往事：1966—1976年的中國電影》，北京：台海出版社，2001年。
趙園：《北京：城與人》，北京：北京大學出版社，2002年。
樊國賓：《主體的生成：50年代成長小說研究》，北京：中國戲劇出版社，2003年。

鄭樹森編：《文化批評與話語電影》，桂林：廣西師範大學出版社，2003年。

薄一波：《若干重大決策與事件的回顧》（上、下），北京：中央黨史出版社，2008年。

戴嘉枋：《樣板戲的風風雨雨：江青‧樣板戲及內幕》，北京：知識出版社，1995年。

戴錦華：《猶在鏡中：戴錦華訪談錄》，北京:知識出版社，1999年。

戴錦華：《電影理論與批評》，北京：北京大學出版社，2007年。

韓毓海：《從「紅玫瑰」到「紅旗」》，上海：遠東出版社，1998年。

韓毓海：《20世紀的中國：學術與社會》（文學卷），濟南：山東人民出版社，2001年。

韓毓海：《知識的戰術研究：當代社會關鍵字》，北京：中央編譯出版社，2002年。

薛鳳旋：《中國城市及其文明的演變》，北京：世界圖書出版公司，2010年。

薛毅主編：《西方都市文化研究讀本》（第一至四卷），桂林：廣西師範大學出版社，2008年。

藍愛國：《解構十七年》，上海：華東師範大學出版社，2003年。

曠新年：《寫在當代文學邊上》，上海：上海教育出版社，2005年。

羅崗：《想像城市的方式》，南京：江蘇人民出版社，2006年。

羅平漢：《「文革」前夜的中國》，北京：人民出版社，2001年。

嚴家炎：《中國現代小說流派史》，北京：人民文學出版社，1989年。

《列寧論文學與藝術》，北京：人民文學出版社，1983年。

《馬克思恩格斯選集》（第一至四卷），北京：人民出版社，1972年。

《毛澤東選集》（第一至四卷），北京：人民出版社，1991年。

《毛澤東選集》（第五卷），北京：人民出版社，1977年。

《建國以來毛澤東文稿》（第1-13冊），北京：中央文獻出版社，1987-

1998年。
《人民日報》（1949—1976）
《人民文學》（1949—1966）
《文藝報》（1949—1966）

【德】阿倫特編：《啟迪：本雅明文選》，張旭東、王斑譯，北京：三聯書店，2008年。
【德】本雅明：《發達資本主義時代的抒情詩人》（修訂譯本），張旭東、魏文生譯，北京：三聯書店，2007年。
【德】哈貝馬斯：《作為「意識形態」的技術與科學》，李黎、郭官義譯，上海：學林出版社，1999年。
【德】黑格爾：《精神現象學》上卷，賀麟、王玖興譯，北京：商務印書館，1979年。
【德】馬克斯·韋伯：《非正當性的支配——城市的類型學》，康樂、簡惠美譯，桂林：廣西師範大學出版社，2005年。
【德】湯瑪斯·海貝勒、君特·舒耕德：《從群眾到公民——中國的政治參與》，張文紅譯，北京：中央編譯出版社，2009年。
【法】阿爾都塞著，陳越編：《哲學與政治：阿爾都塞讀本》，長春：吉林人民出版社，2003年。
【法】安克強：《上海妓女——19—20世紀中國的賣淫與性》，袁燮銘、夏俊霞譯，上海：上海古籍出版社，2004年。
【法】勞爾·阿德勒：《巴黎青樓》，施康強譯，北京：文化藝術出版社，2003年。
【法】亨利·勒菲弗：《空間與政治》，李春譯，上海：上海人民出版社，2008年。
【法】亨利·列斐弗爾：《論國家——從黑格爾到史達林和毛澤東》，李青宜等譯，重慶：重慶出版社，1988年。
【法】K. S. 卡羅爾：《毛澤東的中國》，劉立仁、賀季生譯，貴陽：貴州人民出版社，1988年。

【法】蜜雪兒·德·塞托：《日常生活實踐 1.實踐的藝術》，方琳琳、黃春柳譯，南京：南京大學出版社，2009年。

【法】蜜雪兒·福柯：《福柯讀本》，汪民安主編，北京：北京大學出版社，2010年。

【法】蜜雪兒·福柯：《知識考古學》，謝強、馬月譯，北京：三聯書店，2007年。

【法】潘鳴嘯：《失落的一代：中國的上山下鄉運動（1968—1980）》，歐陽因譯，北京：中國大百科全書出版社，2010年。

【法】喬治·巴塔耶著、汪民安編：《色情、耗費與普遍經濟：喬治·巴塔耶文選》，長春：吉林人民出版社，2003年。

【加】簡·雅各斯：《美國大城市的死與生》，金衡山譯，南京：譯林出版社，2006年。

【美】愛德華·蘇賈：《後現代地理學——重申批判社會理論中的空間》，王文斌譯，北京：商務印書館，2004年。

【美】安東尼·奧羅姆、陳向明：《城市的世界—對地點的比較分析和歷史分析》，曾茂娟、任遠譯，上海：上海人民出版社，2005年。

【美】保羅·康納頓：《社會如何記憶》，納日碧力戈譯，上海：上海人民出版社，2000年。

【美】本尼迪克特·安德森：《想像的共同體：民族主義的起源與散佈》，上海：上海人民出版社，2003年。

【美】彼得·布魯克斯：《身體活：現代敘述中的欲望物件》，朱生堅譯，北京：新星出版社，2005年。

【美】布萊恩·貝利：《比較城市化——20世紀的不同道路》，顧朝林、汪俠等譯，北京：商務印書館，2008年。

【美】大衛·哈威：《希望的空間》，胡大平譯，南京：南京大學出版社，2006年。

【美】大衛·哈威：《巴黎城記：現代性之都的誕生》，黃煜文譯，桂林：廣西師範大學出版社，2010年。

【美】丹尼爾・貝爾：《資本主義文化矛盾》，趙一凡等譯，北京：三聯書店，1989年。

【美】杜贊奇：《從民族國家拯救歷史：民族主義話語與中國現代史研究》，王憲明、高繼美等譯，南京：江蘇人民出版社，2008年。

【美】弗雷德里克・詹姆遜：《政治無意識——作為社會行為的敘事》，王逢振、陳永國譯，北京：中國社會科學出版社，1999年。

【美】弗雷德里克・詹姆遜：《文化轉向》，胡亞敏譯，北京：中國社會科學出版社，2000年。

【美】葛凱：《製造中國：消費文化與民族國家的創建》，黃振萍譯，北京：北京大學出版社，2007年。

【美】古爾德納：《新階級與知識份子的未來》，杜維真等譯，北京：人民文學出版社，2001年。

【美】凱文・林奇：《城市形態》，林慶怡、陳朝暉等譯，北京：華夏出版社，2001年。

【美】漢娜・阿倫特：《馬克思與西方政治思想傳統》，南京：江蘇人民出版社，2007年，第12頁。

【美】漢娜・阿倫特：《人的境況》，王寅麗譯，上海：上海人民出版社，2009年。

【美】赫伯特・馬爾庫塞：《單面人——發達工業社會意識形態研究》，左曉斯、張宜生等譯，長沙：湖南人民出版社，1988年。

【美】赫伯特・馬爾庫塞：《愛欲與文明——對佛洛德思想的哲學探討》，黃勇、薛民譯，上海：上海譯文出版社，1987年。

【美】賀蕭：《危險的愉悅：20 世紀上海的娼妓問題和現代性》，韓敏中、盛寧 譯，南京：江蘇人民出版社，2003 年。

【美】華萊士・馬丁：《當代敘事學》，伍曉明譯，北京：北京大學出版社，1990年。

【美】J・希利斯・米勒：《小說與重複》，王宏圖譯，天津：天津人民出版社，2008年。

【美】傑克·D·道格拉斯等：《越軌社會學概論》，張寧、朱欣民譯，石家莊：河北人民出版社，1987年。

【美】卡爾·休克斯：《世紀末的維也納》，李鋒譯，南京：江蘇人民出版社，2007年。

【美】雷迅馬：《作為意識形態的現代化：社會科學與美國對第三世界政策》，牛可譯，北京：中央編譯出版社，2003年。

【美】理查·利罕：《文學中的城市：知識與文化的歷史》，吳子楓譯，上海：上海人民出版社，2009年。

【美】劉禾：《跨語際實踐——文學、民族文化與被譯介的現代性》，宋偉傑等譯，北京：三聯書店，2002年。

【美】劉劍梅：《革命與情愛：二十世紀中國小說史中的女性身體與主題重述》，郭冰茹譯，上海三聯書店，2009年。

【美】路易斯·芒福德：《城市文化》，宋俊嶺、李翔寧、周鳴潔譯，北京：中國建築工業出版社，2009年。

【美】羅芙芸：《衛生的現代性——中國通商口岸衛生與疾病的含義》，向磊譯，南京：江蘇人民出版社，2007 年。

【美】馬泰·卡林內斯庫：《現代性的五副面孔》，顧愛彬、李瑞華譯，北京：商務印書館，2002年，第136頁。

【美】馬歇爾·伯曼：《一切堅固的東西都煙消雲散了——現代性體驗》，徐大建等譯，北京：商務印書館，2003年。

【美】莫里斯·梅斯納：《毛澤東的中國及其發展——中華人民共和國史》，張瑛譯，北京：社會科學文獻出版社，1992 年。

【美】莫里斯·邁斯納：《馬克思主義、毛澤東主義與烏托邦主義》，張寧、陳銘康譯，北京：中國人民大學出版社，2005年。

【美】派克、伯吉斯等著：《城市社會學》，宋俊嶺等譯，北京：華夏出版社，1987年。

【美】喬爾·科特金：《全球城市史》（修訂版），王旭等譯，北京：

社會科學文獻出版社，2010年。

【美】喬納森・卡勒：《文學理論》，李平譯，瀋陽：遼寧教育出版社，1998年。

【美】R・麥克法誇爾、費正清編：《劍橋中華人民共和國史》，俞金堯等譯，北京：中國社會科學出版社，1998年。

【美】史書美：《現代的誘惑：書寫半殖民地中國的現代主義（1917-1937）》，何恬譯，南京：江蘇人民出版社，2007年。

【美】施堅雅主編：《中華帝國晚期的城市》，葉光庭等譯，北京：中華書局，2000年。

【美】蘇賈：《後現代地理學》，王文斌譯，北京：商務印書館，2004年。

【美】蘇珊·桑塔格：《疾病的隱喻》，程巍譯，上海：上海譯文出版社，2003年。

【美】王斑：《歷史的崇高形象：二十世紀中國的美學與政治》，孟祥春譯，上海三聯書店，2008年。

【美】魏斐德：《歷史與意志：毛澤東思想的哲學透視》，李君如等譯，北京：中國人民大學出版社，2005年。

【美】約翰・奧尼爾：《身體形態：現代社會的五種身體》，張旭春譯，瀋陽：春風文藝出版社，1999年。

【美】詹明信著、張旭東編：《晚期資本主義的文化邏輯》，陳清僑等譯，北京：三聯書店，1997年。

【美】詹姆斯・費倫：《作為修辭的敘事》，陳永國譯，北京：北京大學出版社，2002年

【美】詹姆斯・R・湯森、布蘭特利・沃馬克：《中國政治》，顧速、董方譯，南京：江蘇人民出版社，2007年。

【美】詹姆斯・斯科特：《弱者的武器：農民反抗的日常形式》，鄭廣懷等譯，南京：譯林出版社，2007年。

【美】朱克英：《城市文化》，張廷佺，楊東霞等譯，上海：上海教育

出版社，2006年。

【日】柄谷行人：《日本現代文學的起源》，趙京華譯，北京：三聯書店，2003年。

【日】柄谷行人：《邁向世界共和國》，墨科譯，臺灣商務印書館，2007年。

【日】蘆原義信：《街道的美學》，尹培桐譯，天津：百花文藝出版社，2006年。

【日】竹內好：《近代的超克》，李冬木、趙京華譯，北京：三聯書店，2005年。

【斯】斯拉沃熱・齊澤克：《幻想的瘟疫》，胡雨譚、葉肖譯，南京：江蘇人民出版社，2006年。

【斯】斯拉沃熱・齊澤克：《意識形態的崇高客體》，季廣茂譯，北京：中央編譯出版社，2002年。

【匈】盧卡奇：《歷史與階級意識——關於馬克思主義辯證法的研究》，杜章智、任立等譯，北京：商務印書館，1996年。

【意】卡爾維諾：《看不見的城市》，張宓譯，南京：譯林出版社，2006年。

【印度】帕薩・查特傑：《被治理者的政治：思索大部分世界的大眾政治》，田立年譯，桂林：廣西師範大學出版社，2007年。

【英】阿雷恩・鮑爾德溫等著：《文化研究導論》，陶東風等譯，北京：高等教育出版社，2004年。

【英】安東尼・吉登斯：《現代性的後果》，田禾譯，南京：譯林出版社，2000年。

【英】安東尼・吉登斯：《超越左與右——激進政治的未來》，李惠斌、楊雪冬譯，社會科學文獻出版，2003年。

【英】巴特・範・斯廷博根：《公民身份的條件》，郭台輝譯，長春：吉林出版集團有限責任公司，2007年。

【英】本・海默爾：《日常生活與文化理論導論》，王志宏譯，北京：

商務印書館，2008年。

【英】K. J. 巴頓：《城市經濟學——理論和政策》，上海社會科學院部門經濟研究所城市經濟研究室譯，北京：商務印書館，1984年。

【英】雷蒙德・威廉斯：《關鍵詞：文化與社會的詞彙》，劉建基譯，北京：三聯書店，2005年。

【英】邁克・費瑟斯通：《消費文化與後現代主義》，劉精明譯，南京：譯林出版社，2000年。

【英】特雷・伊格爾頓：《二十世紀西方文學理論》，伍曉明譯，北京：北京大學出版社，2007年。

【英】特里・伊格爾頓：《歷史中的政治、哲學、愛欲》，馬海良譯，北京：中國社會科學出版社，1999年。

【英】特里・伊格爾頓：《審美意識形態》，王傑、傅德根等譯，桂林：廣西師範大學出版社，2001年。

Barthes, Roland: *A Barthes reader,* New York: Hill and Wang, 1982.

Dirlik, Arif: Marxism in the Chinese Revolution. Maryland: Rowman & Littlefield Publishing Group, Inc, 2005.

Foucault, Michel: Security, Territory, Population: Lectures at the College De France, 1977-78. New York: Palgrave Macmillan, 2007.

Lefebvre，Henri：the production of space，Oxford : Blackwell，1991.

William Chapman Sharpe, *Unreal Cities: Urban Figuration in Wordsworth, Baudelaire, Whitman, Eliot, and Williams,* the Johns Hopkins University Press, 1990.

Paul Clark: Chinese Cinema: Culture and Politics Since 1949, Cambridge: Cambridge University Press, 1987.

後　記

這本書是由我的博士論文修改而成，全書的主體部分曾以《1950至1970年代中國文學中的城市敘述》為題提交並獲得通過北京大學中文系當代文學專業博士畢業答辯。在此，需鄭重感謝參加答辯會的曹文軒、張頤武、陳曉明、韓毓海、陳福明、路文彬、邵燕君等諸位老師。儘管答辯當天的好評不少，但在我看來，這本著作或許並不算一部真正意義上的博士論文，而毋寧說是我博士期間系列文章的結集。不過好在輯錄在此的這些不成熟的文字，也算是我對十七年文學城市表述的探索性思考，雖有諸多缺陷，但不乏精彩的篇什，個中的甘苦與啟悟也是「如魚飲水，冷暖自知」。在這資本全球化時代，思考「社會主義城市」如何可能，多少有些不合時宜，但人文學者的想像力也許正在於從這種「不合時宜的思考」中搜索某種指向未來的可能。在這個意義上，這個由於時間倉促，學養不足，而顯得漏洞百出的論文，似乎有了那麼一點「敝帚自珍」的勇氣。但令人遺憾的是，由於時間的關係，許多原本希望深入討論的話題都沒有來得及展開。倉促上陣，卻又匆匆收場，我曾想將完善的工作留待將來，但這又豈是一朝一夕能完成的？一輩子的學術之路，問題永遠「在路上」，我只能無限地期待我的下一本書來完成這未完成的工作。因此，「立此存照」便成了當下最大的任務。

這部論文是我燕園四年的學術見證。四年以來，最應該感謝的無疑是我的導師張頤武先生，與張老師的相遇實屬偶然，但有幸成為「張門弟子」卻是一種緣分。業師人品、學品都屬一流，尤其可貴的是，其「文化學者」的身份絲毫沒有「詆毀」其敏銳批評家的素質，睿智的思維給我的啟發良多，而生活上的關懷更是帶給我長久的溫暖。另外還要感謝的是陳曉明先生，多年來陳老師一直將我視若己出，而我也經常頗為厚顏地混跡於「陳門」之列，陳老師的儒雅和厚道讓人深深折服，其學識與品位值得一輩子學習。感謝當代文學教研室的李楊、臧棣、蔣朗朗、計璧瑞、賀桂梅等諸位老師，以及現代文學教研室的商金林老師，諸位先生總是毫無保留地與我們分享自己最新的學術成果，為我們提供自由和寬鬆的學術環境。

感謝饒翔、胡豔琳、周薇、樂耀等桂子山的師友，更感謝張沖、賴洪波、師力斌、劉稀元、史靜、李勝喜、郝朝帥、葛亮亮、程振紅等未名湖畔的同門。感謝勇哥（徐勇），三年來你承受著由師兄「蛻變」為「師弟」的痛苦，和我這個小弟一起奮鬥；你對學術的虔誠一直讓我由衷感動，我還清楚地記得，在地鐵四號線擁擠的人群中，我們高聲暢談盧卡奇、本雅明時的情形，逼仄的空間裏，學術荒誕而滑稽，卻飽含著一份熱忱。感謝當代文學博士生班的劉偉、盧燕娟、郭嘉琪、崔宰溶，感謝「熱風讀書會」的張輝、謝俊、陳思、賈嘉，感謝司晨、叢治辰、馬征、陳新榜、梁盼盼、劉月悅等「陳門」同學，懷念和你們一起討論學術，品讀小說的日子。感謝我的室友聶友軍，四年來，你良好的作息習慣已然被我「腐蝕」，卻無半點怨言，我深知「山東大哥」的寬容與厚道，這不是一句「謝謝」就能回饋的。感謝2007級中文系博士生班的同學，多年以後當我們功成名就之時，一定還會記得那無數個夜晚，在「老丁烤翅」、「驢肉火燒」一起對酒當歌的美好時光。感謝曾並肩作戰的陳泳超老師，感謝林品、澹寧，感謝滎陽、高山，感謝所有中文系足球隊、博士生足球隊的戰友們，懷念球技精湛或不精湛的你們，懷念一起戰鬥的日子！

我還要特別感謝桂子山上的王又平老師，學生當然明白，一個老師對學生最高的評價莫過於說這個學生很像自己，但由於個人工作的選擇，我這個「不肖」的弟子無法回到您的身邊，只能將這本小書獻給您，期待您的批評與教誨！

感謝我的父母，多年以前，當您們含辛茹苦，從鄉村來到城市，成為這個國家裏無數「進城務工人員」中的一名時，一定不會想到，將來有一天，您們的兒子會以「文學中的城市」為話題撰寫一本博士論文。感謝我的妻子，2000年我們在X城相遇，2004年我們去往W城，2007年我們來到這裏，從翩翩少年到年屆而立，愛情長跑終於修成正果，直到一個新生命的誕生，這個偉大的「饋贈」終究讓我們明白為人父母的責任和意義。

2011年7月，我離開學習生活了四年的北大，來到中國藝術研究院工作。30歲的高齡才走出校園，面對人生的第一份工作，這份悲哀與無措至今想來依然清晰。感謝科研處沙蕙處長的寬容，使我在繁忙的行政工作之余，依然可以從容地從事我所珍愛的學術研究，也感謝李雲雷、張慧瑜、陳越、金娟、劉濤、孫佳山、朱蕾、沈策、曹貞華、戴健等諸位同事一直以來的關心和支持，是你們給了我不竭的理想和堅持下去的勇氣，我也將這份不成熟的思考獻給你們！

這是一次過往的總結，也終歸意味著一個嶄新的開始！

我期待著！

2011年6月記於北大暢春新園

2012年8月再記於京郊北七家

新銳文叢29　PG0899

新銳文創
INDEPENDENT & UNIQUE

想像城市的方法
──大陸「十七年文學」的城市表述

作　　者　徐　剛
責任編輯　王奕文
圖文排版　彭君如
封面設計　秦禎翊

出版策劃　新銳文創
發 行 人　宋政坤
法律顧問　毛國樑　律師
製作發行　秀威資訊科技股份有限公司
114 台北市內湖區瑞光路76巷65號1樓
電話：+886-2-2796-3638　傳真：+886-2-2796-1377
服務信箱：service@showwe.com.tw
http://www.showwe.com.tw
郵政劃撥　19563868　戶名：秀威資訊科技股份有限公司
展售門市　國家書店【松江門市】
104 台北市中山區松江路209號1樓
電話：+886-2-2518-0207　傳真：+886-2-2518-0778
網路訂購　秀威網路書店：http://www.bodbooks.com.tw
國家網路書店：http://www.govbooks.com.tw

出版日期　2013年2月　BOD一版
定　　價　380元

Printed in Taiwan

國家圖書館出版品預行編目

想像城市的方法：大陸「十七年文學」的城市表述 / 徐剛著. -- 初版. -- 臺北市 : 新銳文創, 2013.02

面；　公分

ISBN　978-986-5915-49-0（平裝）

1. 中國當代文學　2. 文本分析

820.908　　　　101026814

讀者回函卡

感謝您購買本書，為提升服務品質，請填妥以下資料，將讀者回函卡直接寄回或傳真本公司，收到您的寶貴意見後，我們會收藏記錄及檢討，謝謝！

如您需要了解本公司最新出版書目、購書優惠或企劃活動，歡迎您上網查詢或下載相關資料：http:// www.showwe.com.tw

您購買的書名：______________________________

出生日期：________年________月________日

學歷：□高中（含）以下　□大專　□研究所（含）以上

職業：□製造業　□金融業　□資訊業　□軍警　□傳播業　□自由業

□服務業　□公務員　□教職　□學生　□家管　□其它_____

購書地點：□網路書店　□實體書店　□書展　□郵購　□贈閱　□其他

您從何得知本書的消息？

□網路書店　□實體書店　□網路搜尋　□電子報　□書訊　□雜誌

□傳播媒體　□親友推薦　□網站推薦　□部落格　□其他__________

您對本書的評價：（請填代號　1.非常滿意　2.滿意　3.尚可　4.再改進）

封面設計____　版面編排____　內容____　文／譯筆____　價格____

讀完書後您覺得：

□很有收穫　□有收穫　□收穫不多　□沒收穫

對我們的建議：______________________________

____

____

____

請貼
郵票

11466
台北市內湖區瑞光路 76 巷 65 號 1 樓
秀威資訊科技股份有限公司 收
BOD 數位出版事業部

(請沿線對折寄回，謝謝！)

姓　名：__________ 年齡：______ 性別：□女 □男

郵遞區號：□□□□□

地　址：______________________________

聯絡電話：(日) ____________ (夜) ____________

E-mail：______________________________